致谢

　　这本书可能是我独自一人创作的，但最终以成书出现在你们面前时，却成了众多人齐心协力的成果。不管你的阅读方式如何，其他创作者也应该分享掌声与荣耀。

　　凯茜，我可爱的女儿，是她的关怀让我活在当下，不至于沉湎于奇幻的世界里无以自拔，同时她也分享了她对世界的不同看法。我那慈祥的老母亲，在责任编辑与校对之外做了不少试读与校对工作。我的经纪人乔苏亚，我身边的全能编辑，与他JABerwocky Literary的职业团队，还有他们的国际合作部的同事，都做了不少工作。

　　迈克·柯尔审读过每一个版本，对本书故事的每一条脉络都可谓了如指掌。杰与艾米莉亚，他们也总会挤出时间来试读样张，并分享读后感。

　　赖瑞·罗斯坦对我笔下角色的神韵有超强的解读能力，就像他从我大脑里盗走了创作灵感一样。负责设计魔印的罗伦·K.凯南，以及使我的原著封面照片显得更有冲击力的卡斯坦·莫伦。

　　有声书的朗读者彼得·布莱德贝瑞与柯林·梅斯，他们让我觉得像是听老爷爷讲故事的小孩。还有GraphicAudio的配音员及其他工作人员，他们的工作让整本书充满生机。

全世界的出版社——总是相信我的编辑以及身后的设计、校对、制作和行销团队,他们让我显得比本人更具魔力,特别是所有译者,他们的工作非常出彩。

咖啡——我真正的知心朋友。

但是,我最后必须感谢的是罗伦·葛林,常伴我左右,给我支持和独到的建议——不管是在个人方面还是在创作上。更重要的是,感谢你以身作则,让我懂得成为一个成功的强者的人生真谛!

The Skull Throne
骷髅王座

上册

【美】彼得·布雷特 PETER V. BRETT ◎著
程栎 邹蜜 ◎译

重庆出版集团 重庆出版社

THE SKULL THRONE by Peter V. Brett
Copyright © 2015 by Peter V. Brett
Published in agreement with JABberwocky Literary Agency, Inc., through the Grayhawk Agency.
Simplified Chinese edition copyright © 2015 Chongqing Publishing House Co., Ltd.
All rights reserved.

图书在版编目(CIP)数据

魔印人.Ⅳ,骷髅王座/(美)彼得·布雷特著;程栎,邹蜜译.—重庆:重庆出版社,2018.7
书名原文:THE SKULL THRONE
ISBN 978-7-229-13319-1

Ⅰ.①魔… Ⅱ.①彼… ②程… ③邹… Ⅲ.①长篇小说—美国—现代 Ⅳ.①I712.45

中国版本图书馆CIP数据核字(2018)第131107号
版贸核渝字(2015)第174号

魔印人Ⅳ:骷髅王座
MOYINREN Ⅳ:KULOU WANGZUO
(美)彼得·布雷特 著 程 栎 邹 蜜 译

责任编辑:张立武
责任校对:廖应碧
封面绘图:邓永昭
装帧设计:刘 颖

重庆出版集团 出版
重庆出版社
重庆市南岸区南滨路162号1幢 邮编:400061 http://www.cqph.com
重庆出版集团艺术设计有限公司制版
重庆市鹏程印务有限公司印刷
重庆出版集团图书发行有限公司发行
全国新华书店经销

开本:880mm×1230mm 1/32 印张:23.5 字数:546千
2018年8月第1版 2018年8月第1次印刷
ISBN 978-7-229-13319-1
定价:68.00元(上下册)

如有印装质量问题,请向本集团图书发行有限公司调换:023-61520678

版权所有 侵权必究

目 录
Contents

骷髅王座（上）

第一章	狩猎	1
第二章	权力的真空	15
第三章	阿希雅	39
第四章	沙鲁姆之血	51
第五章	卡吉娃	84
第六章	孤掌难鸣	111
第七章	有勇无谋	127
第八章	真正的战士	159
第九章	安纳克桑	173
第十章	青恩叛变	202
第十一章	码头镇	228
第十二章	填满空虚	257
第十三章	坏掉的肉	304
第十四章	囚犯	317
第十五章	魔印之子	320
第十六章	恶魔子嗣	343

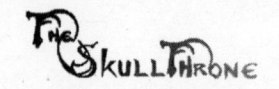

骷髅王座（下）

第十七章　黄金嗓	367
第十八章　暗夜低语	388
第十九章　政治	417
第二十章　兄弟阋于墙	456
第二十一章　杂草师	474
第二十二章　单身汉派对	500
第二十三章　宗教审判	526
第二十四章　布莱尔	566
第二十五章　间谍	583
第二十六章　第一次出击	603
第二十七章　黑暗中的达玛	621
第二十八章　沙达玛	646
第二十九章　葛佳达玛	654
第三十章　公主的守卫	669
第三十一章　漏风者	695
第三十二章　霍拉之夜	702
第三十三章　黑暗中的声音	729

附录　克拉西亚名词解释

第一章 狩猎

300 AR 秋

　　黄昏时分，贾迪尔昏昏沉沉地醒来。他躺在一张绿地人的床上——只有一个大枕头，而没有他习惯的很多小枕头。床单也很粗糙，与他所习惯的丝绸没法比。这是一间圆形的房间，四周的玻璃窗上都刻有魔印——某种塔形建筑——他透过微光看见外面无人耕作的土地，眼前的一切让他觉得陌生。

　　我，这是在哪里？

　　他身体一动立刻感到浑身剧痛，但痛楚是他的老朋友——他会拥抱痛楚，然后抛到脑后。他挣扎着，两只脚挪动着坐起来。他拉开毯子，感觉双脚僵硬——只见上至大腿下至小腿都裹满石膏，脚趾肿胀，自石膏的末端露出，有红有紫有黄，近在眼前，却偏偏又遥不可及。他忍住剧痛，尝试着活动脚趾，在看到脚趾微微抽动时，稍稍松了口气。

　　他想起童年时手臂被打断的那次痛苦经验，还有疗伤那几个礼拜的无助感。

　　他立刻将手伸向床头柜去取卡吉之冠，即使在白天，卡吉之冠所储存的魔力还是足以治好几根断骨，特别是已经接好的断骨。

　　他两手抓了个空。贾迪尔转过头去好一阵子，然后了解到眼下的处境——相伴他多年的皇冠和长矛，此刻都不在身边。

与帕尔青恩在山顶那场决斗的经历如同潮水般涌来。杰夫之子竟然在贾迪尔攻击时,像恶魔一样化作一团烟雾,在转眼间又凝聚成形,以非人的力量抓起矛柄,一把从自己手中抢走。

接着帕尔青恩转身,像扔啃过的西瓜皮一样,把自己的神兵卡吉之矛抛下悬崖。

贾迪尔舔了舔干裂的嘴唇。他的口很渴,膀胱很胀,不过这两样需求都有人帮他准备好了。床旁的水很甘甜,而他也费了力气使用在床底摸到的尿壶。

他胸口包扎得很紧,移动时肋骨互相摩擦。绷带外面罩着一件薄袍——他发现是褐色的。或许帕尔青恩觉得这样很好笑。

四周没有门,只有一条通往下层的楼梯——以他此刻的状态,阶梯和囚室的栏杆没两样。这里没有其他出口,楼梯也没有继续向上延伸——位于这座塔的顶层。房间里没有什么家具,床旁有张小桌子,房内还有一张椅子。

楼梯上传来一阵脚步声响。贾迪尔惊愕得浑身僵硬,侧耳倾听。尽管他失去了皇冠和长矛,但是长年借助这两样法器汲取魔力已经将他的身体重塑为最接近艾佛伦形象的凡人躯体。他拥有鹰的视觉、狼的嗅觉、蝙蝠的听觉。

"你确定你能应付得了现在的他吗?"帕尔青恩的妻子问道。"在悬崖上决斗的时候,我还担心他会杀了你。"

"不用担心,瑞娜,"帕尔青恩说,"他没有卡吉之矛根本伤不了我。"

"白天就行。"瑞娜说。

"两条腿断了就不行。"帕尔青恩说。"没问题,瑞娜。我向你保证。"

走着瞧,又是你——帕尔青恩。

他听见两人亲吻时嘴唇交触的声音,显然杰夫之子想用此法打断他的吉娃的疑惑。"我要你回洼地打理一切。现在就动身,免得有人起疑。"

"黎莎·佩伯已经起疑了。"瑞娜说,"我估摸着她猜得八九不离十。"

"无所谓,只要他们还在猜就好。"帕尔青恩说,"你就继续对她装傻,不管她说什么或做什么。"

瑞娜轻笑。"好,没问题。我倒是很喜欢戏耍她,逗她生气呢。"

"别尽浪费太多时间在耍小性子上面,"帕尔青恩说,"我需要你保护洼地,但是低调一点。加强他们的战力,只需把责任交给他们。我方便的时候就回来看看,但只和你见面。不能让其他人知道我还活着。"

"我不喜欢这样。"瑞娜说,"夫妻之间应该形影不离,不应该分隔两地,更无须躲躲藏藏。"

帕尔青恩叹气。"没有办法,瑞娜。这一把赌上了身家。我们输不起。我很快就会回来找你。"

"好吧。"瑞娜说,"我爱你,亚伦·贝尔斯。"

"爱你,瑞娜·贝尔斯。"帕尔青恩说。他们再度拥吻,接着贾迪尔听见一阵脚步声迅速下楼而去。然后帕尔青恩朝楼上走来。

贾迪尔有一瞬间想装睡,或许可以听到什么情报,取得突袭的优势。

他摇头。我是沙达玛卡。绝不能避战。我要直视帕尔青恩双眼,看看他还是不是我当年认识的那个男人。

他奋力起身,拥抱双脚传来的剧痛,一脸冷静地看着帕尔青恩出现在石室楼梯口。他还是穿着朴素的衣衫,和第一次见面时很像,身上是褪色的白棉上衣和旧棉布长裤,一边肩上挂

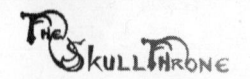

着信使口袋。他打赤脚，卷起裤腿和衣袖，露出他身上密密麻麻的魔印。他剃掉了沙土色的头发，贾迪尔只能从刺青底下隐约找到当年那张脸的轮廓。

即使没有卡吉之冠，贾迪尔依然能感应到那些神秘魔印的力量，但获得那股力量必须付出沉痛的代价。帕尔青恩看起来倒不像人，反而更像一张神圣魔印画卷。

"你把自己怎么了，我的老朋友？"他本来并不打算大声问这个问题，但是有股力量迫使他发问。

"在你欲置我于死地之后，你竟然还有脸叫我老朋友？"帕尔青恩说，"不是我把自己变成这样的。是你。"

"我？"贾迪尔问，"我拿墨水在你的身体上画魔印了？"

帕尔青恩摇头。"你把我抛在沙漠里等死，没有武器、没有援手，知道我根本活不到阿拉盖出现。身体就是你唯一留给我绘印的东西。"

听到这几句话，帕尔青恩如何幸存下来也已是无须多问了。他可以想见他的朋友孤零零地奔走在沙漠里，在既缺水又身负重伤的情况下，还得徒手抵御阿拉盖的攻击。

——荣耀非凡。

伊弗佳禁止文身，但它也包含很多贾迪尔为了沙拉克卡而下令解除的禁令。他很想谴责帕尔青恩，但是对方确实迫不得已，令他欲言又止。

贾迪尔在怀疑深入中心自我时感到不寒而栗。世间的一切都是遵循艾弗伦的旨意。帕尔青恩能够活下来与他重逢乃是英内薇拉骨骰所预测的——他们两个都有可能成为解放者。贾迪尔认为他自己才够资格承担那个头衔。他为自己的成就骄傲，但却无法否认他的阿金帕尔、勇敢的外来者，在艾弗伦眼中可能拥有更多让人妒忌的荣耀。

"你在玩弄你不熟悉的游戏,帕尔青恩。"他说,"多明沙鲁姆是要决斗至死,现在你赢了。你为什么不对天下人炫耀你的胜利,取得应得的荣耀,率领大军展开第一战争?"

帕尔青恩叹气。"打死你复仇,并不代表我获胜,阿曼恩。"

"那你承认我是解放者?"贾迪尔反问道,"如果是这样,那就把我的皇冠和圣矛还给我,向我俯首称臣,然后就这样。我会原谅你,然后再度一起对抗奈的大军。"

帕尔青恩轻哼一声。他把信使口袋放在桌子上,伸手拿起皇冠。卡吉之冠在逐渐变暗的室内隐隐发光,九颗宝石微微闪动。贾迪尔无法抗拒抢夺这件宝物的欲望。如果他能站起来,他早就扑过去了。

"卡吉之冠就在这里。"帕尔青恩像摆弄玩具般,用一根手指头挑着皇冠慢慢转动。"但是卡吉之矛不是你的。至少,在我决定把它交给你之前不是。我把它藏在你拿不到的地方,就算你的脚没打石膏也一样。"

"这两样神圣法器必须合二为一。"贾迪尔说。

帕尔青恩叹气。"没有什么东西堪称神圣,阿曼恩。我以前告诉过你,你所向往的天堂是一场谎言。你为了这些话威胁要杀我,但那无助于这句话的真实性。"

贾迪尔怒火中烧,张嘴欲反驳,但是帕尔青恩打断他,一把抓住旋转的皇冠,然后举起来。这么做的同时,他皮肤上的魔印闪过一阵魔光,皇冠上的魔印则开始发光。

"这玩意儿,"帕尔青恩望着皇冠说,"充其量只是一圈薄薄的心灵恶魔头骨和九根魔角,包覆一层刻有魔印的金银合金,利用宝石加以强化。它是大师级的魔印工艺品,但也仅此而已。"

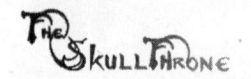

他笑了笑。"就跟你的魔印耳环一样。"

贾迪尔吃了一惊，伸手触摸原先戴着耳环的耳垂。"你不但想偷走我的王座，还想抢走我的第一妻室？"

帕尔青恩立即大笑起来，贾迪尔已经多年不曾听过如此真诚的笑声。他无法否认自己十分怀恋这笑声。

"我不确定哪一样负担比较沉重。"帕尔青恩说，"我两样都不想要。我有妻子，对我的族人而言，一个妻子就够了。"

贾迪尔忍不住嘴角上扬，而且没有费心掩饰。"一个够格的吉娃卡，会同时成为你的支柱与负担，帕尔青恩。她们让我们成为更好的男人，但过程艰辛坎坷。"

帕尔青恩点头。"所见略同。"

"那你为什么要偷走我的耳环？"贾迪尔问。

"只是在你待在我家的期间代为保管。"帕尔青恩说，"我不能让你借此求援。"

"呃？"贾迪尔惊愕道。

帕尔青恩歪头看他，贾迪尔感应到杰夫之子的目光穿透了他的灵魂，就像贾迪尔拥有皇冠时视觉所能做的一样。帕尔青恩没有皇冠，他是怎么做到的呢？

"难道你不知道？"帕尔青恩沉思片刻过后问道。他突然笑了起来，"一个被自己的妻子当奴隶监视的人，竟然还来指点我的婚姻！"

他嘲笑的语气彻底激怒了贾迪尔，尽管打算不动声色，他还是忍不住皱起眉头。"你这是什么意思？"

帕尔青恩把手伸进口袋，拿出那枚耳环。那是一个朴素的小金环，其下挂着一颗魔印小球。"这里面有一小块恶魔碎骨，另外半块在你妻子的耳朵上。这能让她能随时监听你所说过的话。"

突然之间，许多想不透的问题通通链接起来了。他妻子为什么似乎了解他所有的计划和秘密。她的情报有很多来自骨骰，不过阿拉盖霍拉往往语焉不详。他早该想到狡猾的英内薇拉不会只依赖那几颗骰子。

"所以她知道你绑架了我？"贾迪尔问。

帕尔青恩摇头。"我封闭了耳环的魔力。在这里的事情办完之前，她没办法找到你。"

贾迪尔双手抱头。"你要办什么事情？你不会臣服我，我也不会追随你。现在的情况和当年大迷宫里的僵局一样。"

帕尔青恩点头。"你当时狠不下心杀我，迫使我改变看待世界的方式。我要给你同样的机会。"话一说完，他把卡吉之冠丢了过去。

贾迪尔本能地接下皇冠。"为什么还给我？这不是会迅速治好我的伤痛吗？你再要囚禁我可不容易。"

帕尔青恩耸肩。"我认为你在拿到卡吉之矛之前不会舍得离开，不过我已经把皇冠的魔力吸尽了。没有多少地心魔域释放的魔力能到达这么高的地方。"他挥手比向四周的玻璃窗，"而且每天早上阳光都会净化这个房间。卡吉之冠可以提供魔印视觉，但在重新汲满魔力之前没有太多其他用处。"

"那为什么要还给我？"贾迪尔又问一次。

"我想和你谈谈。"帕尔青恩说，"我要你在交谈过程中看清我的灵气。我要你知道我在说真话，看见写在我灵魂中的坚定决心。或许到时候，你就能够看清真相。"

"看清什么真相？"贾迪尔问，"天堂是谎言？没有任何写在你灵魂里的东西能让我改变信仰，帕尔青恩。"虽然他这么说，但还是顺手戴上皇冠。石室立即在皇冠视觉前活了过来，贾迪尔松了口气，像《伊弗佳》中记载的那个被卡吉治愈双眼

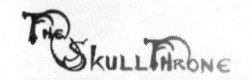

的盲人一样。

窗外，片刻之前只是阴影和模糊的土地，在阿拉释放的魔光中变得清晰无比。所有生命体内都带有能量的火光，贾迪尔能够看见树干里逐渐滋长的力量、攀附其上的苔藓，还有所有栖息在树枝和树皮上的生物。魔法穿越平原上的草地，照亮了地面上和空中的恶魔。阿拉盖如同灯塔般耀眼，唤醒他体内一股狩猎与杀戮的原始欲望。

正如帕尔青恩所说，他的石室魔光黯淡。几丝微弱的魔力沿着塔壁而上，受到玻璃窗上的魔印所吸引。魔印闪闪发光，形成抵抗阿拉盖的防护网。

尽管塔楼里光线昏暗，而帕尔青恩却比恶魔还要明亮。明亮到难以直视的程度，但并非整个身体如此。相反，他身上的魔光是如此耀眼、明艳动人。贾迪尔启动卡吉之冠的力量，试图从他身上吸收一点魔力，这不会让帕尔青恩发现，但或许足以加速自己的疗伤进程。一丝魔力如同焚香的烟缕般朝他蜿蜒飘来。

帕尔青恩眉头的眉毛被剃掉了，不过他左眼上方的魔印上扬，显露出明显的表情。他的灵气转变，显现出调笑多于敌意的意味。"啊哈，想疗伤还是靠你自己吧！"忽然，那丝魔力调转方向，又回到了他的身上。

贾迪尔脸上不动声色，不过他怀疑这样没有什么差别。帕尔青恩说的没错。他可以解读他的灵气，看透他所有情绪，而且毫不怀疑他老朋友也有同样的魔力。帕尔青恩很冷静、很专注，并不想伤害贾迪尔。他的灵气内没有欺瞒，只有疲惫，担心贾迪尔太过顽固，不肯好好听他说话。

"再说一次，你为什么把我抓到这里囚禁起来，帕尔青恩？"贾迪尔质问道，"如果目的和你以前的想法一样，是铲除

世界上的阿拉盖，那为什么要和我决斗？我已经非常接近你的梦想了。"

"没有你自以为是的那么接近。"帕尔青恩说，"而且你的做法令我不齿。你迫使人类为了生存而战，完全不计代价。我知道你们克拉西亚人喜欢穿黑袍、白袍，但世界并非如此单调。世界上还有其他颜色，以及各式各样的灰色地带。"

"我不是笨蛋，帕尔青恩。"贾迪尔强调道。

"有时候我对此很怀疑。"帕尔青恩说，他的灵气也如此表示。见他向来非常看重又尊敬的老朋友把自己看得那么不堪，让贾迪尔觉得十分难受。

"那你为什么不杀了我，夺走卡吉之矛和卡吉之冠？"贾迪尔问，"见证人都身受荣耀羁绊。我的人民会接纳你为解放者，追随你展开沙拉克卡。"

怒气如同野火般席卷帕尔青恩原本平静的灵气。"你还是如此糊涂。"他大声吼道，"我不是天杀的解放者！你也不是！解放者是人类合而为一，而不是人类其中之一。艾弗伦只是我们加之于一个概念的名号，不是天上某个对抗黑暗的巨人。"

贾迪尔紧闭双唇，心知帕尔青恩能在自己的灵气中看见这种亵渎的言语所燃起的怒火。许多年前，他曾发誓再听到帕尔青恩说这种话，他就会杀了他。如今帕尔青恩的灵气在挑衅他动手。

贾迪尔很想动手。他还不会使用真正的实力去对付帕尔青恩，而皇冠现在正戴在他的头上，他不像外表看起来那样无助。

但是他的阿金帕尔的灵气中还有另一项特质阻止了他。他已准备突然袭击，随时可以展开正面冲突，但是另一个画面笼罩着他，阿拉盖在燃烧的世界里兴奋得手舞足蹈。

如果两人无法达成协议，他所担心的一切都将成真。

贾迪尔深吸一口气，拥抱他的愤怒，随着这口气呼出体外。房间对面的帕尔青恩没有任何动作，不过他的灵气如同沙鲁姆压低矛头般缓缓撤退。

"那有什么区别？"贾迪尔终于开口，"不管艾弗伦是天上的巨人，还是我们用来称呼在夜里起身战斗的荣耀与勇气的词汇……如果人类要齐心合力对抗阿拉盖，就一定要有个领导人。"

"就像心灵恶魔支配躯壳？"帕尔青恩反问，期待借此诱导贾迪尔踏入逻辑陷阱里。

"就是这样。"贾迪尔直接答道，"阿拉盖的世界向来只是人类世界的影子。"

帕尔青恩点头。"对，战争需要将领，但将领是为人类服务，不是反过来。"

这下轮到贾迪尔扬眉了。"你认为我不是在为我的族人服务，帕尔青恩？我不是安德拉，脑满肠肥地坐在头骨王座上，眼睁睁看着子民流血挨饿。我的领土上没有饥荒、没有犯罪。我亲自带领他们在黑夜中作战，确保每一个子民安全。"

帕尔青恩仰头哈哈大笑起来，那嘲弄式的刺耳笑声，让贾迪尔理应感到被冒犯，然而帕尔青恩灵气中的怀疑阻止了他。

"这就是关键之所在。"帕尔青恩说，"因为你们真的相信那堆恶魔屎！你们跑到根本不属于你们的土地上，屠杀数千男丁、强奸他们的女人、奴役他们的小孩，还自认你们的灵魂纯净，只因为他们的圣典和你们的有那么一点点不同！你帮他们抵抗恶魔，没错，但是躺在砧板上的鸡绝不会称将狐狸拒之门外的屠夫为解放者。"

"沙拉克卡即将到来，帕尔青恩。"贾迪尔说，"我把那些鸡训练成猎鹰。如今艾弗伦恩惠的男人已经可以保护他们自己

的女人和小孩。"

"洼地人也一样。"帕尔青恩说,"但是他们没有自相残杀。没有强奸女人。没有抢夺他人子女。我们不会为了对抗恶魔而让自己成为恶魔。"

"你就是这样看我的?"贾迪尔问,"我是恶魔?"

帕尔青恩微笑。"你知道我的族人叫你什么吗?"

沙漠恶魔。贾迪尔听过这个名号很多次了,不过只有在伐木洼地才有人敢公然这么叫。他点头。

"你的族人都是蠢驴蛋,帕尔青恩,如果你把我和阿拉盖画上等号的话,你和他们一样愚蠢。你们或许没有杀人、没有强奸,但是也没有统一世人。你们的北地公爵只会争权夺利,即使地底深渊在他们面前敞开、奈的大军已经准备倾巢而出也一样。奈才不在乎你们的道德。她才不在乎谁纯真无辜、谁腐败堕落。甚至不在乎阿拉盖。她的目标是铲除世间的一切。"

"你们族人的世界都是借来的,帕尔青恩。借来让你对抗沙拉克卡来临之日,到时你的懦弱让他们沦为地心恶魔的食物。然后你就会希望屠杀过上千人,甚至上万人,如果需要杀那么多人才能训练成对抗恶魔的部队的话。"

帕尔青恩哀伤地摇头。"你就像被戴上眼罩的马,阿曼恩。只看见支持你信仰的东西,忽略其他一切。奈不在乎,那是因为她根本不存在。"

"言语不能改变事实,帕尔青恩。"贾迪尔说,"言语不能杀死阿拉盖,也不能让艾弗伦停止存在。单靠言语,无法在一切来不及之前就统一全人类参与沙拉克卡。"

"你老说统一,但你根本不了解统一的意义。"帕尔青恩说。"你所谓统一在我看来就是掠夺、是奴役。"

"统一在同一个目标下,帕尔青恩。"贾迪尔说,"所有人为了一个目标努力。铲除阿拉上的恶魔。"

"如果要信赖一个人才能维持统一的话，根本就不是真的统一。"帕尔青恩说，"我们都是凡人。"

"我所达成的统一不会如此轻易瓦解。"贾迪尔说。

"不会吗？"亚伦问，"我在艾弗伦恩惠期间探查了不少情报，阿曼恩。北地公爵不会追随你的族人。你的达玛不会追随贾阳。你的沙鲁姆不会追随阿桑。没有任何男人会追随英内薇拉，而你的达玛基们宁愿自相残杀也不要同桌共饮。没有人能在不先打赢内战的情况下坐上骨头王座。你宝贵的统一即将如同沙造的宫殿般化作一摊沙土。"

贾迪尔感觉下巴紧绷。他咬牙切齿。帕尔青恩说得没错，当然。英内薇拉很聪明，可以稳定局面一段时间，但他不能消失太久，不然，他努力打造的部队会在沙拉克卡才刚开始的时候就陷入自相残杀。

"我还没死。"贾迪尔说。

"是没死。但你短时间内不可能回去。"帕尔青恩说。

"走着瞧，帕尔青恩。"贾迪尔突然发难，施展卡吉之冠的力量，猛力吸收帕尔青恩的魔力。帕尔青恩毫无防备，灵气中爆发震惊的情绪，接着在贾迪尔取得魔力时扭曲变形。

力量窜入贾迪尔体内，治愈肌肉和骨头，令他身强体壮。他身体一抖，胸口的绷带爆裂，脚上的石膏粉碎。他跳下床铺，转眼冲过石室。

帕尔青恩及时采取守势，不过是沙鲁姆的防御架势，因为他没在沙利克霍拉受过训练。贾迪尔轻易绕过他的防御，一把钳制住他。帕尔青恩呼吸不畅，面红耳赤。

但接着他化身魔雾，就像在悬崖决斗时一样。突然失去支撑让贾迪尔失去平衡，帕尔青恩在他摔倒前重新现形，抓住贾

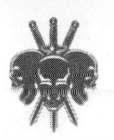

迪尔的右臂和脚,把他摔过房间。他重重撞上窗户,就连以魔法强化的骨头也撞断了,魔印玻璃上却连一条裂缝都没有留下。

魔印表面上有一层薄薄的魔力,贾迪尔本能地吸为己用,在开始觉得痛之前,利用这些魔力治愈他的断骨。

帕尔青恩在房间对面消失,接着又在近处现形,不过贾迪尔已经很熟悉这个把戏了。魔雾才刚开始重塑,他已经展开行动,避开帕尔青恩的拳脚,在他再度化烟之前重重挥出两拳。

他们就这样交手数秒,帕尔青恩在贾迪尔有机会打伤他之前消失然后现形,但无法出手攻击。

"可恶,阿曼恩,"他叫道,"没时间玩这套!"

"这点我同意。"贾迪尔站定位置后说道。他拿房间里唯一的椅子丢向帕尔青恩,一如所料,对方在可以轻易避开的情况下依然化身烟雾。

你的能力让你松懈,帕尔青恩,他一边心想,一边冲向楼梯口。

"你哪都别想去!"帕尔青恩现形吼道,凭空绘制魔印。贾迪尔看见魔力凝聚,冲击法术朝他袭来,能像大锤般把他打飞。他无可闪躲,于是咬紧牙关,尽可能承受这一击的力道。

但是他完全没有受伤。卡吉之冠突然发热,绽放强光,吸光了法术的魔力。贾迪尔不假思索地凭空绘印,转化那股魔力为足以将一打木恶魔烧成灰烬的纯粹热能。

帕尔青恩举起一手,将魔力吸回他自己体内。贾迪尔魔力外泄,头昏眼花,冷冷瞪着他。

"我们可以这样耗一个晚上,阿曼恩。"帕尔青恩说着化身烟雾,在贾迪尔和楼梯之间现形。"而你还是无法离开这座塔。"

贾迪尔双手交叉抱在胸前。"但你也没办法关我一辈子。

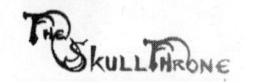

太阳会出来,到时候你就无法施展恶魔的把戏和霍拉魔法。"

帕尔青恩摊开双手。"不需要。等到黎明东升,你就会自愿留下。"

贾迪尔差点笑出声来,但是帕尔青恩的灵气再一次阻止了他。帕尔青恩相信——他相信自己接下来说的话能动摇贾迪尔,不然就没有任何东西能够动摇他。

"你到底带我来这里做什么,帕尔青恩?"他最后又问一次。

"提醒你真正的敌人是谁。"帕尔青恩说,"然后请你帮忙。"

"我干吗要帮你?"贾迪尔问。

"因为,"帕尔青恩说,"我们要猎捕一头心灵恶魔,强迫他带我们前往地心魔域。"

"该是我们主动直捣阿拉盖老巢的时候了。"

第二章 权力的真空

333 AR 秋

回到营地后,英内薇拉立即采取行动。趁阿山默默挑选战士,展开搜救任务,并命令其他人拔营出发时,她传唤阿邦前来沙达玛卡大帐中的私人密室商议。

沙鲁姆们已经开始质疑解放者为什么没有一起返回。他们还没有正式公布决斗的结果或突如其来的战果。但是消息很快就会传开,野心勃勃的家伙会试图利用她那解放者丈夫的失踪。老奸巨猾的人早已策划好在这种情况下的应对办法,等到搜救行动落空后就会立刻实施行动。冲动的人或许会更快动手。阿邦显然洞若观火,于是在他的卡沙鲁姆团团保护下前来大帐。戴尔沙鲁姆依然瞧不起这些身穿褐袍的人,但是英内薇拉派去刺探阿邦住所的秘密间谍却陈尸他处,表示那些卡菲特战士的实力不容小觑。她也看到了他们武器和装备上的魔光,他们仔细利用陈旧的皮革和涂料掩饰,可是上好的质量就连用魔印玻璃制作的解放者长矛队菁英战士盾牌和矛头都显得并无优越感。

你越来越令人敬畏了,卡菲特。这个想法让她心理很不悦,却也没有像从前那样令她坐卧不宁。因为数周前,她的骨骰显示阿邦的命运和她休戚与共时,她一直猜不透其中的寓意,但是现在情况一目了然了。他们是阿曼恩最亲密、最信任的顾问,而直到几小时前,他们都身受绝对的力量保护,没人敢动他们。

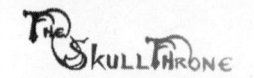

但随着她丈夫的决战失踪,那股力量绝大部分都消失殆尽。英内薇拉得尽快稳住大局,并采取行动,小心谨慎地安排阿山继位掌权,但一旦权力归于领导他们的族人,到时掌舵的将会是他的声音,而非她的。阿山不像阿曼恩么英明神武——也没他那么难操控。

阿邦的处境比她更糟。尽管他的卡沙鲁姆实力不容小觑,一旦他的敌人知道无须担心激怒解放者阿曼恩就能除掉他这个卡菲特,这个瘸腿商人能活几天,就纯属运气了。决斗之前,她还会很乐意看到他惨遭横死,现在她确实需要他协助。卡菲特对解放者宝库里每一枚卓奇都了如指掌,熟知王座积欠的债务、谷仓里有多少存粮。更重要的是,她的丈夫之前会和阿邦讨论就连达玛基都不知道的计谋与秘密、部队调度、作战计划、下一个进攻目标。

肥胖的卡菲特笑着一拐一拐地步入她的会客密室,显然知道她有求于他——艾弗伦诅咒他。

他背后跟着最近几周与他形影不离的卡沙鲁姆壮汉,这个聋子算是最早在市集响应解放者召唤的人之一。他入帐时缴出了武器,不过此时耸立在卡菲特身后的模样依然威风凛凛。阿邦并不矮,但头顶还是只挨着他贴身保镖的肩膀而已。

"我说了有要事要私下商议,卡菲特。"英内薇拉说。

阿邦在他骆驼头拐杖所能允许的范围内鞠躬。"很抱歉,达玛佳,但是现在阿曼恩不在这里管束那些愤怒的戴尔沙鲁姆,你总不会拒绝让我带个保镖保护自己吧?况且他耳聋得和石头一样,不会妨碍我们谈话。"

"聋子也有偷听之道。"英内薇拉反驳说,"如果他有眼睛能读唇语的话。"

阿邦再度鞠躬。"说得没错,不过就算我这个谦卑的仆人

学过这种技巧，达玛佳的面纱也能够避免这种情况。而我敢在艾弗伦面前发誓，他绝对无法解读到你面纱后的唇语。"

英内薇拉勉强接受——这种情况很少见。她自己的阉人护卫都为了守护她的秘密被割掉了舌头，她知道阿邦肯定会珍惜一个不能偷听秘密、进而背叛他众多计谋的人。尽管如此，她最好还是不要退让太多。

"他可以在门口守着。"英内薇拉说，接着慢慢扭腰摆臀踱向会客室对面的枕头长椅。从前阿邦绝对不敢偷看，但她怀疑阿曼恩不在他还敢不敢。她可以利用这一点。她回头看了一眼，但阿邦没有偷看。他冲着巨汉比画了几个手势。尽管身形高大，巨汉依然动作灵巧地走到门口一侧站定。阿邦一拐一拐地走过去，小心翼翼地在她对面的枕头上坐下。他始终面带微笑，不过偷看自己保镖的小动作却泄露了他内心的恐惧。他知道英内薇拉可以在巨汉赶来解救前置他于死地，而且就算是"无耳"也不敢对达玛佳出手复仇。她也可以用超过一百种方法杀掉卡沙鲁姆——她甚至不必亲自出手，只要交给躲在暗处的保镖阿希雅、蜜佳、贾娃动手就可以了。

他们中间摆着一套银质茶具，茶壶还在冒烟。她点了点头，卡菲特动手给自己倒了一杯茶。

"蒙你传唤令我受宠若惊，达玛佳。"阿邦端着茶杯坐回位子。"可以请问找我有什么事吩咐吗？"

"当然是为了提供保护。"英内薇拉说。

阿邦看起来非常惊讶，不过装的成分比较多一些。"达玛佳什么时候开始看重既可怜又毫无荣耀可言的阿邦了？"

"我丈夫一直很看重你。"英内薇拉说，"如果他回来时发现你死了，一定会勃然大怒。你最好接受我的帮助。骨骰说如果没有我的帮忙，你将朝不保夕。我的儿子比达玛基更厌恶你，

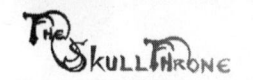

那绝对是不能轻忽的问题。你也别以为哈席克会忘记他的男根是被谁割掉的。"

英内薇拉以为这些话就足以镇住卡菲特,她见过他面对危机时露出懦弱的模样。但这里是谈判桌,而阿邦对谈判桌太熟悉不过了。

阿曼恩曾告诉过她,阿邦内心软弱,不过一旦开始谈判,他坚定的意志能让沙鲁姆相形见绌。

阿邦微笑点头。"达玛佳说的没错。但你的处境也没有好到哪里去啊。少了丈夫,达玛基会忍受让你坐在七级台阶上多长时间,也很难说啊。他们向来无法忍受女人地位比他们高的屈辱。"

英内薇拉觉得自己下巴越绷越紧。除了她丈夫以外,已经多久没人胆敢这样对她说话了?更别说是卡菲特。她真想跳过去把他另一条腿也废了。

不管有多么不敬,他说的也确实如此,于是英内薇拉让它们如同微风般透体而过。

"所以我们更应该携手合作。"她说,"我们必须想办法互相信任,就像阿曼恩要求的那样,否则我们两个要不了多久都将被分割击败。"

"你对我有什么要求?"阿邦问。

"像对我丈夫那样对我汇报,"英内薇拉说,"在账目和计划上缴达玛基议会前先向我报告。"

阿邦扬起一边眉毛。"那我的好处是?"

英内薇拉微笑,透过淡紫色的薄面纱也看得见。"我说过了,绝对安全的保护。"

阿邦轻笑。"请原谅我,达玛佳,但是直接听你指挥的战士比我的保镖还少,如果有一个达玛基或你儿子决定要除我而后快,这些兵力依然不足以保护我。"

"我可以利用恐惧。"英内薇拉说,"我的儿子惧怕我。达玛基惧怕我。"

"他们暂时怕你,也确实。"阿邦同意,"但是等到新的解放者坐上头骨王座后,你的恐惧又能维持多久?绝对的权力会让人胆大包天。"

"除了艾弗伦外,世上没有绝对的权力。"英内薇拉举起骨骰,"阿曼恩不在,我就是他在阿拉上的代言人。"

"那玩意儿再加三卓奇就能帮你买个篓子。"阿邦说。

这是句克拉西亚俗谚,不过还是让英内薇拉感到不安。她母亲是大市集里生意很好的织篓匠。阿邦是控制艾弗伦恩惠多数商业活动的人,肯定有和她交易,但是英内薇拉花了很多心力隐瞒自己家人的身份,不让他们受到她的世界里那些政治权力的影响。

他只是随口一说那句俗谚,还是在利用隐私威胁她?不管有没有利用价值,英内薇拉绝对会为了保护家人而毫不迟疑地除掉挑衅的阿邦。

再一次,英内薇拉希望自己能像丈夫一样看穿人心。大帐厚重的帆布墙让她能看见卡菲特的灵气,虽然模糊不清,不过阿曼恩可以轻易解读的细微变化和色彩组成的图案,在她眼中还是一团谜。

"我认为你会发现我的话比你想象中更有分量。"英内薇拉说。

"如果你能够巩固地位的话,"阿邦同意道,"我们现在要讨论的是我为什么要帮你巩固你的权威。解放者宫廷里并非人人都是笨蛋,达玛佳。我或许无法再享受阿曼恩赐给我的特权,但是只要与他们一合作,我还是可以获得足够的保护和利润。"

19

"我会让你在宫廷里取得长久席位，"英内薇拉说，"让你亲眼见证所有能够加以利用、中饱私囊的交易。"

"好一点了。"阿邦说，"但是整个解放者宫廷里都有我的眼线。比你想象中还多。"

"不要这么肯定。"英内薇拉说，"不过很好。我可以提供一样连你都无法拒绝的东西。"

"喔？"阿邦似乎很感兴趣，"在大市集里，说这种话是在威胁人，不过我想你会发现我没有那么容易遭人糊弄。"

"不是糊弄，"英内薇拉说，"更不是逼迫。"她微笑，"起码不是威逼。我会让你知道违反协议得面对什么下场。"

阿邦微笑。"我洗耳恭听。达玛佳认为我最想要的东西是什么呢？"

"你的瘸腿。"英内薇拉说。

"呃？"阿邦大吃一惊。

"我可以治好你的瘸脚。"英内薇拉解释道，"现在就治，如果你想要的话。轻而易举。你可以把你的拐杖丢到火炉里，大摇大摆地走出大帐。"她朝他眨眼，"不过根据我对狡猾阿邦的了解，你会像来时般瘸着走出去，永远不让任何人知道你脚已经康复如初了，除非有利可图。"

卡菲特神色里满是怀疑。"如果真有你说的这么简单，达玛佳为什么不在我摔断腿时就治好我？为什么要让我从此残废这么多年，让卡吉部族损失一名优秀的战士？"

"因为治疗是最耗费霍拉的霍拉魔法的。"英内薇拉说，"当年我们没有魔印武器，作为魔力来源的阿拉盖骨有限。即使时至今日，阿拉盖骨还是要经过处理，过程很繁琐。"她手指沿着杯缘画图。

"多年以前，我们为你掷骰，确定是否值得为你消耗阿拉

盖骨。你知道它们怎么说吗？"

阿邦叹气。"说我不是战士的料，投资不会获得多少回报。"

英内薇拉点头。

阿邦摇头，一脸失望，但并不惊讶。"你确实英明，终于找到了一样我想要的东西。我不否认我很想治好我的瘸腿。"

"那你会接受吗？"英内薇拉问。

阿邦深吸一口气，仿佛要说话，但没有开口。片刻过后，他缓缓吐气，好像泄气一样。"我父亲以前常说，不要喜欢任何东西到不能把它留在谈判桌上的程度。我听过许多古老传说，知道魔法都要付出代价，而且代价往往比表面上看起来更高。你看，我已经拄拐杖走路二十五年了，也习惯了。它成了我身体的一部分。谢谢你的提议，但恐怕我必须拒绝。"

英内薇拉不耐烦了，她没有理由隐藏自己的情绪。"你在考验我的耐心，卡菲特。如果你有什么想要的东西，直接说出来。"

阿邦脸上那胜利的笑容明白表示他等这一刻很久了。"其实也只是几件简单的小事，达玛佳。"

英内薇拉轻笑。"我早已知道和你做交易，绝对不会简单。"

阿邦点了点头。"从你口中听到这话令我倍感荣幸。首先，你提供的保护必须惠及我的手下。"

英内薇拉点头。"当然。只要他们不和我作对，或是公然犯下在艾弗伦眼中无可原谅的罪行。"

"还要包括来自你的威胁。"

"保护你不受来自于我的伤害？"英内薇拉反问。

"如果我们要合作的话，"英内薇拉注意到他并不是说帮她做事。"那我就必须在不必担心有性命危险的情况下畅所欲言。就算我说的不是你想听的话——特别是那些时候。"

他会说出你不想听的事实,骨骸会经常这么说她母亲。这种顾问有其存在价值。事实上,其他任何顾问都没有价值。

"成交。"她说,"但如果我选择不采纳你的建议,任何情况下,你都要支持我的决定。"

"达玛佳很睿智,"阿邦说,"我相信只要我还能权衡利害关系,绝不会做出浪费小命的行为。"

"就这样吗?"英内薇拉问,心知他还没开完条件。

阿邦再度轻笑,在两人的茶杯里添满茶。他从衣服内袋里拿出一个小酒瓶,在茶里添加一些库西酒。他是在测试她,英内薇拉知道,因为伊弗佳禁止饮用库西酒。她无视这个动作。她讨厌库西酒,虽然这种酒能让男人变得衰弱、愚蠢,但是她族人中有好几千人都会暗藏小酒瓶在长袍里。

阿邦轻啜一口掺了酒的茶。"偶尔我或许也会有些拿捏不住的疑问。"他目光飘向她腰间的霍拉袋,"只有你的骨骸能够帮我解答。"

英内薇拉保护性地攥紧霍拉袋。"阿拉盖霍拉可不是给凡人做生意问问题的,卡菲特。"

"阿曼恩不是每天都问吗?"阿邦问。

"阿曼恩可是解放者……"英内薇拉连忙住口,"现在还是解放者。骨骸不是帮你预测买卖获利的玩具。"

阿邦鞠躬。"这个我很清楚,达玛佳,我保证不会随便请你为我的买卖掷骰的。但如果要我效忠于你,这就是我要求的补偿。"

英内薇拉坐回原位,仔细权衡。"你自己也说魔法必须付出代价。骨骸也可能会说出我们不想听的事实。"

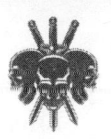

"别种事实有价值吗?"阿邦问。

"你可以问一个问题。"英内薇拉说。

"十个问题,最少。"阿邦说。英内薇拉摇头。"十个问题已经超过达玛基一年的分量了,卡菲特。两个问题。"

"两个问题并不足以抵付你要求我做的事情的代价,尊敬的达玛佳。"阿邦说,"我也许能接受半打……"

"四个,"英内薇拉说,"但是我要你保证不随便浪费这种能力。如果把艾弗伦的智慧浪费在微不足道的贪婪盘剥上,那么一个答案就会让你失去一根手指。"

"喔,达玛佳,"阿邦说,"我向来不会贪图微不足道的东西。"

"你的条件完了吧?"英内薇拉问道。

阿邦摇头。"不,达玛佳,还有一件事。"

英内薇拉将那副不悦的表情放回脸上。那是艺术,不过不难。卡菲特几乎在考验她的耐心。"你要求的补偿已经开始超过你的价值了,阿邦。说,快点一次性说完。"

阿邦鞠躬。"我儿子。我要你取缔他们的黑袍。"

✥

阿邦一瘸一拐走出会客室时,克拉西亚营地正处于一阵骚乱之中。英内薇拉看到阿山快步朝她奔来。

"怎么了?"英内薇拉问。阿山鞠躬。"你儿子,达玛佳。贾阳告诉战士们他父亲失踪了。沙鲁姆卡极力拥护他,好像我们已经决定授予他坐上头骨王座特权一样。"

英内薇拉慢慢地作深呼吸,找到心中的自我。她料到贾阳会这么做,只是她以为来得会稍微晚一些。

"请沙鲁姆卡亲自率队搜寻他父亲的下落,留下一些战士

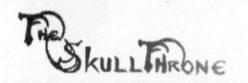

留守营区。剩下的人必须尽快赶回艾弗伦恩惠。拖慢速度的东西通通扔掉。"

⚜

他们以坐骑能够承受的极限尽快赶路。太阳一下山,英内薇拉就派沙鲁姆先行击杀阿拉盖,利用他们充满魔力的脓汁在马和骆驼上绘制耐力魔印,让他们有足够的力气连夜赶路。

如此公然使用霍拉魔法有其风险。聪明的人可能会学到一些达玛丁数百年来守护的秘密,但她对此无能为力。骨骸建议她尽快返回——还警告她这样或许还不够快。

接下来几天,命运将出现无数不同可能的结局,阿曼恩苦心经营的脆弱和平很可能分崩离析,让他们再度陷入混战。有多少因为数百年来抢夺水井和互相残杀引发的世仇,在解放者的命令下暂时和解,但各部族依然怀恨在心?

尽管她费尽心机,贾阳和解放者长矛队还是比他们早一步抵达艾弗伦恩惠。那个笨孩子一定会停止搜索,和战士一起横跨原野,将他们强壮的马斯谭马逼到极限。战士在夜里屠杀恶魔可以达到用脓汁强化坐骑的效果,在将阿拉盖的力量导回他们身上的同时,利用长矛和坐骑钢蹄上的魔印汲取魔力。

"母亲!"贾阳转身看见英内薇拉、阿山、阿雷维拉克和阿桑闯入王座厅时惊慌叫道。他已经把剩下的达玛基和他最信任的军官召集过来。

跟在英内薇拉的人马后进来的是十二名达玛基丁,卡吉部族的魁娃和阿曼恩另外十一个部族的妻子。这些人全都只效忠英内薇拉。阿山身后跟着他最有权势的手下,哈尔文和希瓦里达玛。他们三个都和解放者一起在沙利克霍拉中学习。阿山不在时代表卡吉部族发言的儿子阿苏卡吉与其他达玛基一起等在

里面。

阿邦拄着拐杖,以其所能达到的最快速度,一瘸一拐地走进王座厅,混乱之中,他与他的保镖安安静静地溜到一座壁龛中静察其变,没有引起任何注意。

幸好她一开始就催促随从尽快赶路,贾阳显然期望有更多的时间可以与诸位达玛基讨价还价。其实,他也刚赶回艾弗伦恩惠不过区区几小时,还没有胆子径直爬上七级台阶,坐上头骨王座。

由于解放者的左膀右臂和最有权势的达玛基缺席的缘故,他登上头骨王座,也是无效的;不过一旦坐上去,想让他退位就必须采取暴力手段。尽管有诸多不足,英内薇拉依然深爱自己的儿子贾阳,但他要是敢明目张胆造反篡位的话,她会毫不迟疑废了他。阿曼恩用窗帘遮蔽王座厅里的大窗户,好让他使用皇冠视觉,也让英内薇拉能在白天施展霍拉魔法。包覆琥珀金的心灵恶魔手臂骨就挂在她的腰带上,蕴含其中的能量释放出一股暖意。

"谢谢你替我把我没来得及召集的达玛基都召集过来了,我儿。"英内薇拉说着从目瞪口呆的贾阳身边走过,登上七级台阶,坐在她位于头骨王座旁边枕头床上的老位子。即使相隔数尺,头骨王座还是缓缓脉动,这或许是当今世上最神圣的魔法宝物。台下,神圣的男人和女人依照几世纪的规定站到相应的位置,达玛基排在王座右边,达玛基丁在左边。英内薇拉为能及时赶到暗暗吐了一口气,虽然她知道之后还有很长的路要走。

"尊贵的达玛基,"她说着透过一副魔印首饰提取魔力,将她的声音如同艾弗伦的圣谕般远远传开,"我想我儿已经告知各位,我神圣的丈夫、沙达玛卡、艾弗伦的解放者暂时失踪的

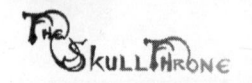

消息。"

人们听到她肯定贾阳的说法后开始窃窃私语。阿山和阿雷维拉克轻轻点头,不过他们都没有蠢到在确定贾阳说了什么之前发表任何评说或建议。

"我已经掷过骨骰。"英内薇拉过了一会儿说道,加持过的嗓音在没有刻意提高音量的情况下盖过所有私下议论的声音。她举起骨骰,令其绽放强光,"骨骰告诉我,解放者为了追杀一头恶魔前往奈的深渊边缘。他会成功回归,当他回归之时,就是沙拉克卡的开始。"

这话又掀起了另一阵讨论,英内薇拉让众人讨论片刻,然后继续道:"阿曼恩亲口指示,他妹夫阿山将会在他远行期间以安德拉的身份坐上头骨王座。阿苏卡吉将会暂代卡吉部族的达玛基。等到沙达玛卡大战归来,阿山会在王座台下恭迎他,不过保有他的称号。我们会为他另起一张王座。"

所有人倒抽一口凉气,只有一个人大声惊叫。

"什么?"贾阳叫道。即使不能像阿曼恩那样解读灵气,她还是不会读不出他身上散发出来的那股愤怒。

英内薇拉一双妙目扫向安安静静站在阿山身边的阿桑,也在他的灵气中察觉这样做不公平的怒意,不过至少她的次子懂得隐忍。阿桑一直以来都渴望得到安德拉的头衔,自从他哥哥登上长矛王座后,他不止一次要求戴上白头巾。

"这个决定太荒谬了。"贾阳吼道,"我是解放者的长子。头骨王座应该由我来继承!"数名达玛基低声附和,不过最有权势的人都很睿智地静观其变。众所皆知阿雷维拉克不喜欢那个男孩,而势力第三大的梅寒丁部族的安卡吉,则是从来不会率先表态。

"我的儿啊,头骨王座不是家族里随随便便传给子嗣的遗

产,"英内薇拉说,"它是我们族人的希望和救赎,你才十九岁,尚未证明你有资格坐上王座。如果你还不给我闭嘴反省,我想你永远都不会有坐上去的机会。"

"我们怎么知道不让自己儿子继位的决定是解放者的旨意?"坎金部族的伊察奇达玛基大声问道。伊察奇向来都是议会讨论中的刺头,但不少达玛基都点头附和他的质疑,包括阿雷维拉克也有此一问。

"问得好。"年长的祭司说着转身对与会众人说话,但他的话显然是说给英内薇拉听的。要继位头骨王座,就表示阿山放弃了达玛基议会的控制权,而没有达玛基胆敢质疑阿雷维拉克接手管事的权力。"沙达玛卡没有在任何会中公开宣布过,甚至没有对我们各位中的任何一位私下提过。"

"他嘱咐过我。"阿山上前说道,"月亏第一夜,达玛基离开王座厅时,我兄弟要我答应,如果他战死在阿拉盖卡手下,我就要继承王座。我以艾弗伦之名发誓绝无虚言,否则解放者会在死后世界惩罚我。"

"谎言,"贾阳说,"我父亲绝不会说这种话,而且你也没有其他证据。你为了一己野心背叛他。"

阿山脸色一沉。他打贾阳出生起就看着他成长,但他从来不会以如此不敬的语气跟自己说话。"再说一次,孩子,我就杀了你,不管你是不是解放者的子嗣。阿曼恩提出要求时,我曾为你辩护,但现在我看出他的想法没错。长矛王座的高台只有四级台阶,而你还没有调整好看待事物的角度。头骨王座有七级台阶,你会看得头昏眼花。"

贾阳怒吼一声,放低长矛,杀气腾腾地冲向阿山。达玛基抬眼盯着他,只等贾阳逼近后展开反击。

英内薇拉低声咒骂。不管谁打赢这场架,都是两败俱伤,

27

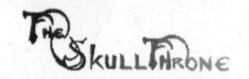

自己的整个族人都损失惨重。

"够了！"她大声呵斥道。她举起霍拉魔杖，手指灵巧地调整魔印，召唤出一道魔光，两人之间地上的大理石地板被击得粉碎。

贾阳和阿山都被震波震得摔倒在地，还有好几名达玛基也一样。尘埃飘落，所有人都震惊到说不出话来，现场只听到碎片落地的声响。

英内薇拉站起身来，动作刻意夸张地抚平长袍。所有人的目光都集中在她身上。达玛基丁学过霍拉魔法，尽管没人能够施展出这种骇人的法术，她们还是保持冷静。厚厚的大理石地板中间现在多了一个焦黑大洞，大到足以埋下一个大活人。

男人目瞪口呆地看着她。只有阿曼恩本人展示过这种令人震慑的实力，他们显然以为少了阿曼恩，她的力量会不堪一击。

这下他们得重新评估自己对整个形势的判断了。只有阿桑不为所动，因为他在月亏当晚就在城墙上见识过母亲的力量。他也和其他人一样看着她，目光冰冷。

"我是英内薇拉。"她说，强化过的声音在王座厅中回荡。这个名字是有意义的，显而易见寓意着"艾弗伦的旨意"。"艾弗伦之妻、阿曼恩·阿苏，霍许卡敏，安贾迪尔，安卡吉的吉娃卡。我是达玛佳，我丈夫虽不在，你们似乎就忘记了这个事实。我也见证了阿曼恩对阿山达玛基留下的密旨。"

她高举她的霍拉魔杖，再一次调整琥珀金上的魔印刻纹，这一次绽放出一道不具伤害力的光芒。"如果这里有人想违背我要阿山继位王座的命令，现在就站出来。其他人只要额头抵地，我就原谅你们对阿曼恩密旨的不敬。"

整个王座厅的人皆采取明智之举，纷纷跪倒，额头抵地。他们肯定还在阴谋策划，忍受跪拜女人的羞辱，但是没有人，

包括贾阳在内，蠢到在她展现那种神力之后还敢公然挑衅她。

　　除了年长的阿雷维拉克以外。当其他人跪倒在地时，年长的达玛基大步走到王座厅中央，抬头挺胸。英内薇拉暗自叹了口气，不过外表不动声色。她一点也不想杀害达玛基，但是阿曼恩早在许多年前就该杀了他。或许该是纠正这个错误，铲除贝丽娜的长子马吉所面临的威胁的时候了。

　　所有其他部族都彻底臣服。只有阿雷维拉克在反抗阿曼恩之后还能活下来讲述当时的故事。这个老家伙在那场决斗中赢得无上荣耀，阿曼恩还蠢到赐给他一项其他部族都没有的特权——当他去世时，阿雷维拉克的子嗣有权挑战阿曼恩的马甲部族子嗣，争夺马甲部族的统治权。

　　阿曼恩显然认定马吉会成为伟大的战士，赢得决斗，但那个孩子今年才十五岁。阿雷维拉克每一个儿子都能轻松置之死地。

　　阿雷维拉克深深鞠躬，胡子距离地面不到一寸。八十多岁的老人动作如此矫健实在很了不起。据说阿曼恩自坐上头骨王座台阶时，他就是最大的阻碍。阿曼恩扯断了达玛基的手臂，但他并未因此心生恐惧。自己的魔法同样无法使他却步并非意料之外。

　　"神圣的达玛佳，"阿雷维拉克开口道。"请原谅我对你和阿山达玛基提出质疑。他一直公正并荣誉地领导卡吉部族和达玛基议会。"他看向依然站在王座台下朝他点头的阿山。

　　"但是打从世间出现安德拉以来，就没有任何一任安德拉是指派上任的。"阿雷维拉克继续说道。"这样做有违我们所有圣典和传统。想要戴上珠宝头巾的人必须面对其他达玛基的挑战，所有达玛基都有资格坐上王座。我很了解霍许卡敏之子，我不认为他会忘记这项传统。"

阿山鞠躬回应:"尊贵的达玛基说的没错。沙达玛卡指示我要立刻宣告就任,杀死任何挡在我与王座之间的人,不让其他达玛基有机会谋害他的达玛子嗣。"

阿雷维拉克点头,转而直视英内薇拉的双眼。连他也在她展示实力时吃了一惊,但他已经冷静下来,灵气平和。"我不是斗胆忤逆你的命令,达玛佳,或是解放者的,但是要让众部族接受新的安德拉,我们就必须遵照传统。"

英内薇拉张嘴欲言,不过阿山抢先开口:"当然,达玛基。"他鞠躬,转向其他达玛基。根据传统,达玛基可以轮流挑战他,从最小的部族开始。

英内薇拉想要阻止此事。她想要强迫男人遵照她的命令,让他们了解不可违逆她。但是男人的骄傲还是有底线的。阿山比其他达玛基年轻一大截,本身也是一名沙鲁沙克大师。她必须相信他有能力争夺王座,就像阿曼恩一样。

她一点也不在乎那些达玛基——没有任何一个值得她解决他们惹出来的麻烦。她宁愿除掉所有达玛基,让阿曼恩其他妻子的达玛子嗣直接控制其他部族。

阿雷维拉克是唯一让她担心的达玛基,但是霍拉魔法可以确保马吉在与老达玛基的子嗣争夺统治权时胜出。

"色拉奇部族的克维拉达玛基,"阿山点名,"你想为珠宝头巾挑战我吗?"

依然跪拜在地的克维拉坐起身来,直视阿山双眼。达玛基已经六十多岁,不过依然精力充沛。他是真正的战士祭司。

"不,达玛基,"克维拉说,"色拉奇部族对解放者忠心耿耿,如果他希望你接管珠宝头巾,我们不会提出挑战。"

阿山点头,然后继续点名下一个达玛基,不过答案都一样。许多达玛基都在戴上黑头巾后就养尊处优,不是阿山的对手,

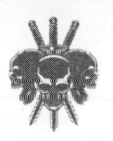

其他人则依然忠于阿曼恩，或至少怕他真的突然会回来。所有人都怀揣私心，但是随着阿山一个部族一个部族问上去，没有任何达玛基提出挑战。

直到阿雷维拉克。独臂老祭司立刻迎上前去，挡住阿山通往王座台阶的道路，摆开沙鲁沙克的架势。他膝盖弯曲，一脚对准阿山，另一脚在一步距离外跟前脚垂直。他独臂前探，掌心向上，挺直手指指向阿山的心脏。

"原谅我，达玛基，"他对阿山道，"但是只有最强的英雄才有资格坐上头骨王座。"

阿山深深鞠躬，拉开架势，道："我很荣幸能接受你的挑战。"接着，他毫不迟疑地展开冲刺。

阿山一进入攻击范围立刻停步，抵消能让阿雷维拉克借力打力的动作。他的拳脚速度惊人，但是阿雷维拉克的独臂动作快到与两条手臂无异，挡下他所有攻势。他试图借势而上，将攻击的力道化为抛掷，但是阿山迅速移动，很难抓住。

英内薇拉向来不把达玛沙鲁沙克放在眼里，因为达玛丁的沙鲁沙克更加神秘莫测，但她还是不得不承认这两个男人打得精彩绝伦。单从他们的灵气来看，他们就与在泡热水澡一样酣畅。

阿雷维拉克的动作宛如毒蛇，不断闪躲阿山的踢击。他施展一个回旋踢，紧接着又是一脚连达玛丁也未必施展得出来的凌空飞踢。阿山试图拉开距离，但这一脚完全出乎意料，直接踢中他的下巴，让他后退一步，失去重心。

英内薇拉吐出一口气舒缓紧绷的情绪，看着年长的达玛基上前利用阿山失去重心的机会。他的手指如同矛尖般刺向阿山的喉咙。

阿山及时挡下这一击，顺势带动阿雷维拉克的身形，老人

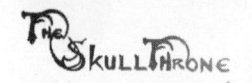

如果反抗，阿山就能扭断他手臂。

但是阿雷维拉克没有反抗。事实上，大家都看出他就是要阿山这么做，利用阿山本身的力量帮他纵身跃起，双脚空中交叉，勾住阿山的脖子。他凭空转身，利用身体的重量加强力道，阿山却束手无策，只能放松肌肉，任由对方将他摔倒在地，以免扭断脖子。

可是阿山并没有放弃。他在阿雷维拉克尚在空中时反弹而起，利用这股力道直击而上。即使是硬朗的阿雷维拉克也无法轻松接住这一击，阿山则趁机双脚一缩，翻身而起，随即转过去与达玛基相对而立。

阿雷维拉克火大了。英内薇拉看得出来，他的灵气外围出现一层薄薄的红膜。但是他没有受到情绪的影响。他暗聚力量，灌入动作之中，赋予他骇人的力量和速度。他将独臂当作匕首出招，仿佛懂得达玛丁沙鲁沙克中的攻击要害的技能。阿山肩膀中招，右手至少会瘫痪数分钟。这在艾弗伦伟大的计划中算不上久，但在打斗中就足以颠覆结局。

英内薇拉开始盘算，如果让阿雷维拉克坐上王座的话，对自己会产生怎样的影响。

然而阿山再度做出惊人之举，拉开与阿雷维拉克差不多的架势，开始专注在防守上。他在大理石地板上快速踏步，前后移动，迫使阿雷维拉克转身反应，但总是在全力进攻时收手，以免年长的达玛基借力反击。一次又一次，阿雷维拉克攻击他，但阿山每一次都架开他的手，持续移动。他闪过阿雷维拉克的踢腿，或是用大腿、小腿和手臂挡下来。他维持步调，灵气平和，直到阿雷维拉克终于露出疲态为止。年长的达玛基毕竟体力有限，他的动作开始变慢了。

再度踏步上前时，他的速度已经无法阻止阿山踩住他的脚。

阿雷维拉克刺出右掌，但是阿山扣住他的手腕，钳制住他，同时转动腰身，强化不再麻痹的右手，朝对手胸口挥出猛拳。

阿雷维拉克狂喷一口气，向后跌倒，但阿山紧扣他的手臂，在对手恢复过来前追加好几拳，坚硬的指节沉入达玛基右臂的肩窝。他扫倒阿雷维拉克的脚，令他背部重重着地，摔倒在大理石上的撞击声于王座厅中不停回荡。

阿雷维拉克抬头看着阿山，目光坚定。"干得好，安德拉。带着荣耀解决我，坐上台阶上的王座。"

阿山面带悲哀地看着年长的达玛基。"我很荣幸能与你交手，达玛基。你在沙鲁沙克大师间的声望果然不是浪得虚名。但是传统之道并没有要求我取你性命，只不过是从道路上排除阻碍。"

他转身就要离开，但是阿雷维拉克灵气暴涨，英内薇拉第一次看到他如此接近失控边缘。他伸出颤抖的手指抓住阿山的衣角。

"马吉还在绑拜多布！"阿雷维拉克咳道，"杀了我，让阿雷维伦继承黑头巾。没有人会伤害解放者的儿子。"

阿山抬头看向英内薇拉。这个提议很吸引人。马吉可以摆脱阿曼恩发下的愚蠢誓言，不过马甲部族会换成年轻的达玛基，有可能统治数十年之久。她微微摇头。

"很抱歉，达玛基。"阿山说着自老人手中扯开袍子。"但是解放者还有用得到你的地方，尚未轮到你踏上孤独之道。如果在你死时，有任何人不是在宫廷里透过公开挑战的形式伤害解放者的马甲子嗣，就连我对你所怀抱的敬意也不能阻止我杀光你们家族所有男丁。"他再度转身，大步走向通往头骨王座的七级台阶。

阿桑在台阶下阻挡住了他的去路。

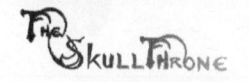

英内薇拉嘶吼一声。"你这个笨孩子想干吗?"

"很抱歉,姑丈。"阿桑行了个正式的沙鲁沙克礼。"相信你了解这并非私人恩怨。你待我如同父亲,但我是解放者最年长的达玛子嗣,与所有在场达玛基一样有权挑战你。"

阿山看起来十分惊讶,不过他没有拒绝挑战。他鞠躬回礼。"当然,外甥。你的荣耀无止无尽。但我不会让我女儿沦为寡妇,也不会让我外孙子没有父亲。我只说一次,请你让开。"

阿桑哀伤地摇头。"我也不会让我表姊和妻子没有父亲。让我阿姨没有丈夫。宣告退位,让我继位。"

贾阳跳起身来。"这算什么?我要求……!"

"闭嘴!"英内薇拉吼道。这一次她不需要魔法强化,她的声音在殿上回荡。"阿桑,过来!"

阿桑转身,动作轻快地爬上台阶,站在英内薇拉的枕头床前。经过王座时,他的灵气光芒大作。那是觊觎宝座的现象吗?英内薇拉暗自记下这种现象,同时操作身边一座小石台上的光滑石块,隐蔽一些魔印,又更换一些魔印。她可以透过架设在王座厅四周的霍拉提供魔力,利用这些石块控制数种效果,现在她架构出无形的隔音墙围住枕头床,除了她儿子外,没人听得见她说话。

"你必须放弃这个愚蠢的挑战,儿子。"英内薇拉说,"阿山会杀了你。"她见识过阿桑的沙鲁沙克,心知这话未必是事实,但现在不是夸奖这个年轻人的时候。

"要有信心,母亲。"阿桑说,"我这辈子都在等待这一天,我会获胜的。"

"你不会。因为你不会继续挑战阿山。这不是,是艾弗伦的旨意。也不是你父亲的。不是我的。"

"如果艾弗伦不希望我取得王位,我就不会取得。"阿桑

说,"如果那是他的意愿,那就也该是父亲和你的意愿。"

"等等,我儿,"英内薇拉说,"我求你。我们一直都打算把珠宝头巾交给你,但现在还不是时候。如果你现在接下珠宝头巾,贾阳就会率领沙鲁姆叛变。"

"那我就连他一起杀了。"阿桑说。

"沙拉克卡即将到来,而你还要在内战中统治人民?"英内薇拉说,"不。我不允许你杀害你的兄弟。如果你坚持,我就亲手除掉你。收回挑战,你就会在阿山死后继位安德拉。我保证。"

"现在宣布。"阿桑说,"在所有人齐聚一堂的时候,不然就如你所说除掉我。任何其他做法都不足以阻止我挑战的荣誉。"

英内薇拉深吸口气,让体内充满空气,然后带着她的情绪吐出体外。她点头,滑动石台上的石块,移除隔音帘幕。

"阿山死后,阿桑将有权挑战达玛基,争取珠宝头巾。"

贾阳的灵气情绪激动,怒气有增无减,不过似乎暂时未爆发。如果他弟弟阿桑有机会争夺比他更高的地位,没人知道他会做出什么事情。但是看到阿桑遭受打压至少暂时能让贾阳的心里稍稍平和一些。阿山还不到四十岁,会在贾阳取得父亲的皇冠前阻挡在阿桑和王座之间。

贾阳以长矛重击地板,没有作告退礼,就转身愤然离开王座厅。他的凯沙鲁姆随之纷纷退出,英内薇拉在他们还有许多达玛基眼中看出,他们认为解放者长子的继承权被剥夺了。沙鲁姆崇拜贾阳,而他们的人数远比达玛要多。他的愤怒将导致威胁与日俱增。

但他暂时不会惹事,英内薇拉在阿山终于爬上高台,坐上头骨王座时松了口气。他看向聚在台下的顾问,依照英内薇拉的指示发言,虽然她听得出来有点言不由衷。

"我很荣幸在沙达玛卡远行期间暂代王座,愿艾弗伦保佑他的圣名。我会尽量保持解放者宫廷的原貌,由达玛基阿雷维拉克代表议会发言,卡菲特阿邦继续担任宫廷书记兼后勤协助。一如往常,头骨王座不会原谅任何胆敢阻扰或伤害他和他的利益之人。"

※

英内薇拉朝贝丽娜动动手指,马甲达玛基丁带着霍拉上前治疗阿雷维拉克。没多久,年老的达玛基就双脚颤抖地站起身来。不适应的感觉很快就会消失,到时候他将比之前更加强壮。他起身第一件事就是朝头骨王座鞠躬表示效忠。

尽管这个效忠的举动令英内薇拉感到满意,但还是无法与阿山向她请示这场戏演完了没有的眼神相提并论。她微微点头,阿山命令达玛基散会,接着走向阿苏卡吉和阿桑,还有他的顾问,哈尔文和希瓦里。

"各位小妹。"英内薇拉说,达玛基丁在男人鱼贯而出时暂时留下,在王座台前进行私人觐见。

"你有所保留,达玛佳。我的骨骸预见阿曼恩永不归返。"贝丽娜语气冷静,但灵气闪烁不定。大部分达玛基丁反应都一样。她们不但失去了领袖,还失去了丈夫。

"究竟发生了什么事?能不能都告诉我们?"夸莎问。色拉奇达玛基丁自制力不如贝丽娜,语气无法维持冷静。她最后一个字听来仿佛玻璃上出现裂痕般哀鸣。

"阿曼恩在取得圣矛后并没有斩杀帕尔青恩。"英内薇拉说,语气十足无奈。"对方活了下来,对他提出多明沙鲁姆。"

女人们开始议论纷纷。多明沙鲁姆字面上的意义就是"两个战士",乃是三千年前由卡吉本人与其同父异母的凶残弟弟马甲第一次进行的决斗仪式的名称。据说他们在奈的胸膛,南方山脉中最高的山峰上大战七天七夜。

"事情当然没这么简单。"达玛基丁魁娃说,"我不相信有人能在公平决斗中击败沙达玛卡。"

其他女人也表示认同。她们无法想象任何人或恶魔能单独挑战阿曼恩,特别是手持卡吉之矛时。

"帕尔青恩全身都以墨水文满魔印。"英内薇拉说,"我也想不明白,但是魔印让他拥有恶魔一样的恐怖力量。阿曼恩在决斗中占了上风,本来可以除掉对手的,但是太阳下山后,帕尔青恩就像从深渊现形的阿拉盖一样化身魔雾,沙达玛卡的拳头根本碰不到他。帕尔青恩拖着他一起跳下山崖,我们四处搜遍了,也没有找到他们的尸体。"

夸莎放声痛哭起来。苏恩金部族的达玛基丁贾丝雅上前安慰她,不过她自己也开始啜泣。围成半圆的女人纷纷哭泣。

"都给我打住!"英内薇拉嘶声喊道,她强化过的嗓音如同鞭子抽打在哭声上。"你们是达玛基丁,不是什么可悲的戴尔丁吉娃,为死去的沙鲁姆哭满泪瓶。克拉西亚要靠我们支撑。我们必须相信阿曼恩会大胜回来,努力守护他的帝国,直到他完成统一大业为止。"

"如果他不回来呢?"达玛基丁魁娃问,声音如同平静的清风。她是唯一没有痛失丈夫的达玛基丁。

"那我们就努力维持部族团结,直到找出适当的继承人为止。"英内薇拉说,"他回不回来完全不影响我们此时此刻必须采取的行动。"

她看向所有女人。"阿曼恩失踪,祭司就会试图夺取我们的权力。你们看到我对达玛基展示的魔力。你们每个人都有根

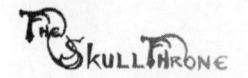

备用的霍拉魔杖,现在和手下最强大的达玛丁必须找机会展示力量。隐藏我们实力的时刻已经过去了。"

她环顾围成半圆的女人,在片刻前还哭红双眼的脸上看见坚定的神情。"所有奈达玛丁都要开始准备新的霍拉以便施法,都要在法袍上加绣北地人的隐身魔印。阿邦会运送金丝到所有达玛丁的宫殿。我们不必理会任何试图阻扰我们夜间出门的人。如果男人胆敢阻扰你们,教训他们,公开教训。杀阿拉盖、治疗濒死的战士。我们要让克拉西亚的男人知道,我们是男人和恶魔都该惧怕的力量,而且不在乎弄脏我们的指甲。"

第三章　阿希雅

333 AR　秋

　　阿希雅在看到丈夫为了坐上头骨王座而挑战她父亲时，吓得浑身僵硬。她无法想象自己出面干涉战果的情况，而且不管是谁胜谁负，都会大大改变她的生活。

　　她深吸一大口气，尽力再度找回心中的自我。一切都是"英内薇拉"。她微微转身，放松一些部位的肌肉，又绷紧其他部位的肌肉，维持悬挂在头骨王座左侧壁龛上方的姿势，以手指和脚趾让自己身体固定在拱形天花板上。她可以用这个姿势一直保持下去，甚至挂在上面睡觉。

　　王座厅对面，她的长矛姊妹蜜佳也在相对的壁龛上保持着同样的姿势，无声地透过拱廊雕饰品后的针孔观察形势。贾娃待在头骨王座后方的柱子后，除了解放者和达玛佳外没有人可以通过。

　　借助阴影的遮掩，就算有人走进壁龛也不会发现凯沙鲁姆丁。但是一旦达玛佳身受威胁，她们就必须立刻现身，抛出一把尖锐的魔印玻璃。只要两口气的时间，她们就会手持长矛和盾牌，将她从任何危险之前救下来。

　　凯沙鲁姆丁和日渐众多的长矛姊妹会在达玛佳受到威胁时公开守护她，但是英内薇拉希望她们尽可能保持隐形人身份。

　　宫廷会议终于散会，只留下达玛佳和她最信任的两名顾问，达玛基丁魁娃和她女儿，奈达玛基梅兰。"

达玛佳轻轻弹指，阿希雅和蜜佳无声飘落下地。贾娃也从柱子后方现身，三人护着达玛佳走向她的私人住所。

解放者的戴尔丁妻室，塔拉佳和艾佛拉莉雅，准备好饮料等她归来。她们的目光飘向她们女儿，蜜佳和贾娃，但她们知道不可以在凯沙鲁姆丁守护达玛佳时与她们闲聊。反正在任何情况下，她们也都没什么好聊的。

"我们帮你准备好洗澡水，达玛佳。"塔拉佳说。

"还有干净的丝袍。"艾佛拉莉雅补充道。

阿希雅依然无法相信这些逢迎拍马的温顺女子都是解放者的妻子，虽然她神圣的舅舅在掌权前数年就娶了她们。她会以为这些女人隐藏了她们的技能和力量，就像她从前所受训练一样。

这些年来，阿希雅已经认清了事实。如今塔拉佳和艾佛拉莉雅只是名义上的妻子，因为她们的子宫已经生不出孩子了。她们充其量只是解放者白袍妻子的佣人。

但是对英内薇拉而言，阿希雅心想，我也好不了多少。

"我需要换一套新的丝袍。"英内薇拉说，"解放者出门远行。在他回来前，我只穿不透明的服饰。"两个女人点头，立刻遵命行动起来。

"还有其他消息。"英内薇拉转过头来，先是望向魁娃和梅兰，接着目光望向阿希雅和她的长矛姊妹身上。

"安奇度死了。"

❦

阿希雅想象棕榈树在来袭的强风中弯腰。她向达马佳鞠躬。身后一步外的蜜佳和贾娃也做一样的动作。"谢谢你告诉我们，达玛佳。"她的语气冷静平淡，双眼小心翼翼地凝望地面，透过眼角视物，"我不会问他是否英勇战死，因为不可能不是。"

英内薇拉点头。"安奇度的荣誉早在他为了学习达玛丁沙鲁沙克的秘密而割舌断男根，服侍我的前任姐妹之前就已经数不胜数。"

梅兰在英内薇拉提到她的前任——魁娃的母亲、梅兰的祖母、达玛基丁坎内娃——时浑身一僵。据说达玛佳为了争夺部族女性的领导权而狠心掐死了她。魁娃面无表情。

"安奇度是死在一只阿拉盖化身魔、奈的王子的护卫手中。"英内薇拉继续道，"这种化身恶魔可以模仿任何形体，不管是眼前存在还是想象中的生物。我亲眼看着解放者与其中之一搏斗。安奇度尽忠职守，在保护阿曼娃、希克娃和她们荣耀的丈夫杰桑之子时死去。你们的表姊妹因为他的保护而好好地活了下来。"

阿希雅点头，弯曲心中的自我，接受这个噩耗。"这只……化身魔还活着吗？"如果还活着的话，她会想办法找它复仇，就算要直接追到奈的深渊去也在所不惜。

英内薇拉摇头。"阿曼娃和杰桑之子削弱怪物的实力，但是动手取走它污秽性命的人却是帕尔青恩的那位吉娃卡。"

"能够击败我们高贵的老师都无法击败的恶魔，她必定凶悍无比。"

"如果有机会遇上的话，你们一定要小心那个恶魔。"达玛佳同意，"她几乎和她丈夫一样深不可测，但我估摸他俩都过度沉浸在阿拉盖魔法中，进而受到阿拉盖魔力中的疯狂所操控。"

阿希雅双手交握，目光依然盯着地板。"我的长矛姊妹和我请求达玛佳允许，让我们进入黑夜，每人杀死七只阿拉盖，

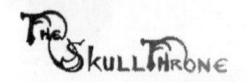

一根天堂之柱一只，借以纪念恩师的荣耀，引导他踏上孤独之道。"

达马佳手指轻挥。"当然。全力协助沙鲁姆。"

阿希雅十分仔细地在指甲上绘印，她的指甲不像贵妇和某些达玛丁留得那么长。安奇度的学生留着战士的指甲，只比指尖长出一点，适合握持武器。

但是阿希雅不需要用指甲去抓阿拉盖。其实只需交给匕首或是矛尖就行了。她这么做另有妙用。

透过眼角，她安安静静地望着她的长矛姊妹，四周只有为了夜晚准备保养武器发出油和皮革的声响。

达玛佳赐给她的凯沙鲁姆丁魔印玻璃制的长矛和盾牌，和解放者长矛队的武器一样。匕首不需要磨尖，不过握柄和系带同样重要，安奇度经常检查她们的装备，不厌其烦。如果盾带上有一条线缝弯了，就算根本看不清楚，也不会影响功能，他还是会徒手拆掉厚皮带，强迫盾牌的主人重做。在其他方面的缺失，其惩罚就没有那么轻微了。

艾弗伦恩惠里留守三名凯沙鲁姆丁，阿希雅、蜜佳和贾娃。蜜佳和贾娃都是解放者的亲生女儿，却是他的戴尔丁妾室——塔拉佳和艾佛拉莉雅——所生，她们也一样不能穿戴白袍。

她们的血脉或许比解放者的外甥女崇高，但阿希雅比蜜佳年长四岁，比贾娃年长六岁。借由每天晚上吸收的魔力，两个女孩已经拥有成年女性的体态，不过她们总是听候阿希雅的指令。

每天都有更多女人被训练成为沙鲁姆丁，但只有她们是解放者的血脉。只有她们配戴白面纱。

只有她们由安奇度亲自调教。

那天傍晚，城门开启，沙鲁姆步入号称新大迷宫的区域。两小时后，夜色已然全黑，三名凯沙鲁姆丁和六名新长矛姊妹无声地溜过城墙。

达玛佳授令她们"协助"沙鲁姆的指示十分明确。她们会在恶魔最多的新大迷宫外缘伏击，协助那些有勇无谋的沙鲁姆巡逻，解救那些沉浸在魔法的狂热下，一心只想屠杀阿拉盖而不顾自己安危的勇士。

阿希雅和她的长矛姊妹会出面救援男人。这种做法的本意是要尽可能与沙鲁姆产生鲜血羁绊，但是被女人拯救会伤害战士的自尊。这同样也在达玛佳的计划中，要她们刺激男人们发起挑衅，打死或打残一定数量的男人，让其他男人懂得尊重。

她们步伐迅捷，行军快速。黑袍上绣有隐形魔印，阿拉盖完全看不见她们，而她们的面纱上则有魔印视觉，让她们夜间视物如同白昼。

没过多久，她们就发现了四个过于激动的马甲戴尔沙鲁姆，脱离他们的部队，遇上了一群田野恶魔。三头恶魔已被斩杀，不过其中一名沙鲁姆也抱着血淋淋的小腿倒地。他的伙伴不理会他，也枉顾他们平日的训练——在摆开阵型或许就能杀出重围的情况下各自为战。

沉浸在阿拉盖魔力的疯狂中，阿希雅朝姊妹比画手语。她们知道魔法会让她们疯狂，但是保持心中自我的战士可以轻易摆脱这种狂妄。我们必须从她们自己手中拯救她们。

阿希雅亲手出矛刺死那头眼看就要杀死受伤的沙鲁姆的田野恶魔，蜜佳、贾娃和其他沙鲁姆丁则攻向其他的恶魔。

死在矛下的恶魔往她体内灌注一股魔力。在艾弗伦的魔光

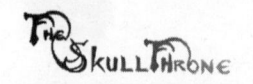

下,她看见魔力如同火焰般沿着她灵气中的力量线流窜。与《伊弗佳丁》中所描绘的力量线和她老师刺在身体上的线条一样——安奇度之谜。

阿希雅感受力量与速度暴增,心知人有多容易受到这种快感刺激。攻击的渴望驱使她心中的自我,让她觉得自己所向披靡。她如同风中棕榈树般弯曲意志,让其透体而过。

阿希雅检视沙鲁姆腿上深深的伤口,伤口已经在他所吸收的阿拉盖魔力影响下开始愈合。"下一次,记得算准盾牌的角度。"

"你们女人怎么会懂这种事情?"战士大声问道。

阿希雅起身。"这个女人救了你一命,沙鲁姆。"

一只恶魔朝她扑来,但她用盾牌挡住它,把它推向另一个戴尔沙鲁姆,后者出矛,狠狠刺穿它。那已是致命一击,但是沙鲁姆拔出长矛,一矛接着一矛猛刺,边刺还边大声怒吼。

这时,另一头恶魔从他背后扑了上来,阿希雅必须推开面前的沙鲁姆去攻击它。她划过恶魔,但是角度偏了一些,阿拉盖扑击的势道撞飞了她的武器。

阿希雅后退两步,以盾牌架开恶魔的利爪。恶魔试图咬她,她将盾牌边缘塞入它的嘴中,高高举起,露出它柔软的腹部。她一脚将它踢倒在地,然后在它起身之前扑到它身上,钳制它的四肢,用匕首插入它的喉咙。

正要起身时,后脑突然中了重重一击。她顺势翻滚,起身面对刚刚被她所救的那个沙鲁姆。他目露凶光,摆出显然充满敌意的架势。

"你竟敢推倒我,你个女人?"他吼道。

阿希雅环顾战场。最后一头恶魔已经倒地,她的沙鲁姆丁毫发无伤,摆开紧密的阵型。她们目光冰冷地看着那名沙鲁姆。

受伤的沙鲁姆依然待在地上，但是其他人都迎上前来包围她。

不要动手，阿希雅以手指告诉她们。我会处理。

"找出你的心中自我！"她在该名沙鲁姆再度进攻时叫道，"我救了你，你欠我一命！"

沙鲁姆啐道："我可以轻松击毙那头阿拉盖，就像另外那头一样。"

"就是被我打昏在你脚边的那头？"阿希雅问，"在我的姊妹屠杀那群本来会杀光你们的阿拉盖时？"

男人以挥动长矛作为响应，打算抽打她的脸。阿希雅一把借势抓住矛柄，顺势扭动，直到战士的手腕脱臼为止。

其他沙鲁姆展开猛烈攻击，他们体内的魔法大幅强化侵略和厌恶女人的天性。光是在战场上遭受挫败，需要人救就已经够丢人了，还被女人救更是莫大耻辱。

阿希雅绕到战士身后，翻过他的背，踢中另一个男人的脸。那名男子摔倒的同时，她冲向第三个沙鲁姆，格开他的矛尖，一巴掌抽在他的额头上。他在震惊中向后跌开，但阿希雅一把抓起他，顺势抛向另外两名还挣扎着起身欲行攻击的沙鲁姆。

当男人爬起身来后，他们发现自己已经被沙鲁姆丁团团包围，鼻尖被她们的矛尖指着。

"可悲。"阿希雅撩起面纱，朝男人的脚边吐口水，"你们的沙鲁沙克就与你们的自制力一样不堪一击，竟然让自己受到阿拉盖魔力的驱使。抬起你们的伙伴，和部队会合，别让我对你们失去耐心。"

她不等他们响应，率领长矛姊妹隐身在漆黑的夜色中。

我们的长矛兄弟宁愿攻击我们也不愿接受我们的帮助，贾娃在她们奔跑时比手语道。

暂时如此，阿希雅也以手语响应，他们会学着尊重沙鲁姆

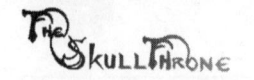

丁。我们是解放者的血脉，而他会在沙拉克卡开始之前重整这群乌合之众。

万一我神圣的父亲不再回来呢？贾娃打手势，少了他，艾弗伦的部队会陷入什么状态？

他会回来的，阿希雅手语道，他是解放者。他不在期间，我们必须替所有人树立榜样。来吧！我们杀的阿拉盖还不到足以送老师前往天堂的一半数量。

她们继续前进，但是大部分沙鲁姆都敬畏黑夜——还有他们自己的极限——所以她们没有发现其他需要处理的状况。她们继续深入，抛下沙鲁姆巡逻队，穿越新大迷宫，来到北地人称之为黑夜的区域。

阿希雅找到一群阿拉盖路过的足迹，其他人安安静静地跟着她展开追踪。她们偷袭了将近三十只毫无所觉的阿拉盖，攻入这群阿拉盖中心，然后以盾牌组成圆阵。阿希雅信任两旁的姊妹能够保护她，而她们也信任她。在不需要担心反击的情况下，她们开始沉着冷静地屠杀恶魔，就像压熄烛火一样，一只接着一只。每杀一只就有一股魔力窜入女人部队中，让她们更加强壮。魔力开始影响她们的意志，但对保持心中的自我的女人而言不过是一阵微风。

眼见死伤过半，恶魔终于开始逃命了。阿希雅和她的姊妹已经把它们赶入两侧坡度很陡的溪谷，不利于她们扑击。在阿希雅的指示下，她的姊妹分成较小的阵型，每一队应付几头恶魔。

阿希雅让一群阿拉盖挡在她和其他姊妹之间，引诱它们包围她，逐步逼近。她可以看见它们四肢上的力量线。她闭上双眼，深吸一口气。

为了你的荣誉，老师。她抛开矛和盾，睁开双眼，摆开沙

鲁沙克架势。

众恶魔大叫一声，朝她扑去，但阿希雅可以透过恶魔灵气中的力量线看穿它们攻击的手法。借由窃取而来的魔力强化速度，她弯腰回旋，一掌击中首当其冲的恶魔下巴，将它攻击的冲势转向其他两头恶魔身上。她跨步闪避，出指插入一头恶魔的腹部，将其甩向一旁。

她指甲上的魔印绽放魔光，直接接触产生的魔法反馈力比透过长矛木柄传递的强上百倍。田野恶魔被飞身弹出去，肋骨焦黑，瘫倒在地上，不过还想挣扎着起身。阿希雅在另一头恶魔蓄势扑出前踢中它的腿，踢得它仰倒在地。她以手刀砍中下一头恶魔的一边脑袋，令其一时失去视觉。

那个男人怎么敢从后面偷袭自己？自己应该杀了他，给其他男人立个威。

阿拉盖朝她猛挥前脚，但是她轻易挡下它的利爪，上前展开下一波攻势。她闪入恶魔的防御范围内，手指插入它的咽喉。在攻击的力道和滚烫的魔力加持下，恶魔被击得皮开肉绽，脓汁四溅。

阿希雅将整条手臂插入恶魔的胸口。一旦攻破坚硬的外壳，恶魔的内脏就和地表任何生物一样柔软。她运指成拳，扯出一把内脏。如今她的灵魂中充斥着震耳欲聋的魔力。

解放者失踪了。达玛佳游走在匕首边缘。安奇度死了。她自己的长矛兄弟宁愿为了该死的自尊杀死自己，也不要接受她的帮助。一切实在太难以想象了。

她狂性大发，放弃攻守兼宜的架势，开始追击撤退的恶魔，而不是引诱它们进攻。她刚刚才为了同样的行为责备戴尔沙鲁姆，但她是解放者的血脉。她意志坚定。

她抓住下一头扑向她的恶魔的脑袋，顺势回旋，利用它的

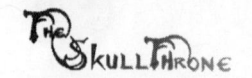

冲势将它的脖子拧了下来。

阿希雅继续冲刺，拳打脚踢，拉开架势，以致命的指甲对付阿拉盖的力量线。

她眼角视线开始变红，眼中只看得见下一头恶魔。她甚至没有费心去看它们的身体，只看得见它们的真实形态——灵气中的力量线。她只看见那些，也只攻击那些。突然间她视线变黑，进攻时绊了一跤。另一个目标突然出现，她奋力出击，结果却打中一张魔印玻璃盾。

"姊！"蜜佳叫道，"找回心中的自我！"

阿希雅这才知道自己脱离了理智。她当时浑身都是脓汁，四周躺满阿拉盖。一共七头。溪谷里的阿拉盖都死光了，蜜佳、贾娃和其他人都瞪大眼睛盯着她。

蜜佳抓起她的手肘。"刚才你怎么了？"

"什么？"阿希雅说，"我在用沙鲁沙克向老师致敬。"

蜜佳皱起眉头，压低音量，不让其他人听见。"你知道我在说什么，姊姊。你被魔力驱使了。你想向老师致敬，但这种鲁莽的行为只会让恩师蒙羞，特别是在我们这些小妹妹面前。幸好没让那些沙鲁姆看到。"

这些年来，阿希雅承受过无数攻击，但是没有一次比这些话伤她更重。阿希雅很想否认，但是完全恢复理智后，她也找到了自我。

"艾弗伦原谅我。"她低声道。

蜜佳轻轻捏了捏她的手肘。"我了解，姊姊。我也感觉到魔力高涨。但是我们一直以你为榜样。如今老师死了，我们就只剩下你了。"

阿希雅牵起蜜佳的手，紧紧握住。"不，亲爱的妹妹。剩下我们了。山娃走了，沙鲁姆丁也会以你和贾娃为榜样。你必须为了她们表现坚强，就像你今晚为我所做的一样。"

✿

回到宫殿中她与阿桑和他们的小宝宝卡吉居住的房间时，阿希雅的战袍依然沾满恶魔脓汁。

通常她会在回宫殿前脱掉沙鲁姆战袍，换上女人的黑袍，以免加深她和丈夫之间的鸿沟。阿桑一直无法接受她拿起长矛，但那并不是他能决定的事情。当他的父亲解放者册封她为沙鲁姆丁时，他们两个都曾经请求离婚，但是她舅舅拒绝了这个请求，这个决定对她而言仍是一团谜。

不过阿希雅已经厌倦了掩饰，当她晚上出门教训男人、屠杀阿拉盖时，她不愿意继续在家里扮演无助的吉娃角色，只为了维护一个根本不关心她的男人的荣誉。

你会令恩师蒙羞。蜜佳的话在她心中回响。她丈夫的不满与此相比又算得了什么？

她像幽灵一样没有发出任何声响，不过阿桑不在房里——她丈夫很可能跑去新达玛基的宫殿，睡在阿苏卡吉的怀里。只有阿希雅的祖母卡吉娃在家，睡在婴儿房外的沙发上。神圣母亲十分宠爱这个长曾孙，拒绝由其他人代为照料。

"有谁会比他的曾祖母更爱这个孩子？"她总是这么说。言下之意当然表示她认为阿希雅既然拿起长矛，就没法成为一位称职的母亲。

阿希雅轻轻走过，没有吵醒她，关上婴儿房门，低头充满爱意地望着她沉睡的儿子。

她本来不想生这个孩子。她担心怀孕会影响她战士的体格，而且她和阿桑之间根本没有爱。她弟弟要自己姊姊怀上阿桑的子嗣的要求实在令她很伤心。

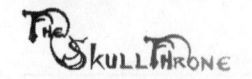

但是完美、可爱的卡吉一点也不恶心。哺乳了几个月,抱着哄他睡觉、举起他的小手触摸自己的脸颊,阿希雅一点也不后悔生下他。他的存在是英内薇拉。

——你会令恩师蒙羞。

嘎啦一声,小床的床缘在她手中粉碎。卡吉睁开双眼,张嘴尖叫。

阿希雅抛开碎裂的木头,伸手去抱男孩。妈妈的触摸向来能安抚他,但这一次卡吉在她怀中扭动,大力挣扎。她想要抓住他,但他叫得更大声了,她发现她摸过的地方浮现瘀青。

黑夜的力量尚未消退。

阿希雅立刻把儿子放回枕头上,神色惊恐地看着他柔软的皮肤瘀青一片,还沾上她身上的恶魔脓汁。空气中弥漫着脓汁的臭味。

房门突然开启,卡吉娃冲入屋内。"你这种时候来吵小孩干什么?"

接着她看见小孩皮肤瘀青、沾染脓汁时大叫出声。她转向阿希雅,怒道:"出去!出去!你该为自己感到羞耻!"

她用力推她,而阿希雅生怕自己力量太大,毫不抵抗地让她赶出房间。卡吉娃把孩子抱在怀里,一脚踢上房门。

这是阿希雅当晚第二度失去心中的自我。她双脚软瘫,跌跌撞撞地走回自己的房间,用力关上房门,然后瘫倒在黑暗中的地板上。

或许我才令人恶心。

多年来第一次,阿希雅掩面而泣。她一心只希望老师在身边陪伴她。

但安奇度已经踏上孤独之道,就像她祖母以她为耻一样,她令他蒙羞。

第四章　沙鲁姆之血

327−332 AR

"坐端正。"卡吉娃大声道,"你是卡吉部族的公主,不是卑贱的卡丁!我,我,我再也找不到配得上你还愿意娶你的男人。"

"是,提卡。"阿希雅打个寒战,尽管澡盆里的水十分温暖,还冒着蒸汽。她才十三岁,完全不急着结婚,但卡吉娃只是借题发挥。无论如何,她在她母亲英蜜珊卓帮她洗背的时候必须坐直。

"绝对不会的,母亲,"英蜜珊卓说,"十三岁、长得漂亮,还是克拉西亚第一部族的达玛基的长女、解放者本人的外甥女,阿希雅是全世界男人最理想的新娘。"

阿希雅又打了个冷颤。她母亲这些话本意是要安抚她,但却适得其反。

和女儿意见不同时,卡吉娃常常会发脾气,这次她却只是耐心地微笑,指示塔拉佳在水里添加热石。她总是这样使唤她们,从婴儿室、厨房到浴室都一样。

她的子民就是她五个戴尔丁女儿——英蜜珊卓、霍许娃、汉雅、塔拉佳和艾佛拉莉雅——以及孙女阿希雅、山娃、希克娃、蜜佳和贾娃。

"看起来贝登达玛同意这种说法。"卡吉娃说。

所有人立刻转头看她。"他的孙子拉吉?"英蜜珊卓问。

秘密说出口,卡吉娃终于忍不住笑容满面。"据说从来没有男人为了一个新娘出这么多聘礼。"

阿希雅难以呼吸。片刻之前,她还以为要过好多年才会面对这种事情,但是……拉吉王子?那个男孩既英俊又强壮,是白袍达玛的子嗣,财富绝对不比安德拉少。她还有什么好要求的?

"他配不上你,姊姊。"

所有人转头看向阿希雅的弟弟阿苏卡吉,他背对女人站在门口。这并不稀奇。通常,没有男人可以进入女人的浴室,但是阿苏卡吉才十二岁,依然在穿拜多布。再说,他是普绪丁,所有女人都知道,他对女人间的八卦比较感兴趣,而不是她们的玉体春光。

家族里所有女人都很喜欢阿苏卡吉。就连卡吉娃也对他喜欢男人不以为意,只要他尽到对家族的义务,愿意娶妻生子就好了。

"亲爱的孩子,"卡吉娃说,"你来做什么?"

"我参加了汉奴帕许。我将会换上白袍。"

卡吉娃领头欢呼。"太好了!当然我们知道你迟早会穿上属于你的白袍的。毕竟你可是解放者的外甥。"

阿苏卡吉耸耸肩道:"你们还是解放者的母亲、妻子、妹妹、外甥女?为什么你们都不能穿白袍,而我必须这样?"

"你是男人。"卡吉娃说,仿佛这个答案再明显不过了。

"那有什么区别?"阿苏卡吉问,"你问阿希雅配得上哪个男人,但是真正的问题是,到底哪个男人配得上我们的阿希雅。"

"卡吉部族里有谁的地位比贝登达玛的子孙还要高贵?"阿

希雅问,"父亲不会把我嫁到其他部族去……对吧?"

"别傻了。"卡吉娃大声道,"这个问题太荒谬了。"

但是当她看着祖母时,她发现她的表情有点迟疑。"那谁配得上她?"

"当然是阿桑呀。"阿苏卡吉说。他和阿桑可是形影不离。

"他是我们的表兄弟!"阿希雅震惊地叫道。

阿苏卡吉耸肩。"那又怎样?根据《伊弗佳》,卡吉的年代里有很多类似表亲结婚的例子。阿桑是沙达玛卡的儿子,英俊、富有、有权有势。再说,他还能巩固我父亲和贾迪尔家族之间的关系。"

"我还是贾迪尔家族的人呢。"卡吉娃说,语气有点严肃,"你父亲是他的妹夫,我则是他母亲。这样还需要巩固什么关系?"

"直接关系。"阿苏卡吉说,"从解放者的直系血脉生下一个儿子。"他大胆看向浴室一眼,直视阿希雅双眼,"你的儿子。"

"你们的关系已经够直接了。"卡吉娃说,"我是神圣母亲。你们全都是解放者的后代。"

阿苏卡吉转回身去,鞠躬道:"我没有不敬的意思,提卡。神圣母亲是个很好的关系,却没有让你脱下黑袍换成白袍。我身受祝福的姊姊也没有。"

卡吉娃为之语塞,阿希雅开始考虑他的话——这也不是没有先例,而且阿桑确实英俊非凡,就像阿苏卡吉所说的一样。他继承了他母亲达玛佳的美貌。阿桑拥有她的相貌和身材,而且善加利用这些优势。

"为什么不推荐贾阳?"她问。

"什么?"阿苏卡吉问。

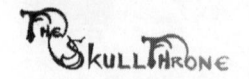

"如果我要如你所说的，前去嫁给表亲，为什么不嫁解放者的长子？"阿希雅问，"除非他要娶他妹妹，唯一比我这个沙达玛卡最年长的外甥女更够格的女人？"

与阿桑不同，贾阳继承了他父亲解放者的外表——身材高大，浑身肌肉。贾阳可是个粗犷的男人，不过强大的气势足以令阿希雅脸红心跳。

阿苏卡吉啐道："沙鲁姆狗。他们是为了大迷宫配种而来的畜生，姊姊。我宁愿你嫁给豺狼，也别选择跟他们过。"

"别再胡扯了！"卡吉娃呵斥道，"别忘了自己的身份，小孩子。解放者本人可也是沙鲁姆。"

"他以前是沙鲁姆。"阿苏卡吉说，"可如今他已换上白袍。"

就在那一天，卡吉娃去跟阿山商量，然后带着阿希雅、山娃和希克娃去找沙达玛卡，命令他册封她们为达玛丁。

但是没人能命令解放者和达玛佳。卡吉娃和她的女儿得到了白面纱。阿希雅和她的表妹则被送往达玛丁宫殿。

☙

"这样很好，姊姊。"阿苏卡吉在女孩被带往达玛佳面前时说道，"现在我们父亲和解放者都没有理由反对你和阿桑的婚事了。"

卡吉娃似乎并不满意，但阿希雅不明就里。解放者已经公开宣告她们是他的血脉，赐予她们荣耀。而阿希雅并不想成为达玛丁，但是天知道她能在她们的宫殿中学到什么。

凯丁。她喜欢这称号。听起来很有分量，很高贵。山娃和希克娃有点害怕，但阿希雅很乐意前往。

达玛佳带着女孩走出大殿，走过她私人专用的通道。这本

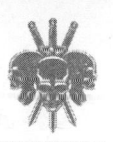

身就是一项无尚荣耀。卡吉部族的达玛基丁魁娃在里面等待她们，还有她的女儿和继承人梅兰，外加达玛佳的一名哑巴阉人守卫。

"这些女孩每天必须安排四个小时学习文字、歌唱和枕边舞蹈，"达马佳告诉达玛基丁魁娃，"其他二十个小时就交给安奇度调教。"

她朝众人点头，阿希雅倒抽一口凉气。山娃紧抓着她，希克娃开始抽泣。

达玛佳不理她们，转向阉人指示道。"把她们打造成材。"

奈达玛基丁梅兰领她们穿越达玛丁的地下宫殿。据说达玛丁能以霍拉魔法治疗任何伤势，但这个女人的手掌和前臂却留着令人恐怖的伤疤，还扭曲变形，其模样如同阿希雅在画中看过的阿拉盖恐怖的魔爪。

希克娃还在抽泣。山娃搂着她，双眼也盈满泪水。

"你是部族中所有年轻女子的榜样，"她父亲曾这样对她说过，"所以我对待你会比其他人要求更加严厉，以免让我们家族蒙羞。"

阿希雅只能掩饰恐惧、压抑泪水。其实，她和表妹一样害怕，但她年纪最大，而她们向来以她为榜样。她骄傲地挺起胸膛，来到一扇小门前。安奇度背靠门旁的墙壁，看着梅兰带她们进入一间大石砖小屋。墙壁上有几排木栓，挂着白袍和长长的白丝带。

"脱下你们的黑袍。"梅兰在门关上之后吩咐道。

她的两个表妹惊呼起来，然后有些迟疑，但阿希雅明白与艾弗伦之妻争辩既愚蠢且毫无用处。她维持自己的尊严，拉下

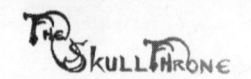

兜帽，从头脱下上好的黑丝袍。丝带包覆着她刚开始发育的胸部。她的拜多布也是上等黑色丝制品，包缠得简单而舒适。

"全部脱光。"梅兰吩咐。她目光飘向还在迟疑的山娃和希克娃，语气变得严厉，"马上！"

片刻之后，三个赤身裸体的女孩，被带往另一边的澡堂，一个大型天然洞窟，上方的石块绽放着耀眼的魔印光芒。澡池的底部是大理石块铺成的。华丽的喷泉汩汩翻滚流动，空气中弥漫着温热的蒸汽。就连卡吉娃的澡堂也没法跟这里相提并论。

水里有几十个女孩，从小孩到即将成年的各个年龄段的女人都有。她们全都站在澡池中洗澡，或是躺在澡池边缘的湿滑石阶上剃毛和修剪指甲。她们几乎同时抬头看向新来的女孩。

阿希雅和妹妹经常与其他女孩一起洗澡，但父亲宫殿中的女子澡堂和这里差别非常大——这里的女孩都是秃头。

阿希雅伸手摸了摸为了取悦未来丈夫而细心保养的一头柔顺油亮的长发。

梅兰看到她的表情。"好好摸一摸吧，女孩。接下来一段时间你都摸不到了。"

她的表妹倒抽一口凉气，山娃伸手护在头上。

阿希雅强迫自己放开头发，双手垂在身侧，吸气保持镇定。"只是头发。会长回来的。"透过眼角，她看到表妹也都冷静下来。

"阿曼娃！"梅兰叫道，一个与希克娃差不多大的女孩迎上前来。她年纪太小，还没有成熟女人的身材，不过她的双眼和脸型都与达马佳很像。

阿希雅松了口气。神圣阿曼娃是她们的表亲，解放者和达玛佳的长女。她俩从前就像阿桑与阿苏卡吉一样亲密。

"表妹！"阿希雅张开双臂，热情招呼。上次和阿曼娃玩在

一起已经是好多年前的事情了，但是无所谓。她们血脉相连，她会在这个奇怪陌生的地方帮助她们。

阿曼娃不理会她，拒绝直视阿希雅的双眼。她比阿希雅年轻几岁，也矮些，但是她的态度显然表示，现在她自认这些表姊妹的地位都比她低贱。她的动作似水般优雅，绕过几个女孩，面对梅兰，以十分大胆的目光看着奈达玛基丁。

"来学枕边舞蹈？"她笑嘻嘻地说。年轻少女来学枕边舞蹈是很正常的事情，不过大部分来自穷苦人家，她们进入达玛丁宫殿学习枕边舞蹈课程，然后被卖到大后宫去。有些少女会回到父亲身边，成为能够换得高额聘礼的新娘。

梅兰点头。"每天一小时。然后一小时学歌唱。一小时学写字，还有一个小时沐浴。"

"剩下二十小时呢？"阿曼娃问，"你不可能让她们待在影之殿里。"这个名词令阿希雅皮肤上冒出鸡皮疙瘩，尽管室温很高，她还是得忍着不颤抖。

但是梅兰摇头。"剩下二十小时要学沙鲁沙克。她们由安奇度训练。"

有些女孩惊呼出声，就连阿曼娃也脸色煞白。

阿希雅强抑怒吼的冲动。她可是解放者的血脉，安奇度只是半个男人，她或许必须遵循他的命令，但是她宁愿死也不要成为他的财产。

"剃光她们的头发，教她们拜多布的缠法。"梅兰吩咐道。

阿曼娃鞠躬。"是，奈达玛丁。"

"谢谢你，表……"阿希雅开口，但是梅兰一走，阿曼娃就转身离开。她轻弹手指，指向三个年纪较大的女孩，她们立刻走到阿希雅和其他人身边，带领她们步入池水。

阿曼娃回到一群女孩之间，继续之前聊天的话题，完全无

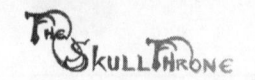

视阿希雅、山娃和希克娃的存在，任由她们美丽的秀发被剪掉，头被剃得干干净净的。阿希雅瞪着前方，强迫自己不要在浓密的头发落地时流泪。

剃完头后，阿曼娃走了过来。她将目光保持在她们头顶，完全不看她们的眼睛。"擦干。"她指向一堆干净整齐的毛巾，"然后跟我来。"

她再度走开后，阿希雅和其他女孩按照吩咐擦干身子，跟着冷漠的表妹回到更衣区。她们后面跟着刚才帮她们剃头的三个女孩。

阿曼娃走过许多捆白色拜多丝布，来到更衣室深处一个光亮的箱子前。"你们不是达玛丁。"她从箱子里拿出黑丝布，丢给她们一人一条，"没资格缠白布。"

"没资格。"她们身后的大女孩复述道。阿希雅深呼吸，吞咽口水。不管是不是艾弗伦未婚妻，她们都是解放者的血脉，不是普通戴尔丁。

当她们缠好薄薄的黑丝拜多布，穿上黑袍走出澡堂时，安奇度已经等在门外。山娃和希克娃已经不哭了，不过还是凑在一起，看着地面。

阿希雅勇敢地抬头直视阉人的双眼。她可是解放者的血脉。如果这家伙胆敢非礼她，她父亲绝对不会只是让他成为阉人。她用不着怕他。

绝对。

阉人没理她，而是瞪着希克娃看，把她吓得有如野狼面前的兔子一样直打哆嗦。他轻蔑地比出一个手势。希克娃愣愣看着，无法理解他的意思，接着又开始哭泣。

安奇度突然伸出一根手指，指向希克娃的脸，吓得希克娃惊呼一声，站直身子。她双眼恐惧万分，看着那根手指。

再一次，安奇度比出那个轻蔑的手势。接着仿佛他那根手指就是唯一支撑她的东西，希克娃再度弯腰，越哭越惨。这个反应让山娃也濒临哭泣边缘，两个人贴在一起，不住颤抖。

"她看不懂你的意思！"阿希雅叫道。她不知道这个哑巴阉人听不听得见声音，因为他连一眼也没看她。

结果安奇度挥出手掌，狠狠甩了希克娃一巴掌，她的脑袋撞到山娃，两人一起撞上墙壁。

阿希雅想都没想就展开行动，上前挡在阉人和其他女孩中间。"你大胆！"她叫道，"我们是卡吉部族的公主，解放者的血脉，不是大市集里的骆驼！沙达玛卡会砍掉你的手。"

安奇度打量她片刻。接着手掌微动，她整个人已经向后飞出，下巴传来一阵奇怪的刺痛感。撞上墙壁的时候，撞击声似乎比冲击的力道还大。那个声音在她落地时于脑中回荡，她知道痛楚很快就会袭来。

但是山娃和希克娃需要她。她伸手撑地，挣扎起身。她年纪最大，有责任要……

她眼角突然一花，接着四周都黑了下来。

她醒来时，安奇度、山娃和希克娃都还待在原地。她好像才昏迷一眨眼的工夫，不过把她的脸颊与地板粘在一块的干血块显示不是这么回事。两个女孩已经不哭了，挺直胸膛站着。她们惊恐地看着她。

阿希雅奋力以膝盖撑地，然后摇摇晃晃地站起身来。她的脸从来没有这么痛过。但这种感觉并没有让她害怕，反而令她愤怒。他或许可以殴打她们，但是这半个男人绝对不敢打死她们，他只是要吓吓她们。

她站稳脚步，再度鼓起勇气直视安奇度。她可没这么容易害怕。

但是阉人根本不理她,只是转过身去,沿着走廊离开,挥手要她们跟上。

三个女孩一言不发地跟了上去。

☙

安奇度站在三个吓坏了的女孩面前,身处一间偌大的圆形石室,以黯淡的魔印光线照明。跟地下宫殿其他地方一样,这里的地面和墙壁都是厚重的石板,表面刻有魔印,不过在长久使用过后已经磨得很光滑。地上的魔印排列成同心圆的形状,像是射箭用的靶子。

除了挂在墙上各式各样的武器之外,这里没有任何家具。矛和盾、弓和箭、阿拉盖捕捉环和格斗短刀、飞刀和短棍、锁链和其他阿希雅叫不出名字的武器。

她们又被迫脱下长袍,挂在门旁的钩子上,身上只穿拜多布。

安奇度同样只穿拜多布。那只是一小块布而已,因为他没有阳具可遮。他的身体精壮,身体光光的,皮肤上文满无数点和线。图案繁复,但是阿希雅觉得其中必然隐含着她所不知的秘密。

这些纹路充满着谜团——安奇度之谜。阿希雅很擅长解谜,从很小的时候开始学习解谜,好让她们日后可以取悦丈夫。

哑巴沙鲁姆摆开沙鲁沙克架势。三个女孩神色茫然地看着他一会儿,眼看他神色越来越不善,阿希雅猜测他的意思,摆出同样的架势。戴尔丁禁止学习沙鲁沙克,但是就和解谜一样,阿希雅和表妹都学过跳舞,而跳舞和沙鲁沙克看起来也没有多少区别。

"跟着他做。"

山娃和希克娃听话照做，安奇度绕着她们，检查姿势。他用力抓着阿希雅的手腕，拉直手臂，粗鲁地将她双脚踢得更开。当他放开她的手，转向山娃之后，她觉得好像依然被他抓着一样。

山娃在大腿被狠狠甩了一下时大声惊呼，跳回一旁，接着安奇度又摆了一次同样的架势。山娃不是傻瓜，立刻再度模仿。她这一次做得比之前中规中矩了些，但安奇度踢开她的脚，让她摔倒在地上。这一下吓得希克娃向后退开，就连阿希雅也停止练习，转头面对他们。

安奇度指向她，这个简单的手势让她心跳暂停。阿希雅恢复之前的架势，希克娃则继续后退。最后她顶到墙壁，像个幽灵般竭尽所能地想要钻到墙里去。

再一次，安奇度摆开架势，山娃立刻爬起来照做。这一次她的脚步跨对了，但是背没有挺直。安奇度抓起连接她光头与下体之间的拜多布条。他用力一扯，大拇指压入山娃的脊椎。她痛得大叫，但在他拉直她的背时完全无力抵抗。

安奇度放手，转向希克娃。女孩神色惊慌地贴墙而立，双掌捂住口鼻，瞪大双眼，泪流满面。阉人顺势摆开架势。

"照做，你这个小笨蛋！"阿希雅眼看女孩毫无反应，忍不住大叫。但希克娃只是摇头，一边啜泣，一边努力想要陷入坚如钢铁的墙壁里。

安奇度以超乎阿希雅想象的速度移动。希克娃试图逃跑，但转眼间安奇度已经出现在她面前，扭过她的手臂，利用逃跑的力量顺势把她抛出去。希克娃在滚向石室中央的同时惨叫不断。

安奇度瞬间赶到，一脚踢中她的肚子。希克娃腾空而起，接着背部着地。她满脸鲜血，唉声呻吟，四肢如同倒地的棕榈

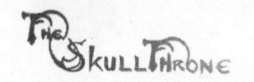

树树叶般瘫在地上。

"看在艾弗伦的分上，起来！"阿希雅大叫，但希克娃没有——或是不能——照她的话做。安奇度又踢了她一脚。然后再一脚。她号啕大哭，不过就和对着雕像哭一样没有半点用处。也许那个阉人是聋子。

他看起来不像是要打残或打死她，却也不像要轻饶她，也不打算在她爬起来摆开架势前停止殴打。他每打一下就会停片刻，给她机会爬起来，但希克娃已经失去理智，恐惧到动弹不得。

她的伤势越来越重。希克娃的鼻子和嘴巴都在流血，脑侧上也多了一道伤口。一只眼睛已经肿起。阿希雅开始以为安奇度会杀了她。她望向山娃，但是女孩呆立原地，无助地看着希克娃挨打。

阉人全神贯注在希克娃身上，没注意到阿希雅停止摆架势，偷偷往墙边走来。圣法禁止她或任何女人碰触长矛，所以她挑了一支沉甸甸的短棍，其上镶有钢环。这根短棍十分称手，似乎很适合她。

多年的舞蹈基础让她可以从安奇度背后迅速无声地接近他。进入攻击范围后，她毫不迟疑，用足以打碎阉人头颅的力道狠狠挥棍。

安奇度本来似乎没有注意到她，却在最后关头及时转身，伸出小拇指插向她的手腕。阿希雅几乎没有感觉，但是这一棍却被转向距离安奇度的脑袋很远的位置。他目光冰冷地看着她，阿希雅明白了，似乎他一直等着，想知道她会不会出手保护自己的表妹。

希克娃躺在地上，血肉模糊，不住地颤抖。

他会打死她，阿希雅心想，只为了测试我。她张牙舞爪，

再度举起短棍挥向他的脑袋,不过是改变方向,从另一个角度出击。

她是在佯攻,趁安奇度反应前转身回旋,打向他的膝盖。

但是哑巴阉人没有中计,又轻轻一指就化解了她的攻击。阿希雅一次又一次朝他挥棍劈砍,但是安奇度轻松挡下所有攻击。她渐渐开始感到恐惧,不知道在他决定结束课程、展开反击时该怎么应付。

片刻过后,答案揭晓,他以左手食指和大拇指扣住她的手腕,顺势扭转。他看起来毫不费力,然而阿希雅的手臂仿佛被石块包住一样,完全动弹不得。安奇度另一手绕过她的手臂,一根手指直挺挺地插入她的肩窝。

阿希雅的手臂立刻麻痹,安奇度手一放开,便软弱无力地瘫在身侧。他做了什么?她没有感觉到手指松开短棍,却听到短棍落地的声音。她低头,强迫自己握拳、举起手臂,但徒劳无功。她咒骂手臂的背叛。

安奇度扑向她,她本能地扬起另一手去挡;他探出一指,那条手臂也瘫落在身侧。她试着后退,而他再度出手。只轻轻一拍,她的双脚便再也无法承受体重。她瘫倒在地,脑袋像球一般在地板上弹了几下。

她奋力翻身,背部着地,视线旋转,看着安奇度大步走到面前。她屏息以待,打定主意不要在最后一击的时候叫出声来。

但安奇度蹲在她身边,轻轻伸手捧起她的脸,却像母亲一样温柔。

他手指抵住她的脑侧,然后用力压下。那种痛完全超乎阿希雅想象,但她咬紧牙关,直到嘴里尝到鲜血的味道,拒绝让他听到自己的叫声。

安奇度越压越紧。阿希雅视线变窄,眼角转黑。片刻过后,

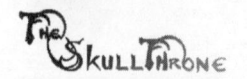

所有影像通通消失。一时之间，她眼前出现各式各样的色彩，接着色彩也渐渐消失，她身陷黑暗。

安奇度放开手，站起身，朝她表妹走去。

她不知道自己在地上躺了多久，动弹不得，听着她们惨叫。接着惨叫和哀鸣声也消失了。阿希雅怀疑自己是不是晕了，还是两个表妹晕了。她拉长耳朵，听见细微的喘息声、稳定的呼吸声，还有轻轻的沙沙声。

一袭金色的薄幕如同沙尘暴般罩上她的视线，她开始看见模糊的影像。不论阉人用什么方法夺走她的视觉，效果似乎不是永久性的。

她尝试握起麻痹的手指。手臂移动的幅度不大，不过和昏迷前的濒死相比已经好多了。

她隐约看见阉人扛起一个表妹。另一个还躺在附近。山娃，她在视线逐渐恢复时看清对方的身影。阉人回来，把山娃也扛走。阿希雅独自一人躺在石室中央，试图控制逐渐恢复的四肢。她每动一下都剧痛无比，无力感也随之而来。为了摆脱这种无力的感觉，她愿意战斗到死。

阉人回来扛她，成了挡在金色景象前的一片黑影。她感觉到他手掌平摊在她裸露的胸口，于是屏息以待。

安奇度用力下压，挤压肺部，逼出空气。当阿希雅试图再吸一口气时，她发现自己办不到。他就这样压着她的胸口一段时间。她用力抽动，想让四肢听号令攻击他。

他依然没有放手。最后阿希雅连挣扎的力气和意志力都消失了，她眼前又变成了漆黑一片。

接着阉人却微微松开手。阿希雅试图吸气，随即哽住。她的肺还是无法完全扩张，不过可以浅浅地呼吸，于是她就这样做。这口气比她这辈子吸过的任何一口气更加甜美，但还不够，

她又吸一口气，然后再一口。

她在浅浅的呼吸中找出稳定的节奏，视线再度逐渐回复，四肢开始苏醒。但她没有挣扎，全神贯注在保命的细微呼吸上。

接着安奇度进一步放松手掌。她终于可以吸入口气了，她贪婪地接受这个改变，再一次找出呼吸的节奏，弥补不足的另外半口气。

他再度松手，让手掌轻轻摊在她胸口。阿希雅吸满一口气：心知这是他送给她的礼物。生命中没有任何欢愉能与完美的一口呼吸相比。

接着他又缓缓压下。阿希雅没有抵抗，让他逼出肺里的空气。片刻过后，他放松，阿希雅再度呼吸。她就这样让他引导自己呼吸几分钟。在为了呼吸拼命挣扎之后，这种情况等于休息，由安奇度帮她呼吸。

这种舒缓的感觉让她觉得自己快要睡着了，不过他缩回手，转为按摩她的脑侧，轻揉刚刚按得她痛苦不堪的位置。

阿希雅视力恢复得越来越快，原先模糊的视线开始聚焦在阉人精壮的身躯上。阿希雅从未见过没穿长袍的男人，知道自己应该要压低目光，但是他身上的文身再度引起她的注意——安奇度之谜。

阉人灵巧的手指从她的脑侧移往她依然麻痹的手臂。他按摩的时候有种拉扯感，不过她还没办法透过皮肤感觉他在碰她。接着一阵刺痛让阿希雅突然抽动。她猛然转头，看见安奇度正在按摩她肩膀上的一块瘀青。他的手指刚刚戳压的位置有圈近乎正圆的紫。

痛楚感瞬间消失了，随着阿希雅的四肢恢复知觉，慢慢化作轻微的刺痛。

他微微转身，阿希雅在阉人肩膀上看见几乎和她瘀青一样

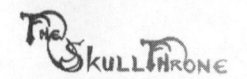

的文身。

他的脑侧也有类似的小圈，就是他刚刚挤压阿希雅的位置。她目光转向他的身体，顺着连接那些点的线走。他身上有无数的线条聚合点，有些比较大，有些比较小。安奇度接着揉她下背的一处瘀青。她扭身想看得更清楚，就在安奇度背上找到了相对应的文身。

阉人开始揉她的脚前，她就知道脚也要刺痛了。

他在教我，她发现。他身上的那些线条就是搏击要害图谱。

她抬头看向安奇度，只见他按摩她伤口时的表情十分温柔。她伸出手，试探性地抚摸安奇度背上的众合点。"我看到了。我了解了，我会告诉她们的……老师。"

安奇度向她低头。一时之间，她还以为是自己的幻觉；但并不是幻觉。

安奇度鞠了个躬，像是老师对学生的模样，然后把她抱在怀里，仿佛她是个婴儿，前往表妹沉睡的暖床。他放下她，轻轻以指尖滑过她的眼睑，帮她闭上。

阿希雅没有抗拒，伸出双手保护性地搂住表妹，便沉沉睡去。

※

她们被巨响惊醒。安奇度或许是哑巴，但还是可以用公羊角号角发出如雷贯耳的声响。感觉连墙壁都在摇晃。三个女孩捂住双耳齐声尖叫，然而安奇度直到她们起床后才停止吹号。阿希雅不知道时间，不过她们肯定睡了好几个小时。她觉得精力充沛，只是浑身微微酸痛。

阉人把号角挂回墙上，给她们一人一条毛巾，一声不吭地带领她们从训练室前往澡堂。他们走成一列，阿希雅偷偷回头看她表妹。山娃表情冷淡，思绪仿佛飞向远方。希克娃走路微瘸，下楼时发出浊重的呼吸声。

与之前一样，她们进入更衣室时，安奇度就在外面等。脱下拜多布时，她们听见喷泉的水声，不过没有其他声响。澡堂这时却空无一人。

山娃和希克娃紧张兮兮地四下打量，只觉得澡堂宽敞得有点吓人。阿希雅拍拍手掌，吸引她们的注意。"奈达玛基丁梅兰说我们每天可以在澡堂里待一个小时。可不要浪费了。"她步入水中，带她们来到中央最大的喷泉旁。这里有供沐浴者躺卧的长石椅，可以让她们好好享受热水。

希克娃在躺入热腾腾的水池里时呻吟了一声。"我看看，妹妹。"阿希雅说着走到她身旁，检视她大腿上的瘀伤，像安奇度一样轻轻搓揉。"瘀伤不严重。让热水缓和痛楚，很快就会好起来的。"

"还会有其他伤口。"山娃说，语气平淡，毫无生气。"他不会停手的。"希克娃浑身发抖，在温暖的室温中也直起鸡皮疙瘩。

"他会的，"阿希雅说，"等我们解开他的谜。"

"谜？"山娃问。

阿希雅指向她肩膀上的瘀青；山娃在那个位置也有一样的，希克娃也是。"老师的皮肤上也有一模一样的记号。攻击这一点，手臂就会麻痹一段时间。"

希克娃又开始哭了。

"但那是什么意思？"山娃问。

"达玛丁的秘密。"阿希雅说，"梅兰说我们要学沙鲁沙克。我敢说安奇度之谜就是其中一部分。"

"那为什么要让个哑巴老师教我们？"希克娃问，"那

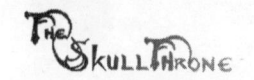

种……那种……"她又啜泣起来。

阿希雅轻捏她的大腿安抚她。"不要怕，表妹，或许沙鲁沙克就是这样学的。我们的哥哥从沙拉吉回来时，身上也满是被沙鲁沙克训练造成的瘀伤，我们为什么不该？"

"可我们不是男孩！"山娃大叫。

就在这个时候，澡堂的门打开了，三个女孩立刻僵在原地。一群艾弗伦未婚妻走进来，领头的是阿曼娃。

"或许不是。"阿希雅说，把两个表妹的视线引回自己身上，"但我们是解放者的血脉，正常男孩可以忍受的东西，我们也可以。"

"你们占了我们的喷泉。"阿曼娃在她和其他人大步走来时叫道。她指向澡池另一边一座小喷泉，"穿黑拜多布的去那边角落里洗。"

其他奈达玛丁哈哈大笑，如同一群聒噪的麻雀。阿曼娃才十一岁，其他比她年长、有些甚至已经快要获得白面纱的女孩却对她俯首帖耳，想要讨得她的关照。

希克娃脚上肌肉紧绷，阿希雅察觉山娃也准备像野兔般逃离现场。

"别理她们，小表妹。"阿希雅说，"跟我来。"她拉着两人的手臂，轻轻扶起她们，一边带她们离开，一边看向阿曼娃，"只要能享受一小时的宁静，忍受较小的喷泉和女孩的嘲笑也算不了什么。"

"不是这样的，女孩，"阿曼娃抓住阿希雅的手臂说，"是奈达玛丁。我们比你们高级。你们最好识相点。"

"为什么要这样？"阿希雅大声反问，"我们都是表姊妹，是亲戚，都是解放者的血脉。"

阿曼娃猛拉阿希雅的肩膀，同时一脚滑到她脚后。阿希雅

被抛到两个表妹身上，三人一起摔进澡池，溅起大片水花。

"你们是废物。"阿曼娃在她们狼狈起身时说，"解放者已经下达旨意，让你们身穿黑袍来此。你们是他那些一无是处的戴尔丁妹妹的产物，唯一的用处就是生产在大迷宫杀阿拉盖的那些狼。你们的血脉毫不神圣，你们不是我的表姊妹。"

阿希雅当场失去冷静。她比阿曼娃年长两岁，比她高大强壮，她绝不会忍受被自己的小表妹教训。

她使劲拍水，溅得阿曼娃本能地伸手遮脸。阿希雅动作快如毒蛇，当即矮身出击，手指直挺挺地插中对方肩膀上安奇度文身所指的位置、她和两个表妹身上都有瘀伤的地方。

阿曼娃背部朝下倒进水里，发出令人心惊的尖叫声。所有女孩都僵在当场，没人知道怎么回事。

阿曼娃瞪大双眼，看着自己动弹不得的手臂。接着她皱起眉头，搓揉那个位置，直到麻痹的感觉消失。她试着伸展手臂，有点反应，不过很慢。

"看来安奇度已经教了你一些沙鲁沙克，"阿曼娃说着站起身来，摆开安奇度昨天示范给她们看的架势。她微笑："那就来吧。让我领教一下你都学了些什么本事。"

阿希雅已经知道对方会如此反应，于是提高警觉。如果沙鲁姆可以忍受这些，那我为什么不可以？

这个想法让她冷静了一点，却无法帮她抵挡阿曼娃的攻势所造成的痛楚。她仿佛动也不动就避开了阿希雅的攻击，其本身出招也是又快又准，连扭带戳，专攻会引发剧痛的位置。当她厌倦这场游戏时，就把阿希雅压在水池地板上，将她的手臂扭得几乎断掉。她努力让头保持在水面上，满心羞愧地了解到，如果这个小女孩想要淹死自己，她完全没有能力反抗。

但阿曼娃只想弄痛她，扭扯她的手臂，直到她嘶声惨叫。

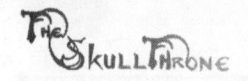

最后阿曼娃放开手,让她摔入水里,激起一片水花。她指向小喷泉,看着三个表姊妹,"滚回属于你们的狗窝吧,狗一样的奈沙鲁姆丁。"

号角响起。阿希雅在完全清醒之前就已经起身。她矮身摆开防御架势,尽可能保持冷静,确认当前处境。

没有人攻击她。安奇度在女孩立正站好时若无其事地把号角挂到墙上。她们现在一共有五个人。达玛佳把她们交给安奇度没多久后,她的表妹蜜佳和贾娃也加入她们。新来的女孩小她们好几岁,不过在阿希雅所树立的榜样下迅速适应安奇度的教学示范。

几个月下来,安奇度的训练室成了她们世界的中心。她们睡在那里,吃在那里,用痛楚换取食物和休息。课程结束时往往会有某个女孩肢体麻痹,或受到些更为严重的伤害。有时候她们闻不到味道、有时候会耳聋几个小时。这些苦楚都一一尝过。

如果对她们的表现基本满意的话,安奇度就会帮她们按摩,舒缓她们的痛楚,恢复麻痹的肢体和感官,加速她们复原的过程。

她们很快就发现,只要努力学习,以及坚定的决心、在有伤和剧痛的情况下依然坚持的意志,就能取悦他,而抱怨、哀求和反抗则会遭到惩罚。

打从第一天晚上起,她们就没有好好睡过一觉。有时睡二十分钟,有时睡三个小时。陶人会不定时地叫醒她们、要她们演练复杂的沙鲁沙克或是对练。什么时候做什么事似乎完全没有道理可循,于是她们只要能睡就尽量睡。长期处于疲倦状态

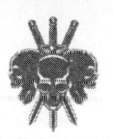

让她们分不清梦境与现实。达玛丁的课程如同沙漠中的海市蜃楼般来来去去，她们毫不质疑地听从艾弗伦之妻的指示。安奇度十分清楚她们是否触怒了任何白袍女人，并且能让她们明白为何不能再重复犯同样的错误。

如果能让我好好睡上一觉，就算叫我杀人都行。山娃的手指说道。

这些女孩对达玛丁教学的课程都不感兴趣，却全都非常认真学习阉人的密语，那是一种混杂手势和肢体语言的沟通方式。她们可以透过这种方式进行和言语一样复杂的交谈。

安奇度偶尔会透过手语下达指令或是传授知识，不过阉人比较喜欢以实际范例沉默教学，强迫她们自行揣摩他完整的意思。有时他好几天都不用手语沟通。

尽管学习手语对与老师沟通帮助不大，她们仍把它当作彼此间的主要沟通方式。安奇度并不是聋子，相反，女孩们只要轻声嘀咕都可能会招来痛楚与惩罚，所以她们在他面前都保持缄默。阿希雅很肯定他不止一次注意到她们用手语沟通，但目前为止他都视而不见。

我也是，阿希雅以手语响应，惊讶地发现自己竟然真的这么想。

我没力气杀人，希克娃说。这样睡眠不足下去，我迟早会死的。一如往常，蜜佳和贾娃没有说话，但却注意她们交谈。

你不会死的，阿希雅回道，就像老师教我们浅呼吸一样，他是在教我们浅眠。

山娃转头直视她。你怎么知道？她的手指问。

我年纪比你大，小表妹。阿希雅说，这些话让山娃放松了一点。阿希雅也无法解释清楚，不过她毫不怀疑老师的意图。不幸的是，了解意图暂时并不足以强化她的耐力，耐力必须经

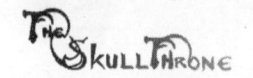

过锻炼而成。

安奇度突然比出他最受欢迎的手势——指向毛巾，她们如释重负——她们一定睡得比想象中更久。五个女孩都步伐轻盈地拿着自己的毛巾，在门口排队。阉人挥手让她们解散。

每天向安奇度学习二十小时，这可是达玛佳的命令。三小时向达玛丁学习。在两者之间，是那谢天谢地的、待在浴室里的一个小时——那是安奇度唯一不能跟去的地方。她们可以畅所欲言或是自由闭上双眼放松休息的一个小时。为了换取片刻宁静，在奈达玛丁面前低头弯腰已经不值一提。

艾弗伦未婚妻会在澡堂、走廊和课堂上冷言嘲笑奈沙鲁姆丁——阿曼娃给他们取的绰号。在达玛丁宫殿里，黑丝拜多布让阿希雅和她的表妹们与其他女孩差别较大，就连来此学习枕边舞蹈的戴尔丁女孩的地位仿佛也高过她们。她们可以保留头发，犯错了也不会受罚。

阿希雅和表妹已经学会随时闭嘴、管好自己，绝对顺从。

一如往常，她们最先抵达澡堂。奈达玛丁还要十五分钟才会出现，不过阿希雅带她们直接走去澡池边的小喷泉口，即使那里的水因为离加热魔印太远而没有那么温暖。她们洗去皮肤上的汗水，彼此按摩酸痛的肌肉、磨平老茧、治疗水泡。安奇度教她们按摩和治疗的技巧在澡堂里非常好用。

门打开时，她们听见有人大叫。一群奈达玛丁进入澡堂时，显然有人发生争执。

阿希雅没有蠢到盯着她们看，不过她若无其事地坐在喷泉上的水流旁，透过眼角观察形势。众表妹二话不说，纷纷效仿，一边偷看一边互相整理仪容。

这不是她们第一次目睹艾弗伦未婚妻争吵了。她们以姊妹相称，彼此间却没有多少感情，所有人都在争夺权力以及阿曼

娃的宠信。在公开场合，她们会以逻辑辩论，但在澡堂这种艾弗伦之妻看不到的私密场合，她们就采用刻薄的话语甚至沙鲁沙克来解决问题。

吵架的是两个年纪较大的女孩，洁雅和塞尔瑟。她们看起来几乎要开打了，不过两人都先看向阿曼娃，想争取她的指示。

阿曼娃转身背对她们，允许她们开打。"我什么都没看到。"

其他未婚妻也照做，重复那句话，转身背对她们，只剩下两个大女孩相对而立。

谁会打赢？阿希雅以手语问。

塞尔瑟，希克娃想也不想，据说她很快就会完成骨骸的雕刻，取得白袍。

她会输，而且输得很惨。阿希雅以手语表示她的不赞同。

她的架势很稳，山娃注意到。蜜佳和贾娃没有评论，不过她们一直在旁观她们交谈。

她眼中有惧意，阿希雅说。确实，塞尔瑟在洁雅上前时后退一步。片刻过后，塞尔瑟的头被压到水面下。洁雅一直压到她停止挣扎、拍打地板认输为止。洁雅把她压得更深，然后放手，后退一步。塞尔瑟哗啦起身，奋力呼吸。

肺也很虚啊，阿希雅说。她才被压在水里一分钟左右。

"我看到你们在以手语羞辱我们，沙鲁姆狗！"她们在阿曼娃大叫时抬起头来。女孩怒气冲冲地走向她们，身后跟着好几个艾弗伦未婚妻。

"到我后面去，表妹。"阿希雅在阿曼娃走过来时轻声说道，"看地上。这件事情与你们无关。"众表妹照做，阿希雅则抬起目光面对阿曼娃。这个动作似乎激怒了对方，她在触手可及的距离内停下脚步——击杀区，安奇度的手指如此称呼两人之间的空间。

"你什么也没看到。"阿曼娃说,"照着说,奈沙鲁姆丁。"

阿希雅摇头。"表妹,我不屑于跟你争大喷泉,但你不能逼我对老师说谎,更别说要是达玛丁过问的话。当然我不会主动告诉他们,但如果有人问我,我会实话实说的。"

阿曼娃鼻孔怒张。"你所指的实话是?"

"奈达玛丁缺乏纪律。"阿希雅说,"你们以姊妹相称,但却不了解这个字的意义,像卡菲特一样争吵打斗。"她冲澡池吐口水,其他女孩惊呼出声。"而且你们的沙鲁沙克练得很粗糙。"

阿曼娃目光慢慢锁定她的目标,迅疾出击,但是她那一眼已让阿希雅有所预警,并计算接下来的三记反击。艾弗伦未婚妻一天花两个小时学习沙鲁沙克,阿希雅和她的表妹一天花二十小时,两者间的差距已经显露出来。

阿希雅有办法像洁雅惩戒塞尔瑟一样轻松把阿曼娃的头压到水里,但她想多揍几拳,以报她们抵达宫殿第二天受阿曼娃欺辱之仇。

两个指节击中腋窝,阿曼娃哀声惨叫。接着她砍中对方的咽喉,封住她的叫声,阿曼娃肺部一紧,瞬间瞪大双眼。阿希雅用掌根击中她的额头,阿曼娃向后摔入水中,无法动弹。

阿希雅可以继续打她,但她站在原地,看着阿曼娃跪起身来,不断咳水。"如果你现在滚开,我就不会告诉达玛丁,你只是个蠢蛋。"

她当然是在嘲讽她,强迫阿曼娃自愿继续挨打,否则会在其他奈达玛丁面前丢尽颜面,威严扫地。

其他女孩全部屏住呼吸,看着阿曼娃缓缓起身,池水流下她的皮肤。她目露凶光,不过也让阿希雅看出接下来该打哪里。

眼睛会透露一切，安奇度的手指说过。阿希雅冷静地盯着对手双眼，以稳定的节奏呼吸，压低身子，挑衅对方进攻。

现在阿曼娃小心翼翼、提高警觉，利用虚招试探性引诱对方。

然而这一切徒劳无功。阿希雅能在阿曼娃动手前就预测她的招式，挡下她一连串攻击却毫不反击，只为了表现自己戏耍于她。

她们大腿以下都在水中，阿希雅站稳脚步，完全利用上半身挡格闪避，但阿曼娃的动作都要移动脚步，这拖慢了她的出招，很快就开始气喘呼呼。

阿希雅摇头。"你们这些未婚妻身手太弱了，表妹。我早该教训你们了。"

阿曼娃满脸怨恨地瞪着她。阿希雅浅浅呼吸，敛神屏息，不过嘴角露出嘲弄的笑容，进一步挑衅表妹。她已经清楚阿曼娃的计划，不过她很想相信对方不会蠢到真的这么做。

但阿曼娃在绝望中铤而走险，先发动一连串虚招，然后突然出脚踢她。

她的脚已经很累，而且还在水里，这一脚慢得可悲。阿曼娃希望能够取得突袭的效果，但只是突袭还不够。阿希雅扣住她的脚踝，顺势把整条腿扯出水面。

"在水里出脚攻击的人不是一般的蠢蛋。"她毫不留情，挺直手指，狠狠插入阿曼娃大腿上的关键点。阿曼娃痛得尖叫，那条腿瞬间瘫在阿希雅手中。

阿希雅趁她倒下时把她翻到背面，轻轻松松让阿曼娃在她手下变成屈服的姿势。

洁雅试图插手，但山娃一言不发地迎了上去，迅速挥出两拳，打瘫大女孩的双脚。洁雅也摔入水中，为了让头保持在水

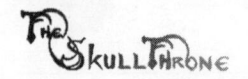

面上呼吸而拼命挣扎。塞尔瑟本来可以上前帮忙，但是她和其他奈达玛丁都吓得僵在原地。希克娃、蜜佳和贾娃在山娃身边排成一排，挡在她们和阿希雅与阿曼娃之间。

阿曼娃先是奋力挣扎，然后就不动了。阿希雅等着她拍击水面投降，但是这个女孩十分倔强，说什么也不肯投降。她知道自己是解放者的女儿，就连阿希雅也不敢在大庭广众下杀她。

她把阿曼娃的头拉出水面，让她大口喘气。

"我们是解放者的沙鲁姆血脉。照着说。"

女孩满脸怒容看着她，一口啐在阿希雅脸上。

阿希雅在她有机会多吸一口气前再次把她压入水中，用力扭扯她的手臂许久。

"沙鲁姆血脉，"阿希雅说，然后把她拉回水面上，"艾弗伦的长矛姊妹，照着说。"阿曼娃大力摇头，喘气挣扎，于是阿希雅又把她压回去。

这一次她等了好几分钟，以双手感应阿曼娃的身体状况。当感应到肌肉在失去意识前的最后一次紧缩时，她第三度把阿曼娃拉出水面，凑到自己面前。

"澡堂里没有霍拉魔法，表妹。没有达玛丁，没有安奇度。这里只有沙鲁沙克。喜欢的话，我们可以每天都来较量一次。"

阿曼娃一脸愤怒地看着她，不过眼中同时也流露恐惧与认命。"解放者的沙鲁姆血脉，艾弗伦的长矛姊妹。"她承认道，"表姊。"

阿希雅点头。"如果当初我和你相认时就这么尊重一下，现在就不用搞成这样了。"她放开她，后退一步，指着喷泉道："我想从现在开始，艾弗伦未婚妻就用这座水温比较凉的小喷泉。大喷泉是艾弗伦长矛姊妹的了。"

她看向在场的奈达玛丁，满意地发现她们全都面露惧色。

"莫非有人想继续向我挑战？"

山娃和其他表妹仿佛排练过般站在两旁，让出空间给挑战者上前，不过没人蠢到去自取其辱。她们极不情愿地让路给阿希雅和众表妹走向大喷泉，她们就在那里继续洗澡，仿若什么也没发生。艾弗伦未婚妻把阿曼娃和洁雅扶到长椅上，按摩两人麻痹的肢体。她们茫然地看着阿希雅等人，完全忘了洗澡。

太棒了，山娃的手语比画道。

你不该插手的，阿希雅回应。我命令你不要插手。

山娃一脸尴尬，其他人也很惊讶。

但是我们赢了，蜜佳打手语道。

今天赢了，阿希雅同意。但是明天，当她们群起而攻时，你们全都得动手。

✿

第二天，奈达玛丁真的倚仗人多发动混战。她们一窝蜂地拥入澡堂，团团围起阿希雅和长矛姊妹洗澡的大喷泉，人数比她们多了三倍。

那天有六个奈达玛丁被她们姊妹抬出澡堂，因为四肢麻痹站不起来。其他人则是瘸腿或是揉着瘀伤离开。有些人因为呼吸不顺而头昏眼花，还有一个暂时失去视力。

上课期间，她们一直担心会遭到惩罚，当达玛丁问起她们的情况时，奈达玛丁却说什么也没发生。

回到安奇度的训练室，她们发现他跪在一张小桌子前，桌上放了六个冒烟饭碗。之前吃碗蒸丸子时，她们都是跪在墙边吃，除了训练装备外，训练室内从来没有其他器具。

更让她们惊讶的是碗里发出的香气。阿希雅转身发现蒸丸子上竟然有肉，还淋了酱汁、添加香料。她口水直流，肚子咕

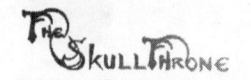

咕狂叫。她已经很久没吃过荤菜了。

几个女孩迷迷糊糊地循着香味走向桌子。那感觉仿佛在腾云驾雾。

老师坐桌首。安奇度打手语道。

奈卡坐桌尾。他指示阿希雅跪他对面。他要山娃和希克娃跪在一侧，蜜佳和贾娃跪另一侧。

安奇度伸手挥向热腾腾的餐碗。肉只有今晚有，向沙鲁姆的血脉致敬。

他一拳捶在桌上，所有碗都跳起来。桌子每天都有，向艾弗伦的长矛姊妹致敬。

那天之后，他们每天都一起吃饭，就像真正的家人一样。

她们犯错，他会惩罚，没错，但是安奇度也会奖励她们。

这是她们吃过的最香甜的肉。

一转眼几年过去了。十六岁时，阿希雅和众表妹奉命留回她们的头发。如今头发感觉很重、很笨拙。她很仔细地把头发全绑在脑后。

十七岁时，父亲派人来找她。这是四年多来她首度离开达玛丁宫殿，外面的世界反倒变得有点奇怪。她父亲宫殿的走道看起来很明亮、很庸俗，不过只要身体够柔软、动作够灵巧，还是能找到地方藏身。她想要的话，随时可以消失，因为她所受的训练就是要她避开他人的目光。

但是不，她来就是为了被看到。这是种很陌生的概念，仿佛是上辈子的事，只能隐约记得。

"亲爱的女儿！"英蜜珊卓在她进入王座厅时起身过去拥抱她。

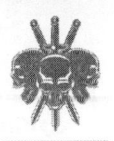

"很高兴见到你，尊贵的母亲。"阿希雅亲吻母亲的脸颊。

阿山没有起身，眼神冷酷地望着她，想找机会来批评她。但是在经历过安奇度的洗礼后，她可以轻易满足父亲的期待。挺直背脊，目光向下，黑袍每一根线条都恰到好处，她无声地走向父亲，在精准的距离上停步鞠躬，等待父亲训话。

"女儿。"阿山终于说道，"你气色不错。这些年在达玛丁宫殿里过得还好吗？"

阿希雅站直身子，不过目光定在父亲的凉鞋上。他门口站着两个沙鲁姆守卫，距离太远，无法及时赶到。一个克雷瓦克观察兵躲在王座后方的柱子后。从前她大概不会注意到他，现在他却像身上戴了铃铛。对于卡吉部族的达玛基及其子嗣而言，这真是很荒诞的防卫布置。

当然，阿山本人就是沙鲁沙克大师，能在任何敌人面前保护自己。她很想知道他和她弟弟的战斗力怎么样。

"谢谢您，尊贵的父亲。"她说，"我在达玛丁的宫殿里学了很多。您把我和表妹送去那里是很明智的决定。"

阿山点头认可。"很好。但是你已经长大了。你今年十七岁，该结婚了。"

阿希雅觉得肚子上好像挨了一拳，但她拥抱那种感觉，再度鞠躬。"我尊贵的父亲终于帮我挑好对象了吗？"她看见弟弟脸上的笑容，在父亲开口前就已经猜到了所谓的答案。

"我们做父亲的都已经同意了，"阿山说，"你将会离开达玛丁的宫殿，嫁给解放者之子阿桑。你的房间还与离开前一样。立刻和你母亲回房，开始准备吧。"

"拜托。"阿希雅开口时，阿山早已转向他的顾问希瓦里。

"呃？"他问。

阿希雅读出了父亲愠怒的眼神。如果她拒绝这门婚事……

她下跪，双手抵地，头则顶在中间。"尊贵的父亲，请原谅我打扰你。我唯一的希望就是在与尊贵的母亲离开、踏上艾弗伦为我铺好的道路前，能够先去见我表妹最后一次。"

她父亲那凝重的脸色稍稍好看了些，这是他最接近关爱的反应。"当然，当然。"

✦

她忍着泪水来到训练室。她的长矛姊妹正在练习沙鲁沙克，但她们立正站好，朝她鞠躬。安奇度不在。

奈卡，你回来了。山娃手语道，没事吧？

阿希雅摇头。我不再是奈卡了，妹妹。这个头衔现在属于你了，照顾我们表妹的责任也要交给你。我要结婚了。

恭喜，姊姊，希克娃手语道。新郎是谁？

阿桑，阿希雅手语。

祝福，蜜佳手语。

少了你，我们该怎么办？贾娃的手问道。

你们还有彼此，阿希雅道，以及安奇度，直到我们重逢的那一刻到来。她拥抱每个表妹，忍住想哭的冲动。

这时，门开了，安奇度走了进来。他挥手，其他女孩离开训练室。

阿希雅看着她的老师，接着她哭出声了，这也是她来达玛丁宫殿后第一次，也是最后一次。

安奇度摊开双臂，她冲入他的怀中。他从长袍中拿出一支泪瓶。他抱着她，如岩石般坚定，一手温柔地抚摸她的秀发，另一手收集她的泪水。

"我很抱歉，老师，"她哭完后轻声说道。这是多年以来第一次有人在训练室中开口说话。话声回荡在她敏感的耳中，感

觉很奇怪，但这种时候又有什么关系？

风暴来袭时，就连棕榈树也会哭泣。安奇度一边比手语，一边把泪瓶交给她。艾弗伦的长矛姊妹之泪十分宝贵，太稀有了。

阿希雅举手，推开泪瓶。"那你就留在身边。"

她偏开头去，依然无法直视他双眼。"我应该很开心。能嫁给解放者的儿子是任何女人梦寐以求的事。我以为自己被送来这里向你学习的时候就已经失去那份荣耀，此刻再度面对它，我却不敢接受。如果我终究还是要嫁人，当初何必送我来此？如果我永远没有机会运用那些技巧，那你的教导又有什么意义？你是我的老师，我不想要其他男人。"

安奇度神色哀伤地看着她。我将自己交给达玛丁前也曾有过很多妻子，他的手指说道。很多儿子、很多女儿。但是他们都没有像你这样令我骄傲。你的忠诚让我欣慰。

她紧抱他。"阿桑或许是我丈夫，但你永远是我老师。"

阉人摇头。不，孩子。解放者的命令绝对不容违逆。你或我都没有资格质疑他的赐福，我也不会觊觎属于他儿子的东西，进而令其蒙羞。你会以自由之身嫁给阿桑，你不属于这里。

"你永远是我老师。"她说。

婚礼完全符合她少女时期的憧憬，配得上克拉西亚公主和王子的身份。她的长矛姊妹站在她身旁，等待她父亲护送她，走向等在沙利克霍拉头骨王座底下的阿桑和贾阳。

安奇度也出席了，负责守护达玛佳，监视仪式进行，尽管没有宾客知道这一点。她和长矛姊妹察觉到他的踪迹，看见他刻意为她们标示自己位置所留下的线索。

81

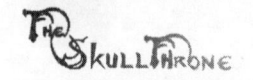

宣读誓语的仪式都在迷迷糊糊中举行。宴会中新郎和新娘都有王座可坐，但是阿希雅一个人坐在座位上，等待她丈夫和阿苏卡吉一起接受礼物，与宾客交谈。

这场婚礼十分奢华，然而甜美的蜂蜜蛋糕在阿希雅口中平淡无味。她很想回到安全的地底宫殿，坐在安奇度的桌尾吃清淡的蒸丸子。

尽管迷迷糊糊地度过了一整天，真正令她认清自己真实命运的，却是新婚之夜所发生的事情。

她在枕厅等待阿桑以丈夫的身份赐予她幸福，但是好几个小时过去，厅外仍是一片寂静无声。阿希雅不止一次看向窗口，不止一次想逃走。

终于，走廊传来声响，不过并未抵达门口。

拱门上方有个通风口。阿希雅转眼爬上墙壁，手指轻易在石块间的缝隙找到施力点。她将眼耳凑到通风口，看见阿桑的后脑勺背对着这边，他对面站着阿苏卡吉。他们看来像在争执些什么。

"我办不到。"阿桑说。

"你办得到，也会去办。"阿苏卡吉说着双手捧起她丈夫的脸颊。"阿希雅必须帮你生下我生不出来的儿子。梅兰已经掷过骨骰了。如果你现在就进行，一切就结束了。只要一次，日后就不用再受这种折磨。"

真相如同巴掌般甩抽在脸上，让人感觉辛辣。

男人喜爱同性不是罪。这在沙拉吉中也不乏其例，男孩发展出枕边友情度过那段岁月，直到他们年纪大到足以迎娶第一妻室为止。但是艾弗伦要求男人产下子女，于是除了最顽固的普绪丁外，所有男人都会结婚，和女人分享枕头，至少会分享到生下一个儿子为止。看在艾弗伦的分上，卡吉娃曾经多次对

阿苏卡吉提起过这个观念。

但她从未想过自己会变成普绪丁的妻子。

片刻过后,他们进房。阿希雅有很多时间可以回到枕头上,但她心思紊乱。阿桑和阿苏卡吉是普绪丁。她对他们而言毫无意义,只是一个能够产下他们想要的恶心产物的子宫。

他们不理会阿希雅,阿苏卡吉脱光她丈夫的衣服,用嘴巴弄硬他的阳具,直到他可以办事为止。他与他们一起上床,诱劝他们做爱。

他的抚摸令阿希雅浑身冒起鸡皮疙瘩,但她浅浅呼吸,忍受这一切。

尽管嘴里说一套,她弟弟眼中仍带有妒意,当阿桑高潮喘息、在她体内播种时仍不免脸色阴沉而妒忌。完事之后,阿苏卡吉立刻拉开他们,两个男人却拥抱一起,把她完全抛到脑后。

阿希雅当时就想杀死他们俩。那绝不是什么难事。他们沉浸在彼此的怀抱里,多半会到一切太迟之后才察觉有异。她甚至可以把现场布置成意外,让别人以为可怜的阿桑无法忍受此事,于是自杀身亡。她弟弟因为爱人之死而殉情。

安奇度教过她要怎么做这种事,干净利落得就连解放者也不会怀疑。

她闭上双眼,沉浸在幻想之中,完全不敢乱动,生怕自己真的会忍不住下杀手。她不止一次作深呼吸,终于找回心中的自我。她自枕头间爬起,穿回新娘礼服,然后离开。

她丈夫和弟弟陶醉在彼此的温情中,毫无察觉。

第五章　卡吉娃

333 AR　秋

阿希雅震惊地抬头看着魔印光洒入她躲着哭泣的房间。多久不曾有人能够偷偷接近她了？难道自己把老师教的一切通通忘光了吗？

你会令安奇度蒙羞，蜜佳曾经说，此话不假。如果不能自己调节，她要凭什么领导沙鲁姆丁？

她转向门口，以为会看到卡吉娃，结果在看见她丈夫时心里一沉。或许让阿桑看到她双眼潮湿红肿——在身为人母方面和在阿拉盖沙拉克里一样失败的模样乃是英内藏拉。他会像之前一样，告诉她应该要放弃长矛——也许他说的没错。

"提卡正大发雷霆。"阿桑从衣袖里拿出一条洁白无瑕的手巾，递给她擦眼泪。"不过我很有耐心地安抚她，天知道再多耐心都不够。"

阿希雅在接过手巾时笑出声来。

阿希雅无力地看着他。他知道了。艾弗伦诅咒他，他已经知道自己在大迷宫外失控的事情。现在解放者不在这里阻止他，他会强行拔下她的长矛吗？阿桑和她父亲一直以来都想让她远离阿拉盖沙拉克。如今父亲坐上了头骨王座，他们可以轻易给她下令。就连达玛佳也没办法阻止。

"那些男人蠢到脱离部队。"阿桑继续说，"你们出现在那

里拯救他们都是艾弗伦大发慈悲的关系。你做得很好,吉娃。"

阿希雅感到欣慰,却又混杂了强烈的罪恶感。这样会让她显得不那么愚蠢吗?

真正让她困扰的是他赞美她的原因。阿桑这些年来有没有说过任何赞美她的话?她一言不发地看着他,等待看他接下来的表现。

阿桑走到房间另一边,来到她枕间的北方人的床铺。他坐了下来,沉入羽毛床垫,然后立刻弹起身来。

"艾弗伦的胡子呀,"他说,"你是睡在这上面?"

阿希雅这才想到丈夫从未进过她的卧房。她摇头。"我怕会懒床。我睡地板。"阿桑点头。"绿地人的软床会把我们变得像他们一样软弱。"

"或许。"阿希雅说,"但是我们解放者的血脉有责任教导他们习惯更好的生活方式。"

阿桑盯着她看了很长一段时间,然后开始来回踱步,双手交扣背后,手掌塞在衣袖里。

"我没有尽到做丈夫的责任。"他说,"我知道我永远不会是好丈夫,但我没想过那会把你变成这个样子。"

"艾弗伦早在你娶我为妻前就决定了我的人生道路。"阿希雅说,"达玛佳让我成为今天的我,成为艾弗伦的长矛姊妹。她知道这一点,也曾反对我们的婚姻,但我们父亲不接受。"

阿桑点头。"阿苏卡吉也一样,我们的婚姻都是他一手促成的。但也许这一切都是英内薇拉。母亲在月亏时告诉过我,伟人绝不会怕妻子夺走他的荣耀。他会借助她的支持走向更高的成就。"

他走到她面前,伸手拉她起身,毫不在意她手指上沾满脏兮兮的黑色脓汁。"看来我并不是伟人,但或许,在你的帮助

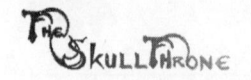

下,一切会有新的改观。"

阿希雅眯起双眼。她无视他的手,缩起双脚,一跃而起。"你在说什么,丈夫?请原谅我要求直话直说,我们之间已经有太多误解。你希望我如何支持你?"

阿桑鞠躬。鞠得不够深也不够久,不算表达敬意,不过表现出的尊重还是令她十分惊讶。她丈夫打从婚礼当天就不会向她鞠躬。"我只是希望不要与你争吵,同时希望能够好好维持我们的婚姻,遵照解放者的命令。明天……"他耸肩,"就看黎明后情况如何了。"

阿希雅摇头。"如果你所谓'维持婚姻'是要我再让你碰,帮你生更多儿子……"

阿桑扬起一手。"我有十一个奈达玛弟弟,还有几十个奈沙鲁姆弟弟。要不了多久我就会有几百个侄儿。上一代差点灭绝的贾迪尔家族即将再度人丁兴旺。我已经尽到我的责任,生下一个儿子兼继承人。我不需要更多小孩。哪个孩子会比我们的卡吉更好?"

阿桑低头望向地板。"我们都知道我是普绪丁,吉娃。我对女人没有欲望。那天晚上……"他用力摇头,仿佛要把脑中的景象甩开。接着他抬头,面对她的双眼。"但我以你为傲,我的吉娃卡。如果你允许,我还是可以用我的方法爱你。"

阿希雅看着他良久,琢磨着他的话。自从新婚之夜后,阿桑和她弟弟在她心里就已经是死人了。有人能从孤独之道返回吗?

"你为何以我为傲?"她问。

"呃?"阿桑问。

"你说你以我为傲。"阿希雅说着双手抱胸,"为什么?两周前你还站在沙达玛卡面前,说你以我为耻,要求和我解除

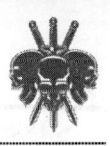

婚约。"

　　这下轮到阿桑凝视着她，审视自己，斟酌用字遣词。"而你就站在我身旁，情绪激动，十分肯定自己在艾弗伦的计划里所扮演的角色。我羡慕那种感觉，表姊。他们叫我王位继承人。我这辈子可曾了解自己在艾弗伦的计划里扮演什么角色？"

　　他朝她挥手。"但是你。沙鲁姆丁之首，在神圣的阿拉盖沙拉克中为艾弗伦贡献荣耀。"

　　他暂停片刻，目光再度垂向地板。他叹了口气，抬起头来，直视她，凝望她。"我当初不该反对你的，吉娃。我那么做是出于嫉妒，而嫉妒是一种罪。我在造物主面前忏悔，但这罪是对你而犯的。我希望你接受我的道歉。"

　　阿希雅震惊不已。道歉？阿曼恩之子阿桑？她怀疑自己在做梦，在一场奇怪的梦中。

　　"嫉妒？"她问。

　　"我也渴望拥有夜晚战斗的权利。"阿桑说，"我不能争取荣耀的原因不是性别，而是长袍的颜色。我很……难受，因为就连女人都能得到我所没有的权利。"

　　"随着沙拉克卡日渐临近，传统每天都在改变。"阿希雅说，"解放者是在盛怒之下禁止你上战场的，或许等他回来……"

　　"如果他不回来呢？"阿桑问，"现在王座是你父亲的了，但他没有战士之心，他绝不会容许达玛参战。"

　　"当初他们也是这么说我的长矛姊妹。"阿希雅说，"如果你想要的是参战，你该去和达玛佳谈，而不是和我。"

　　阿桑点头。"或许。但我不知道该如何开口。我一直知道贾阳没有资格继承父亲的志愿，但我直到今天才发现，我也辜负了父母的期待。"

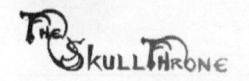

"达玛佳承诺，会让你成为头骨王座的继承人。"阿希雅说，"那可不是小事。"

阿桑挥了挥手。"你父亲很年轻。沙拉克卡很可能在他上天堂前就已经打完了，而我只能待在高塔里旁观一切。"

阿希雅伸手搭在他肩膀上。他微微紧绷，不过没有避开。"达玛佳的压力比你想象的还大，丈夫。去找她。她会为你铺就荣耀之路。"

阿桑伸手搭她肩膀，两人手臂紧贴。阿希雅也微微紧绷。这是钻研沙鲁沙克之人彼此信任的举动，因为他们都在给对方展开攻击的机会。

"我尽量再试试看。"阿桑说，"但她第一个反应就是叫我和你和好。"

阿希雅轻捏他肩膀。"我还未扭断你的手，丈夫。你也没有折断我的。这样已经算是和好了。"

※

英内薇拉换上新长袍，躺在头骨王座旁的枕床上。这套服装以克拉西亚标准来看依然过于放浪，在所有好女人都穿黑袍、白袍或褐袍的文化里，亮眼的彩色丝袍依然很难被接受。

但现在她身上的薄纱都不再如当初那样透明撩人了。男人不再能看穿其下随时可供解放者享用的肌肤。她没有包覆头发，但发丝全用发带和首饰紧紧绑起，而不是垂在身上任由解放者把玩。

她环顾王座厅中男人身上的灵气。包括阿山在内，所有人都惧怕她。他不安地在王座上变换着坐姿。

这也是种好现象。

"沙鲁姆卡！"门口守卫在贾阳大步走入王座厅，经过达玛

基，踏上阶梯，和阿桑一起站在第四级台阶上时宣告道。

这是他们讨论了好几个小时候才做出的结论。第四级台阶高到足以低声咨询，但又低到双眼位于坐在王座上的阿山之下，显示了彼此位阶。根据骨骸圣典，如果他们两个站在不同的台阶上，街头就会有人拼得头破血流。

贾阳的随从待在下面——哈席克，阿曼恩失宠的阉人妹夫，现在像是护卫犬般紧随贾阳。与他站在一起的还有凯沙鲁姆祖林，他在山杰特远行期间统领解放者长矛队；还有贾阳同父异母的弟弟，凯沙鲁姆伊察和沙鲁，塔拉佳和艾佛拉莉雅的长子。他们两个都十七岁，几个月前才取得黑袍，不过已经统领大批沙鲁姆。

"沙鲁姆卡。"阿山向贾阳点头致意。安德拉向来不喜欢英内薇拉的长子，但他没有蠢到与之斗气。"艾弗伦恩惠的防御状况如何？"

贾阳只是浅浅鞠躬行礼，完全没有沙鲁姆卡对安德拉应有的敬意。"状况甚佳……安德拉。"英内薇拉几乎可以听到他抬头看他姑丈时咬牙切齿的声音。"月亏之后，距离王座方圆数英里之内完全没有恶魔的踪迹。沙鲁姆必须深入绿地很远才能喂饱长矛。我们在恶魔烧毁田野后残存下来的青恩村落里建立新的防御工事和巡逻队，然后把其他村落改成新大迷宫，于夜晚困住阿拉盖展开屠杀，在月亏之役，它们再一次被驱赶得更远。"

战败。应慎重考虑而选用字眼。就连贾阳也知道那并非事实。月亏之役中，真正打败阿拉盖的关键在于太阳。阿拉盖会回来的，而且会比之前更加强大。

阿山点头。"你做得很好，沙鲁姆卡。你父亲回来时会为你感到骄傲的。"

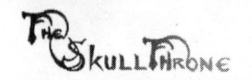

贾阳无视他的赞扬。"我还有一件事情必须提出来讨论。"英内薇拉皱眉,尽管骨骰已经预见了此事。

贾阳拍击双掌,十四个身穿黑拜多布的少年进入王座厅,在他身后排成一列,跪倒在地。所有人背上背盾,手中持矛。英内薇拉懒懒地看着他们,在每一张十六岁的面孔上看见她丈夫英俊的五官。其中之一是她第三个儿子,霍许卡敏,其他则是艾佛拉莉雅和塔拉佳的次子,以及除了魁娃外所有达玛基丁的长子。

"安德拉当然认得我的诸位兄弟,沙达玛卡之子。"贾阳说,"最年长的两个弟弟,"他指向伊察和沙鲁,"还有我本人都是在十七岁的时候换上黑袍。但是尽管年轻,我弟弟都拥有我父亲的沙鲁姆之心。当他们得知他失踪时,全都要求在夜里起身作战的权利。他们在沙拉吉和沙利克霍拉里所受的训练无懈可击,我没有理由拒绝他们。我亲自担任阿金帕尔,与他们在新大迷宫中浴血作战。他们每一个人都已亲手葬送不止一头恶魔回归深渊。根据《伊弗佳律法》,我要求册封他们为凯沙鲁姆。"

阿山看向英内薇拉。只有经由达玛丁掷骰认可才能让新战士取得黑袍,而只有英内薇拉和她的吉娃森才有权利为解放者之子掷骰。

贾阳比英内薇拉想象中更加狡猾。骨骰告诉她,是贾阳要拉拢那些男孩作战的,不过所有人都不明了他的计划,而心甘情愿。一旦取得黑袍和白面巾,阿曼恩的每一名儿子都会统领他们部族里一大批战士,而这些人全都效忠贾阳。在她儿子有可能发动政变的此时,晋升他们会大大强化他的实力。

然而她又不能轻易拒绝此事。英内薇拉对众吉娃森拥有很大的影响力,但就连她都不便于一次通通把他们得罪光。她在

所有男孩出生时就用他们的血掷过骨骰,而根据律法,如果他们已经在黑夜中作战,并且杀过阿拉盖,就可以要求属于他们的权利。

她不动声色地点了点头。

"可以。"阿山有种松了口气的感觉。"起来,凯沙鲁姆们。艾弗伦眷顾解放者之子。"

男孩们起身,没有高声欢呼,只朝王座鞠躬,严守纪律地站在原地。然而贾阳却难以掩饰得意之情。

"解放者远行期间,对克拉西亚而言乃是一段艰难的时期。"阿桑说,"或许他的达玛之子也该换上白袍。"

这话就像拿桶骆驼尿洒在达玛基头上一样。他们震惊呆立片刻,神色越来越愤慨,而英内薇拉却很受用。她向来比较偏爱阿曼恩的达玛之子。那些男孩越快取得白袍,就能越早控制部族,让她不用继续跟那些老头子讨价还价。

"荒谬!"阿雷维拉克厉声说道,"从来没有十五岁的男孩有资格换上白袍。"如果昨天的战败打击到他的士气,此刻也没有显露分毫。接受贝丽娜的治疗后,达玛基看来比过去几年更加健壮。但如果他觉得自己欠阿曼恩的马甲妻子任何人情,也完全不能阻止他拒绝让她儿子晋升。如果马吉成为达玛,阿雷维拉克的处境会比其他达玛基更为难看。

其他达玛基纷纷赞同阿雷维拉克的提议,英内薇拉调整呼吸,保持心中的自我。艾弗伦预言,她不用再忍受这群可恶的家伙太久了,他们一心只想巩固自己的权力,完全不想帮助族人。

"沙达玛卡到来之前,我们会开很多先例。"阿桑说,"当达玛为了维护青恩村落和平而人力不足时,我们不该拒绝让人民拥有更多领袖。"

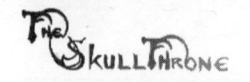

阿山一边考虑，一边环顾王座厅。身为达玛基，他一直是卡吉部族中很强势的领导人，但身为安德拉，他太过看重政治手腕，迫切地想要取悦所有人，以巩固自己的地位。

尽管如此，阿曼恩命令他坐上王座，保住他儿子的性命，而明眼人都看得出来只要让他们换上白袍，活命的机会就会大增。

"晋升他们。"英内薇拉轻声说道，魔印将这些话传入他一人耳中。

"年龄不是关键。"阿山终于宣布道，"想要取得白袍必须通过测验，他们会获准受测。解放者之子能否通过测验就要看他们自己了。阿桑亲自监考，向我汇报。"

英内薇拉看出这个突如其来的决定在达玛基丁的灵气中掀起一阵喜悦之情，与达玛基那种愁云惨雾的模样形成对比。解读灵气比解读骨骰还要困难，不过她每天都在进步。

下一个议题就是黑夜中新近出现的沙鲁姆丁。打从阿曼恩创建沙鲁姆丁以来——让青恩女子拥有男人的权利——越来越多女人开始加入屠杀阿拉盖的行动，进而获得男人的权利，拥有财物、担任证人，还可以拒绝让男人碰。每天都有女人前往达玛丁的宫殿，许多人都是偷偷跑去，哀求达玛丁训练她们。英内薇拉把她们交给阿希雅负责，至今未对这个决定感到后悔。

不甘心受《伊弗佳律法》束缚的青恩女人成群结队赶来，往往还受到丈夫的鼓励。克拉西亚女人则受到克拉西亚男人几乎一致的反对。丈夫、父亲、兄弟——甚至包括还在穿褐袍的儿子。他们禁止女人在无人陪同的情况下离家，在她们试图溜去达玛丁宫殿时教训她们。

就连已经取得黑袍的女人也不例外。在魔印武器的帮助下，她们全都杀过阿拉盖，但是她们之中最高强的女人也只受过几

周训练，不能与大部分一辈子都在战斗的沙鲁姆相提并论。不少女人遭到殴打、强奸，甚至杀害。

但攻击事件总会留下可供阿拉盖霍拉占卜的血迹，而英内薇拉找到施暴者时，阿希雅和她的长矛姊妹就会秘密惩罚对方。施暴者将受到其罪行十倍的严厉惩罚，残骸则被留在公开场合，让人们学到教训。

仿佛受到这个想法召唤一样，阿希雅步入王座厅，护送两队女人前往台座。人数较多的那队，二十名在达玛丁宫殿中受训的女子列队下跪，等候审判。有些身穿戴尔丁黑袍，其他则穿各式各样的青恩服装。

阿希雅一脸冷酷地看着那些女人，但英内薇拉在她的灵气中看见骄傲。她日渐累积阿拉盖能量线和聚合点的知识，让她可以利用借力打力和精准攻击来设计沙鲁金套路，而不只是靠手臂的力量。她将这种战法称为艾弗伦的精确点击，对这些女人倾囊相授。

另一队人马则比较奇特。七名戴尔丁，挤成一团跪着，灵气中充满恐惧与绝望。好几个女人的黑袍下都露出染有血迹的绷带，那是被阿拉盖打伤的迹象。其中之一的整条臂膀和半张脸都用被血染成棕色的白巾裹着——火唾液。她可以在女人的灵气中看出深度灼伤。如果不用魔法救治的话，她肯定是残废了。

另一个女人一眼瘀青，面纱下的鼻梁看起来也断了。英内薇拉不必深入调查就知道那些伤不是恶魔打出来的。

"女儿，"阿山向阿希雅点头。他对她的新职务还是很不满意，不过不会在公开场合训斥她。"你都带些什么人来到头骨王座前？"

"长矛姊妹的人选，尊贵的安德拉。"阿希雅说，她指向自己训练出来的女人,"这些女人都在达玛丁宫殿中受过训练,也在阿拉盖沙拉克中杀过恶魔。我请求封她们为沙鲁姆丁。"

阿山点头。他不喜欢让女人拿起长矛的做法,不过阿曼恩经常这么干,所以他也不敢不迎合。他望向达玛基丁魁娃。"你们都掷过骨骰了吗?"

魁娃点头:"她们够资格。"

阿山朝女人挥手。"起来,沙鲁姆丁们。"

女人站起身来,深深鞠躬,然后阿希雅叫她们解散。

阿山打量着在王座台下挤成一团、神色恐惧的女人。"其他人呢?"

"坎金村落里未受过训练的戴尔丁。"阿希雅说。伊察奇达玛基神色一僵。"她们的荣耀无止无尽。他们自愿响应解放者的召唤,深入黑夜杀死一头恶魔。她们要求解放者承诺赐予她们的权利。"

"那只是你的一面之词。"贾阳说。

阿希雅朝他点头。"我表哥不认同。"

阿山灵气一沉。"你需要懂得尊重,以沙鲁姆卡称呼他,女儿。"他的声音低沉而洪亮,与片刻前平淡的语调大不相同。"你或许帮达玛佳做事,但贾阳还是你的上司。"

阿山转向贾阳。"我为我女儿粗鲁的态度向你道歉,沙鲁姆卡。我保证会惩罚她。"

贾阳点头,挥挥手。"没必要了,姑丈。表妹也许是战士,但她是女人,我不期待她能控制情绪。"

"没错。"阿山同意,"沙鲁姆卡对这件事情有什么看法呢?"

"这些女人都是不守法的妇人。"贾阳说,"她们莽撞的行为令其家族蒙羞,不但危及村民的安全,还让一名无辜女子死亡。"

"很严重的指控。"阿山说。

贾阳点头。"她们预先策划,违反当地达玛的宵禁规定,不遵守沙鲁姆丈夫的约束,夜晚溜出家园,穿越村落魔印。她们引诱一头火恶魔进入一处天然陷阱,然后包围它。她们从她们荣耀的丈夫那边偷学魔印,以拙劣的手法绘制在自制的武器上,然后攻击火恶魔。在缺乏训练的情况下,一个女人被杀了,好几个女人负伤。战斗引发的大火差点烧掉整座村落。"

"才不是那——!"一名女人脱口辩驳道,但是其他人抓住她,紧紧捂住她的嘴。女人绝不能在安德拉面前开口说话,除非有人问她们,根据《伊弗佳律法》,她们在任何情况下都不能充当证人。他们的丈夫会代表她们说话。

贾阳转头看向打断他的女人,不过没多说什么。毕竟,她们只是女人。

阿希雅深深鞠躬,显然是刻意装出顺从的模样,在没有冒犯人的情况下表示嘲讽。"尊贵的克拉西亚沙鲁姆卡、解放者长子、我表哥、荣耀的贾阳·阿苏·阿曼恩·安贾迪尔·安卡吉,愿他永世长存,刚刚说的都是实话,父亲,只不过夸张了一些细节。"

贾阳双臂交叉,嘴角上扬。

"而那些细节无关紧要。"阿希雅说。

"呃?"阿山问。

"我也曾违反宵禁,不顾丈夫的反对深入黑夜。"阿希雅说,"宵禁的作用就是不让任何女人在夜晚外出。"她直视父亲的双眼,"解放者封我为沙鲁姆丁那天,你已经和他争论过,而宵禁当时并没有成为阻止他册封的理由,现在也不该成为理由。沙达玛卡亲口说过,任何杀过恶魔的女人都可成为沙鲁姆丁。"

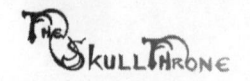

阿山皱起眉头，不过贾阳还有话要说。

"确实。"他说，"不过这里有七个女人，她们只杀了一只恶魔。谁知道最后一击是谁刺的？谁知道她们有没有全部出手？"

"同样无关紧要。"阿希雅说，贾阳瞪了她一眼。"所有战士都会分享击杀数，特别是接受血礼的奈沙鲁姆。用你那种算法，克拉西亚所有战士通通虚报击杀数。解放者本人第一天进入大迷宫时也只是一打推进兵中的一员而已。"

"当时解放者才十二岁，女儿。"阿山训道，"之后又去沙利克霍拉受训了五年才取得黑袍。"

阿希雅耸耸肩。"不管怎么样，如果你们不算分享击杀数，那么你们就该把解放者寻回战斗魔印之前所有战士的黑袍通通拔光，还有之后的半数战士。接受血礼的目的并非要在没有协助的情况下独自杀死一头恶魔，而是要测验战士对抗阿拉盖的勇气。这些女人在黑夜中协作对抗恶魔。事实上，在缺乏正式训练与装备的情况下，她们的测验更加严苛。难道这不正是沙拉克卡之夜所需的勇气吗？"

"或许是。"阿山同意。

"或许不是。"伊察奇达玛基插嘴道，"安德拉，你当然不打算晋升这些女人吧？她们是坎金部族的人。让我按族规亲自处理我们部族这个问题。"

"我认为我没得选择，达玛基。"阿山说，"我不属于任何部族，必须遵守解放者的命令。"

"你是安德拉。"阿雷维拉克说，"你当然有得选择。你女儿曲解解放者的言语，令你难以应对，但她没有说出全部的真相。'任何女人在阿拉盖沙拉克中杀死一头恶魔都能成为沙鲁姆丁。'解放者如此说。我不认为此事符合条件。沙鲁姆血礼要有训练官认可才能举行。阿拉盖沙拉克是神圣的仪式,不是一群蠢蛋一时冲动溜进黑夜干的傻事。"

其他达玛基随声附和,英内薇拉发现自己嘴巴越闭越紧。这群老人又开始唠叨那些经文上的陈词滥调,把不相干的事情作对比,然后摆出一副睿智的模样,警告他们不可以随便下放沙鲁姆权利。她轻拍挂在腰带上的霍拉魔杖,幻想着把他们通通炸入深渊会是什么感觉。

"有男人见证此事吗?"阿山在达玛基停止发言后问道。他还是没有询问那些女人,很可能根本不会问。

贾阳再度鞠躬。"安德拉,这些女人的丈夫都在外面等候,希望能在你作出决定前向你祈愿。"

阿山点头,传召那些男人入殿。他们全身穿黑袍,不过从他们的外表和装备来看,都不是什么高强的战士。他们的灵气充满愤怒、羞愧,以及对庄严的王座所产生的敬畏。其中一个男人特别激动,只能勉强压抑他的暴戾之气。

鲽夫。英内薇拉在她的枕床上微微调整姿势。看好那个家伙,她以手指道。

我看到他了,达玛佳。阿希雅的手掌垂在身侧,迅速扭动手指响应。

"这些女人杀了我妻子,安德拉。"激动的战士指着女人说道。"要不是受到她们哄骗,我的察巴娃绝不会忤逆我,做出如此愚行。我要她们血债血偿。"

"说谎!"另一个男人叫道,他指向自己的妻子,遭受殴打的戴尔丁,"惨剧发生后,我妻子跑回我身边,事情非常明白,察巴娃就是说服其他人参与此事的人之一。我对长矛兄弟的损失感到遗憾,但是他没资格因自己做丈夫失败而要求向他人报复。"

鳏夫转身攻击他，一时之间两名战士大打出手。阿曼恩绝不容许任何人在他的宫廷中行凶，但是所有男人，包括阿山在内，似乎都不打算阻止他们，直到鳏夫被痛苦地制服在地。

阿山大声拍手。"反对有效。艾弗伦不会让骗子得逞。"

英内薇拉作深呼吸。不是骗子。仅是一个只会打老婆的蠢货。

第二个男人鞠躬。"我请神圣的安德拉将这些女人归还给我们领回家惩罚，丈夫本来就有权管教她们。我对艾弗伦发誓，她们再也不会令她们家族、我们部族或你的王座蒙羞。"

阿山背靠王座，十指交抵，打量着那些女人。阿希雅的说法站得住脚，但英内薇拉从他眼中看出新任安德拉还是会拒绝她们。有机会的话，阿山会取缔所有沙鲁姆丁，包括自己的女儿阿希雅在内。

她应该先带那些女人来找我的，英内薇拉心想，但或许这种结果也是艾弗伦的旨意。

生活在女人与男人享有同等权利的北地，让克拉西亚女人知道人生并非一定得活在丈夫的庇佑下。绿地人没有能力对抗克拉西亚人的长矛，但在白昼之战里击中了沙漠人的要害。越来越多女人开始主张她们的权利，要不了多久祭司就必须正视这个问题。

英内薇拉并不打算在阿山坐上王座的第一天就公然否定他的决议，但如果他不肯讲理也别无他法。

她张口欲言，不过在阿桑以整个王座都能听见的音量清理喉咙并且说话时忍住了。"我尊贵的妻子说的没错。"

阿山的表情十足震惊，就连英内薇拉也在阿桑走下台阶，来到大厅正中时目瞪口呆。这个男孩在册封沙鲁姆丁时曾经激

烈反对他妻子的羞辱之举。

"我尊贵的父亲确实认为恶魔一定要死在阿拉盖沙拉克才算。"阿桑说,"但是阿拉盖沙拉克究竟是什么?就字面上的意义而言,就是'恶魔战争',而战争并非仪式。阿拉盖让所有人类都成为它们的敌人,不管男人还是女人。任何对抗它们的战斗都是阿拉盖沙拉克。"

贾阳嗤之以鼻,"那我这位从未参加战争的达玛兄弟又该如何解释战争呢!"

他不该在由祭司主导的议会里说鄙视祭司群体的话,这又进一步证明贾阳说话不经大脑。阿山和达玛基全都神色不善地转头瞪着他。

终于,阿山拿出骨气,以片刻前对女儿说话的严厉语气说道:"不要忘记自己的身份,沙鲁姆卡。你必须听从白袍议会的决议。"

贾阳脸色铁青,灵气中充满愤怒。他的手不自觉地紧握长矛,如果他再愚蠢一点点,就会举矛攻击,让全克拉西亚陷入内战也在所不惜。

阿桑很机灵,懂得不露声色,不过并没有阻止阿山神色不善地转过头来瞪他。"还有你,奈安德拉。你两周前不是才为了女人拿起长矛的事情与沙达玛卡争论许久吗?"

阿桑鞠躬,"的确,姑丈。我当时情绪激动,对自己的想法深信不疑。但是我错了,而我尊贵的父亲忽略我的意见乃是明智之举。"

他转身,以目光扫视全厅。"沙拉克卡即将到来!"他大声道,"解放者和达玛佳都这么告诫我们,但我们依然意见纷争不断,浪费大批人力,我们还不断绞尽脑汁地去找寻阻止他们作战的各种理由。但我认为当解放者在奈的大军追杀下回来之日,大战的荣耀绝对足够所有人一起分享。我们一定要时刻准备好,齐心一致,投入作战。"

他指向阿希雅。"确实,我曾经反对妻子拿起长矛。但她为我们带来的只有荣耀。数百男人的性命都是她和长矛姊妹救的。她们带着达玛佳的荣耀前赴战场,深信她会守护她们。她们提升我们的整体战力。女人替我们带来力量。解放者对此预判得很清楚。所有愿意参与沙拉克卡的人都能起身参战。"

他暂停片刻,阿苏卡吉仿佛排练过般走到他身边。这两个人向来都是形影不离,彼此绝对支持。

阿山只摇头道,"艾弗伦呀,不要连你也来掺和。"

阿苏卡吉指向那群沙鲁姆丈夫,"这些男人想要隐藏什么?是不是害怕他们妻子晋升沙鲁姆丁后可以作证指控他们?或许这种威胁可以让某些丈夫变聪明一点。这些女人与阿拉盖作战,如果城墙倒塌,她们将会是守护孩子的最后防线。她们承担这么大的责任,为什么不能享有权利?"

"对呀,为什么不能?"英内薇拉在所有老头有机会群起发难前问道。她微笑,"你们这些男人争论得好像由得你们选择一样,但是解放者把沙鲁姆丁交给我来管理,该晋升谁、不该晋升谁通通由我的骨骸决定。"

阿山的灵气终于满意地放松下来,庆幸自己不必为这个肯定会树立政敌的议题拍板。

"乌莎拉。"她向她的吉娃森,坎金部族的达玛基丁比了个手势,"掷骸,为她们的命运占卜吧。"

所有人瞪大双眼。占卜命运是很私人的事情。有此充分理由,达玛丁对于施展魔法向来保密。但是她必须提醒这些男人,王座厅里并非只有政治一种力量在运作,指引他们意向的应该是艾弗伦的旨意,而非他们个人的私利。

所有女人在乌莎拉的掷骰布前跪成新月形。所有人身上都缠有血红的绷带,达玛基丁用骨骰接触伤口,沾染预知命运所需的血液。

英内薇拉降低王座厅魔印光的亮度。并非为了帮助施法,因为魔印光不会影响骨骰。她这么做是为了让所有人看见霍拉无可否认的魔光,在乌莎拉的祷告中缓缓脉动。男人仿佛遭受催眠一般,在她每一次掷骰的魔光大作时微微颤抖。

最后,乌莎拉坐回地上。她转身,无视阿山的存在,对英内薇拉说:"完成所命,达玛佳。"

"看到了什么?"英内薇拉问,"这些女人会在黑夜中挺身而出吗?她们够格吗?"

"她们够格,达玛佳。"乌莎拉转身,指向遭丈夫殴打的女人,"除了这一个。伊莉佳·娃·法楚假装攻击,在恶魔面前逃走,使察巴娃死亡,还使其他几个人受伤。这头恶魔之死,她没有贡献力量。"

伊莉佳的灵气转为恐惧的白色,但是其他女人还是站在她身边,伸手支持她——就连严重灼伤的女人也一样。英内薇拉出于同情,多给她们一点时间,但是这种情况她也束手无策。骨骰是双面刃。

"八名女子获得晋升。"她宣布道,"起来,沙鲁姆丁。伊莉佳·娃·法楚则要回到丈夫身边。"这样很残酷,但总比把她留给达玛基伊察奇处置要好。他很可能会以在王座前做伪证之罪公开处决她。

伊莉佳在丈夫法楚走到她身后,一手抓住她头发往后拖时放声尖叫。她跌跌撞撞,没办法站稳,被法楚拖着离开王座厅,一众达玛基们则满意地冷冷旁观。

日落前把惩罚她的那只手带来给我,英内薇拉以手语告诉

101

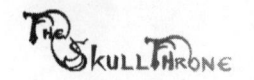

阿希雅。

阿希雅以她们惯用的沟通方式响应。遵命,达玛佳。

"等等!"一个女人喊道,吸引所有人的目光。"我以沙鲁姆丁的身份代表伊莉佳作证,指控法楚·阿苏·法楚·安伊成·安坎金的罪行。"

英内薇拉轻轻挥手,议会厅守卫压低长矛阻止法楚离开王座厅。他放开伊莉佳,两个人一起被带回王座前。

达玛基伊察奇举起双手,"安德拉的宫廷已经沦落到这个地步了吗?让不知感恩的女人像是说长论短的洗衣妇抱怨她们丈夫的场合?"

数名达玛基点头附和,但是伊察奇最仇视的宿敌,甲马部族的达玛基魁森却面露喜色。

"当然不是。"魁森说,"但这场闹剧是你们部族惹上宫廷的,我们当然要看它如何收尾。"伊察奇狠狠地瞪了他一眼,然而其他达玛基,包括片刻前还支持他的那些在内,全都点头。他们或许不是洗衣妇,不过世故的达玛基也一样喜欢幸灾乐祸。

"说吧。"阿山命令道。

"我是乌瓦娜·娃·哈达·安伊成·安坎金,"女人这辈子首度像男人般以全名自称,"伊莉佳是我表妹。她确实在阿拉盖面前逃跑,没有资格站在黑夜里。但她丈夫,法楚,阿苏·法楚·安伊成·安坎金,多年来一直强迫她卖淫换钱买库西酒和赌博。伊莉佳是艾弗伦的荣耀之女,一开始拒绝他的命令,于是法楚把她打到在床上躺了很多天。我亲眼见证她受辱。"

"撒谎!"法楚大叫,不过英内薇拉从他的灵气中看到了真实。"不要听这个恶毒女人的恶语!她毫无证据?没有!一切只是血口喷人。"

手和脸被火恶魔唾液烧伤而缠满白绷带的女人走到乌瓦娜

身旁站定。灵气显示她浑身剧痛,但她还是抬头挺胸,语气坚定。"两个女人。"

其他四人也上前站成一排。

"我们六个女人都见证你的罪行,法楚。"乌瓦娜说,"六个沙鲁姆丁。我们踏入黑夜不是为了争取我们自己的权利,而是为了伊莉佳,为了让她脱离你的魔爪。"

法楚转向阿山,"英明的安德拉,你当然不会听信女人的空口白说,而不相信忠心耿耿的沙鲁姆吧?"

乌莎拉也抬头,"你想要的话,我可以祈求骨骸,神圣的安德拉。"

阿山皱起眉头,和所有人一样清楚骨骸会带来什么答案。"你认罪吗,法楚之子?还是要我们用霍拉为你的清白作证呢?"

法楚面色苍白,焦灼地环顾四周寻求支持,可惜一无所获。最后他耸耸肩,"我怎么对待我妻子又有什么差别?她是我的财产,不是沙鲁姆丁。我没有犯罪。"

阿山看向伊察奇,"他是你的族人,达玛基。你怎么看?"

"我赞成法楚的说法。"伊察奇不假思索,"妻子有责任服从丈夫。如果他不能支付他的债务,那就是她的错,她必须支付债务,就算他要她躺下来也一样。"

"或是跪下。"达玛基魁森说,其他男人哈哈大笑。

"坎金部族达玛基已经做出决议。"英内薇拉说。所有人都惊讶地转向她。"法楚不需要为了强迫妻子卖淫而遭受刑罚。"法楚一听这话立刻如获得救,新进沙鲁姆丁则深感失望。伊莉佳再度开始哭泣,乌瓦娜伸手搂着她。

"然而,关于欺骗头骨王座一事,"英内薇拉继续,"他有罪。判处死刑。"

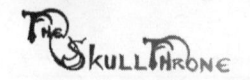

法楚瞪大双眼，"什么？"

"乌莎拉。"英内薇拉说。

达玛基丁伸手到霍拉袋中，拿出一块黑色的小碎骨——闪电恶魔的胸骨。达玛基丁指示旁观者移开目光，不过所有人继续看着她，结果都被刺眼的光线闪到无法视物，让巨响震到耳朵都快聋了。

恢复视觉后，法楚躺在冲向王座殿门的半路上，胸口焦黑冒烟。空气中弥漫着烤肉的气味。

✤

"你逼得太快太紧，达玛佳。"魁娃说，"达玛基会集体反抗的。"

"让他们反抗，如果他们如此愚蠢的话。"贝丽娜说，"当阿曼恩回来，发现整个议会都变成王座厅地板上的焦痕，部族全都落入他儿子掌控，他不会为他们伤心落泪的。"

"如果他没回来呢？"梅兰问。

"那我们就更该恫吓达玛基，并且尽量招募更多沙鲁姆丁。"英内薇拉说，"连卡菲特阿邦手下的士兵都比我多。"

"卡菲特的沙鲁姆。"魁娃嘲弄道，"算不上战士。"

"去对哈席克说。"英内薇拉说，"解放者的贴身保镖，被卡菲特抓起来割了男根。我想，他们之前也是如此看待沙鲁姆丁的，但是任何一个安奇度的长矛女儿都比一打解放者长矛队来得强。"

✤

她们抵达英内薇拉的私人花园，一座精心修剪的植物迷宫，大部分都是用直接从克拉西亚带来的种子种出来的。这里有医

疗药草和致命毒药,新鲜水果、坚果和蔬菜,还有纯粹观赏用的草、灌木、花和树。

英内薇拉可以轻易在花园里找到心中的自我,沐浴在阳光下,站在茂密的植物间。想要在克拉西亚的解放者宫殿里维护这种花园是不可能的事情。土壤太贫瘠了。在艾弗伦恩惠,似乎只要朝任何方向撒出一把种子,植物就可以在不需照料的情况下茁壮成长。

英内薇拉深深呼吸,却在闻到每次都会摧毁宁静的香水味时,又被赶出她心中的自我。

"趁有机会的时候快逃,妹妹。"她低声说道,"神圣母亲在凉亭里等我。"

这话让她的吉娃森立刻以尊严容许的最快速度离开花园。身为阿曼恩的吉娃卡,照顾他母亲乃是英内薇拉的责任,这是其他女人都非常乐意放弃的责任。

英内薇拉很羡慕她们。如果情况允许,她自己也会逃离现场。艾弗伦一定是不高兴了,不然不会不透过骨骰警告我。

只有魁娃、梅兰、阿莎薇敢留下。阿希雅已经消失在树叶后,不过英内薇拉知道她一定隐藏在附近监视一切。

英内薇拉调节呼吸,在风中弯腰。"最好尽快打发她。"她喃喃说道,然后大步走向神圣母亲等候的地方。

英内薇拉还没看到卡吉娃就已经听见她的声音。

"看在艾弗伦的分上,背挺直一点,塔拉佳。"神圣母亲大声道,"你是解放者之妻,不是大市集里的戴尔丁商人。"

来到近处,只见卡吉娃从她另一个儿媳手中抢走一块面饼。"你又开始发胖了,艾佛拉莉雅。"

她转向一名仆人。"我要的那瓶花蜜呢?这次一定要冰过。"她又转向另一名手拿巨大扇子的仆人。"我没有叫你停止

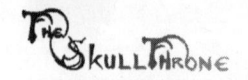

扇风，女孩。"她手掌像蜂鸟般急甩，给自己扇风。"你知道我多会流汗。艾弗伦为我见证，整个绿地都像澡堂一样潮湿。他们怎么忍得下去？好吧，我真的有点想——"

谢天谢地，女人终于在英内薇拉步入凉亭时住嘴了。其他女人一副即将被人从地心魔物口中救走的模样。卡吉娃或许把其他女人通通当作仆役使唤，但她还知道要尊重达玛丁，特别是英内薇拉，在正常情况下。

"我儿子呢？"卡吉娃大声问道，怒气冲冲地冲向英内薇拉。她身穿黑袍，头戴凯丁的白面纱，不过还加披了一条白披肩，与阿曼恩的打扮很像。"宫殿里谣言满天飞，我的女婿坐上头骨王座，而我却像个傻瓜般什么都不知道。"

这话说得太恰当了，英内薇拉心想。

卡吉娃的语气越来越尖。"我命令你告诉我究竟出了什么事。"

命令。英内薇拉心中浮现一股怒意。这个女人忘了自己在和谁说话了吗？就连阿曼恩也不敢命令她。她真想自己把卡吉娃炸到花园另一边去，就像王座厅里的法楚一样。

喔，如果事情这么简单就好了。但是尽管阿曼恩有可能原谅她铲除整个达玛基议会，他还是会追杀谋害他母亲的凶手直到阿拉的尽头，而他的皇冠视觉令她无法掩饰这种罪行。

"阿曼恩在深渊边缘追杀一头恶魔。"英内薇拉说，"骨骰认为他会回来，不过那是一条危险的道路。我们必须为他祈祷。"

"我儿子去了深渊？"卡吉娃尖叫道，"孤身一人？解放者长矛队为什么没有跟着他？"

英内薇拉伸手抓住卡吉娃下巴。表面上这个动作是为了强迫她与自己目光接触，但是英内薇拉在一个聚合点上施压，打

断了女人体内某些能量线。

"你儿子是解放者,"她冷冷说道,"他可以去没人能够跟去的地方,不需要对你解释,甚至不会对我解释。"

她放开卡吉娃,女人浑身无力地后退。塔拉佳上前搀住她,试图扶她到石板凳去坐,但是卡吉娃站直身子,挣脱她的手,再度直视英内薇拉的双眼。

顽固,英内薇拉心想。

"为什么不让贾阳继位?"卡吉娃问,"他是阿曼恩的长子,也够格继承王位。人民崇拜他。"

"贾阳太年轻,太顽固,不能代替阿曼恩领导人民。"英内薇拉解释。

"他可是你的儿子!"卡吉娃吼道,"你怎么能……"

"够了!"英内薇拉叫道,吓得所有人一跳,卡吉娃跳得最高。英内薇拉很少大声说话,尤其是在别人面前。但是英内薇拉的婆婆是全世界最有能力测验她耐心的人。"你忘记自己的身份,女人,你别以为可以用这种语气和我讨论我儿子的事情。这一次我原谅你,因为我知道你在担心你儿子,但是不要和我作对。克拉西亚需要我,我没时间安抚你所有情绪。阿山是接受了阿曼恩的指示下暂时坐上头骨王座的。你只需要知道这一点就够了。"

卡吉娃眨眼。已经多少年没人胆敢这样和她说话了。她是神圣母亲,不是普通的戴尔丁。然而不管有多少特权、多少影响力,卡吉娃还是没有任何实权。她甚至不是达玛丁,更别提要和达玛佳作对。她的财富和仆役都来自王座津贴,英内薇拉可以轻易在阿曼恩远行期间取缔这些津贴,不过肯定马上就会有很多人拿金钱来争取她的宠信。

"母亲。"英内薇拉和其他女人转身看着阿桑步入凉亭。他

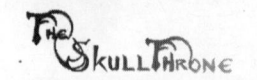

走过来时就像安奇度一样无声无息。阿桑鞠躬,"祖母。很高兴,你们都在。"

卡吉娃立刻开心起来,向他孙子摊开双臂。他迎向她的怀抱,以优雅又有尊严的方式让她透过面纱亲吻他,虽然这么做不符合他的身份。

"提卡,"阿桑说,这是克拉西亚语中对于"祖母"的称谓,卡吉娃打从所有孙子学会开口说话前就一直灌输他们这个称谓。光是从阿桑口中听到这个字,就让她好像被下药一样进入顺从状态。"请理解我的母亲。我知道你担心父亲,但她是他的吉娃卡,肯定和你一样担心。"

卡吉娃头昏眼花地点了头,望向英内薇拉,目光在点头时尊敬地下移。"请原谅我,达玛佳。"

英内薇拉真想亲一下她的乖儿子。

"但是为什么跳过你和你哥哥?"卡吉娃问,又重拾了一点决心。

"跳过?"阿桑问,"提卡,贾阳坐在长矛王座上,我是头骨王座的继位人选。阿苏卡吉成为卡吉部族的达玛基。你所有长孙如今都是凯沙鲁姆了,要不了多久所有次孙会成为奈达玛基。多亏有你,二十年前差点灭绝的贾迪尔血脉即将统治克拉西亚数个世代。"

这话起到了相当的安抚作用,不过她还是继续追问:"但你姑丈……"

阿桑与英内薇拉一样伸手捧起她的下巴,不过没有去压聚合点,而是以拇指轻触面纱。他如羽毛般轻轻抚摸她的嘴唇,这个动作就和英内薇拉的强势手段一样让卡吉娃闭嘴。

"根据《伊弗佳律法》,所有达玛丁都拥有预知能力。"阿桑说,"达玛佳更是个中翘楚。如果她允许我尊贵的姑丈坐上

头骨王座,很肯定是因为她预见父亲很快就会回来,但这种事她当然不能随便对人直说。"

卡吉娃看向英内薇拉,眼中浮现一丝惧意。克拉西亚人十分敬重那种预知能力——达玛丁的力量泉源。英内薇拉配合儿子,若有深意地看着卡吉娃,轻轻点了点头。

卡吉娃回头面对阿桑。"谈论命运会召来厄运。"

阿桑在卡吉娃乱用这句古谚时鞠躬附和。"说得好,提卡。"他看向英内薇拉,"或许我尊贵的祖母可以想办法赞美艾弗伦,祈求父亲安全回来?"

英内薇拉心里一惊,阿桑的话让她想起自己母亲曼娃针对神圣母亲提出的建议。她点头。"离下次月亏只剩不到两周,在解放者远行、奈的大军重新集结的情况下,我方的士气肯定低落。办一场盛大的宴会不但可以提振战士的士气,还能让所有人齐聚一堂,恳求艾弗伦让阿曼恩胜利归来……"

"这个主意太棒了,达玛佳。"梅兰立即上前附和。英内薇拉看向自己从前的宿敌,感谢她的支持。

"没错,"阿桑说,"或许神圣母亲可以帮忙打理食物和饮料?"

"我本来想亲自打理的……"英内薇拉撒谎道。

正如曼娃所料,卡吉娃立刻上钩了。"别再多想这件事了,尊贵的达玛佳。你操心的事情已经够多了。让我来扛这个担子。"

确实,英内薇拉感觉自己放下了一个重担。"我怕一场宴会或许不够。月盈的时候或许还有另一场宴会,直到我们打赢沙拉克卡为止。"

卡吉娃鞠躬,这是多年以来英内薇拉看她鞠得最深的一次。"能够负责此事是我莫大的荣耀,达玛佳。"

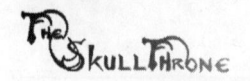

"我会请安德拉从国库里拨一笔经费来办理宴会。"英内薇拉说，心知阿山也会和她一样高兴能打发这个女人。他会同意任何条件，然后还觉得自己赚到了。"你会需要助手，当然。园艺匠和厨师、负责邀请函的书记……"识字又懂算术的人，她在心中暗自嘲弄，因为卡吉娃当然两样都不会，即使在宫廷里养尊处优二十多年了。

"我很乐意协助神圣母亲。"梅兰说。

"我也会协助，只要我有时间。"阿桑说着，若有深意地望向英内薇拉。她毫不怀疑他有一天会来找她还这个人情，但她很乐意付出代价。这可是个难以量化的人情。

"那就这么决定了。"她说着向卡吉娃点头。"全克拉西亚都将受惠于你，神圣母亲。"

第六章　孤掌难鸣

333 AR　秋

阿邦拄着拐杖艰难地走下议会大殿的阶梯，咬紧牙关忍受着小腿上传来的针扎的痛楚。解放者议会里所有人都对他恨之入骨，但他觉得大殿的台阶才是自己每天面临的最大挑战。他愿意为了"利润"忍受几乎任何事情，唯独拥抱痛楚本身却不在之列。

他不止一次后悔自己竟然固执地拒绝达玛佳为他的瘸腿实施治疗的承诺。反而提醒她，不能用舒适的生活贿赂他是很聪明的做法——但是他愿意付出一切换取自由自在地上下楼梯的快感。尽管如此，他还是有一样更加渴望的东西，已然触手可及了。

魁伦走过他身旁，上下楼梯比他轻松自如多了。其实魁伦的左脚膝盖以下已截肢，用弯曲的弹性钢铁代替。每上一步台阶，钢铁就会微微弯曲，可以轻易支撑壮汉的体重。魁伦的战斗技巧已经恢复到受伤前的程度，甚至大有超越之势。

阿邦的卡沙鲁姆不能进入宫殿，但是训练官曾经训练过解放者本人，所以他的荣耀至高无上。即使现下为阿邦效劳，大部分场所还是会欢迎他，包括议会宫殿在内。这很有用处，至少现在没有人会蠢到去羞辱阿邦。

聋耳壮汉在宫殿台阶底下等候他们，打开阿邦的马车车门。

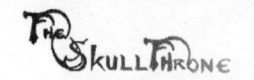

两名卡沙鲁姆坐在驾驶座上，长矛放在手边，马车后方的高椅上还有另外两个手持北地人曲柄弓的卡沙鲁姆。魁伦轻松跳上马车，接过阿邦的拐杖，耳聋的壮汉则像提起小孩一样将阿邦抬入车内，帮他免除走台阶之苦。

由于身材太高大，不方便坐车，无耳关上车门，爬上一级台阶，握着把手，站在马车外，他拍拍马车的外壳，车夫甩动缰绳上路。

"达玛基接受阿山担任安德拉了吗？"魁伦问。

阿邦耸肩。"达玛佳展示那种实力，根本没给他们多少选择。阿山是她的傀儡，没有人蠢到去招惹她。"

魁伦点头。他很清楚达玛佳的手段。"沙鲁姆们对这种安排颇为不满。他们认为沙鲁姆卡应该继承他父亲的王位。他们担心达玛基的脑袋插上长矛，夺取王座。"

阿邦点头。"但达玛佳更是信手一挥就能将他烧成灰烬。我们在浪费时间，训练官，他们要怎么搞不是我们奈何得了的。我们有自己的事需要料理。"

他们回到阿邦的堡垒，一道又高又坚实的城堡围墙上面还有武装卡沙鲁姆把守。车夫做出正确的手势，大门开启处，露出其后许多四四方方的建筑物。

这座堡垒守卫森严，但阿邦还是很小心——至少表面上很小心——不显露任何会让其他人觊觎的财物。这些建筑都没有美感，没有花园或喷泉。空气中弥漫着锻造炉的浓烟，还有铁锤的敲打声。所有人都在工作，完全没有闲置人力。

阿邦深深吸了一口刺鼻的气，面露微笑。这是兵器的味道、权利的味道。对他而言比任何花香都更让人陶醉。

无耳搀扶着阿邦站到地上时，一个男孩跑了过来。他深深鞠躬。"阿卡斯大师要我告诉您，您要的样品已经做好了。"

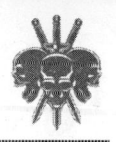

阿邦点头，抛了一枚硬币给小男孩。没多少钱，但男孩还是眼睛一亮。阿邦吩咐道："奖励你。马上告诉阿卡斯大师，我们随后就会去找他。"

阿卡斯负责阿邦的锻造炉，整座堡垒中最重要的工作之一。他是阿邦的姻亲，薪水比大部分达玛还高。阿邦手下最强的卡沙鲁姆观察兵埋伏在他附近的阴影中，表面上负责保护他，实际上也是在监视他有无背叛意图。

"啊，主人、训练官，欢迎光临！"阿卡斯已经五十多岁，因为在锻造炉工作的关系，双臂肌肉十分结实。尽管年长又身材高大，他还是像个情绪激动的小伙子般身手敏捷。他和阿邦一样是卡菲特，没有胡须，不过下巴上有明显的胡楂。他浑身都是汗水和硫黄味道。

"产量如何？"阿邦问。

"解放者长矛队的武器和护具都有达到精度。"阿卡斯说着比向放满矛头、盾牌、护甲的托盘。"魔印玻璃，目前测试的结果都打不碎。"

阿邦点头。"那我的百人队呢？"他用这个称谓称呼阿曼恩赏赐给他的卡沙鲁姆，但事实上共有一百二十人，其下还有将近一千名青沙鲁姆。阿邦要让他们全都装备上所能使用金钱可以买到的武器。

阿卡斯搔搔胡楂。"有一些……延迟。"

魁伦不等阿邦指示已经双手叉腰，瞪视对方。阿卡斯是个壮汉，不过没有笨到看不明白这个身体语言的寓意。他扬起双掌解释道："但是有一定的进展！过来看！"

他快步走到一堆武器旁，这里的盾牌和矛头像镜子般闪闪发光。他挑出一支矛头，来到沉重的方形铁锤前。

"魔印玻璃，"阿斯卡说着举起矛头，"完全按照你的要求，在表面上镀银,旁人看不出其中真正的材质。"

阿邦不耐烦地点头。这并不是什么新鲜事。"那为什么会延迟?"

"镀银会减弱玻璃的强度。"阿卡斯说,"看着。"

他把矛头放上铁砧,用钳子加以固定。接着他拿起一支沉重的长锤,握柄长三尺,锤头起码重达三十磅。铁匠大师熟练地挥动长锤,利用重量与动能加强本身的力道。撞击声在锻造场内回荡,但阿卡斯没有停手,竭尽全力又多锤了两下。

"让这家伙当卡菲特真是太浪费了。"魁伦说,"我可以把他训练成高强的战士。"

阿邦点头。"但是没有武器与护甲可以用。传说故事里或许会说锻造场里的铁匠都是残废,但只有身强体壮的人才能胜任这个工作,而这也是份光荣的差事。"

打完三锤后,阿卡斯松开钳子,把矛头拿过来检视。阿邦和魁伦就着光源翻转着仔细检查。

"那里。"魁伦指着一个地方说。

"我看到了。"阿邦看着玻璃上刚刚的撞击点附近的小裂缝道。

"再多打十下就会变成大裂缝。"阿卡斯说,"说不定锤到十二下就会完全断裂了。"

"还是比普通钢铁硬多了。"魁伦说,"这已经算得上是战士梦寐以求的武器了。"

"或许。"阿邦说,"但我的百人队不是普通战士。他们接受当今世上最伟大的训练官训练,服务于最富有的老板,所以应该装备配得上这份荣耀的武器。"

魁伦嘟哝一声。"我不与你争,不过镜盾也有比透明玻璃好用的地方。我们在大迷宫里会用镜子驱赶阿拉盖。它们很容

易被自己的影子震慑住。"

"勉强也算是好处吧。"阿邦说着转向阿卡斯,"但你说的进展?"

阿卡斯露出若有深意的笑容。"我尝试用新的合金做了一套装备。"

所谓新合金乃是琥珀金,一种十分罕见又珍贵的金银天然合金。解放者已经将所有已知来源的合金通通征收给达玛佳管理。阿邦自己找到了合金来源,并且派人搜寻更多产地,但如果让达玛佳知悉他私藏神圣金属的话,后果将不堪设想。

"然后呢?"阿邦问。

阿卡斯小心翼翼地从一块布下拿出一副矛头和盾牌。两者都像擦干净的镜子般闪闪发光。"至少和魔印玻璃一样硬。这两种材质都没办法熔化或打断。但是新合金还有……其他好处。"

阿邦努力忍住显露的得意之色。"说下去。"

"在装备中灌注魔力时,战士有些惊人的发现,"阿卡斯说,"盾牌不只是挡下阿拉盖的攻击,它还会吸收攻击的力道。战士正面承受石恶魔的甩尾攻击,却可以纹丝不动。"这话让魁伦吃惊地抬起头来。

"灌注魔力后,阿拉盖就无法接近到盾牌之前一支长矛的距离之内。战士想要攻击也得移开盾牌才行。"

"这既是优点,也是缺点,"魁伦说,"如果战士必须放弃防御才能攻击的话。"

"或许,"阿卡斯说,"但是攻击威力强大!这支矛头可以轻易刺穿石恶魔的鳞片,就像插入水里一样轻而易举,看着。"

他把矛头拿回铁砧,拿另一把钳子把它垂直固定,指向下方。他再度举起长锤,狠狠挥下。就听到一声巨响,阿邦和魁伦同声惊呼，看着那支矛头陷入铁砧一寸多。阿卡斯又挥一锤，然后再挥一锤，每一锤都把矛头好像钉子揳进木板般陷入铁砧。打到第四锤时，铁砧裂成两半。

魁伦走到铁砧旁，神色敬畏地抚摸着裂开的金属。"此事一定要告知安德拉。每个战士都要有一把。沙拉克卡赢定了！"

"安德拉早就知道了。"阿邦撒谎道，"解放者和达玛佳也早就研制出神兵了。为了你的性命和进入天堂的荣耀着想，魁伦，你绝不能向任何人提起此事。单是抹在那些魔印玻璃上的薄薄一层合金就比达玛基的宫殿还要昂贵，而且所有新合金加起来还不够装备一小部分的部队。"

训练官惊得张口结舌。

"来吧，训练官。"阿邦说，"别继续呆呆地站在那里，我们就要迟到了。"

魁伦训练官跟着阿邦一起穿过新的大市集，艾弗伦恩惠中一大片被划定要重新找回——并且超过——克拉西亚大市集往日荣耀的区域。

此刻的进展已经很不错了。北地人不太适应《伊弗佳律法》，但是他们了解商业行为，在街道两旁数百个摊位旁工作与购物的青恩就与戴尔丁和卡菲特一样多。撇开高温和尘土之外，对阿邦而言，感觉这里跟家乡没有什么不同。

《伊弗佳律法》在大市集里不具有多大意义。因为每一个大声叫卖的商人旁边都有另一个人在小声贩售被《伊弗佳律法》或达玛禁止的商品——赌博、猪肉、库西酒、武器、书籍——大回归之前的古董。只要有钱，且又知道该上哪儿去找货，大市集里什么东西都能买到。

这种情况基本上是官方默许的。其实，某些违禁品最主要的客源都是达玛和沙鲁姆，而没人胆敢招惹他们。女人和卡菲特就没么幸运了，有时候会被达玛判刑，然后公开行刑。

尽管身高超过六尺，身负长矛、盾牌，以及天知道多少秘密武器，魁伦看来还是很不自在。他目光四下搜寻，随时准备应付一切意外。

"别那么紧张，训练官。"阿邦说，"在黑暗中屠杀阿拉盖的英雄怎么会害怕在大白天上街？"

魁伦吐口口水，"这地方与围困阿拉盖的大迷宫一样容易迷路。"

阿邦轻笑，"这倒是真的，训练官，大集市是用来围困你身上的钱袋而非恶魔，不过设计上的概念也大同小异吧。顾客很容易就被引诱，但是要摆脱却不太容易。这里的街道曲折，还有很多死路，商人大军随时准备宰杀缺心眼的消费者。"

"大迷宫里的敌人却是很明确的。"魁伦说，"而且，夜里出战的男人们都是生死兄弟，阿拉盖却不会撒谎。"他神色谨慎地环顾四周，伸手去摸钱袋，仿佛要确保钱袋还没有被围剿掉。"而这里所有人都是我的钱袋的敌人。"

"和我在一起就不用那么害怕了。"阿邦说，"在这里，我就相当于安德拉兼沙鲁姆卡。此时此刻，这里的人都把你和我视为一起的。若你明天再来，他们就会主动和你拉交情，求你日后能为他们向我讲讲好话。"

魁伦再度啐道："来大市集买东西通常是我妻子的差事。我们赶快办完事情，离开这个地方吧。"

"不会耽搁太久的。"阿邦说，"你知道要怎么做？"

魁伦嘟哝道："在你出生之前我就已经在做把男孩打碎，然后重新拼凑成男人的事情了，放心交给我来办吧。"

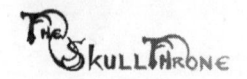

"你不用拿什么神圣的黑袍之类的东西在我面前炫耀。"阿邦说到。

魁伦耸肩。"我见过那些小鬼。他们很懒散、很软弱。祖林和山杰特为了让他们和你对立而把他们宠坏了,我得用点强硬手段才能让他们迷途知返。他们必须再度体验一下身为奈沙鲁姆的感觉。"

阿邦点头,"帮我做好这件事情,训练官,好处费绝对不菲。"

魁伦厌恶地挥手回绝他。"算了吧。你让我重返沙拉克,查宾之子,至少我能够以此回报。连自己儿子都鄙视的男人,又算什么了?"

"就是这里了。"阿邦说着指向一间餐馆。前廊上有很多客人坐在矮桌旁,吃午餐,抽烟,喝着苦涩的克拉西亚饮料。女人来回奔走着,持续从厨房内端出装满饮料食物的杯碗,然后带着空的杯碗和装满卓奇的钱袋回去。

阿邦领头走进旁边的巷子,用拐杖一头敲敲一扇侧门。一名身穿褐袍的男孩打开门,伸手接下阿邦抛去的小费,带他们走下楼梯。

室内混杂着骰子滚动和下注的呐喊声音,空气中弥漫着浓浓的烟味。他们在一道门帘后停住身形,一群沙鲁姆在一张叠着大批赌金的赌桌旁喝着库西酒。

"达玛丁应该……啊,"阿邦说着看到阿莎薇走下主楼梯。她的白袍在阴暗的地下室中显得格外显眼,但是心思都放在骰子上的魔印的男人们一直到她走到近处时才注意到。

"这是怎么回事?"阿莎薇叫道,沙鲁姆全都吓得跳起来。其中之一——阿邦的儿子苏斯——顿时转身,杯子里的酒洒在了她身上。达玛丁假装后退一步,不过刻意扬起手来,让酒都洒在了衣袖上。

阿莎薇夸张地打量着衣袖，现场陷入一片死寂，所有战士都不敢吭声。

阿莎薇摸了摸湿掉的地方，然后将手指举到鼻子前。"这是……库西——酒？"她刻意强调最后那个字眼，在场的男人全都吓得差点尿湿拜多布。就连阿邦也吓坏了，虽然这场戏是由他一手安排的。他的思绪回到三十年前，他父亲查宾不小心在达玛的白袍上洒了墨水，然后就被当场处死。那段回忆让他心有余悸，忍不住直咽口水。或许他儿子应该要学到类似的教训。

"原谅我，达玛丁！"苏斯大叫道，拿起一条不太干净的布，伸手去扯她的衣袖，徒劳无功地想要擦干酒渍。"我会弄干净……"

"你敢碰我？"阿莎薇斥道，一把扯开衣袖。她扣住他的手腕，拉直胳臂，反身一掌击在苏斯手肘后方。他的手臂嘎啦一声折断，就和当年查宾的脖子一样。

苏斯顿时惨叫，不过当达玛丁再度出手击向他的喉咙时立时哑了。"你要用血清洗，蠢驴！"她弯腰，一腿上扬，踢中他的脸。

"漂亮。"魁伦看着她的招式低声说道。阿邦斜了他一眼。他永远无法读懂战士的想法。

苏斯鼻梁粉碎，朝后倒下，摔在赌桌上，钱币和库西酒洒向四面八方。其他沙鲁姆纷纷后退，不敢多看一眼他们的钱，只担心惹怒达玛丁。

阿莎薇大步向前，继续殴打苏斯。苏斯试图爬开，但是大腿上中了一脚，整条腿当场麻痹。下一脚踢在他的睾丸上，就连魁伦也在苏斯尖声哀号、鼻孔冒出血泡时面露痛苦的表情。

几滴鲜血和鼻涕溅到阿莎薇的白袍上,她怒吼一声,自腰带上拔出匕首。

"不,达玛丁!"苏斯的哥哥法奇叫道,冲过去挡在弟弟身前。"看在艾弗伦的分上,求你大发慈悲!"

法奇没拿武器,双掌摊开,作哀求的姿势。他畏缩且小心翼翼,不让自己碰到达玛丁,但是阿莎薇动作宛如舞者,一脚滑到他的面前。她在法奇摔到她身上、两人一起跌到肮脏的木头地板上时发出令人吃惊的叫声。

"轮到你了,训练官。"阿邦吩咐。但魁伦已然展开行动。他掀开门帘,刻意遮住阿邦,大步跑入。

"这是怎么回事?!"魁伦吼道,在低矮的地下室里有如劈地惊雷。他揪住法奇的袍领,把他整个人从达玛丁身上提起来。

阿莎薇瞪他,"这些酒鬼是你的手下吗,训练官?"她大声怒问道。

魁伦深深鞠躬,顺手抓起法奇的脑袋去撞地板。"不,达玛丁。我在楼上吃饭,听到楼下打斗,下来看看。"他一边抓着法奇的袍领,让他难以呼吸,一边朝阿莎薇伸出一手。

在达玛丁抓住他的手,顺势站起身时,他转头看向缩在墙边发抖的那群赌棍。"我该帮你杀了他们吗?"

这话听来有点荒谬,一名战士宣称要杀掉将近一打男人,但是所有人都很严肃看待他的威胁。训练官的红面巾可不是随随便便就能戴上的,而且所有卡吉部族的战士都听闻过魁伦,他在阿拉盖沙拉克和训练场上可是名副其实的传奇人物。

阿莎薇也一样转头,打量着那群男人——吓得令人汗躺尿流的几秒钟。最后,她轻轻摇头。

"你们,"她对畏缩在墙边的那群男人吩咐道,"把这两个废物的黑袍给扒了,就算赎罪了。"

"不！"法奇尖声大叫，但是那些男人，片刻前还是他的长矛兄弟，动手的时候完全听不见他的叫声。魁伦把他丢向那些男人，其中一人用矛柄击中他的下巴，使他无力反抗，旁边六个人迫不及待地扯下他的黑袍。然后是苏斯，已无力反抗，在被其他几人剥光衣服时不住低声呻吟。

传说中的沙鲁姆袍泽情一旦遇到考验立刻荡然无存，阿邦饶富兴味地想着。为了讨好达玛丁，他们什么事都干得出。

"你们现在是卡菲特了。"阿莎薇告诉两个赤身裸体的男人。她看着缩成一团的法奇，不屑地哼了一声。"或许你们一直都是卡菲特。带着耻辱回去找你们父亲吧。"

一名战士跪在她面前，恳求地以双掌和额头贴地。"他们是兄弟，达玛丁。"他说，"他们的父亲是卡菲特。"

"恰当。"阿莎薇说，"果实不会离树太远。"她转头打量其他战士，"至于剩下的人，你们要去沙利克霍拉赎罪，三天三夜不准吃喝，要是让我知道你们这辈子胆敢再碰一杯库西酒或骰子，就会与他们分享同样的命运。"

战士们被吓得呆在当场，直到她大力拍手，他们才立即跳起来。"现在就去！"

在惊吓到差点尿湿拜多布的情况下，所有战士匆忙一窝蜂逃出赌厅，捣蒜一样不停鞠躬，反复说道："谢谢达玛丁。"他们在楼梯口撞成一团，踩到彼此的脚，然后转身以穿着克拉西亚凉鞋的双脚所能达到的最快速度爬上楼梯。

阿莎薇神色鄙夷地朝两个裸男看了最后一眼，"训练官，你就负责处置这两个可怜虫吧。"

魁伦鞠躬，"遵命，达玛丁。"

头罩被扯掉后，法奇和苏斯在阴暗的火光中眨眼。他们被绑在地下石室的椅子上。根据魁伦的说法，两人都被"软化"过了，身上的瘀伤还在扩散，尚未由红转紫。苏斯的手臂已经裹上了石膏，鼻子也上了夹板。现在两人都穿破烂不堪的卡菲特褐色衣裤。

"我家的英雄回家了。"阿邦说，"只是似乎没有我上次见到时那么荣耀。"

两个男孩眯起双眼看着他，直到适应室内的光线为止。魁伦站在阿邦身后一步外，双臂交叉，法奇双眼越睁越大。阿邦明白他似乎看出些端倪来。

或许他们也不算太蠢，阿邦有点得意地打量着。有两个战士儿子已经够糟糕了，如果还是笨蛋的话，干脆直接干掉他们算了。他还有其他儿子，不过都是其他的妻子所生的，而他只在乎沙玛娃。看在她的分上，他必须想办法收回这两个儿子的心。

"为什么还绑着他们？"阿邦问，"我自己的儿子还能威胁他老子吗？没必要弄得这么残暴吧。"

魁伦嘟哝一声，拔出匕首走过去，割断绑在他们身上的绳子。两个男孩一边哀鸣，一边搓揉脚踝和手腕，促进血液循环。苏斯看起来浑身瘫软无力，但是法奇严重些，还有叛逆的神情。

"阿邦。"他朝地板啐道，一摊混合血液的唾液。他看向弟弟。"我们的父亲，不乐见我们证明了自己比他强，晋升到更高的阶级，想出办法用肮脏的钱财贿赂一名达玛丁，把我们绑回他那个商业交易和卡菲特的世界。"

"你们现在的身份已经是卡菲特了。"阿邦提醒他。

"你用阴谋诡计夺走了我们的黑袍。"法奇吼道,"在艾弗伦眼中,我们还是沙鲁姆,比艾弗伦恩惠里所有卡菲特垃圾更强。"

阿邦伸手摸着胸口,"我拔掉了你们的黑袍?是我把库西酒和骰子放到你们手里的吗?是我把你们的黑袍从身上扒下来的吗?为了自保,你们自己的兄弟非常乐意效劳。你们会失去地位都是自己的愚蠢所造成的。我早就警告过你们,如果不戒酒戒赌的话会是什么下场。黑袍不会让你们凌驾于艾弗伦的律法之上。"

法奇两眼一翻,"你从什么时候也开始在乎艾弗伦的律法了,父亲?你的财产有一半都是倒卖库西酒赚来的。"

阿邦轻笑,"这个我不否认,但是我还没有蠢到输光我的本钱,或是在公开场合喝酒。"

他一拐一拐地走向房间内第三张椅子坐下,透过骆驼头拐杖上两个驼峰间的凹槽打量着他儿子。"至于你们有没有比卡菲特强,我们马上可以来测试测试。你们会饱餐一顿,睡个好觉。明天早上,你们会拿到矛和盾,然后和我的卡沙鲁姆守卫比试。你们可以随便挑。"

法奇嗤之以鼻,"我会在你拖着那副肥胖的身躯走出这个房门之前就宰了他。"

魁伦哈哈大笑,"如果你能撑过五分钟,我身上的黑袍脱下来给你穿,再把我的名声通通奉上。"

法奇脸上那副得意的神情被狠狠抽了一巴掌,"伟大的训练官,你为什么要帮这个瘸腿的卡菲特做事?你训练过解放者。听命于比你低贱之人只会侮辱你的名声。你究竟得了什么好处,竟然把自己无上荣誉贱卖给这个家伙?"

魁伦走到法奇面前,弯下腰去,仿佛要低声回答他。愚蠢

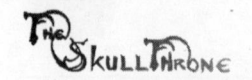

的法奇凑上前去听。

魁伦一拳打得他摔下椅子，趴在地上。法奇咳嗽，朝地上吐出一摊血，还有一颗断牙。

"你父亲或许允许你以这种态度对他说话……"魁伦说。

"但就像你说的，我是沙鲁姆训练官。我训练过无以计数的战士，他们的战技都归我所有。我让一百万只阿拉盖见识阳光，小鬼，我不需要向你解释任何事。你对我多说一句无礼之言，我就打断你一根骨头。"

魁伦在法奇瞪他时面露微笑，"没错。是呀。我从你的眼神中看出你想。过来测试你的勇气。阿邦有两个儿子。或许他不在乎少一个。"

"如果他们蠢到攻击你，那我两个儿子都不需要，训练官。"阿邦补充道。

法奇深吸一口气，肌肉一阵收缩，不过依然待在地上。

阿邦点头，"终于开始放聪明了。或许你还有点希望。"

第二天早上，法奇在空地上挑选了身材最矮小、外表最软弱的卡沙鲁姆比试。对方很瘦弱，还戴眼镜，看起来不是又高又壮的法奇的对手。

哈曼家族的所有人通通集合起来见证这场打斗。阿邦让格斗场最内圈的位置挤满女人，法奇的妹妹、表亲、阿姨和继母。卡沙鲁姆和青沙鲁姆闹哄哄地观战，阿邦雇的工人也一样，为了让男孩倍感羞辱而得到额外的休息时间。

法奇谨慎地绕着圈子，以一种看起来很厉害不过没有意义的手法转着长矛。戴眼镜的卡沙鲁姆冷冷盯着他，没有跟着绕圈。他是沙拉齐部族的人，用的武器不是长矛，而是阿拉盖捕

捉环。那是一根中空的棍子，上面塞有一条绳索，顶端绑成套环，可利用握柄上的拉杆拉紧套环。

有个小贩在人群中走来走去，贩售甜坚果。

法奇的情绪终于濒临爆发，于是他矛尖前指，冲向对手。战士挡开矛尖，套环瞬间套上法奇的脖子，甩动捕捉环的棍身，利用他本身的冲势来对付他，以避免扭断他的脖子。法奇凭空翻个筋斗，摔倒在地。

对方转动棍身，法奇翻身趴倒在地。阿邦对女儿希尔娃点点头，女孩上前一步，拿出一条短皮鞭。

"对不起，哥哥。"她说着拉下法奇的裤子和拜多布。男孩奋力挣扎，但是卡沙鲁姆扯紧套环，把他钉在地上。

阿邦看向站在身旁的苏斯。他儿子目光低垂，不忍心去看场上的情况，但是每一下鞭打声都让他畏缩颤抖，为哥哥如此受辱而流泪。

"儿子，我希望你长点教训。"阿邦说。

"有，父亲。"苏斯沮丧地回答道。

阿邦点头，"很好。希望你哥哥和你一样聪明。如果你们证实自己够格，魁伦就会好好训练你和法奇，然后你们可能还有机会晋升为卡沙鲁姆。"

战士操纵捕捉环把法奇拉到阿邦面前。男孩因为地上都是他的眼泪而羞愧得满脸通红。阿邦朝战士点头，战士放开了法奇，退在一旁立正站好。

"这位是赖方。"阿邦指着沙拉奇战士说。"他会指导你们。"

苏斯看着他，"你刚才说魁伦训练官会……"

"会教你们战斗，没错。"阿邦说，"如果你们证明自己够格。赖方会教导你们阅读、写字还有数学——那些你们母亲之前有教、不过在应召前往汉奴帕许后就荒废掉的技能。他说什么,你们都得照做。等不动嘴巴就能阅读、不用手指就能算数后,再来讨论是否给你们重执长矛的机会。"

第七章　有勇无谋

333 AR　秋

贾迪尔定定地看着帕尔青恩，想从他灵气中看出他背后的诡计——或者是不是发疯了。但是帕尔青恩很镇定、专注，而且非常严肃。

贾迪尔张嘴欲言，不过又闭上。帕尔青恩大笑。

"如果你是在搞恶作剧，帕尔青恩，我不会再忍受下去了……"

杰夫之子神态自若地挥了挥手。为了取得信任，他一路后退到背部碰到窗户，然后贴窗滑下，坐在椅子的碎片之中。"不是开玩笑。我知道这对你而言很难想象。很多疑问，是吧？慢慢来，准备好再开始提问。"

贾迪尔异常谨慎，疑窦丛生。战斗时的热血慢慢平静下来，但他的肌肉依然绷得很紧，担心稍微松懈，帕尔青恩就会突然扑上来。

但内心深处，他并不相信这种想法。帕尔青恩拥有诸多缺点，但从来就不是一个骗子。他那副一派轻松的神态让贾迪尔回想起从前两人耗费了许多时间询问彼此，趁作战时谈论一切太阳底下的事情，借以了解对方的语言与文化。帕尔青恩那种漫不经心的态度，总能让贾迪尔感到与自己族人在一起时欠缺的轻松自在。

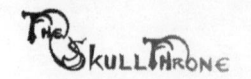

他看向床铺，不过床也和椅子一样垮倒在地板了，被他刚才跃起时的力道压坏。他后退到帕尔青恩对面的窗前，学他的模样滑坐到地板上。他时刻保持警觉，但是帕尔青恩说的没错。至少在太阳出来削弱帕尔青恩的化身优势前，持续斗下去也不会有结果。

黑夜降临时，男人必须暂时放下所有个人恩怨，伊弗佳如是说。

"我们如何才能前往奈的深渊？"贾迪尔从满脑子的疑问中谨慎地挑选一个问道，"你可以像阿拉盖一样变成魔雾，但是我做不到。"

"不需要。"帕尔青恩说，"有地底通道。心灵恶魔会带人类回到地心魔域，并且保住他们的性命。"他吐口水，"维持人脑的新鲜。"

"我们必须前往地底世界，只为了拯救那些可怜人。"贾迪尔猜想。"到时候艾弗伦就会……"

帕尔青恩大声叹气道，"如果我们每次讨论什么事情，你就要猜艾弗伦的旨意，那我们得在这里浪费很多时间，阿曼恩。"

贾迪尔有些愠怒地皱起眉头，不过也没反驳帕尔青恩。他点头，"请继续——"

"反正我也不知道他们还有没有救。"帕尔青恩目光悲伤而遥远，"心灵恶魔将空虚的人脑视为美味佳肴。想象十几个世代的人们在黑暗中出生，直到死去，仅以青苔和地衣为食，充当任恶魔宰割的牲口。没有衣服可穿，没有语言可讲，他们已经不再是人了，变成其他东西——黑暗、扭曲、野蛮。"

贾迪尔压抑想要颤抖的冲动。

"重点在于，"亚伦道，"我们可以走很多条通道前往地心

魔域，但是路途蜿蜒而又遥远。有很多岔路、死路、悬崖和危险的路口。我们单靠自己的力量是不可能抵达的。我们需要向导。"

"你想找个阿拉盖卡的子孙来充当向导？"贾迪尔说。帕尔青恩点头。"那如何让它来帮我们带路？"

"刑求。"帕尔青恩说，"折磨。恶魔毫无忠诚可言，也不喜欢遭囚禁。可以利用这一点。"

"这听起来，你自己也没必然的把握。"贾迪尔说，"我们怎么能相信那些谎言王子？"

"这就是计划中的缺陷了。"帕尔青恩承认。他耸肩，"总得先抓一只来试试。"

"你打算怎么抓？"贾迪尔问，"我杀过两只。一只是偷袭得逞，另一只是与黎莎·佩伯和我的吉娃卡联手解决的。它们都厉害得很，帕尔青恩。有时间反应的话，它们可以——"

帕尔青恩微笑："可以怎样？变烟？凭空绘印？治疗伤势？我们也办得到，阿曼恩。我们是人类，我们可以设置就连阿拉盖卡也无法逃脱的陷阱。"

"我们要上哪儿去找地心恶魔？"贾迪尔反问，"我在月亏第一夜杀死一只后，它的兄弟立刻逃离战场。第二天它们保持距离，而且躲得远远的。"

"它们怕你。"帕尔青恩说，"它们记得卡吉，心灵猎人，还有许多死在他的皇冠、长矛、隐形斗篷下的同类。它们绝不会主动进入你方圆数里之内。"

"所以你承认卡吉就是解放者，而我是他的部族后裔？"贾迪尔问。

"我承认卡吉是让心灵恶魔恐惧的英雄。"帕尔青恩说，"当你戴着他的长矛和皇冠面对它们时，它们也会怕你，但那

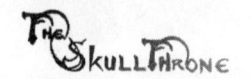

些东西并不会让你成为任何神的后裔。就算让阿邦戴上卡吉之冠、持卡吉之矛，它们一样会吓得哭爹喊娘。"

贾迪尔再次对帕尔青恩的调侃直皱眉，但是争辩这个没有意义。尽管帕尔青恩的话值得怀疑，戏谑不敬，他还是打从心里燃起一股希望。帕尔青恩拟订了一个全新而更宏大的战争计划。或许有点疯狂，但却是荣耀非凡的疯狂，配得上卡吉本人的疯狂。他只能忍受对方的不敬，继续问道："我们怎么知道要在哪里设置囚禁心灵恶魔的魔印？"

帕尔青恩对他眨眼，"这就是重点了。我知道新月时它们会在哪里。每一只。"

"它们会去安纳克桑。"

贾迪尔感到血液凝固——失落的卡吉之城，帕尔青恩偷走卡吉之矛，开启之后一连串事件的地方。"你怎么知道？"

"不是只有你遭遇过心灵恶魔，阿曼恩。"帕尔青恩说，"你在卧房里与其中一只陷入苦战时，我就在洼地北边和它的兄弟作战。要不是瑞娜协助，我也早就死在它手下了。"

贾迪尔点头，"你的吉娃很勇敢。"

帕尔青恩点头接受他的赞美，不过还是深深叹了口气。"或许如果当初听她的话，上个月我就不会在赤身裸体的情况下遭受三头心灵恶魔夹击。"他目光低垂，灵气中充满羞愧，"它们入侵我的脑中，阿曼恩。我根本无法阻止它们。它们好像翻箱倒柜般检视我的记忆。而其最主要的目的是要找出我是在哪里找回战斗魔印的……"

"抬起头来，杰夫之子。"贾迪尔说，"我从来没有见过任何像你这么拼命对抗阿拉盖的人。如果连你都无法阻止它们，那就表示它们无法阻止。"

帕尔青恩抬起头来，灵气中浮现庆幸之情。"也不算全都

是坏事。趁它们审视我思绪的机会，我也偷窥了它们的想法。它们打算回到安纳克桑，完成三千年的沙暴也没有完成的目标。我不知道那是因为它们害怕安纳克桑还会泄露什么秘密，或只是想在远古对手的坟头拉屎，预计它们将挖开石棺、夷平古城。"

"我们必须竭尽全力阻止它们。"贾迪尔说，"我决不让它们亵渎我的祖先。"

"别当傻瓜。"亚伦说，"为了几具千百年的枯骨放弃所有战略优势？"

"你这个毫无信仰的青恩，卡吉可是上古时代的战斗英雄。"贾迪尔大声喊道，"他们代表了人类的荣耀。我不会让阿拉盖玷污他们。"

帕尔青恩啐道："卡吉若有灵，他本人也会命令你丢下他们。"

贾迪尔大笑，"喔，你现在自认可以代表卡吉说话了，帕尔青恩？"

"我也读过他的战争论述，阿曼恩。"帕尔青恩说，"没有什么比胜利更加珍贵。那是卡吉的战略，不是我。"

贾迪尔双手握拳。"对你有利的时候，你就会引述圣典，杰夫之子；对你不利的时候，你就说那是神话传说。"他的皇冠开始绽放强光。"卡吉也命令我们要尊敬在阿拉盖沙拉克中付出生命的人的骸骨，不让任何人亵渎。"

帕尔青恩双手交叉抱胸，皮肤上的魔印也绽放出与卡吉之冠同样强烈的光芒。"告诉我我错了。告诉我你愿意放弃我们主动攻击恶魔的机会，只为了保存灵魂早已踏上孤独之道的英雄躯壳的荣耀。"

我们的文化生来就会羞辱彼此，帕尔青恩，贾迪尔曾说过。

如果想要继续彼此学习的话,我们必须抗拒遭受冒犯的冲动才行。

杰夫之子的灵气十分坦然。他相信自己的想法是对的,但是不打算争论这个话题。

"你没错。"贾迪尔承认道。"但如果你认为我会袖手旁观恶魔对着卡吉的遗骸拉屎,那你就太蠢了。"

帕尔青恩点头。"我也没有要求你这么做。我是在要求,如果事情走到那个地步的话,你会袖手旁观它们在伊沙克、马吉、梅寒丁,甚至贾迪尔的遗骸上拉屎——要是它们找得到他的话。"

"他们找不到的。"贾迪尔松了口气说道。"我神圣的祖先埋葬在沙漠之矛。我们可以把卡吉的遗骸迁葬过去。"尽管如此,想到要任由阿拉盖玷污《伊弗佳》中提到的伟大英雄的遗骸就让他觉得十分不安。即使整个阿拉德命运都取决于此,他还是不确定自己有没有办法坐视这种事情发生。

"这样的……牺牲能为我们带来什么优势?"贾迪尔语气苦涩地问。

"我们不能迁葬卡吉。"杰夫之子说,"首任沙达玛卡透过我们在他陵寝中设置的陷阱诱饵,再度为他的子民服务。安纳克桑是座大城,我们无法预知心灵恶魔会攻击哪里,除了那座陵寝,因为它们在我的记忆里清楚见过。它们会去那里,阿曼恩,会大举入侵。而我们会在那里等着,藏身在隐形斗篷下。当它们进入陵寝时,我们就俘虏一只,利用突袭优势尽量多杀几只,然后撤退。"

贾迪尔双臂交抱,语气怀疑。"我们要如何才能顺利完成这种事?"

"利用卡吉之冠。"帕尔青恩说。

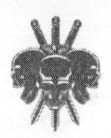

贾迪尔扬起一边眉毛。

"卡吉之冠的魔印力场可以驱退任何恶魔，甚至恶魔大军，范围最远可达半里。"帕尔青恩说。

"这个我已经试过了。"贾迪尔说，"那是我的皇冠。"

亚伦微笑。"那你知不知道你可以远距离启动力场？就像泡泡一样，不让恶魔进入，或是像在大迷宫一样……"

"……不让它们离开。"贾迪尔懂了。"如果我们够接近的话……"

"……你可以把它们和我们困在一起。"帕尔青恩说。

贾迪尔紧握拳头。"我们可以在沙拉克卡打开之前铲除奈的将领。"

亚伦点头。"但如果它们的女王能生产更多将领的话，即使除掉一个意义也不大了。"

贾迪尔看向他。"阿拉盖丁卡。恶魔之母。"

"正是。"亚伦说，"杀了她，我们就有机会打赢这场仗。杀不了她，它们就还有机会回归，就算需要再过三千年也一样。它们迟早都会杀光我们的。"

"要是我不同意你的计划呢，帕尔青恩？"贾迪尔问。"你会偷走皇冠，自己去做吗？"

"猜对一半。"亚伦说，"心灵恶魔新月时会出现在安纳克桑，不管你去不去我都会去。如果你看不出这么做的价值所在，那你就不是我想象中的那个男人。带着你的皇冠逃回那张华丽的王座，把沙拉克卡交给我来处理。"

贾迪尔咬牙切齿。"圣矛呢？"

"卡吉之矛是我的。"亚伦说，"但如果你对太阳发誓愿意和我并肩作战，我不但无偿把矛给你，还会自认是占了便宜。如果你不愿发誓，那我就带着卡吉之矛去地心魔域，用它刺穿

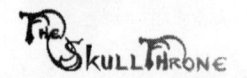

恶魔女王的心脏。"

贾迪尔凝视他很长一段时间。"不需要这样，帕尔青恩。我不喜欢你拿本来就是我的东西来找我讨价还价，不过如果让你独自踏上这条道路，我还算是什么阿金帕尔？你或许认为艾弗伦是场谎言，帕尔青恩，但事实上他一定非常爱你，才会赐予你这么大的勇气。"

亚伦微笑："我爸总说我有勇无谋。"

亚伦在厨房忙着做菜，双手快得看不清楚。他向来不是高明的厨师，但是孤身在外旅行的岁月让他非常擅长炖土豆、炸肉和蔬菜。他不用火，只要让锅子上的热魔印吸收他的魔力就够了。

"我可以帮忙吗？"贾迪尔问。

"你？"亚伦问，"自封为世界之王的人，这辈子做过饭吗？"

"你和我很熟，帕尔青恩。"贾迪尔说，"不过没你想象中那么熟。我难道没当过奈沙鲁姆吗？所有卑微的差事我通通干过。"

"那就麻烦你去摆餐具。"随口说笑的感觉很熟悉，亚伦都没发现自己有多怀念这种感觉。这两个异姓兄弟很容易就恢复了从前的相处模式。贾迪尔在亚伦第一晚进入大迷宫时与他并肩作战，在克拉西亚，那是与血缘一样强烈的牵绊。甚至更强烈。

但是贾迪尔却愿意为了权力杀害他。不是出于恶意而做，但还是动了手，即使到了现在，亚伦还是无法肯定有机会的话，他会不会再来一次……或是未来还会不会再有机会。亚伦在贾

迪尔的灵气中找寻线索，但若不吸收他体内的魔力，进而完全了解他的话，就没有办法解读多少——但是贾迪尔肯定会察觉，而且绝对会感到羞辱。

"问吧，帕尔青恩。"贾迪尔说。

"嗯？"亚伦有点惊讶地道。

"我看得出来有个问题很困扰你。"贾迪尔说，"问吧。我们把话说清楚。"

亚伦点头。"待会儿问。有些事情最好吃饱了再说。"

他做好餐点，耐心地等候贾迪尔餐前祷告，然后开动。亚伦只要吃一碗菜就够了，但是贾迪尔在悬崖上决斗时身受重伤，尽管魔法可以在转眼间治疗所有伤势，却没办法凭空制造血肉。他连吃三大碗，然后还在亚伦收拾餐桌时不停地吃水果。

回来之后，他一声不吭地坐下，看着贾迪尔还像在王宫一样把不多的水果吃到剩下梗、籽子和果核。

"问吧，帕尔青恩。"贾迪尔又问了一次。

"大迷宫那天晚上，你是在激战的热血中决定要杀我的吗？"亚伦问，"还是说我们的友情自始至终都是一场谎言？"

他仔细打量着贾迪尔的灵气，在受伤和羞愧浮出水面时感到一丝快意。贾迪尔很快就控制自己的情绪，抬起头来，面对亚伦的目光，长长吐一口气，鼻孔张大。

"都是。"他说，"也都不是。第一天晚上，英内薇拉帮你掷骨骰后，她告诉我，要把你当做兄弟看待，尽量亲近你，因为有朝一日我会为了夺权而杀了你。"

亚伦情绪一阵激动，房间内游离的魔力自然而然地朝他窜去，让他皮肤上的魔印发光。

"听起来不像都是。"他咬牙切齿地说，"也不像都不是。"

贾迪尔绝不可能没看见他身上魔印发光，不过没有任何反应，目光保持在亚伦脸上。"当时我对你一无所知，帕尔青恩，除了沙鲁姆与达玛差点为了你要求进入大迷宫作战的事情起冲突。你看起来像是崇尚荣誉之人，但当你的石恶魔突破城墙时，我不知道该怎么想。"

"你说得好像独臂魔是我想要偷偷夹带入城的牲口一样。"亚伦说。

贾迪尔忽略他的评论。"但接下来，当阿拉盖从缺口拥入，令最勇敢的男人心生恐惧时，你却坚守阵地，和我一起挥洒热血，愿意牺牲自己的性命捕捉那头石恶魔，纠正一切。"

"我叫你兄弟似乎并不是在撒谎，帕尔青恩。我愿意为你牺牲生命。"

亚伦点头。"那天晚上，你不止一次舍身救我，天知道后来还有多少次。但那都是在做戏，对吧？你知道自己总有一天会背叛我。"

贾迪尔耸肩。"谁说得准，帕尔青恩？预知这种行为本身就是让我们有机会改变未来。它们是未来可能的情况，并非一定会发生。不然的话，预知未来又有什么意义？如果我自认永生不朽，开始冒一些正常情况下我不会去冒的险……"

亚伦想要争辩，不过却没什么好说，他说得很有道理。

"英内薇拉的语言很隐晦，而且经常不能依照表面上的意义解释。"贾迪尔继续道，"我花了很多年的时间考虑她的话。杀死，她这么说，但是她骨骸上的这个魔印还有其他意义。死亡、重生、蜕变，我想要劝你皈依《伊弗佳》，或是给你找个妻子，让你在克拉西亚生根，好让你不用继续当青恩，以伊弗佳教徒的身份重生，这样就可以在饶你一命的情况下完成预言。"

几乎所有亚伦认识的克拉西亚人都曾想帮他安排婚事，但

是其中操心最多的就是贾迪尔。亚伦从来没有想过那是为了要救他性命，不过贾迪尔的灵气显示他没有撒谎。

"我想就某个角度来看预言还是成真了，"亚伦说，"一部分的我在那天晚上就已经死了，随后在沙丘上重生。这点就像太阳升起一样毋庸置疑。"

"当你带着圣矛来找我时，我一眼就认出它是卡吉之矛。"贾迪尔说，"我感应到它的力量的召唤，必须压抑住一股当场把它抢过来的冲动。"

亚伦嘴唇微翻，露出一点牙齿。"但你太懦弱了。结果你阴谋暗算，把我引入陷阱，让手下和一个恶魔坑帮你完成那些肮脏的勾当。"

贾迪尔灵气闪烁，融合罪恶和愤怒的情绪。"英内薇拉指示我杀了你，抢走圣矛。她说如果我不想弄脏手，她就在你的茶里下毒，不让你拥有战士的死法。"

亚伦啐道："好像我在乎这些东西一样。背叛就是背叛，阿曼恩。"

"你在乎。"贾迪尔说，"你或许认为天堂是场谎言，但让你选择死法的话，你会手持长矛面对死亡。"

"当年死亡找上门来的时候，我手里可没有长矛，阿曼恩。你夺走我的矛，我只有针和墨。"

"我还帮你说话，"贾迪尔说，"没有接受挑唆。打从十二岁起，英内薇拉的骨骰就一直支配我的生活。在那之前，甚至之后，我都没有违背它们，或英内薇拉本人。即使为了黎莎·佩伯也没有。要是英内薇拉没有那么……恐怖的话，我很可能吵不过她就会动手打她。当天我前往大迷宫时心里已经打定主意。我决不会杀害我兄弟，我也不会抢他的东西。"

亚伦尝试解读贾迪尔的灵气，但是他的情绪太复杂了，就连他也看不透。贾迪尔为了此事纠结多年,至今依然无法说服自己接受当初的做法。这种情况并没有平息他遭人背叛的感觉,但是此事尚有内情,亚伦想听他说下去。

"为什么改变想法?"他问。

"我想起你说过的话。"贾迪尔说,"我站在城墙上,看着你率领沙鲁姆清理大迷宫,卡吉之矛如同太阳般在你手中绽放光芒。他们呼喊你的名字,当时我就担心他们会追随你。战士们会让你成为沙达玛卡,只要你一声令下,他们就会攻入奈的深渊。"

"你怕我抢走你的王位?"亚伦问,"我从来都不感兴趣。"

贾迪尔摇头。"我不在乎我的王位,帕尔青恩。我在乎的是我的族人,还有你的。阿拉上每个男人、女人和小孩。只要看到阿拉盖流血,他们就会追随你。我透过心眼看见那一切,荣耀非凡。"

"然后呢,阿曼恩?"亚伦失去耐心,"到底出了什么事?"

"我说了,帕尔青恩。"贾迪尔说,"我想起你说过的话。世界上没有天堂。我心想,如果没有天堂的希望,当全世界都臣服在你脚下时,你还有什么理由坚守正义?如果不在造物主面前谦卑,我们怎么能够信任拥有如此强大力量的人?奈会腐化无法摧毁的事物,我们必须信仰艾佛伦才有办法抗拒她的中伤与谎言。"

亚伦难以置信地看着他。贾迪尔的灵气证实他说的都是事实,但他无法接受这种说法。"我代表你所珍惜的一切,愿意在第一战争中牺牲性命,但你背叛我竟然只是因为我是为了人类而做这一切,不是为了天上某个虚构的实体?"

贾迪尔握紧拳头。"我警告你,帕尔青恩……"

"警告个屁!"亚伦一拳挥落,整条手臂仍然充满魔力。餐

桌当场爆裂、化为无数碎片。贾迪尔向后跳开，闪避木屑，落地时摆出沙鲁沙克的架势。

亚伦知道不能与他近身肉搏。贾迪尔的擒拿手法比他利落多了。他曾与达玛对打，最后侥幸逃生。贾迪尔曾向那些祭司学过多年武术，了解他们的秘诀。即使到了现在，在亚伦很想和贾迪尔大干一场时，这么做还是不会带来任何好处。

在任何情况下，贾迪尔高强的沙鲁沙克技巧都无关紧要。他对于魔法的理解和控制都还停留在最基本的层面，自修而来且缺乏练习，需要时间才能完全控制自己的能力；即使到了那个时候，他那些霍拉法器还是没有办法追上把魔法变成自己一部分的亚伦。如果想要杀死贾迪尔，他就可以杀死贾迪尔。

然后摧毁全人类的命运。亚伦或许不需要贾迪尔就能使用卡吉之冠，但是在缺乏帮助的情况下，他没有多少机会能够逃出安纳克桑，更不可能孤身前往地心宫殿。地心魔域会引诱他，距离越近，力量越大。

奈会腐化无法摧毁的事物。这是宗教的语言，不过还是蕴含一定的智慧。所有小孩都听过《卡农经》中描述"权力令人腐化"的经文，绝对的权力则会造成绝对的腐化。地心魔域提供绝对的力量，但亚伦不敢去碰。他会失去自我，像是丢入庆典火堆里的火柴一样被吸收、燃烧殆尽。

他深吸一口气，冷静下来，以免在冲动下铸成大错。贾迪尔保持警觉，但灵气显示他也不打算大动干戈。他们都知道翻脸的话会导致恶魔所希望的后果。

"把你留在沙丘上的那天晚上，我在心里对你承诺过一件事情，帕尔青恩。"贾迪尔说，"我丢了个水袋给你，承诺我会在死后世界与你重逢，到时候如果我没有坚持自我，把阿拉变成更好的世界，我们就来算总账。"

"好了，如果那天提早到来，"亚伦说，"希望你准备好了。"

※

离开那座塔时，贾迪尔抬头望了望天空，试图借由星象研判他们的位置——艾弗伦恩惠的西南方——而这算不上什么线索。大城市和沙漠之间存在着数百万亩的荒地。他或许可以自己回去，但是天知道要走多久。

他不需要问帕尔青恩离开塔要去哪里。一切都清楚地写在他的灵气中，也反映在贾迪尔的灵气里。和许多年前一样，并肩对抗阿拉盖的希望还是有可能在两人之间的愤怒与不信任中遭到摧毁。

统一值得任何代价，《伊弗佳》说。卡吉认为统一是沙拉克卡的关键。如果他和帕尔青恩能够统一战线，那他们就有机会。

如果不能……

贾迪尔深吸一口夜晚的空气。这种做法很可能是卡吉的指示——所有男人在夜晚都是兄弟。如果他们在阿拉盖之前都无法携手合作，要在其他地方肯定没法妥协合作。

"它们很快就会闻到我们的味道。"帕尔青恩看穿他的思绪说，"首先要做的就是让卡吉之冠吸满魔力。"

贾迪尔摇头。"首先要做的是把我的圣矛还给我，帕尔青恩。我已经同意你的请求了。"

亚伦摇头。"慢慢来，阿曼恩。卡吉之矛会在它该出现的地方等着的。"

贾迪尔狠狠瞪了他一眼，异常无奈。他看得出来亚伦不会让步，继续争论只是白费力气。他扬起拳头，露出英内薇拉在

指节上刻画的魔印。"我的拳头击中阿拉盖后,皇冠就会开始灌注魔力。"

亚伦点头。"不过没必要等。"

贾迪尔看着他。"你是要我吸你身上的魔力?"

亚伦神色不善。"你刚刚趁我不备时已经偷袭一次,要是敢再来那一套,我一定会让你受到应有的惩戒。"

"那要怎么做?"贾迪尔问,"没有阿拉盖的魔力可吸的话……"

亚伦挥手打断他,指向他们四周。"魔法无处不在,阿曼恩。"

这是实话。透过皇冠视觉,贾迪尔黑夜视物如同白昼般清楚,因为整个世界都在散发魔光。它们如同发光的雾气般沉积在脚边,被他们的脚步牵动,但其中蕴含的魔力不强,就像火焰燃烧时产生的淡烟。

"我不懂。"贾迪尔说。

"静静吸气。"亚伦道,"闭上双眼。"

贾迪尔再次瞪了他一眼,不过照做,呼吸缓慢而有规律。他进入在沙利克霍拉中学到的战士冥想状态,灵魂和谐,不过随时准备动手。

"运用皇冠的力量,"亚伦引导他,"感觉四周的魔力,它们宛如清风般低语。"

贾迪尔照他的话做,确实感应到魔力,随着他的呼吸扩张又聚合。魔力漂浮在阿拉之上,受到生命吸引。

"慢慢吸收它。"帕尔青恩说,"就像呼吸一样。"贾迪尔吸气,感觉到魔力涌入体内。如果用火焰来形容攻击阿拉盖时吸收的魔力,此刻感觉就像是洒落在皮肤上的阳光。

"继续。"亚伦说,"放轻松。吐气的时候不用停。只要稳

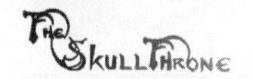

稳地吸收就行了。"

贾迪尔点头,感觉魔力继续涌入。他睁开双眼,看见魔力源源不断地从四面八方涌来,如同流往悬崖边的瀑布一般。这样吸收魔力很慢,不过还是持续灌入。他开始觉得自己变强了。

喜悦之情令他重拾心中的自我,魔力停止流入他体内。

他看向亚伦。"太惊人了。"

亚伦微笑。"才刚开始而已,阿曼恩。你还要学很多东西才能对抗多头心灵恶魔。"

"你不肯把卡吉之矛交给我,却愿意将你的魔法的秘密倾囊相授?"

"沙拉克卡比一切更加重要。"亚伦说,"你教过我战争之道。我也教你魔法,算得上公平。至少教点入门基础。卡吉之矛充其量只是根你已经依赖太久的拐杖。"他眨眼。"不要以为我会把我所有秘诀全教给你。"

亚伦又花了几分钟指点他吸收魔力的技巧。

"现在维持住魔力。"亚伦说着从口袋里拿出一支折叠匕首。他拉开刀刃,翻转刀身,刀柄在前递给贾迪尔。

贾迪尔神色好奇地接过小刀。这把刀上甚至没有魔印。"我拿这玩意儿做什么?"

"割自己。"帕尔青恩说。

贾迪尔好奇地看着他,然后耸肩照做。刀刃很利,轻易割开他的皮肤。他透过伤口看见鲜血,但他吸收的魔力已经发挥作用,伤口在血液涌出之前就已经愈合。

亚伦摇头。"再割一次。不过尽量固守魔力,不要让伤口复原。"

贾迪尔嘟哝一声,再度割开皮肤。伤口和之前一样开始愈合,不过贾迪尔把皮肤里的魔力吸入皇冠,伤口随即停止愈合。

"当你的骨头都在正确的位置,而你又有多余的魔力可供运用时,疗伤效果会更佳。"亚伦说,"但如果不够小心的话,就有可能在骨头移位的情况下愈合伤口,或是浪费需要用在别的地方的魔力。现在释放一点魔力,直接送去需要的位置。"

贾迪尔释放一点点魔力,看着伤口愈合到完全看不出来为止。

"很好。"亚伦说,"不过你可以用更少的魔力达到这种效果。现在割开两道伤口,治疗一道,别碰另一道。"

贾迪尔固守魔力,割伤一条手臂,然后又换另一手。他闭上双眼,深吸口气,释放出和之前同等的魔力,以意志力将其引导到左手手臂上。他感应到魔力顺着手臂流动,睁眼看着伤口缓缓愈合,另一道伤口则在渗血。

不远处传来号叫声——田野恶魔。贾迪尔转往那个方向,但阿拉盖距离还很远。

"从那个方向吸收魔力,"亚伦说,"透过眼睛吸。"

贾迪尔照做,发现尽管与恶魔之间隔着许多障碍,他还是可以看见那些怪物在远方朝他们逼近。

"这是怎么回事?"他问。

"所有生物都会在空气中的魔力里留下印记。"亚伦说,"像是染料滴落水中般晕染开来。你可以看见它们的流向,看见超越视力极限的景象。"

贾迪尔眯起双眼,打量着接近而来的怪物——一整群恶魔,超过二十只,结实修长的四肢以及匍匐的身躯绽放出猛烈的魔光。

"数量很多,帕尔青恩。"他说,"你确定不把圣矛还给我?"他观察天空。已经有风恶魔受到他们的魔光吸引,在上空盘旋。贾迪尔伸手去摸他的隐形斗篷,准备披上,但亚伦当

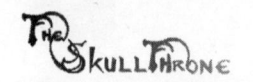

然早已把斗篷也取走了。

杰夫之子摇头。"如果不能靠'盖沙克'除掉它们，那么我们去了安纳克桑，也是徒劳。"

贾迪尔好奇地打量他。他的意思很明白，由两个克拉西亚字单字，意指"恶魔"的"盖"与意指"徒手"的"沙克"组合而成。但他从未听人这样解读过。

"沙鲁沙克当初是设计用来对付人类的武术。"亚伦扬起文有魔印的拳头。"得要稍加变化才能完全发挥魔印的效果。"

贾迪尔双手在胸口交叉，微微鞠躬，行了个传统沙鲁沙克学生向老师行的礼。行礼的动作做得非常完美，不过亚伦当然能从他的灵气里看出讽刺的意味。

他朝迅速逼近的田野恶魔挥手。"我迫不及待地想见识一下了，帕尔青恩。"

亚伦眯起双眼，不过嘴角露出一丝微笑。他的脸突然变模糊，身上的衣服随即落地，只留下地上的褐色拜多布。这是贾迪尔首度真正见识到他朋友现在的模样。正如北地人对他的称呼，魔印人。

不难看出绿地人为什么会尊崇他为解放者。他身上每一寸皮肤都文满魔印。有些魔印很大，威力无穷。冲击魔印、禁忌魔印、压力魔印。与贾迪尔一样，恶魔无法碰触亚伦，不过他会强迫它们碰，而他的拳击、肘击、踢击都能对阿拉盖造成蝎尾刺般的效果。

其他魔印，像是他的眼睛、耳朵和嘴巴四周那些小到难以辨识的魔印，则能提供比较微妙的能力。他的手脚上还有许多中型魔印。全身加起来恐怕有数千个。

光是这个数量就已经非常惊人，而亚伦向来是个文身艺术家。他的图案简洁有力，但又美丽得足以让《伊弗佳》照明者

羞愧难当——所谓《伊弗佳》照明者就是一生致力于抄写以英雄之血写成的圣典的达玛。

相形之下，英内薇拉刻在他皮肤上绘制的魔印非常粗糙。想要刻出亚伦那种魔印，她得把他的皮肤整个剥下来才行。

魔力沿着那些魔印的表面流窜，如同厚毛毯上的静电般啪啦作响。它们缓缓鼓动，以一种令人着迷的节奏变亮变暗。就连没有魔印视觉的人都看得见。他看起来更像是艾弗伦的天使。

田野恶魔已经十分接近了，因为看见猎物而发足狂奔。它们排成长长一列，彼此相隔一段距离。与前面的恶魔缠斗稍久，第二头恶魔就会紧接而来，然后是第三头，直到所有恶魔群起围攻。贾迪尔开始紧张，打算一看到朋友应付不来就上前相助。

亚伦勇敢冲上前去，但那纯粹只是展示英勇行为而已。没有人可以独力应付这么多恶魔。

但他朋友再度让他叹为观止。亚伦抓起领头恶魔，行云流水般地利用它的冲势施展出完美的沙鲁沙克回旋摔。田野恶魔的脖子一瞬间即被折断，发出宛如鞭打的声音。他准头甚佳，把死掉的阿拉盖甩到第二只身上，两只阿拉盖一起倒在一堆。

亚伦的身体绽放出刺眼的魔光。借助短暂接触，他从第一头恶魔身上吸取了大量魔力。他冲上去，用绘制了冲击魔印的脚跟扫向还活着的那头恶魔。一阵闪光过后，当帕尔青恩转身应付下一头恶魔时，贾迪尔看见恶魔的头颅如同甜瓜般被踩得粉碎。

嘎啦声和吼叫声吸引了贾迪尔的注意。一头风恶魔趁他凝神观战时径直俯冲而下，狠狠撞上贾迪尔的皇冠朝四面八方制造出来的魔印力场，包括上方。

艾弗伦把我当傻子，贾迪尔责骂自己道。年轻的时候，他绝对不会轻率到不去留意周遭情况。帕尔青恩担心圣矛会让他

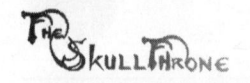

过于倚仗它——或许确实如此——但皇冠才是真正在不知不觉中影响他的元凶。他的警觉心不如从前。这可能会害得他殒身安纳克桑。月亏之夜现身的那些恶魔王子必然会轻而易举地攻击他。

贾迪尔撤销力场，让风恶魔重重摔在地上。它奋力挣扎起身，尽管被摔得不轻，但就像许多年前魁伦训练官说的一样，风恶魔一旦到了地上，动作又慢又笨拙。翅膀蝠膜上连接的薄骨折起，难以支撑恶魔全部的体重，休息的时候它们会后腿屈膝，难以完全站直。

在它有机会爬起来之前，贾迪尔已经扑上前去，踢开撑地的肢体，利用它本身的体重再度摔出它体内的空气。刻在贾迪尔手上的魔印没有帕尔青恩的那么细致，不过依然威力强大。他坐在恶魔胸口，以膝盖压制恶魔翅膀，且因所处位置太高，恶魔无法以后腿的爪子攻击。他用左手紧扣它的喉咙，掌心中的压力魔印开始发光，在他反复捶打鸟喙上方的眼眶旁较为脆弱的骨头时逐渐凝聚力量。指节上的冲击魔印闪烁，他感觉到了风恶魔骨头断裂的声音。

接着，就像帕尔青恩所示范的一样，他开始吸收，感受阿拉盖在阿拉中心吸收的魔力窜入身躯，令他体内充满力量。

另一只风恶魔趁他打斗时俯冲而下，但这一次贾迪尔早有准备。他很久以前就已经知道风恶魔会以翅膀关节处的利爪在前俯冲。它们可以用那些爪子切断猎物的头颅，然后张开翅膀，停止向下的冲势，以后腿上的爪子抓起猎物，再挥动翅膀，返回天上。

贾迪尔体内充满魔力，动作无比迅捷，抓住恶魔翅骨关节利爪下方的部位。他转身回旋，向前一扑，阻止恶魔扬翅，利用俯冲的力量将它摔到地上。恶魔痛苦地惨叫连连。他跳上前，迅速解决了它。

　　他抬起头来，看到亚伦已经与那群恶魔大打出手。他杀了五只田野恶魔，但是剩下的恶魔，总数超过已死的三倍，将他团团围住。

　　尽管如此，他看来似乎没有危险。一头恶魔扑向他，而他当即化身烟雾。阿拉盖穿过他的身体，撞到自己的伙伴，两只阿拉盖彼此纠缠、相互撕咬。

　　片刻过后，他在另一只怪物身后现形，一把抱住它前脚下方，以沙鲁沙克锁喉法扣住它的脖子。在一声脖子扭断的声音过后，另一只恶魔展开攻击。他再度化烟，在数尺外现形，一脚踢中一头恶魔的腹部，脚背上的冲击魔印发光，阿拉盖当场飞出数尺。

　　贾迪尔是当今世上最高强的沙鲁沙克大师，但就连他也只能勉强招架亚伦那种变幻莫测的格斗技法。用来对付头脑简单、四肢发达的低等阿拉盖简直是摧枯拉朽。

　　"你作弊，帕尔青恩！"贾迪尔叫道，"你的新能力会让你懒散！"

　　杰夫之子抓住一只阿拉盖的下颚，正在强迫它张嘴张到超过极限。恶魔发出尖锐的叫声，身体剧烈扭动，但却无法挣脱他的束缚。他抬头看向贾迪尔，灵气中浮现饶富兴味的意味。"躲在皇冠魔印力场里面的沙鲁沙克大师说话了。如果你休息够了，过来让我见识一下你的身手。"

　　贾迪尔大笑，脱下身上的战袍。亚伦很瘦，肌肉像绳索般结实，与贾迪尔粗壮的身材形成对比。他的身体宛如英内薇拉以匕首上色的画布。他缩小皇冠魔印力场的范围，大步步入战团。一头田野恶魔扑向他，他抓住对方前脚，毫不费力地折断，丢到地上，然后施展回旋踢，击中另一头恶魔的头颅下方。他

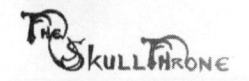

脚背上的冲击魔印打断它的脊椎,当场将它击毙。

其他恶魔在与亚伦交手后纷纷收敛起饥饿冲动的本能,改用较为谨慎的战法,一边绕圈,一边发出低沉威胁的吼叫声,静待攻击的机会。贾迪尔看向退到一旁观战的亚伦。他身上的禁忌魔印绽放强光,贾迪尔看到它们所产生的魔印力场外缘。力场以亚伦为中心,朝四面八法扩张数尺,像是由牢不可破的玻璃所组成的隐形泡泡。

大迷宫那天晚上,就连他自己手下的战士都尊奉亚伦为解放者。当时贾迪尔以为只是因为卡吉之矛的关系,但看来亚伦命中注定会掌握权力——一切都是英内薇拉。

但是注定掌权并不表示他是沙达玛卡——亚伦拒绝权力,不愿意接手他的族人交给他的无上权力——他要学的还有很多。

"学着点,帕尔青恩。"贾迪尔说一边说一边站稳脚步,摆出最基本的达玛沙鲁沙克姿势。他吸气,整理周遭的一切、所有想法与情绪,拥抱它们,然后放到一边。他以冷静、轻松的专注神情打量恶魔,随时准备采取行动。

他降低警觉,假装分心,阿拉盖马上中计。围住他的一圈田野恶魔以类似推进兵的精准动作同时朝他展开攻击。

贾迪尔没有移动脚步,但他宛如棕榈叶般柔软的腰部扭转弯曲,闪开攻击,借力打力。他只需要用掌心就能令尖牙和利齿转向,拍开魔爪或田野恶魔的脑侧,不让它们打中他。怪物茫然地摔倒在地,搞不清楚状况,不过也没有受伤。

"你是在战斗,还是在表演?"亚伦问。

"我是在教你,帕尔青恩。"他回应,"聪明的话就专心学习。你或许擅长魔法,但是达玛却会嘲笑你的沙鲁沙克。沙利克霍拉的地下陵墓可不是教导教义的地方。盖沙克有其优势,但你还有很多要学。"

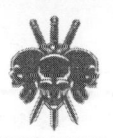

贾迪尔透过皇冠发出一阵魔力，仿佛以盾墙撞击般推开阿拉盖。他们摇头晃脑，低声怒吼，再度开始绕圈。

"过来，"贾迪尔指示他，一边拉开沙鲁沙克步法。"站稳脚步，开始上课。"

亚伦化身烟雾，重新出现在他旁边，双脚模仿贾迪尔的站姿。贾迪尔嘉许般地哼了一声。"你不要变烟。沙鲁沙克的意义在于求生，帕尔青恩。如果不担心送命，你就不可能掌握关键技巧。"

亚伦直视他双眼，点了点头："说得有理。"

恶魔再度展开攻击时，贾迪尔嘲弄地对亚伦眨眼。"但是别以为我会把我所有杀招通通教你。"

☙

贾迪尔看着太阳侵袭被他们拿来练习沙鲁沙克的阿拉盖尸体。当晚还有比田野恶魔和风恶魔更强大的恶魔受到打斗声吸引而赶来。到后来他和亚伦都没办法继续故作轻松，必须施展浑身解数，以盖沙克各自为政。

但现在他们的敌人躺在脚边，他和亚伦则站着让它们见识阳光。

就算贾迪尔活到一千岁，他还是不会看腻这种景象。恶魔的皮肤立刻开始焦黑，如同火热的煤炭般发光，然后化作火焰，朝他脸上喷洒阵阵热气。这景象每天都在提醒他，不管夜晚有多黑，艾弗伦都会带着力量回归。每天只有这个时候让他觉得自己可能带领族人远离阿拉盖的魔爪。那是他觉得自己与艾弗伦和卡吉融为一体的时刻。

他看向亚伦，不知道自己这个没有信仰的阿金帕尔在火焰中看见什么。他的皇冠视觉随着黑暗消失而减弱，不过还是隐约可以看见阿金帕尔的灵气，还有充斥其中的希望和使命。

"啊，亚伦，"他说，吸引对方的注意。"我们之间的不同有时会让我忘记我们有多相像。"

亚伦悲伤地点头。"说得没错。"

"你是怎么找到失落之城的，亚伦？"贾迪尔问。

亚伦无法在白天解读贾迪尔的灵气，但是他那副刺探性的敏锐神情显示这不是随口问问。贾迪尔一直耐心等待亚伦放松戒心之后才提出这个问题。

这种做法有效。亚伦知道自己那一刻的表情已经透露了自己不想据实以告的意图。他脑中冒出十几个谎言，不过他把它们抛到脑后。想要一起走完这条路，他们必须成为兄弟，必须坦白互信，不然这个任务会在开始之前就注定失败。

"我弄到一张地图。"他说，心知光讲这样还不够。

"你从哪里弄到那张地图的？"贾迪尔逼问，"不可能是在沙漠里找到的。这东西要是埋在沙里早就烂掉了。"

亚伦深吸口气，抬头挺胸，面对贾迪尔双眼。"从沙力克霍拉偷出来的。"贾迪尔冷冷点头，仿佛失望的父亲早就知道孩子干了什么偷鸡摸狗的事情一样。

但尽管故作镇定，亚伦还是感觉得到他的怒意。任何聪明人都不会忽略的怒意。他提高戒备，不确定自己有没有办法在白天对付贾迪尔。

只要把皇冠打掉就好，他心想，也明白听起来比实际去做简单多了。他宁愿不用绳索徒手去爬山。

"你怎么办到的？"贾迪尔以同样疲惫的语气问。"你不可能单凭一己之力溜进沙力克霍拉。"

亚伦点头。"有人帮我。"

"谁?"贾迪尔继续逼问,但亚伦只是歪头。

"啊,"贾迪尔说,"阿邦。我们抓到他贿赂达玛很多次,但我以为他没胆干这种事,也没想到他能骗我这么久。"

"他不笨,阿曼恩。"亚伦说,"你可能会杀了他,或是更狠,对他施加野蛮的酷刑,像是割掉他的舌头之类的。别否认。那并不是他的错。他欠我一笔血债,而我要他用地图来还。"

"他还是必须为此事负责。"贾迪尔说。

亚伦耸肩。"事情已经做了,世界欠他一份情。"

"该作何解?"贾迪尔问。他扯下冷静的面具,瞪向亚伦,大步上前,直到两人鼻子挨到一起。"万一圣矛根本还不到出世的时候呢,帕尔青恩?或许我们还没准备好,而你提前窃取圣矛,违逆了英内薇拉?万一我们因为你和阿邦的自大而打输了沙拉克卡怎么办,帕尔青恩?到时候要怎么收场?"

他的语气越来越重,一时之间,亚伦感到一丝畏惧。他一直觉得偷走地图是件错事,但即使到了现在,他还是不后悔当初这么做。

"是呀,或许,"他同意,"如果是这样的话,那就是我和阿邦的错。"

他挺直背脊,全身前倾,以坚决的眼神面对贾迪尔的目光。"但或许我们打赢沙拉克卡最好的机会是在三百年前,全世界还有数百万人,而你们那些可恶的达玛却把找出战斗魔印的地图锁在迷信的高塔里。那样的话,自大的责难又该谁来承担?万一那样做才是违逆艾弗伦可恶的计划呢?"

贾迪尔沉吟片刻,考虑这个问题,气势削减了一些。亚伦看出他的想法,立刻向后退开。他双手叉腰,没有显露敌对或是屈服的意思。"如果艾弗伦有拟订计划,他也不会与我们

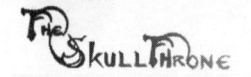

分享。"

"骨骸——"贾迪尔开口。

"——有魔力，这点我不否认。"亚伦插嘴道，"但那不表示它们就是神的旨意。而且它们也没有让英内薇拉命令你阻止我前往安纳克桑。他们只说等我回来之后要好好利用我。"

贾迪尔琢磨着这个问题，怒意渐渐消退。他的老朋友在信仰上或许是个盲人，但还是足够诚实。他是真正的信徒，努力想为伊弗佳的伪善找借口，而这让他永远看不清真相。

亚伦摊开双掌。"你有两个选择，阿曼恩。我们可以站在这里讨论抽象的神学，或是竭尽所能去打沙拉克卡，然后在取得胜利之后看看谁说得对。"

贾迪尔点头。"那就只剩下一个选择，杰夫之子。"

日子一天一天过去，他们努力和平共处，没有进一步冲突。贾迪尔觉得比从前更能驾驭魔法，难以想象举手投足间所发出的威力，不理解自己之前的眼光竟然如此狭隘。

但是不管进展多大，月亏还是日渐临近。他和亚伦能在体内充满魔法的情况下以极快的速度奔跑，但即便如此，安纳克桑离他们可不近，而且还要布置陷阱。

"我们什么时候要出发前往失落之城？"一天早上，贾迪尔在两人等待阳光烧尽当晚的猎物时问。

"今晚。"亚伦说，"练习时间结束了。"

说完之后，他化身烟雾。贾迪尔透过皇冠视觉仔细观察他窜入释放魔力到阿拉表面的众多通道之一——这是艾弗伦的生命能量，遭受奈的腐化。

亚伦只离开一下子，但是透过从通道随之而来的魔力流动，

贾迪尔知道他刚刚跑去了很远的地方。

他手里拿着两样东西：斗篷和长矛。

亚伦还没完全现形，贾迪尔已经伸手去拿长矛。他的手先是贯穿长矛，不过他反手再抓，终于抓到矛柄，从亚伦手里抢走他。

他将圣矛举在身前，感受其中的能量脉动，心知这是货真价实的卡吉之矛。少了它，他觉得空虚，仿佛自己只是一个躯壳。如今圣矛再度回到他手中，他终于放下心头大石。

我们决不要再分开了。他承诺道。

"你也会需要这个。"贾迪尔抬起头来，刚好看到亚伦把黎莎·佩伯的隐形斗篷丢向他。他手臂疾伸，在斗篷落地前接下它。

他不太高兴地看向亚伦。"不尊重黎莎女士神奇的斗篷等于是在侮辱她。"

黎莎的礼物不像圣矛那么攸关紧要，但他无法否认那种上好布料和在最强大的阿拉盖面前隐形的能力，给他一种他们疯狂的计划有希望成功的感觉。

"阿拉盖抵达卡吉陵寝时，你要怎样藏身？"他在亚伦不做回应时问道。"你也有一条斗篷吗？"

"我不需要。"亚伦说，"我可以凭空绘制隐形魔印，不过那样还是太麻烦了。"

他伸出双臂，翻过手腕。他两条前臂上都文有隐形魔印。

魔印开始发光，不过亚伦手臂上其他魔印都没有反应。魔印之光强烈到看不清楚魔印的轮廓，接着杰夫之子消失，变得形体不定——若隐若现，模糊不清。这样看他令贾迪尔感到头昏目眩。一股无形的力量促使他偏开头去，但他打从心里知道一旦移开目光，他就再也找不到亚伦，就算对方待在原地也一样。

片刻过后，他又恢复形体。魔印上的光芒渐暗，又可以看清楚了。贾迪尔目光移动到隐形魔印斗篷，斗篷上的魔印一模一样。

正常情况下看到这些他最喜爱的魔印都会让他心情大好，但是此刻不是这么回事。

"是黎莎女士帮你文身的吗？"他并不想要用吼得来问这个问题，但他就是吼了出来。光想到他的未婚妻摸过亚伦的皮肤就让他倍觉羞辱。

幸好亚伦的反应是摇头。"我自己文的，不过是她设计的魔印，我只是照她的字体去文而已。"他仿佛深情款款地轻抚那些魔印。"感觉就像她陪在我身边。"

他没有完全坦白。他的灵气宛如在唱歌。贾迪尔以皇冠视觉深入刺探，看见一个让他怒火中烧的画面——黎莎和亚伦裸体躺在泥巴里，像动物般纠缠在一起。

贾迪尔觉得心跳加剧，充斥在他耳中——黎莎和亚伦？可能是真的吗？还是他的性幻想？

"你和她上床？"他一边指责，一边细看亚伦的灵气，观察他的反应。

但是亚伦的灵气暗淡，渗入他的皮肤。贾迪尔试图刺探，但是皇冠视觉在碰到他的阿金帕尔之前就撞上一面隐形墙壁。

"只因为我隔三差五让你观察我的表面灵气，并不表示你有权进入我的脑海。"亚伦说，"看看你喜不喜欢这种感觉。"

贾迪尔感应到亚伦在吸收他体内的魔力，仿佛爱人般探知他的一切。他试着阻止对方，不过亚伦攻其不备，当他开始防御时，一切都已经结束了。

贾迪尔举起圣矛指向他。"胆敢羞辱我的男人通通都得受

死，帕尔青恩。"

"算你好运，我没那么野蛮。"帕尔青恩说，"是你先无礼。"

贾迪尔抿起嘴唇，接着又松口。"如果你和我未婚妻混在一起，我有权知道。"

"她不是你的未婚妻，阿曼恩。"亚伦说，"我听到她在悬崖上对你这么说。她宁死也不要变成你第十五任妻子，就算让她当第一任妻室也不要。"

亚伦在嘲笑他。"如果你偷听到那段私人的交谈，亚伦，那你就该知道她怀了我的孩子。如果你胆敢自认有权拥有她的话……"

亚伦耸肩。"对，她是个好女人，我喜欢过她。亲过她两次，还有一次更进一步……"

贾迪尔握紧圣矛。

"但她不是我的。"亚伦说，"从来都不是。她也不是你的，阿曼恩。不管有没有小孩。如果你不懂这一点，你永远不可能得到她。"

"所以你已经不想要她了？"贾迪尔一副难以置信的表情。"不可能。她像太阳一样明艳照人。"

远方传来马蹄声响，亚伦微笑，转身面对他的吉娃卡，她在黎明前的光线中策马而来。她骑着一匹没上鞍的巨马，还牵了四匹差不多高大的马。它们的蹄上绽放着魔光，速度比克拉西亚赛马还快两倍。

"我有我自己的太阳，阿曼恩。"亚伦说，"头顶两颗太阳，只会自讨苦吃。"

他指着贾迪尔，上前迎接他妻子。"你的太阳已经多到足以把绿地变成沙漠。自己好好想想吧。"

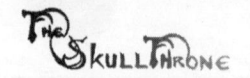

瑞娜飞身下马，亚伦拥她入怀，回应她的吻。他集中精神，启动肩膀上的寂静魔印。贾迪尔会看见那道魔法，知道他们在讲悄悄话，但亚伦不认为他会多说什么。男人有权和他妻子私密交谈。

"洼地还好吗？"他问。

瑞娜也看到他施法，于是把脸埋在他胸口，掩饰嘴唇的动作。"情况还算好。希望你没猜错，恶魔不会趁这次月亏大举来犯。他们没办法应付太多恶魔，特别是我们不在的情况下。"

"相信我，瑞娜。"亚伦说。

瑞娜向亚伦扬起下巴，不过他知道她是指自己身后的贾迪尔。"你告诉他了吗？"

亚伦摇头。"我在等你回来。太阳一出来就告诉他。"

"或许你不该先把长矛还给他。"瑞娜说。

亚伦耸肩，微微一笑。"这和有一堆公平决斗规则的多名沙鲁姆不同。如果情况失控，还有瑞娜·贝尔斯会帮我，是吧？"

瑞娜亲他。"我永远都跟着你。"

贾迪尔偏开目光，让帕尔青恩和他的吉娃卡独处。她带着马匹来表示他们即将去找阿拉盖王子，而贾迪尔迫不及待想要面对这次挑战，不过同时也感到有点失望。他与帕尔青恩终于言归于好，多了这个难以预料的吉娃卡可能会对他们得来不易的平衡带来不稳定的因素。

太阳终于冒出地平线，贾迪尔深吸一口气，在阿拉盖的尸

体冒烟燃烧的同时开始他的晨间冥想。艾弗伦总会让一切回归平衡，他必须对英内薇拉保持信心。

火焰熄灭后，他们把马牵到隐密塔的马厩去。近距离一看，这些马都十分高大，和骆驼差不多。绿地的野生马斯谭马因为每晚都要和阿拉盖搏斗而异常强壮。他的沙鲁姆已经捕获并训练了好几百匹，不过眼前这匹还是雄壮非凡。

贾迪尔琢磨着帕尔青恩掌心的那匹大黑马，身上披着魔印护具，头上顶着一对足以刺穿石恶魔的钢角，肯定就是名满天下的黎明舞者。他吉娃的那匹斑点母马几乎和它一样高大，魔印画在皮毛的斑点外，也刻在它的蹄上。它的腹部包着一圈皮革固定马鞍。

另外还有两匹公马、一匹母马，全都配备魔印马鞍和马蹄。强壮的猛兽——难以想象黎明舞者有办法管束它们。它们踏步腾跃，不过还是乖乖跟着走入马厩。

"我们才三个人，为什么要五匹马？"他问，"你们还找了谁一起踏上这场神圣的旅程，帕尔青恩？你说需要我帮忙，但却又不让我得知你的计划。"

"计划本来只有我们三人，阿曼恩，不过遇上个难题。希望你有办法帮我解决。"

贾迪尔好奇地看着他。帕尔青恩叹了口气，朝马厩后方偏了偏头。"跟我来。"

他扯下一块旧毯子，抖掉上面的灰尘和干草。地下有扇暗门。他拉开暗门，步入黑暗中。贾迪尔谨慎地跟了过去，心知帕尔青恩的吉娃跟在后面。贾迪尔并不怕她，但她灵气中的强度显示她力量强大。强到如果大家一言不合、大打出手的话，她能帮帕尔青恩取得明显的优势。

回到黑暗中后，他的皇冠视觉再度回归，不过帕尔青恩的

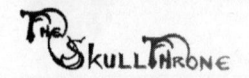

魔印也开始发光，驱退黑暗，带领他们来到一扇沉重的大门前。这扇门镶有钢板，还刻了威力强大的魔印。

亚伦打开门，照亮身上只穿拜多布、被关在里面的一男一女。

山杰特和山娃放开彼此，抬起头来，眯眼看向突来的光线。

第八章　真正的战士

333 AR　秋

"解放者！"山杰特和山娃跳起身来，连忙自彼此身旁站开。在没有面巾和外袍的情况下，他们难以掩饰脸上的羞涩和罪恶的表情。

确实，他们的灵气很符合他们的表情，充满了羞愧与难堪。贾迪尔审视眼前的状况，脸色十分阴沉。就算山娃是自愿的，她毕竟还是山杰特的女儿，是贾迪尔的外甥女。不管他有无忏悔之心，贾迪尔都必须判处他的老朋友死刑。

他沉重地思考这种做法。打从在沙拉吉受训开始，山杰特一直对他忠心耿耿，也一直是他妹妹霍许娃的好丈夫。更重要的是，第一战争开始之后，贾迪尔需要山杰特和他手下的沙鲁姆。或许他可以拖延到沙拉克卡之后再来宣判。让他衷心的仆人有机会带着荣耀踏上孤独之道，直到面对艾弗伦的审判为止。

"原谅我们，解放者，我们令你失望！"山杰特在贾迪尔开口前喊道。他和山娃当场下跪，掌心和额头贴在蒙尘的地板上。"我对艾弗伦发誓我们已用尽一切手段逃跑，想要继续搜查你的下落，但是帕尔青恩——"

"——利用霍拉魔法强化我们的牢房。"山娃插嘴。她的指甲断裂，脏兮兮的。透过魔印视觉，贾迪尔看见他们在牢房所有墙面上留下的抓痕。

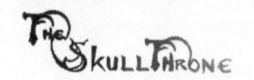

他环顾四周，没看到外袍或面巾。帕尔青恩当然会在囚禁之前把他们剥光搜身。就连他也不会蠢到让他们保有逃命的工具。房间里唯一的器具就是一个盖起来的便壶，又小又易碎，不能充当堪用的武器。

贾迪尔突然感到一阵羞愧。难道父亲在受困黑暗地牢时安抚自己的孩子也算是犯罪吗？自己一来就做出最糟糕的假设，打算判处自己的生死兄弟死刑，而他的罪恶感确实出自没有尽到找寻自己的责任。

"你向来就急着背叛朋友。"帕尔青恩喃喃道。贾迪尔咬牙切齿。

"荣耀地起身，兄弟、外甥女。"他说，"你们不是帕尔青恩的对手。败在他手上并不可耻。"

两人还是跪在地上。山杰特吞吞吐吐，山娃代替他发言。"抓到我们的不是帕尔青恩，解放者。"

大部分父亲都会为了女儿在解放者面前代替自己发言而大发雷霆，但山杰特只是感激地看着她，并流露出贾迪尔从未见过他对两个儿子露出的骄傲神情。

"是我抓的。"帕尔青恩的吉娃说道。贾迪尔怀疑地转头看向她。他知道这个女人很厉害，但山杰特和她女儿乃是凯沙鲁姆，克拉西亚的精英中的精英战士。

山娃抬起头来，打量帕尔青恩的吉娃。"她的沙鲁沙克很可悲，解放者。就连小孩都能打倒她。但是她的魔法很强大。即使拥有黑夜的力量，我还是无法匹敌。我们的矛和盾都被震断了。"

这些话让山娃的灵气充满痛楚。贾迪尔用帕尔青恩教导的方法吸收她的魔力，看见了一道影像。英内薇拉命令山娃搜寻解放者。这是她的第一个任务，这个荣耀的任务令她难掩骄傲之情。这是她在解放者和达玛佳面前表现自己价值的机会。

而她失败了，彻底失败。

另一个画面浮现，她败在帕尔青恩的吉娃卡手上。

"帕尔青恩也是用同样的手法打倒我的，外甥女。"他说，"你的训练很扎实，但是挑战他的吉娃卡乃是不智之举……"他望向瑞娜的双眼。"……特别是在夜里。白天的时候，她就难以应付沙鲁沙克，不会是你的对手。"

帕尔青恩的吉娃瞪他。贾迪尔在山娃的表情恢复冷静后感到她放下了灵气中的重担。山娃以全新的目光打量瑞娜，一种猎食者的目光。

贾迪尔挥手指示战士起身，然后满脸怒容地转身面对帕尔青恩。"如果你虐待我的妹夫和外甥女……"

"没有。"帕尔青恩拂手道，"自己问他们。"

"他没有虐待我们，解放者。"山杰特在贾迪尔转头看他时说，"我们找了你好几天，她抓到我们后提供食物、饮水，还让我们休息。帕尔青恩治好了我们被他吉娃卡打伤的地方。"

他看向女儿，灵气中充满爱意。"我也不后悔有时间可以多了解女儿一点。"

贾迪尔懂得这种心情，自己也不了解自己的女儿，因为她们都在很小的时候就被送去达玛丁的宫殿。他们被关进来的时候形如陌路，但是趁着黑夜中独处的机会，这两父女再度找回了彼此。

"我想让他们真情流露个几天或许有好处。"亚伦说。

"那现在呢？"贾迪尔问，"我不会容许他们继续遭受囚禁的屈辱，帕尔青恩。"

"如果继续关就不会带你来看了。"帕尔青恩说，"我们黄昏就要出发，到时候就不能来给他们提供食物和清理便壶。我们将带他们一起去。"

贾迪尔摇头。"他们没办法面对我们要走的道路,帕尔青恩,放他们回去,不管结果如何,他们回到艾弗伦恩惠前,我们事情都已经办完了。"

帕尔青恩摇头。

贾迪尔神色不善地看他。"如果我执意释放他们呢?你打算怎么做?"

"那我就不会再相信你把沙拉克卡放在第一顺位。"帕尔青恩回答,"心灵恶魔可以把人的记忆当点心吃。被偷走记忆的人根本不会知道出了什么事。它们可以下达到白天依然有效的指令。到处都可能有间谍,阿曼恩,而我们只有一次机会。越少人知道我们还活着越好。"

"沙达玛卡!"这声叫喊让贾迪尔大吃一惊。山杰特什么时候胆敢插嘴说话了?他转头面对老友,对方深深鞠躬。"如果你要踏上危险的道路,解放者,我们就有责任以生命守护你。"

山娃点头。"达玛佳下令没找到你不能回去。如果我们在需要的时候弃你不顾的话,她决不会饶恕我们的。"

"只要有勇气,他们就能在安纳克桑帮助我们。"亚伦说,"不要低估恶魔王子。力场会削弱你的力量。即使有瑞娜在,我们还是有力量悬殊。"

"如果两个战士就能影响战果,干吗不带大军出击?"贾迪尔反问。

"千军万马藏在哪里呢?"帕尔青恩问,"我可以在两个人身边的空间绘制隐形魔印,但是再多的话就会让心灵恶魔起疑,然后一切就白费了。"

贾迪尔叹气。多两个人确实令他心安,至少能平衡帕尔青恩的吉娃为他带来的潜在威胁。"好吧,那就带上他们。"

"踩扁恶魔,给马的速度魔印灌注魔力,我们就可以在五天之内抵达失落之城安拉克桑。"帕尔青恩在他们整理补给品——准备穿越沙漠所需的食物和饮水时说。进入一望无际的沙漠之后,他们几乎就没有地方可以补充补给。"拼命赶路的话或许在四天内抵达。"

"那我们就没多少时间可以在月亏前准备陷阱,帕尔青恩。"贾迪尔说。

帕尔青恩耸肩。"我不希望留下我们出没的迹象,所以准备得越少越好。反正抵达那里后,除了等待,我们也没多少事情可做。养精蓄锐比在陵寝中设置陷阱要有用多了。"

"山杰特和山娃需要新的长矛和盾牌。"贾迪尔说。

"我在沙漠里藏了一批武器。"帕尔青恩说,"我还可以用黑柄叶墨在他们皮肤上绘制魔印,然后大家一起练习盖沙克。"

"明智。"贾迪尔说,"我知道我的战士有多强,但没见过你的吉娃战斗。"

"几个月前才开始教她。"帕尔青恩说,"她学得很快。"

贾迪尔耐心点头,然后趁太阳高挂的时候召集五人一起练习。帕尔青恩和他的吉娃拿出刷子,在山杰特和山娃的拳头、手肘和脚背上绘制冲击魔印。他们割断了重新取回的外袍和衣袖,让魔印裸露在外。

正如预期,他的战士学习盖沙克的速度很快,但是帕尔青恩吉娃的架势就连初学者都不如。山娃说的并不夸张,真要说起来,她已经算很委婉了。

"你的脚每次都踏错地方。"贾迪尔在她打完一套沙鲁金时说道。他已经纠正她十次了,但她总是不够专注。

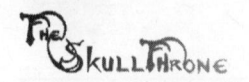

"有什么不同?"她问,"我那样也能打穿恶魔的脑袋。"

"不同处在于,笨蛋,如果它后面还有一只,你再打下去就会步伐不稳。"贾迪尔说,"阿拉盖沙拉克不是闹着玩的迷藏,失败的人不能择日再战。"

"我知道。"瑞娜说。她的语气很不高兴,不过他相信她说的话。她努力想要踏对位置,但就是办不到。他不能要求她短短几天内就学会手下战士学了一辈子的技巧,但是他们也没有时间纵容她。

"每天天亮,我们停下来休息、喂马喝水之后,山娃负责教导你。"他下令。

"什么?"两个女人同时叫道。

贾迪尔看向外甥女。"你不能伤害她。你要放下所有被她囚禁所产生的怨恨。"

山娃拥抱她的情绪,双拳交叠,鞠躬道:"如你所愿,解放者。"

"你更要虚心学习,瑞娜。"帕尔青恩说,"你需要这些课程,但是不要忘记你比她强壮很多,新月时我们需要你们两个毫发无伤。你是在上课,不是在拼命。"

瑞娜啐道:"我不会打一些治不好的地方。"

两个女人走到一旁去练习,亚伦摇头。"她会后悔说那种话的,是吧?"

"超乎你想象,帕尔青恩。"贾迪尔说,"但是我在她的灵气中见过她的骄傲。所有战士都必须了解他们的缺点,如果想要加以克服的话。"他看着走远的女人。"山娃会让她看见缺点,让你的吉娃尝尝同样的滋味。"

帕尔青恩大笑。"那么她或许也会成为解放者。"

数小时后,亚伦走到马厩,看着太阳逐渐西落。原计划再过几小时就出发的,而他着急早些赶路。因为他们把世界上所有人类的性命都赌在他的计划上。

万一我搞错了?他心想。万一我不过就是提贝溪镇一个姓贝尔斯的愚夫,自以为比马蜂聪明而拿棍子去捅了马蜂窝?

但是内心深处,他知道这是唯一的办法。留下的人民如今都很坚强,他们会撑下去,非撑下去不可。每个新月都躲在魔印后面只会是畏战的策略。恶魔拥有绝对的数量优势,而人类没法把世界每个角落通通画上魔印。建立在大魔印中的城市总有一天会人口爆炸,而那将只是一个开始。

地板上传来嘎啦声响,瑞娜突然出现,将他从幻想中拉回现实。他先是松了口气,接着看到她的模样。她浑身瘀青、处处染血,还有一只眼睛肿了起来。泪水弄糊了她脸上的血,她用左手抓着断掉的右手。

"你没事吧,瑞娜?"他问。

瑞娜停下脚步,没想到会在这里遇上他。显然她是来马厩独自静一静的。她疲惫地耸肩,走过他身边,进入"承诺"的畜栏。她背靠隔板,滑坐到地板上。"承诺"在她脸颊上磨磨蹭蹭,她则拉直断臂,固定在正确的位置,让血液中的魔法治疗伤口。

亚伦点头,让她一个人独自处理。回到塔里后,他看到山娃和她父亲笑嘻嘻地准备晚餐。那个女孩比瑞娜小七岁,没有瑞娜的治疗能力,不过身上没有任何伤痕。她看起来像黎明一样无暇。

哦,瑞娜。他摇头,贾迪尔说的没错,瑞娜迫切需要上这

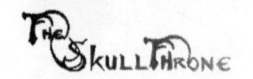

一课。亚伦试过亲自指导她,但是失败了。她太享受足以震慑村夫的蛮力,其实那对任何人都没有好处。她过去的经历造就她现在的个性,但是……

奈不在乎战士的个人的想法,他听贾迪尔说过。

但是了解瑞娜必须学习关于人性的问题与眼睁睁地看着他的爱人、他的妻子被人打得血肉模糊还是有差别的。唯一阻止他强迫山娃弄清楚给她上课和给大家上课的差别的,就是事实上他知道瑞娜不会希望他这么做。

黑夜呀,她永远不会原谅他的。

我自己第一次去克拉西亚的时候,也没有好到哪里去。他心想。瑞根教他打斗的技巧——他以为那已经算是世界上最高强的武术。接着他遇上了克拉西亚的训练官。

但是亚伦也不想要任何帮助。如果请人帮忙,克拉西亚人绝对不会尊重他,这对瑞娜来说也是一样。她会慢慢赢得山娃的尊重。

那天晚上,当他们在前往安纳克桑的路上遇上一群田野恶魔时,瑞娜的沙鲁沙克明显比之前进步。休息几个小时后,她恢复到毫发无伤的状态,不过大步向前迎敌时更加谨慎。攻击时她还是和之前一样残暴,但是她学会伺机而动,并预先多想一步。

他担心等瑞娜蛮劲上来,汲取到黑夜的魔力之后会和山娃起冲突,不过两个女人在打斗的过程中保持一定的距离。

她们只有在战斗中交会一次。山娃准备迎战三头田野恶魔,而瑞娜则扬起一手,凭空绘制魔印。恶魔全身冒火,还没冲到沙鲁姆丁面前就已经化为灰烬。

瑞娜不等她反应,转身就走,灵气中充满得意洋洋的气息。山娃或许有办法应付那三头恶魔,但那一幕强烈提醒她面对瑞

娜的优势只是暂时性的。入夜后，瑞娜·贝尔斯的魔法绝非她所能及。

第二天下午，瑞娜下课后还是鼻青脸肿，不过嘴角还是带有一丝微笑。

这是个不错的开始。

帕尔青恩带领他们走下冰冷的石阶，远离沙漠的燥热。烈日是熟悉的考验，不过贾迪尔并不特别怀念。现在他比较了解艾弗伦为什么要把他的族人丢到这种地方来测试、锻炼。绿地温和的气候和丰富的资源已经开始让他的族人退化了。

沙拉克卡最好尽快降临，他心想，但这是愚蠢的愿望。他们最需要的就是时间。北地公爵不会不战而降。想要表面上统一北地起码还要十年。如果不统一的话，人类就不可能打赢第一战争。

"想要什么就拿什么。"亚伦在抵达石阶底端时对山杰特和山娃说。"不过别让自己负担太重。我们达到目的后不会留在原地作战，会像被整个地心魔域追杀那样逃命。"

这话听起来像随口说说，不过当他们步入黑暗，而他凭空绘制光亮魔印时，众战士都目瞪口呆地看着面前的武器库。携带式魔印圈、各式各样的弓、数十把长矛和盾牌、数百支箭与矢。一堆又一堆其他的武器——战锤、斧头、尖镐和匕首。看来帕尔青恩似乎把所有能找到的东西通通存放于此。所有武器上都有他亲手刻画的精致魔印。

贾迪尔以为两个战士会冲进去，但他们迟疑，就像是傻乎乎的卡菲特获准进入达玛基宝库，还获准可以拿走自己喜欢的任何东西。他们该如何在这堆珍宝前挑选？接着同时望向帕尔

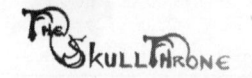

青恩，怀疑是否有任何他没说的交换条件。

"去吧。"贾迪尔命令他们，"到处看看。找出你们用得最顺手的武器。我们要到黄昏后才会离开。你们有几个小时。充分利用这段时间。你们的决定关系全人类的命运。"

两个战士点头，神色虔敬地走了进去。他们一开始动作迟疑，不过越来越有自信，开始拿起武器，测试重量和保持平衡。山杰特取一把长矛耍套复杂的沙鲁金，山娃则用同样的方法挑盾，一直挑到顺手的为止。

"其他房间在哪里？"贾迪尔问帕尔青恩，"我想在启程前休息一下。"

帕尔青恩耸肩。"就这一个房间而已。从前常来这里时，我很少睡觉。这里恐怕没有华丽的枕厅可供大王你享受。"他指向一个工作台，旁边放了几张破布。贾迪尔已经离开沙拉吉很久了，不过看到铺盖的时候还是认得出来。

一段回忆涌上心头，他与阿邦一起缩在坚硬、肮脏的地板上，分享一条根本盖不住两人的破毯子。贾迪尔还记得难以抉择要让肩膀冷还是脚底冷的感觉。幸好还有阿邦在他旁边，两人一起抱团取暖。其他男孩都必须独自入眠，或是接受年长男孩的需求作为得到伙伴的代价。当年贾迪尔会一边颤抖、一边听着他们压抑的喘息声入眠。

他有多久没在这种环境下睡觉了？帕尔青恩过了很多年这种日子，与世隔绝，专心在他的神圣使命上，白天制造对付阿拉盖的武器，晚上屠杀它们。

并非所有绿地人都很软弱，他提醒自己。

"如果你需要羽毛枕的话，我可以想办法去猎只鹅。"瑞娜在他闷不吭声地看着铺盖一段时间后说道。帕尔青恩大笑。

无礼。贾迪尔拥抱这份羞辱，吞下反唇相讥的冲动。他不

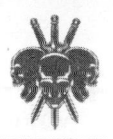

管那个女人,转身面对帕尔青恩。"我住在宫殿里那是我应得的权利,帕尔青恩,卡吉在《伊弗佳律法》里说过,真正的战士——"

"——只需要面包、水和他的矛。"帕尔青恩接下去说。他耸肩。"看来我不是真正的战士。我向来喜欢有毯子盖。"

贾迪尔大笑,化解了房中紧张的气氛。其他人都松了口气。"我也是,帕尔青恩。如果我能活到写完《伊弗佳》,我会在那句谚语后面添加一条毯子。"

他走向凉爽的楼梯井,背靠楼梯侧面,滑坐在地。他们已经骑马赶路整整三天,只有在马匹体力耗尽到极限时才会休息。魔法支撑他们在夜里狂奔,但是白天时,他们就和任何凡人一样。就连贾迪尔也必须闭眼休息一两个小时。

但是睡眠并不容易。他会胡思乱想,努力接受他们要做的事情。帕尔青恩的计划很疯狂、很远大,但缺乏细节。就像任何战役一样,你可以计划如何展开第一击,也可以准备好退路,但是剩下的……英内薇拉。

英内薇拉——真希望她能提供意见——他甚至愿意听听她那些可恶的骨骰怎么说。她没事吧?她有像之前讨论过那样让阿山登上安德拉的宝座吗?还是达玛基已经把她和他所有儿子通通杀光?还是贾阳杀了阿桑,大权独揽?他的族人是否已经展开内战了?

他看了下手下的战士,想着每一个与自己并肩作战之人此刻的命运。或许山杰特和山娃待在自己身边算是比较幸运的了。

他们已经选好了矛、盾和匕首,熟悉到几乎算是手臂一部分的武器。他们现在正神色好奇地研究那些弓。

在克拉西亚,远程武器算不上非常荣誉的武器,不完全算,从远方射杀阿拉盖所能争取到的荣誉远远不如长矛击杀,而且战斗魔印回归之前，弓箭在任何情况下都伤害不了阿拉盖。它们实用价值不高，只有在战士训练中拿出来用而已。只有一个部族，梅寒丁，还在使用远程武器，在沙漠之矛的城墙上操控投石器和巨蝎，如今擅长以短弓远距离击杀恶魔，通常骑在马背上。

但是山杰特和山娃是卡吉部族的人，不是梅寒丁，而北地的长弓与南方的短弓差异甚大。他们持弓的感觉很不顺手。就连帕尔青恩也看出来这一点。他拿起一个箭筒，丢给山杰特。

"射我。"他指示，然后走到房间另一边。

山杰特扣起一支箭，不过转向贾迪尔。

"照做吧。"贾迪尔说着扬了扬手。就算真射中了，他也怀疑一支箭能对帕尔青恩造成多少伤害，而从山杰特紧握那把武器的模样看来，他不太可能射得中。

山杰特松手放箭，箭射中帕尔青恩旁边一尺外的位置。

"我站在原地没动，战士。"帕尔青恩叫道。"阿拉盖不会这么耐心等着你射杀。"

山杰特摊开手掌，他女儿拿起另一支箭给他。

"别光站在那里，快点射我！"帕尔青恩拍拍胸口的一个大魔印。山杰特再度放箭，这一次只偏了几寸。

"拜托！"帕尔青恩道，"吃猪的卡菲特之子都射得比你准！"

山杰特大吼，又将一支箭扣在弦上拉到脸颊旁。他已经熟悉这把武器了，下一箭将会射中帕尔青恩的肩膀——如果他没像动作灵巧的男人抓住蚂蚁般凭空接下这一箭的话。

"可悲。"帕尔青恩大声说道，举起那支箭。他转向山娃。"你来。"

他话刚说完，山娃已经搭弓射箭。贾迪尔甚至没发现她蓄

势待发。

这一箭很准,帕尔青恩惊呼一声,及时化烟闪躲。箭插在他身后的墙壁上。

贾迪尔深感佩服。就连他都不擅长射箭,但是山娃和她的长矛姐妹是安奇度亲手调教的,而安奇度的名字早在他尚未出生前就已经成为大迷宫中的传奇。

"好多了。"帕尔青恩凝聚实体时承认道,"不过你是笔直瞄准,那是短弓的用法。近距离很好,但是抬高弧度的话可以提升射击距离和威力。"

"我会教她。"帕尔青恩的吉娃说。贾迪尔以为山娃会反对,但她只是点头。

"至于你嘛……"帕尔青恩说着转向山杰特。

山杰特把弓丢在地上。"我不需要这种懦夫采用的武器。我使矛就够了。"

"最后一定会用到矛和拳头,"帕尔青恩同意,"但是此事不只关系到你的荣誉,山杰特。想要保护你的主人,你就得学会远距离精准射箭。"

"你要我在一天之内成为射箭大师?"山杰特问,"我很自大,帕尔青恩,但还没到那种地步。"

"不需要。"帕尔青恩拿起一张北地女人偏好的十字曲柄弓。木质箭身,端末如弓般包覆钢铁和击发装置,弦是用薄金属丝交缠而成。

山杰特也认得这把武器。"女人的武器?接下来是不是要我戴面纱跳舞给阿拉盖看?"

帕尔青恩不理他,拿起一面以魔印钢铁镶在厚木框外的巨盾,靠着墙立好。他走到房间另一端,站在山杰特身旁。他用两只手指拉开粗粗的弓弦,直到扣住定位,然后放上一支弓矢。

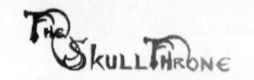

"就像这样。"他说着将弓柄抵住肩窝,与地板平行,透过弓身瞄准。他把弓交给山杰特,他依照帕尔青恩的方式持弓。

"要射之前手指再碰扳机。"帕尔青恩说,"把目标保持在末端两条线中间,拿稳,扣扳机。"

咔呛!山杰特没料到十字弓强大的后坐力,当场被撞得退后一步。

"没中!"他说。他的灵气中浮现羞愧,不过在缴回武器时还是一副严肃的模样。

"没中吗?"帕尔青恩问。

山娃立刻跑到放箭另一端,举起盾牌检视。所有人都看到她手指从盾牌后面戳到前面。"直接贯穿。"她回头看去,接着让向一旁,让其他人看见插在墙上的弓矢。

"艾弗伦的胡子呀,"山杰特说着以全新的敬意看待那把武器。他试着像帕尔青恩一样拉开弓弦,但是力气不够。

"拉弓柄。"帕尔青恩指向弓柄装置。

山杰特转动曲柄,脸上露出沮丧的表情。当弓弦终于卡入定位时,他抬头。"拉弓的时间就够我投掷三把矛了,帕尔青恩。"

帕尔青恩点头。"然后你就无矛可用。别担心拉弓的问题。汲取到黑夜力量后,你就不需要用曲柄。"

山杰特点头,不过除了弓和矢筒外还挑了三把投掷矛。

"趁有机会的时候睡会儿。"贾迪尔下令,"我们黎明前就抵达安纳克桑,然后就只剩下两天准备。"山杰特和山娃立刻在墙边找个地方缩起来睡觉。贾迪尔闭上双眼。

第九章　安纳克桑

333 AR　秋

　　太阳升起时，亚伦心情沉重地看着远方的失落之城安纳克桑。克拉西亚人掠夺此地时毫不顾及后果。当年亚伦住在废墟里，探寻对抗恶魔的秘密时，他还悉心保存这里的一砖一石，谨慎挖掘，没有弄坏任何东西。他唯一拿走的古物就是武器和护具，因为他要研究它们上面的魔印。而大部分的物品都在研究完毕后放回原位。

　　克拉西亚人一点也不在乎保存古老遗物的问题。古城现在看起来像是蝗虫和野鼠掠夺过后的田地。到处都是一地狼藉，耸立数千年的巨石如今倒塌在地。地面上到处都是洞口，克拉西亚人为了方便进入地下石室而四处挖掘，打破了石室屋顶，让千年古迹首度裸露在风吹日晒中。

　　唯一维持原貌的只有大陵寝。克拉西亚人拿走所有值钱的物品，但就连他们也不敢移动石棺，打扰神圣的祖先。

　　"而你竟然为了一支长矛就想杀我。"他喃喃说道。

　　"你无权拿走它，亚伦。"贾迪尔回应，"这地方属于我的族人。克拉西亚人，不是绿地人。"

　　亚伦转向马侧吐口水。"掠夺来森堡的时候可没见你主张这种文化上的权利。"

　　"那叫征服，你这是盗墓。"贾迪尔说。

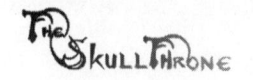

"作为抢劫来说，殴打与屠杀活人难道比拿走去世数千年的死人的财物还要高尚？"亚伦反问道。

"死人没办法保护自己，帕尔青恩。"贾迪尔说。

"那你们还摧毁祖先的安息地。"亚伦说，"黑夜呀，你的逻辑就像尘土恶魔一样半空绕圈，是不是？"

"我要喂饱十万名族人，而这里没有东西吃。"贾迪尔说。他脸上不动声色，不过语气越来越严厉。"我们必须快速动作，没时间用刷子和工具像考古一样将古城恢复原貌。"

他好奇地看着亚伦。"你是怎么撑过来的，帕尔青恩？这附近没东西吃，在没带大量行李的情况下，你不可能从黎明绿洲驮运多少补给品过来。"

亚伦觉得幸好早晨的阳光掩饰了他的灵气。这个问题是属于少数他还不打算与贾迪尔分享的秘密之一。他很可能永远不会透露。他待在安纳克桑的那几周里是以恶魔肉为食，而他知道克拉西亚人绝对不会理解这种做法，尽管这为他带来强大的力量。

"出去运送食物回来。"亚伦说。这并非谎言，不完全是。

他摇了摇头，继续争论下去对大家都没好处。他们必须携手合作，现在比从前更需要如此。他看向山杰特和山娃，发现他们以看待猎物的目光盯着他和瑞娜，仿佛等待贾迪尔趁着太阳钳制他们的力量时下令除掉他们。

但贾迪尔没有下达这种命令。不管是好还是坏，他们暂时还是盟友。

"你们把值钱的东西拿走也不是坏事。"亚伦说，"既然这里已经被恶魔发现了。我承认让他们进入我的脑子里是我的错。"

"英内薇拉。"贾迪尔说，"或许你的错误能够拯救我们。

难得一次,我们预知敌人会进攻何处;也难得一次,我们掌握先机,我们一定要把握这个机会。"

"首先我们得在陵寝附近找个地方把马藏好。"亚伦说,"在那周围绘制隐形魔印。或许得在匆忙中骑马逃命。"

"然后呢?"贾迪尔问。

"我们去卡吉陵寝挖条秘密通道。"他说,"找地方藏身,静静等待。"

"然后呢?"贾迪尔问。

亚伦呼出口气。"我知道就好了。"

☙

"靠左一点。"瑞娜说着低头看向山娃指向天空的箭柄。"那个高度风势会比较强。你必须考虑进去。"

她站在年轻女子身后,踮起脚尖与山娃的视线平行。瑞娜从不觉得自己矮,但是以提贝溪人的标准来看,就连身材中等的克拉西亚人也算高了。她的箭以很高的弧度越过沙丘,然后力道威猛地插入她们用来充当目标的沙包。这一箭并不完美,但是在这种距离下已经很了不起了。

"你怎么学射箭的?"山娃压低长弓问道。她现在的语气中带有更多敬意,不过瑞娜还没蠢到当她是朋友。"根据你的说法,你一直到最近才成为战士,但是你使弓的手法很熟练,不可能只是向帕尔青恩学过而已。"

瑞娜摇头。"我爸教我的。我们家乡缺衣少食,想填饱肚子的人必须白天出门打猎。"

山娃点头。"我们族人禁止女人接触武器,直到最近才获解禁。你很幸运拥有那样的父亲。他叫什么名字?"

"豪尔。"瑞娜啐道,"不过有那种父亲并不算什么特别

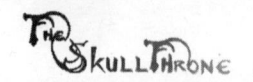

幸运。"

"在克拉西亚，我们承受父亲的荣誉，豪尔之女。"山娃说，"他们作战获胜的骄傲，还有失败的耻辱。"

"那我得耗费很大的力气才能弥补他的耻辱。"瑞娜说。

"如果我们今晚成功的话，"山娃说，"你将可以洗刷家族的名声，并加以镀金，就算你父亲是阿拉盖卡本人也一样。"

"对我和我姐姐来说，他就是阿拉盖卡。"瑞娜感到脑侧抽痛一下。想到他父亲，想到那座可悲的农场，就会让她怒不可遏。回忆本身不是重点，重点在于它们所代表的过去。过去那个瑞娜——软弱，恐惧，被看作废物。有时候她希望过去的自己是一条可以砍断、永远丢掉不管的手臂。

山娃凝望着她。她为什么会对山娃像普通女孩一样分享心事？她们或许必须站在同一战线作战，不过她们不信任彼此，瑞娜看不出改变这一点的理由。

"你说你对抗过它们，"山娃说，"阿拉盖的一个王子。"

好像讲起豪尔的农场还不够私密一样。瑞娜想起恶魔控制她心智时的那种恐惧、那种侵犯，深入她的脑海，像番茄虫一样钻到内心深处。那是她不想谈论的话题，但是这件事情，山娃有权知道。她很快也会体验到的。

"是。"瑞娜说，"晚上一定要启动心灵魔印。把魔印画在额头中央，不要信任带头。它们会深入你的内心，吞噬你……你所有的一切。吞光它，然后再把能伤害你亲密的人的部分吐出来。"

山娃点头。"但你杀了它。"

瑞娜露出牙齿，那段回忆令她血液中的魔力沸腾。"是亚伦结果的。我在它的背部插入一刀，但它还是继续挣扎。"

"我的弓有能力对付这种怪物吗？"山娃疑惑地问。

瑞娜耸肩。"老实说？或许毫无用处。对付心灵恶魔一定更要一击必杀，不然干脆不要出手。用弓很难做到一击必杀。"

她看向山娃。"但心灵恶魔是亚伦和贾迪尔要面对的问题。"听到瑞娜用这个不够尊重的名称称呼解放者舅舅让山娃觉得不太高兴，不过她没有多说什么。"我们的责任是要在他们解决心灵恶魔之前对付它们的其他保镖。"瑞娜继续。"心灵恶魔能把方圆数英里内的恶魔通通召唤来，还让它们变得非常狡猾。"

山娃点头。"我听说过。"

"你听说过他们的保镖吗？"瑞娜问，"化身魔？"

"只是一些传闻。"山娃说。

"比其他地心魔物聪明。"瑞娜说，"有能力领导和召唤低等恶魔，不过那还不是最难以应付的。"

"变形——"山娃低声道，听起来既像提问，又像陈述事实。

瑞娜点头。"能变成所有它们想得出来的东西。前一刻里你还和这辈子见过最高大的石恶魔作战，下一秒它身上就多了触角或翅膀。你以为你抓住它了，偏偏它又变成一条蛇。本来以为帮手来了，但是它一眨眼就能变得和你一模一样，让你的同伴不知道真假，该向谁出击。"

山娃被吓得面无血色，气味中浮现一丝恐惧，这预先知道也是好事。想要活命的话，她就必须知道对手的手段，并且敬畏对手。

"我上一次遇上的化身魔杀了超过两打人，然后才被我们杀掉。"瑞娜说，"如同闯入鸡舍中的野狼般贯穿一队戴尔沙鲁姆。它杀了半打人，包括卡维尔训练官和安奇度训练官。还有数不清的伐木工。要不是罗杰和……"

177

瑞娜不再说话，看着山娃瞪大双眼。年轻女孩没在听她说话，张着嘴巴看着她，气味出现戏剧性的变化，充满恐惧与悲伤，眼眶中也开始涌出泪水。瑞娜从未见过她显露如此强烈的情绪。

"我说了什么？"瑞娜问。

山娃一言不发地看着她一段时间，嘴唇缓缓移动，仿佛必须先弄软才能开口。

"安奇度老师死了？"她问。

瑞娜点头，山娃号啕大哭。她一直哭到喘不过气，然后转为哽咽。

她一边哭一边在腰带上挂的一个袋子里乱掏，拿出一支小玻璃瓶，不过又使它从颤抖的指尖滑落。

山娃在瓶子落地前接下它，然后拿给她，但山娃没有伸手去接。"拜托，"她哀求。"帮我接住。"

瑞娜好奇地看着她。"接住什么？"

"我的眼泪！"她大哭着说道。

听起来很奇怪的请求，但瑞娜在新月过后见过克拉西亚女人前来认尸时这么做过。她打开小瓶子，看着宽敞的瓶口，边缘锐利，适合用来从脸颊刮落泪水。她走上前去，在一滴泪水滴落前接起来，然后就着瓶口往上刮回去。

山娃哽咽得越来越厉害，仿佛她为了哽咽而故意让自己陷入悲伤的情绪中。尽管动作很快，瑞娜还是很难跟上泪水滴落的速度。山娃哭满了两支泪瓶才停下来。

"那只恶魔后来怎么了？"山娃哭完后问道。

"我们杀了它。"瑞娜说。

"你确定吗？"山娃逼问，凑上前去抓她手臂。

"我亲手砍下它的脑袋。"瑞娜说。

山娃瘫坐回去，瑞娜从未见过她如此颓伤，而她几天前在训练时，还把自己打倒过。

"谢谢你。"山娃说。

瑞娜点头，暗自决定最好不再提及，她第一次见到安奇度的时候也和他交过手。

❦

他们在月亏第一天的早晨抵达安纳克桑。亚伦带他们前往卡吉之墓，然后他们就开始作准备。

在沙漠的黑暗中，安纳克桑是个魔力强大的地方，古老而又深奥。每一颗尘埃都充满魔力，数千年来透过强大的魔印吸收地心魔域的力量。亚伦释放出几丝自身的魔力，与此地的魔力相互融合，立刻感到古城活了过来，仿佛他本身躯体的延伸。它充斥着强大的力量，让他有能力面对即将爆发的战斗。

贾迪尔领头向艾弗伦祷告，亚伦忍住不出言劝诫，只是礼貌性地低头。他看得出来克拉西亚人信仰虔诚，也看得出来信仰为他们带来的力量。

就连瑞娜也散发出敬仰的光芒，虽然她过去曾经遭受《卡农经》迫害。

黑夜呀，真希望我也能分享他们的信仰。此刻其他人都深信他们在执行造物主的伟大计划。亚伦是唯一认为信徒只不过是一帮凭空想象艾弗伦旨意的人。

"够了。"他终于在祷告仿佛没完没了，而他再也无法忍受下去时说，"快天黑了。各就各位，不要出声。"

贾迪尔忍住愠怒望着他。太阳还没下山，尽管如此，他还是点头。现在不是争执的时候。"帕尔青恩说得有道理。"

山杰特和山娃在陵寝一面墙上挖了个观测的孔，亚伦在旁

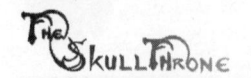

刻上隐形魔印。让它在恶魔眼中完好无缺。

瑞娜披上隐形斗篷，走到陵寝入口旁站定。亚伦站在她对面，切断自己与安纳克桑之间的联结，以免恶魔王子察觉。

接下来一个小时是他这辈子所经历过最漫长的一小时。随着时间一分一秒地过去，他几乎希望能继续祷告。

黑夜降临，但攻击没有立刻展开。亚伦知道这样可能会有危险，但是又等了一个小时后，他实在忍不住，于是打开心门，联结安纳克桑的魔力，试图侦察恶魔的踪迹。

它们就在外面。黑夜呀，成千上万只啊。

心灵恶魔钻进过他的脑子，探知了这座枯城的结构，包括卡吉陵寝的确切位置。

但它们不急着干重要的活，有几天时间可以摧毁这座城的地上部分，显然一切在按计划推进。地面在恶魔开始攻击时隐隐震动。

亚伦和其他人等了一整夜，一声不吭，动也不动，唯一陪伴他们的就是地心魔物拆城造成的轰隆震动。但是太阳升起前，恶魔理都没理他们。

它们打算把枯城夷为平地后，再清理地下的卡吉古墓。

破晓时分，所有人都累得精疲力竭，揉着酸痛的肌肉，满心疑惑地看着亚伦。

"你保证他们会来，帕尔青恩，"贾迪尔吼道，"这里！这个地点！你以荣誉发誓。结果我却藏身于此，侮辱卡吉——"

"他们会来！"亚伦坚持。"你难道没感觉到吗？今晚只是

恶魔的外围战术而已。"

"你凭什么这么认为？"贾迪尔继续吼。

"这座枯城告诉我的。"亚伦说。

贾迪尔语气变得不太肯定。"这座……枯城？你中魔了吧，帕尔青恩？"

亚伦耸肩。"应该是，还比较严重，不过那与此事无关。这里蕴含了古老魔力，阿曼恩。打从你们祖先还在世的年代就存在于此城中心的魔力。对它敞开心门，它就会和你交谈。"

贾迪尔拉开脚步，闭上双眼。亚伦看到魔力朝他飘去，但是片刻过后，他摇头，睁开双眼看着亚伦。"如你所说，这里确实有古老魔力，帕尔青恩，但是安纳克桑没有和我说话。"

亚伦看向瑞娜，她已经闭上双眼，像贾迪尔一样吸收魔力。片刻过后，她睁眼耸肩。

"它曾与我沟通，"他坚持，推翻他可能真的疯了的可能性。"你们还需练习倾听了。"

"究竟是怎么回事？"瑞娜问。

"它们沿城墙围成一圈，"亚伦说，"卡吉陵寝就是圆心。它们由外往内大肆破坏，过不了多久就会直捣墓穴。月亏结束时，它们会让城市沉入沙海，不留任何迹象。"

"再像那样情绪紧绷地度过一晚，我可能会发疯，更别说两晚。"瑞娜说着走向门口。"上去透透气。"

亚伦上前阻挡她。"我不认为那是好主意。不能让恶魔闻到我们的气味。"

"所以呢，我们要在陵寝中度过三天？"瑞娜问。

"如果非这样不可的话，"贾迪尔说，"若有必要，我们就死在这里。"

亚伦正要点头，贾迪尔又继续说道："但我不认为有此必

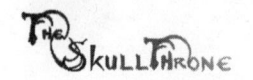

要。我要亲眼见证上面破坏的情况，确认你听见的声音不是出于幻想。如果阿拉盖打算在一次月亏中摧毁整座城市，那它们就不会费心辨识气味。"

他大步走向门口，速度不快，让亚伦有机会阻止他，不过他的灵气让亚伦明白，试图阻止是愚蠢之举——眼见为实吧。

他们小心翼翼地移开挡在门口的魔印巨石，回到地面上，看见一片残破的景象。

贾迪尔心情沉重地看着残破不堪的安纳克桑。帕尔青恩指控他的族人摧毁此地——不能说没有道理——但是与阿拉盖王子之怒相比，克拉西亚人只是刮花了一点表面而已。

心灵恶魔控制躯壳挖出埋在沙里的岩石，然后将其敲碎或是烧成灰土。正如帕尔青恩所说，城市外缘有道如同护城河般的毁灭圈。曾经占地辽阔、生气蓬勃的城市，如今沦为布满沙丘的沙漠。找不出一块比山娃的小拳头还大的碎石。

除了尸体外。

恶魔从陵寝中挖出安纳克桑下的古老石棺，沿着毁灭圈边缘摆放。贾迪尔揭开一副棺盖，然后神色恐惧地偏过头去，放下棺盖喘气。

棺材里满满都是油腻腻的排泄物，散发出令人作呕的恶臭。贾迪尔必须强迫自己没有当场反胃狂吐。

这样没有多少帮助。臭气熏得他双眼刺痛、流泪不止，但他强迫自己再度上前，看着本来用来包裹祖先尸体的布块漂在排泄物上。坎金，卡吉的第二个表弟，十二圣徒之一，躺在里面，尸骨遭到亵渎。

瑞娜走上前去，立刻退了回去。"黑夜呀，那是什么？"

"心灵恶魔屎。"就连帕尔青恩也脸色发青。"他们只吃人脑,所以排泄物特别恶心,看起来滑滑油油的,会粘在所有东西上。"

"可燃吗?"贾迪尔问。

"可燃。"帕尔青恩说,"但是……"

"我不能放着我的祖先这个样子不管,帕尔青恩。"贾迪尔说。

"你必须忍。"帕尔青恩说,"地心魔物或许不会闻到我们的气味,但如果毁掉它们的战果,它们肯定会发现。我们得马上回去。等它们找上门来时,让它们付出代价。"

贾迪尔想要争辩。他浑身上下没有一处不想洗刷他神圣的祖先所受的屈辱。但是帕尔青恩说的没错,唯一能平衡的方法,就是让阿拉盖为这种屈辱付出惨痛的代价。

亚伦一直感到胸口憋闷得慌,时刻提醒自己呼吸。他不敢透过安纳克桑的魔力去探测恶魔。当天是月亏第三夜,破坏声比之前更近,直到整座石室仿佛都快坍塌。接着突然之间,一切通通安静下来,唯一的响声就是四周尘土还在簌簌落下。

即使没有透过魔法感应,亚伦还是可以察觉心灵恶魔已然近在咫尺。不止一只,很多只。若他们没有掌握所有突袭的优势的话,这数量多到让他们无法应付,但即使掌握了优势,或许还是力不从心。

造物主呀,他心想,觉得自己愚蠢得有点疯狂,如果你真的存在,现在就是该出手的时候了。

没有回应。当然,亚伦也没有期待回应,但此时他很希望自己对造物主的直觉都是错的。瑞娜在系紧的上衣上擦拭手汗,

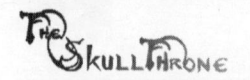

伸展手指。她的手掌一直忍不住移动到猎刀刀柄上。

房间对面的山杰特小心翼翼地变换姿势，调整持矛的姿势。只有山娃看起来一点都不紧张。她已经好几个小时没有动过了，灵气平稳到要是眼睛没睁开的话，亚伦会认为她在睡觉。

外面传来嘶嘶声响，接着是恶魔抹除阻止它们进入的魔印时发出的刮擦声。亚伦看着突袭藏身处周围的隐形魔印，不确定光靠那些魔印够不够。他启动自己的魔印，看到瑞娜在裹紧自己身上的隐形斗篷。

一阵轰然巨响，巨石向内爆开，碎片激射而出。瑞娜惊呼一声，不过因为躲在入口旁边所以没受到什么伤，但其他人就没那么幸运了。山娃即时举盾，可是被碎石撞倒。一块大石头击中山杰特的脑袋，他当场摔倒。山娃立马扶住他，让他保持在隐形魔印的范围内，但显然暂时失去战斗力。

化身魔在尘埃落地前窜入石室，形体不定，如同液体般流过地板。在正常肉眼下，它看来像沸腾的焦油，但是在魔印视觉下，它绽放强烈的地心魔光。所有人都情绪紧绷，静观其变，等着看他们有没有泄露行踪。

每当利用魔法藏身时都会有这种感觉，怀疑这次地心魔物会不会穿透魔法帘幕。亚伦胸口紧缩，强迫自己呼吸。

但就算化身魔感应到他们，也没有表现出来。它在石室内绕了一整圈，沿着大魔印石棺蔓延，然后又回到门口聚成一团黏液。黏液中央冒出一个硬块，像是有人从一缸糖浆里爬出来，恶魔成形，越来越高，直到肩膀几乎碰到低矮的天花板。它开始横向演变，长出短而有力的双脚和肌肉结实的手臂，末端有着巨大的黑爪。

一只心灵恶魔进入石室，亚伦微微一笑，缓缓举起左手，让其他人待在原位，等待时机。地心魔物身材矮小，就和他之

前遇过的心灵恶魔一样，拥有修长的四肢和纤细的爪子。球根状的巨大脑袋上长有退化的魔角，还有一双会反光的漆黑大眼。

他的微笑在第二只心灵恶魔进入石室时逐渐消失。然后又是一只接着一只进来，直到石室中挤满心灵恶魔，六只。它们走向石棺，石棺上的魔印发出刺眼的光芒，阻止它们前进。亚伦看出禁忌魔印像是打泡泡般在石棺四周形成无法穿越的力场。恶魔可以接近石棺，但是没有近到能够碰触石棺。卡吉的魔印太强了。

心灵恶魔一声不吭地站了一段时间，研究那些魔印，退化的魔角在彼此心灵沟通时无声地缓缓鼓动。亚伦可以感受到空气中的震荡，但是由于启动了心灵魔印，他没办法窃听它们的想法。

接着它们动作一致，转过身去，膝盖弯曲。它们扬起本来可能是尾巴的隆起部位，在一阵恐怖的挤压声中喷出黑黑油油的排泄物。

小石室当场弥漫在一股难以忍受的恶臭中。亚伦双眼刺痛、泪如泉涌，肺部仿佛烧起来。他羡慕克拉西亚人有面巾可遮，虽然他会怀疑到底有多大作用。瑞娜隐身的空间在她伸手捂住口鼻时浮现小小的涟漪，不过专心研究石棺的地心魔物并没有察觉。

心灵恶魔浑身绽放魔光，比化身魔刺眼多了，而化身魔体内的魔力已经远远超过其他种类的恶魔。但是地心魔物王子能够完全控制它们的力量，当它们死亡时也不会浪费那些力量。它们喷出的排泄物具有阻隔魔法的功效，盖住魔印，摧毁它们的魔力。遭受覆盖后，魔印上的魔光逐渐暗淡。接触空气后，恶心的排泄物迅速风干、硬化。

亚伦蓄势待发。时机几乎成熟了，他强迫手掌停止颤抖，准备下达攻击命令——他们不会再有第二次机会。

但是门外走道上传来魔爪着地的脚步声令他停止动作。所有心灵恶魔突然起身,自石棺前退开,移动到墙壁旁边跪下,爪子伏地,露出脖子,恭迎另一只心灵恶魔进入石室。其中有只心灵恶魔就跪在瑞娜触手可及的地方。另一只距离山娃和她不省人事的父亲不过一根长矛的距离。

就外形来看,这只恶魔和其他恶魔没有多大不同,矮小、柔弱,有着像针般的细牙和看来十分脆弱的爪子,宛如安吉尔斯贵妇的彩绘指甲。

但是这只恶魔体内的魔力强得惊人。亚伦从未在任何单一恶魔身上感应到这么强大的力量,几乎和洼地的大魔印旗鼓相当。它身上的魔力或许不比其他六只心灵恶魔的魔力总和,不过也相去不远。亚伦知道心灵恶魔王子会依照年龄和力量来区分身份高低,但上次的经验让他以为那纯粹是出于不情愿的敬意和尊重,而非绝对的顺从。眼前这一只肯定强大到真正让其他心灵恶魔紧贴墙壁,露出脖子。

是否强大到可以忽略隐形魔印,察觉他们的存在?他肌肉紧绷,只要一看形势不对,就立刻攻击。他再度感到胸口紧缩带来的灼烧感,但却不敢在那头恶魔路过他身旁朝石棺走去时呼吸。

它头颅抖动,化身魔立刻行动,以魔爪抓起沉重的棺盖,抛向一旁。强大的心灵恶魔动作出奇优雅,轻轻巧巧地跳上石棺,张开双脚站在狭窄的棺缘上,低头打量它们最伟大的敌人的尸体。它蹲下身去,抬起退化的尾巴,露出它的肛门。

就在这个时候,裹着隐形斗篷躲在棺材里的贾迪尔迅速出击了。

恶魔还没发现他前,贾迪尔已将卡吉之矛的矛柄甩向它两

脚之间,打得它整个身体腾空而起。同一时间,他启动卡吉之冠,将它困在无法穿透的力场中,瞬即跳起身来,出矛攻击。

"杀!"亚伦一声大喊,在瑞娜和山娃展开攻击时攻向离自己最近的心灵恶魔。瑞娜干净利落地砍断目标的脑袋,她父亲的猎刀如同砍鸡头般贯穿恶魔的纤细脖子。

山娃也施展致命一击,矛尖插入一只恶魔王子的胸口,随即扭转矛柄,搅烂心脏。心灵恶魔能以难以想象的速度治好几乎所有伤势,但就连它们也没办法对付一击毙命的杀招。

心灵恶魔正要转头看他,亚伦已经抓起它的魔角,将本身的冲势转为扭转的力道,扭断它的脖子。为了避免怪物有办法治疗这种恐怖的伤势,他一脚抵住它的胸口,然后继续扭转,一直扭到布满鳞片的表皮和肌肉扯为两截为止。他大吼一声。

三头心灵恶魔死亡时的心灵能量化为震波向外炸开。根据经验,心灵恶魔死亡会杀死或逼疯方圆一英里内所有恶魔。就连有魔印守护心灵的亚伦也感觉得到那股力量,仿佛空气本身撕裂尖叫一样。剩下的心灵恶魔和化身魔突然惊惧,伸爪抓头吼叫。

亚伦不给它们时间,奋力吸收安纳克桑的古老魔力。魔力立刻回应召唤,仿佛迫不及待想要帮饱受荼毒的古城复仇。他绘制热魔印和冲击魔印,打散心灵恶魔,让它们搞不清楚状况。爆炸的力量震得石墙不停摇晃,支撑天花板的石柱上也出现了裂痕。他不敢再度施展这种力量。如果目标只是单纯要杀光心灵恶魔的话,就算会牺牲所有人的性命,亚伦也不会有丝毫迟疑,不过他们另有安排。

他冲向一头心灵恶魔,对准它的喉咙施展魔印回旋踢。山娃和瑞娜赶来协助。

但是心灵恶魔在被踢中之前看见亚伦,直接化身烟雾,逃

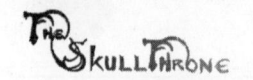

出石室，找寻回到地心魔域的道路。亚伦只踢烂了墙上一块石头，天花板落下更多灰尘。

其他心灵恶魔采取同样的行动，仓皇逃离。亚伦早就料到这种情况。心灵恶魔或许会服从力量更强大的心灵恶魔，但是它们没有忠诚的观念，乐意看到其他同类死亡、失去交配的机会。现在只剩下被贾迪尔困住的心灵恶魔还有它的化身魔保镖。

贾迪尔扑倒地心魔物王子，和它在地上扭打，但恶魔外表强壮，尽管卡吉之冠阻止它召唤帮手或是逃走，贾迪尔却无法在维持陷阱的情况下取用皇冠的其他力量。

恶魔王子尖叫，化身魔立刻回应，赶去帮忙。亚伦凭空绘制冰寒魔印，把它凝结成冰，瑞娜一脚踢断它一条腿。那条腿在地上摔烂，她则转身施展致命一击。

但是在她击中对方前，化身魔融化为一摊黏液，导致她一脚踢空。接着黏液凝聚在触角，迅速展开攻击。瑞娜皮肤上和山娃盾牌上的魔印挡下对方的攻击，不过禁忌魔印所产生的反弹力道还是撞倒了两个女人。

但她们两个经验老到。山娃并没有失去重心，伏身着地立刻再度扑上。瑞娜比较狼狈，不过借助黑夜的力量也立刻起身，在恶魔再次聚形前蓄势待发。

这头化身魔绝不容小觑。它不只是心灵恶魔的保镖，同时也是地心魔物军团的指挥官，智力远高于一般躯壳。亚伦已经感应到它在召唤援军。附近所有躯壳不是死了，就是疯了，但是化身魔的讯号要不了多久就会传出心灵恶魔的心灵惨叫范围之外。它们无法在有魔印加持的陵寝中现形，但是外面的通道很快就会挤满各种恶魔躯壳。

亚伦回头看向在与心灵恶魔缠斗的贾迪尔，心下盘算当务之急。

188

"杀了化身魔！"他对瑞娜和山娃叫道，"留神援军。"

就这样，他丢下女人不管，扑上去对付心灵恶魔。

❦

瑞娜和山娃同时进攻，瑞娜的猎刀插入再次塑形的化身魔胸口，山娃则从背后出击。

两人都没有命中目标，恶魔的血肉如同火焰之前的蜡般在魔印武器前融化。山娃冲势不止，矛头擦过瑞娜的脸。

"守住门口！"瑞娜叫道，"这个我来处理！"朝恶魔展开攻击，她身上的化身魔印光芒大作，巨爪打得她向后退开，她并没有将目标砍成两半。

山娃怀疑地看着她，但还是点头，跑到门口，拉弓搭箭。

瑞娜根据亚伦的指示凭空绘制化身魔印，吸收大量安纳克桑的魔力灌注其中。恶魔被击得飞身而出，撞上对面的墙壁，天花板再度一阵剧烈摇晃。她试图绘制其他魔印设法困住它，但化身魔的爪子伸入墙内，抓下一大块沙石，朝她掷来。瑞娜闪向一旁，但是迟了一步，肩膀被击中，翻身摔倒在地。她的脑袋撞上地板，两眼直冒金星。

她只花了几秒便爬起身来，稳定心神绘制魔印治疗伤势，但是恶魔已经扯下另一块石头，毫不在意石室即将坍塌，要不是山娃插手的话肯定会把她砸扁。山娃第一箭射中它手臂，石块落地。第二箭射中脸，魔印往它体内释放杀戮魔法。恶魔尖声惨叫，随即融化。那支箭固定在空中片刻，然后在恶魔重新塑形时落地。

它抓起第三块石块想要砸向山娃，但是瑞娜掷出猎刀，打偏它的准头。巨石击中门框，山娃即时抬起盾牌。在化身魔恢复平衡前，瑞娜冲上前去，以魔印拳脚一阵猛攻。有些落空有些击中,她感觉到恶魔的魔力窜入自己体内,但是其他攻击都打中烟雾,尽管恶魔无法接触她的皮肤,它反击时对魔印所造成的冲击力道还是不容易承受。

她瞄向山娃一眼,发现那个女人此刻也应接不暇,站在陵寝入口外的走廊上连续射箭,瑞娜可以听见回应化身魔召唤而来的沙恶魔的尖叫声此起彼伏。

亚伦看着贾迪尔和心灵恶魔在陵寝的地板上的恶魔屎堆里打滚。贾迪尔好不容易闪到它身后,卡吉之矛横抵住它的下巴,把它球茎状的脑袋扯向后方,弄得它拼命嘶声喘息。被卡吉之矛碰到的地方吱吱作响,冒出白烟。

眼看贾迪尔制住它,亚伦决定花点时间在攻击前了解敌人,趁地心魔物王子分心时吸收它的魔力、分析弱点。

但是心灵恶魔熟知这种把戏,尽管和贾迪尔打得难分难解,它还是守住了亚伦吸收的魔力,没有透露丝毫弱点。

接着心灵恶魔开始膨胀,柔软的皮肤逐渐变硬,长出尖锐多刺的背脊。心灵恶魔不能像保镖一样变形,但就算不太喜欢肢体冲突,它们也并非完全无助。

现在它的身体胀大到约莫七英尺高,心灵恶魔挣扎起身,将贾迪尔整个拖离地面。只要贾迪尔不撤去力场,它就没办法逃脱或求援,但是他没办法运用卡吉之冠的其他能力,也不能用卡吉之矛的矛尖来对付它,以免杀死对手,一切白费心机。

亚伦在贾迪尔失去优势前迅速扑上,反复攻击恶魔的肋骨和颜面。那感觉像是殴打墙壁一样,他感到地心魔物的骨头在自己的魔印拳下碎裂,不过尽管出拳的速度快如闪电,对方的伤势还是会在他收拳再攻之前开始愈合。

恶魔跳向后方，带着贾迪尔去撞墙，并将尖锐的背脊插入他体内。贾迪尔闷哼一声，握紧长矛，恶魔踏向前方，准备再度撞墙。

亚伦不给它机会这么做，狠狠踢中它的膝盖，打断那条腿。它单膝跪地，试图扯开令它窒息的长矛，但魔印阻止它的爪子抓住矛柄。一次又一次，亚伦重拳打击它球状的脑袋瓜子，不给它反击机会。

但恶魔突然缩小，转眼缩得比一开始更小。它从长矛的缝隙中挣脱，迅速绘印炸开两人脚下的地板，亚伦和贾迪尔摔倒在地。

卡吉之冠在贾迪尔倒地时摔歪，恶魔把握稍纵即逝的机会，瓦解形体，试图逃命。

但亚伦为了此事计划多时，不会放它走，立刻化烟展开追逐。他曾经在没有实体的状态下对抗恶魔，知道胜负的关键在于意志而非力量。他之前败在三只心灵恶魔手下，不过他有信心可以应付一只。在肩负全人类命运的情况下，那只恶魔的意志绝不可能敌得过他。

陵寝里有魔印守护，地板都是人工切割的石块，没有办法通往地心魔域。恶魔冲向门口，山娃站在门外的走道上连连射箭，努力阻挡呼应化身魔召唤而来的恶魔大军。

亚伦在它穿门而过前赶上去，以虚幻的形体与之纠缠在一起，将自己的意志强加在怪物身上。

但这只心灵恶魔和他上次宰杀的大不相同。就连之前三只联手的时候都没有如此轻而易举就破解了他的防御，轻松进入他的脑海。亚伦就像第一次遭遇心灵恶魔时的本能反应一样，完全撤去自己的防御，全力进攻心灵恶魔的思绪，希望能找到弱点，但那就和想要撞倒克拉西亚大城墙一样困难。心灵恶魔

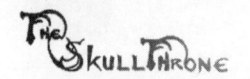

的思绪牢不可破,而它则彻底搜寻他的记忆——他的存在——毫不费力。

如果能够出声,亚伦肯定正发出惨叫。

结果是贾迪尔救了他。他在亚伦拖延恶魔逃脱的同时重建力场,举起卡吉之矛,朝僵持不下的格斗双方形成的魔雾发射闪电。至于是察觉亚伦处于下风才决定冒险发出可能击毙双方的攻击,还是他根本不在乎,这点无从得知,但是那道造成剧痛的能量短暂解除了恶魔的束缚,亚伦立刻凝聚形体,重重摔倒在地,心灵魔印再度成形。

他松了口气。这不是他第一次差点被自大害死。他要是再和这家伙比拼意志力的话就是蠢蛋,必须另想办法。

贾迪尔移动到他身边,但是没有伸手去拉亚伦,目光一直锁定在飘在力场边缘的心灵恶魔光雾上。在这种缺乏实体的状态下,恶魔无法绘印,也没办法伤害他们。它沿着禁忌魔印飘浮,找寻逃生的缝隙。瑞娜和山娃在石室另一边为生存而战,不过她们还是随时注意心灵恶魔的动向,一刻也不敢放松。

"我们该怎么办,帕尔青恩?"贾迪尔问,"我们不能一直这样耗下去。"

"不行。"亚伦说,"但是我们的时间比它多。"他走向墙壁,拉开挡在通往地表秘密通道的巨石。"拖它上来。太阳就快出来了。"

此言一出,恶魔立刻凝聚形体,展开攻击。

꧁꧂

瑞娜又被摔到墙上,体内的空气全部震出体外。她奋力一推,趴倒在地,重达数百磅的卡吉石棺盖随即击中她刚刚撞上的墙面。

她转眼起身，拳打脚踢，肘击膝顶，对恶魔展开凌厉的攻势。她看得出来每次疗伤之后，恶魔体内的魔力都会逐渐减少，但是这种现象对她而言意义不大。他们两个总有一个魔力会先耗尽，不过谁都猜得出来会是哪一边。

化身魔保持实体，抓起一块棺盖碎片，当做刀刃般甩动。瑞娜闪开一击，不过石块反弹，打碎她的下巴，震断几颗牙齿。

她顺势翻滚，忍住疼痛，心知稍一分心就是死亡。她落地的同时便已开始绘制热魔印和冲击魔印，在恶魔脸前炸烂剩下的石块，以免被它继续攻击。

这次施法令她头昏眼花，不过她拼命呼吸，魔力像泉水一样涌入体内，能量充沛到仿佛要从身体里着火一样，蒸干她的喉咙和静脉窦。她将所有魔力灌注在化身魔印之中，打得化身魔撞断一根支柱，天花板坍塌，压倒在它身上。化身魔被压得稀烂，碎石中涌出黑色浓汁，不过不是随机乱流，瑞娜知道它很快就会重新塑形。飞舞的尘土让她窒息，眼干刺痛。黑夜呀，难道这只怪物杀不死吗？

她看向依然在与心灵恶魔搏斗的亚伦和贾迪尔，而山娃则用矛和盾守住门口，想要对付化身魔就只能靠自己了。如果失败的话，化身魔将扭转战局，摧毁他们所有希望。

她绘制了吸纳魔印，插在石中的猎刀自动飞回她手中。地上那摊黑黏液中冒出一条触角，她一把抓住，砍成两段。她还没丢开触角，触角已经开始融化，恢复成了无生气的黑色污垢。它可以治疗自己，但无法重新长出被切断的部位。

有必要的话，她会把恶魔的身体一块一块砍下来。

恶魔也知道这一点，于是躲开她，沿墙而上，在天花板上聚集。瑞娜跳上去刺它，不过没有可供施力的实体，削不下任何东西。那摊黏液远离刀锋，冒出另一条触角，从后方将她

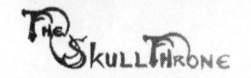

击落。

她很快就站起身来，但恶魔已经完全成形，从天花板上扑下。她的黑柄魔印威力减弱，因为皮肤上都沾满了尘土，黏在身上油腻腻的血液与汗水上。它伸出双爪抓住她，而她反手扣住它手腕，但就在她奋力阻挡时，它的手腕持续延伸，爪子抓住她的喉咙，越掐越紧。

瑞娜出脚乱踢，但是恶魔完全控制住了她，任由她踢，越掐越紧。她脸色涨红、脑袋阵痛，迫切地想吸一口说什么也吸不到的空气。她眼睁睁地看着恶魔张开血盆大口，露出一排又一排的利齿。她奋力扭动，一脚踢入对方口中，在皮开肉绽的同时踢碎了好几颗牙。但是与她的伤口不同，恶魔的牙齿在她视线开始变黑时又长了回来。

她必须想办法脱身。她徒劳无功地拉扯恶魔的手臂，但是手臂比钢铁还硬。她试图绘印，但它长出触角打乱手势，不让瑞娜画完正确魔印。她试着转移恶魔的重心，但它脚爪陷入地板，稳稳固定在远处。

她眼前一黑，感觉对方的牙齿陷入自己体内，但已经叫不出声。

恶魔现身时，贾迪尔始终保持警觉、备好长矛，但是阿拉盖王子没有落地，而是飘浮在半空中，仿佛站在实地上。它伸出一只爪子，像是每天签署上百张文件的贾迪尔签名般轻而易举地凭空绘印。

魔印立刻产生效果。贾迪尔准备用长矛吸收杀戮魔力的攻击，但他没想到脚下的砾石地板会突然变成泥浆，而自己会哗啦一声沉入地面。

贾迪尔在吃到泥巴前及时屏住呼吸，挥手找寻施力点。他的矛尖刮到石头，这表示法术的范围有限，但他的手就是没办法抓到实地。贾迪尔与大部分克拉西亚人一样，从未学会游泳。

他无从得知上面的情况，但贾迪尔知道帕尔青恩的性命、阿拉的命运，全都要仰赖他维持住这个陷阱。他拥抱恐惧，专注在卡吉之冠的禁忌力场上，不让恶魔逃走。

奋力挣扎似乎让他越沉越深，而他的肺部也开始灼痛。最后他放弃挣扎，挥手让自己下沉，脚趾尽量往下，直到他终于碰到底部。

他放松，双脚弯曲，吸入卡吉之矛的魔力，强化他的双脚，准备跃向自由。

但接着四周变得一片死寂，冰冷到足以让克拉西亚的夏日白昼变成冬夜。他身旁的泥巴突然变硬，他也和心灵恶魔一样被困住了。

亚伦伸手去拉摔落泥浆中的贾迪尔，随即想到恶魔就是想要他这样。它的法术没办法制造出足以吞噬他们两人的大坑。

结果他双脚弯曲，高高跃起，攻向恶魔，但却穿透了一道幻象。真正的恶魔一定就在附近——既然它能绘印必定拥有实体，且显然像亚伦一样可以轻易隐形。

他撞上天花板，伴随一堆石屑坠落，半身摔入困住贾迪尔的泥浆。但是他有办法脱身，于是心灵恶魔继续绘印，冻结泥浆，困住他的脚。

亚伦抓起手边最大的石块，抛向空中，然后绘制冲击魔印。沙石爆炸，碎石乱飞，恶魔为了躲避，显出轮廓。亚伦使尽全力抛出他的魔印匕首，接着双手插入冻泥，拔出他的脚。裂缝如同蜘蛛网般自那个位置向下延伸，片刻过后地下的岩石开始向上隆起。

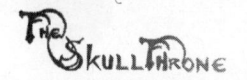

贾迪尔还在顽强抵抗。

恶魔重重摔倒在地，隐形魔法当场失效。它伸手去拔插在肋骨下的匕首，但爪子一碰到刀柄就直冒青烟，亚伦冷冷一笑。他绘制之前与心灵恶魔一战时用过的魔印，但是恶魔早就料到，就像脚踏实地般轻松漂浮在泥浆上。它瓦解形体，亚伦最爱的匕首随即落下，沉入泥浆里，就此消失。

由于陷阱尚未撤销，心灵恶魔无法走远，而处于虚幻的形体导致它无法绘印或吸收魔力。亚伦迅速绘制一连串魔印，释放出一道冲击波贯穿魔雾，迫使对方凝聚形体。

地板再度震动，卡吉之矛破石而出。亚伦利用对方分心之际瞬间拉近距离。他抓住恶魔的魔角，双掌嗞嗞作响，一边用力拉扯，一边绘制冲击魔印，头顶撞向它双眼中间。

亚伦在贾迪尔持续挣脱陷阱时感觉到地面再度震动，不过他丝毫不敢分心，不停撞击恶魔的大头。地心魔物王子再度胀大身体，大到和木恶魔差不多，又比木恶魔要强壮许多。亚伦想要攻击必须先绘制近距离防御魔印，而这让恶魔有机会反击。它使劲一推，两者一起摔在地上，持续扭打。

"奈的怪物也要呼吸，帕尔青恩！"贾迪尔叫道。亚伦咬紧牙关，承受利爪和尖锐背脊的攻击，拼命掐住对方的喉咙。

他听见一个声音，随即发现是自己的惨叫声，但还是不肯放手。

❀

瑞娜很想失去意识，但即使恶魔开始吃她，她还是不能放弃。她吸收安纳克桑的魔力，希望、祈求能对此刻的处境有所帮助，但没办法以魔印凝聚魔力，或利用魔力在沸腾的热血中制造空气。

但接着,仿佛来自遥远的地方,她听见了。

地心魔域的召唤。

透过碎石间的缝隙,一首歌自阿拉深处传来,正如亚伦许久之前所描述的那样;如同吟游诗人的歌声召唤着,或母亲温暖的怀抱。那里不会有任何痛苦,不会有任何煎熬,除了造物主温暖的光芒外什么都没有。

她伸出手,痛苦消失了。恶魔的爪子抓空,因为她沉入地表,冲向那股无穷的力量,抛开地表上一切痛苦。不再有恶魔了。不再有人类了,不会再受伤,也不再接受帮助。

不再有日出了,不会焚烧她,夺走在夜里吸收的魔力。

不再有亚伦了,不再会抱着她,轻声述说爱意。

她突然停止沉沦。她飘了多远?地心魔域很接近了,它的歌声震耳欲聋,地表变得遥不可及。她沿着身后的道路强化感官,隐约还能听见作战的声音。

亚伦,为了人类的命运而与他一生最大的宿敌并肩作战。山娃,放下即将失血致死的父亲,阻挡一大群恶魔。而她,逃离战场,奔向温暖的怀抱。

她调转方向,飞向地板上的裂缝。她看到化身魔重击着包围亚伦、贾迪尔和心灵恶魔的禁忌力场,但是那座力场不但不让心灵恶魔出来,同时也阻挡化身魔进去。最后它把注意力转移到山娃身上,从背后走向毫无防备的山娃。

瑞娜伸手阻止它,但是她没有肢体,她的身体仍然虚无缥缈。她以意志力迫使自己凝聚形体,但就如亚伦所警告,这并不是件容易的事情。她感觉到自己所化身的云雾聚集在一起,不过反应很慢。她集中精神,回想她的四肢,想办法让它们回归现实,但又很清楚不可能来得及。化身魔挥出利爪,展开攻击。

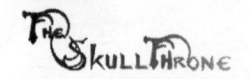

咖呛！

一支曲柄弓矢贯穿化身魔的喉咙，爆出大量浓汁。恶魔转身面对山杰特，严重的伤势开始愈合，战士则放开挂在身上的曲柄弓，提起长矛冲向恶魔。

"恶魔，想碰我女儿得要先过我这一关！"山杰特出矛摇摇晃晃，头部受创加上失血让他力量衰弱、重心不稳，但还是刺得很准。长矛深深扎进恶魔身体，它的魔力在流失，随即化为一波杀戮魔法回到体内时放声惨叫。那股魔力只有一小部分形成反馈，沿着矛柄传入山杰特体内，但是瑞娜看出山杰特的灵气恢复平静，让他能再次全力作战。

恶魔在长矛前融化，重新凝聚形体，但瑞娜也已经恢复人形，伤势痊愈，变得比之前更加强壮。她一拳打歪恶魔的脸，让它撞到石室另一边。

"守住门口！"她大叫道，然后转眼间冲过石室，重击恶魔，让它难以起身成形。它化身魔雾，但这一次瑞娜和它一起变成烟雾，回想亚伦描述他与心灵恶魔沉入地心魔域时的情况。她与对方的灵体纠缠在一起，以本身的灵体附着其上，然后接触它的意志。

该恶魔的智力无法与常人匹配。或许和小孩差不多，不过还是比恶魔中绝大多数的无脑躯壳要聪明多了。

智慧不足，但意志强大。它一心只想保护它的心灵恶魔，为达目的不择手段。瑞娜挡着它的路，它拼命想要铲除她。

但尽管恶魔的意志力集中在保护心灵恶魔上，对瑞娜而言，她要承担的却是全人类的命运。全人类，最重要的就是亚伦。如果无法阻止它，就会全盘皆输，那她还不如逃到地心魔域去，还不如放弃挣扎，让她父亲为所欲为，就像伊莲一样。如果不能完成此事，她这辈子究竟为何而活？

她以己身的意志力掳获化身魔的意志，摧毁它、打败它的灵体。它炸成一团魔光，然后彻底消失。

☬

贾迪尔以卡吉之矛的矛柄朝困住他的石块挥出最后一击，击碎最后一块。帕尔青恩在惨叫声中与阿拉盖王子搏斗，但他的沙鲁姆精神毫不动摇。他撑住了。

只要抛出卡吉之矛，他就可以一举铲除两个敌人。他一生的宿敌和至今遇到过的最强大的阿拉盖。他可以除掉他们，然后胜利回归艾弗伦恩惠坐上自己的王座。少了帕尔青恩，绿地人的反抗势力就会不堪一击，而在地底深渊里，奈的仆人会被艾弗伦战士的力量吓得发抖。

他只要抛出长矛就可以了，然后再次面对背叛带来的愧疚。沉重的代价，或许，但是只要能在沙拉克卡中取得优势，这点代价又算得了什么呢？

我们不能为了对抗恶魔而化身恶魔。帕尔青恩的话在他心里回荡。

就算死在奈的手下，他心想，我也不要再度背叛我真正的朋友。

他把卡吉之矛插回背上的矛鞘中，拉起隐形斗篷的兜帽，伸手到腰际间的布袋里。

☬

恶魔正在失去力量，亚伦感觉得出来。他可以吸收安纳克桑的魔力，心灵恶魔却受制于禁忌力场，迅速消耗储存的魔力。尽管如此，它还是有办法抵抗。他必须切断在这个状态中，以免恶魔王子能接触到他皮肤上魔印的魔力，借以继续控制它，

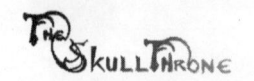

而其纤细脖子的皮肤和骨头通通硬化到接近宝石的程度。他的手受到的伤害并不下于恶魔。

但我可以呼吸，他心想。它不能。

恶魔张开嘴巴，无声惨叫，露出漆黑的牙龈和数打如针般的利齿。它的下颚大张，牙齿逐渐逼近他的脸。他可以闻到它口中的恶臭。它的唾液溅洒在他脸上，令他恶心想吐。

但接着有人一拳击中恶魔下颚，打碎牙齿，使它们远离他的脸。他转头去看，以为会看到贾迪尔，结果出拳的却是瑞娜，身上的魔光比从前更加耀眼。她神色坚决、灵气强大。

他觉得眼中涌出泪水，很想开口说话，不过只能在她一拳一拳殴打恶魔的同时使尽全力钳制恶魔。

接着，突然之间，贾迪尔出现在恶魔身后，将亚伦耗费多时刻印的银锁链套在它的头上。在恶魔有机会喘气前，亚伦放开双手，贾迪尔拉紧锁链，魔印大放光芒。

恶魔剧烈颤抖，试图化身成雾，但是锁链已经夺走了这种能力。它缩回原先瘦弱的形体，希望找到缝隙可钻，但贾迪尔拉紧锁链，等到恶魔缩到极限之后，亚伦在锁链上加挂一个魔印锁扣，就此封闭锁链。

这时他们三个开始群起围殴，贾迪尔施展行云流水般的沙鲁金，抓起恶魔四肢，以银链加以捆绑，仿佛节庆时绑猪一样。它单膝跪倒，然后颜面着地。片刻过后，它停止挣扎，灵气缓和下来。亚伦在它喉咙上加挂了比之前松两节的锁扣，然后解开第一个锁扣，让失去意识的怪物稍微呼吸。

他们花了如此多心力，这时候让它死掉就前功尽弃了。

直到此时，他才开始注意石室内的情况，地板粉碎，还有部分天花板在打斗中坍塌。化身魔已经沦为石板上的几块僵硬的黑色污垢。

门口激战方酣。山娃箭尽矛断，两手分持自己和父亲的盾牌，利用双盾抵挡门外的大批恶魔。她的双脚在强大的压力下踏碎砂石地板。

山杰特站在一步之后，拿着他的曲柄弓。山娃身体一偏，盾牌露出缝隙，山杰特立刻松弦。她随即封闭缝隙，等他以两指拉开弦后，放入一支新的矢，然后又从另一个方向露出缝隙，让他攻击。

在亚伦和贾迪尔展开行动前，瑞娜已经化身魔雾，窜过石室。亚伦在她如同强风般穿透守门战士的身体时忍不住出声惊呼，随即听见门的另一边传来打斗的声响。恶魔不再推进，山娃和山杰特终于可以停下来喘口气了。

接着整座陵寝在瑞娜打坍走道时剧烈摇晃。天花板上的沉重石块开始松动，落下大量沙尘，四面八方传来巨响。

"该走了。"亚伦说。

"卡吉——"贾迪尔开口。

"——将会永远埋葬在他的后人击败数千年来世间最强大的阿拉盖的地方。"亚伦帮他说完。

贾迪尔点头。"山杰特！山娃！开路！"

两名战士自门口退开。山娃把盾牌抛给父亲，两人奔向撤退地道。

瑞娜在亚伦身旁凝聚形体。她花的时间比他久一点，但是已经比他刚开始研究瓦解形体的前几个月快了。

他想问她是如何做到的，还想告诉她自己有多以她为骄傲，有多爱她，但是没有时间，而且他相信这一切都已经明明白白写在他的灵气里。

"先去备马，"他对她说，"我们日出前必须远离此地。"

瑞娜会心微笑，眨了眨眼，然后化身魔雾消失了。

第十章　青恩叛变

333 AR　秋

英内薇拉被耳中传来的细微声响吵醒。她向来睡得不踏实，就算在生活安逸的年代亦是如此，而最近更是处在半睡半醒的状态。

她其中一枚耳环突然震动，那是赐给她最信任的仆役和顾问的礼物，作为与她联系的方式，同时也是检视对方的方式。阿曼恩的耳环自从决斗坠崖后就再无反应，而他和帕尔青恩作战的山头远在传讯范围外。她依然戴着它，每次清晨都向艾弗伦祷告，希望它会再度响起，获得他回归的消息。

但此刻响起的并非她丈夫的耳环。英内薇拉伸出一根手指顺着耳垂触摸，慢慢倒数，直到她感应到震动为止。第八个耳环。不是神圣的数字，卡菲特专用。

她转动垂在耳环下的圆球，直到它卡至定位，将上下两个内镶恶魔碎骨的半圆球上的魔印对齐。连接启动后，她开口说话，直到声音会在相对的耳环中产生共鸣。

"天还没亮，卡菲特。"她低声说道，"你最好是有要紧事，不然我会让你——"

"尽管我很爱听你那些艾弗佳旨意，达玛佳，但恐怕我们没时间可供浪费，如果你希望比达玛基抢先一步听到我所获得的情报的话。"

阿邦还是像往常一样能言善辩，不过语气显示他的情报肯定足够分量，将在克拉西亚无法承受进一步乱局的此刻考验她脆弱的统治。

"什么事？"她问。

"我面前都是你的贴身保镖，我不便说。"卡菲特说，"见面详谈。请让我进来说。"

让他进来——进入她的私人枕厅，她与解放者分享的寝宫。卡菲特提出这种要求等于是在犯忌。单说是进入宫殿这条侧翼就已经足以判他一百条更严重的罪状，如果让人看到他的话——他疯了吗？

不，阿邦拥有诸多缺陷，但疯狂并非其中之一。既然他来了，就表示此事刻不容缓，比自己的性命更加要紧。她迅速比画手势，房间另一头落下一条身影。片刻过后，阿希雅带着卡菲特走了进来。

"说。"英内薇拉直接命令道。

阿邦看向极度严肃地跟在身边的阿希雅。他转回头去对英内薇拉，朝向门口微微侧头。

"卡菲特，走进那扇门的时候，你就已经是死罪了。"英内薇拉说，"如果你不在几秒之内说出足以赎命的情报，阿希雅就会就地行刑。"

阿邦脸色吓得苍白，往常那副得意洋洋的表情早就飞走了。英内薇拉看到他的灵气外突然蒙上一层恐惧——他不是在演戏。

"说吧。"她再度说道，"阿希雅负责我睡觉时的守护工作。没什么事情不能在她面前说。"

"青恩暴乱了。"阿邦说。

她过了几秒钟才反应过来——叛变？绿地人？

"不可能。"她说，"匪夷所思。我们入侵时，来森堡的青

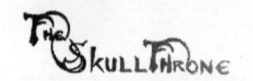

恩就像铁锤下的石板一样不堪一击，外围村落更是不战而降。他们毫无反抗之力。"

"石板或许不堪一击，"阿邦说，"但却会留下数千块碎片，割伤不小心的人。"

英内薇拉感到腹部一阵绞痛。她深呼吸，找回心中的自我。"出了什么事？"

"七座青恩村落的沙拉吉被人放火烧了。"阿邦说，"同时行动，就在阿拉盖沙拉克结束的号角响起，所有战士和最资深的奈沙鲁姆远离驻地时。"

"小孩呢？"英内薇拉问。最资深的奈沙鲁姆，十二岁以上的男孩，会在阿拉盖沙拉克中帮观察兵担任传讯兵，但是更年幼的男孩，七岁到十一岁间，应该都在兵营里睡觉。

"纵火前就被转移了。"阿邦说，"包括克拉西亚和青恩小孩。照看他们的达玛统统惨遭暗杀。"

英内薇拉一言不发——一切都与小孩有关——自从青恩投降、对达玛俯首臣称以来，从父母手中带走小孩参加汉奴帕许一直都是反对声浪最高的政策。

青恩会为了他们的孩子起身战斗。她怀疑他们已经为了此事密谋很久。更麻烦的问题在于，克拉西亚孩童愿意与他们同谋。他们接受青恩的教育方式，能充当绿地人宝贵的间谍。

七处失火。七座村落。对比艾弗伦恩惠辖区数百座村落来讲不算什么，但这个数字具有特殊意义。七是一个神圣数字，这绝对不是巧合。

"遭受攻击的是哪些部族？"她边问边猜测答案。

"苏恩金、哈尔瓦斯、坎金、甲马、安吉哈、巴金，还有沙拉奇。"阿邦说，"最小的七个部族。会因为失去一个沙拉吉和奈沙鲁姆训练班而深受打击的部族。"

英内薇拉并不惊讶。敌人深入研究过他们。

"你抓到他们的领袖了吗?"英内薇拉问。

阿邦摇头。"我没权利抓他们,达玛佳。沙鲁姆们还在救火,以免火势蔓延,而人犯已经消失在黑夜中。"

我们的部队出现前,他们极度恐惧黑夜,英内薇拉心想。我们教会了他们对抗黑夜,而他们以此来对付我们。

"你说大火尚未扑灭,"英内薇拉说,"你怎么这么快就得到消息?比统治那些村落的达鲁基,甚至安德拉本人还快?"

阿邦微笑着耸肩。"我在艾弗伦恩惠所有村落都有眼线,达玛佳,我会支付大笔的酬劳购买能够帮我带来好处的情报。"

"获利?"英内薇拉问。

"乱能带来获利,达玛佳。"阿邦望向阿希雅,"就算我必须先买回自己的性命也一样。"

英内薇拉挥挥手,阿希雅退开,再度消失在阴影中。她没有离开枕厅,但是片刻过后,就连英内薇拉也看不到她的踪影。

"达玛基多久后会听说此事?"英内薇拉问。

阿邦耸肩。"最多一个小时。很可能不到。此事肯定会以血腥报复收场,达玛佳。当他们找不出人犯时,会杀到血流成河。"

"你为什么这么肯定他们找不到人犯?"英内薇拉反问,虽然她也这么认为。

"我们已经征服他们超过半年了,达玛佳,驻地达玛连青恩的语言都掌握不了,更别说他们的文化。"阿邦说,"我们只是强迫他们接受我们的语言,我们的文化。"

"《伊弗佳》之道。"英内薇拉说,"艾弗伦之道。"

"卡吉之道。"阿邦说,"无数世纪以来,不少腐败的达玛基为了一己私利而扭曲诠释的真理。"

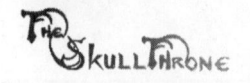

英内薇拉抿紧嘴唇。她曾多次偷听阿邦在她丈夫耳边低语这些亵渎的言语，事实上她往往都同意他的说法，但是忽略她本来就不该听过的言语很容易，要忽略直接对着她说的话就困难多了。

"亵渎神灵的话不要再说，卡菲特。"她说，"我了解你的价值，不过我不会像我丈夫那样容忍。"

阿邦微笑，微微鞠躬。"我为此道歉，达玛佳。"他的语气中没有片刻之前灵气里所显示的恐惧。事实上英内薇拉能够容忍很多阿邦说的话。她越来越了解这个卡菲特阴险狡诈的天性。只要他保持忠诚，她几乎可以容忍他所有言行——阿邦知道这一点。

"你丈夫和我在当奈沙鲁姆时曾经造访过一个叫做'巴哈卡德艾弗伦'的小村落，达玛佳。"

英内薇拉听过这个卡菲特村落。陶器大师德拉瓦西就住在那里，他的很多作品存放在她的宫殿里。"艾弗伦之碗许多年前就和沙漠之矛失去联系。恶魔攻陷了它，我相信。"

阿邦点头。"精确地说来，是土恶魔。它们占据了整座村落，要不是阿曼恩，我早就死在它们手上了。多年前我让帕尔青恩去那里办事时，他也差点死在那里。"

"你说这些是什么意思，卡菲特？"英内薇拉表面上不动声色，实际上却很想继续。阿邦不可能知道她的骨骸透露帕尔青恩与她丈夫同样有可能成为解放者的预言。唯一得知此事的人只有她母亲，不过阿曼恩后来靠着皇冠视觉猜出了这一点。

两个解放者人选都曾造访过一个和阿邦有关的偏远村落绝对不是应该被忽视的巧合——这是艾弗伦在运筹帷幄——她一定要深入研究那个地方。

她已经不是第一次怀疑艾弗伦为阿邦准备了什么。骨骸对

于这个问题的答案非常含糊。

"很有趣的怪物，土恶魔。"阿邦说。他的灵气中浮现一丝恐惧。"它们会融入环境，你知道。它们外壳的图案和色彩与巴哈的泥砖一模一样。就算你睁大眼盯着——站在台阶上、趴在墙上、躲在屋顶偷看——但是在它移动之前都不会发现。"

"霍拉可以预卜肉眼看不见的东西。"英内薇拉说。

阿邦点头。"英内薇拉，我希望如此。因为艾弗伦恩惠的绿地人比我们多出六倍。他们就是泥砖，而试图借由这些攻击令我们心生恐惧的青恩就是土恶魔。他们再度采取行动前，达玛不会发现他们，而受辱的感觉会迫使他们报复，只为了挽回颜面。"

"这种行为只会加深青恩的仇恨，强化他们的决定。"英内薇拉思索道。

"如果我们不谨慎以对的话，情况将会继续恶化。"阿邦说，"找出真正的领导人，杀了他们，但是除了亲自放火的那些人外，我们伤害的绿地人都会成为反叛的殉道烈士。"

※

他们获得来自北方的援助。

英内薇拉神色担忧地坐在安德拉旁边的枕床上，看着达玛基怒气冲冲步入王座厅。他的儿子和外甥女也已经冲到高台下方，等着其他人获准觐见。

遣走阿邦、派出信差后，她花了将近一小时掷骰，但是唯一和反叛势力有关的讯息只有这些。

他们获得来自北方的援助。

最简单的假设就是洼地部族。他们能从这类事件中获得最多好处，特别是帕尔青恩存活下来的话。但是假设一些骨骰没

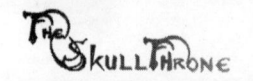

提的事情往往不是明智的做法。反叛势力也有可能是其他北地公爵在幕后指示，像密尔恩的欧克或安吉尔斯的林白克。就连雷克顿——基本上算在东边——同样位于艾弗伦恩惠以北，而黎莎·佩伯已经派人警告，克拉西亚人接下来计划征服的对象就是他们。理查德公爵和他的船务官会蠢到提前主动挑衅吗？

不。肯定是洼地。非是洼地不可，不是吗？难道是她让自己对黎莎·佩伯的妒意蒙蔽了她的判断？若是北地妓女在他们前面假装微笑，却在背地里煽风点火，英内薇拉会很高兴找到借口杀死那个女巫，还有她肚子里怀上的阿曼恩子嗣。

有时候她痛恨骨骰。它们从来只显示一些模棱两可的暗示和谜语，就连对数千年来最擅长解读骨骰的英内薇拉而言也一样。越重要的问题越有可能影响未来的答案，骨骰就越猜不透。她每天掷骰三次，询问丈夫的命运，但是骨骰的答案还是和阿曼恩坠崖时一样，而就连那都比针对叛军的内容更明确。

或许青恩叛变乃是艾弗伦计划中的一部分，或是克拉西亚内战，而在时机成熟前得知计划内容都会违背艾弗伦的旨意。又或许她触怒了他，而艾弗伦挑选了另一个代言人。

或许北地妓女的子嗣也是英内薇拉。这个想法令她恨得直咬牙。她几乎暗自庆幸那些达玛基的愤怒咆哮，把她的思绪带回现实。

"我一开始就说过，我们对待青恩太温和了。"达玛基魁森埋怨，"我们应该要废了他们，而不是逼他们屈服。"

"我同意。"达玛基伊察奇说，仿佛在提醒英内薇拉情况有多糟糕。如果魁森与伊察奇的意见能正巧达成一致，太阳简直要从西边出来了。

至于安德拉宫殿里的状况，骨骰就指示得比较明白。她暂时还能控制阿山。她儿子不把叛变视为危机，而是当做争取荣

耀的机会。然而那群达玛基都是在安逸的艾弗伦恩惠里越过越舒服的老头。他们不在意恶魔的进攻，只会为自己的财产损失而愤慨。

"我们该放火烧了遭受攻击的村落，"达玛基安卡吉说，"把所有男女老幼的尸体吊在树上，让阿拉盖再度惩罚他们。"

"说得真容易，达玛基，又不是你的村落遭受攻击。"朱森达玛基说。苏恩金部族遇袭的村落乃是他们的新部族据点。

"青恩不敢攻击梅寒丁的领土。"安卡吉吹嘘道，英内薇拉对此存疑。叛军没有攻击势力庞大的五个部族——卡吉、马甲、梅寒丁、科雷瓦克和南吉——但如果有北方势力在继续支持他们，可能明天就会。

"阿拉盖在月亏之役放火烧田后，我们的存粮就很吃紧了。"阿山说，"如果我们想要活到来年春天的话，不能继续烧田或是屠杀照料田地的人。"

"我们怎么能确保青恩接下来不会烧田？"安吉哈部族的山梅尔问，"就连最大的部族也没有足够的人从他们自己手中守护所有土地。"

"你不能不做适当的惩处，安德拉。"阿雷维拉克说，"青恩在夜里攻击我们，在所有男人都是兄弟的夜里杀害达玛，焚烧圣地。我们必须反击，而且要快，不然会纵容敌人的野心。"

"我们会采取行动。"阿山说，"你们说得对，决不能容许这种事情再发生。必须找出罪犯，公开行刑，但是如果为了少数人的行为怪罪所有青恩，只会逼迫更多人反叛。"

英内薇拉暗自偷笑。阿山依照她的指示，一字不漏地说出这些话，尽管他的第一个反应也和安卡吉差不多。

"请见谅，安德拉，但是所有青恩都该为此负责。"巴金部族的达玛基雷吉说，"他们藏匿叛军和孩童。亲自放火和提供

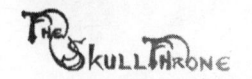

藏匿处有何不同?"

"我们必须让他们知道反抗会付出代价。"贾阳说着用矛柄重重敲击地板。"惨痛的代价,所有人都不能幸免,这样他们就会害怕触怒我们而自动交出下一批叛军。"许多达玛基立刻点头同意这种说法,接着神色怀疑地回头看向阿山。

"我哥说的没错。"阿桑看准时机,大声说道,吸引所有人的目光。"但事情才刚发生,我们又没蠢到忽略所有线索。可以等处决叛军找回失踪孩童后再来决定如何处置同谋。"

贾阳一副不信任的模样看着他,不过还是上钩了。"这就是我打算带着解放者长矛队挨家挨户搜查,挖出所有地窖,抓走所有孩童的亲戚问话的原因。我们总会找出他们的。"

达玛基再度点头,但阿桑啧了一声,摇头说:"我哥哥打算为了果实收成而把树砍倒。"

贾阳顿时暴怒地瞪着阿桑。"那我睿智的达玛弟弟想怎么办?"

"派观察兵去。"阿桑说着朝向戴着面巾的克雷瓦克和南吉部族达玛基点头。他们分别是不同大部族的附庸,从不在议会中发言。克雷瓦克隶属卡吉,南吉则归附马甲。

观察兵部族擅长特殊武器和战技,掌控克拉西亚情报网。他们中有不少审问员都会说青恩的语言,在艾弗伦恩惠各地布有眼线。就连他们比较逊色的沙鲁姆都有办法在不被发现的情况下移动,如同阿拉盖深渊升起般轻松通过障碍物。

"只要找回一个失踪的孩子,我们就会找出叛军和支持他们的人。"阿桑说。

"然后呢?"贾阳问。

"然后我们把他们全都处决。"阿山说,"叛军、同情者以及他们的孩童,让绿地人尝尝反抗的苦果。我们要强迫其他青

恩奈沙鲁姆见证行刑,下一次,那些男孩就会赶走唆使他们造反的人。"

即使阿山有点"脱稿"演讲,英内薇拉还是保持心中的自我。杀害少数孩童和贾阳提出的大规模屠杀相比的确算慈悲,但她不知道行刑时自己能否袖手旁观。

"好吧。"贾阳说,"我会依照你的命令,先派遣观察兵。"

我,这是个危险的字眼。贾阳还是想主动控制手下的行动。身为沙鲁姆卡,这是他的职责与权力,但英内薇拉本来是要观察兵向王座汇报——向她汇报——避免滥施暴力。

她调整呼吸,维持心中的自我——必须有所牺牲。她在沙鲁姆卡的宫殿中布有足够的眼线,而她的克雷瓦克和南吉部族的达玛基丁妹妹会派手下的达玛丁持续汇报相关事宜。

阿山等待七次呼吸的时间,让她有机会发言,然后敲击权杖。"那就这么决定了。派遣你的观察兵,沙鲁姆卡。一有进展立刻汇报。"

贾阳得意洋洋地乜斜了阿桑一眼,然后转身走向在王座厅门口等候的新保镖哈席克。

※

三天过去了,由于没有知道叛军和失踪的奈沙鲁姆,阿邦可以感受到街道上弥漫着一股沉重的气氛。大市集里更为糟糕。

本来戴尔丁、卡菲特和青恩已经开始在大市集找到一定程度和平共处的方式,但是沙拉吉攻击和绑架事件打破了这种和谐。如今克拉西亚人都尽量远离青恩,以不信任的眼神看待他们。他们也看好钱包,不和青恩交易。

达玛巡视大市集的频率显著提高,而那些达玛甚至将阿拉盖尾挂在腰带上或缠在鞭杖上,随时甩动那些武器殴打挡路的

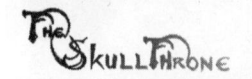

青恩，或吸引想要审问的青恩的注意。

至于那些审问——大市集中所有人，不管是低贱的青恩、还是卡菲特阿邦本人都很害怕的审问频繁发生。上头禁止沙鲁姆私闯民宅、任意搜索，但是达玛却想尽所有借口进行搜索，而他们管辖的范围无边无际。

阿邦从他帐篷的门帘后看着两个卡吉达玛扯开一个青恩女人背上的衣服，当众以鞭杖殴打她，只因为她面纱没有戴好。

面纱挂在她脖子上，因为忙着工作而滑落下来，且没有立刻戴回去。

阿邦关上门帘，不忍听那惨叫声。

"我向艾弗伦祈祷，尽快找出叛军吧。"他说，"这样下去，生意就完了。"

"只要能办得到，克雷瓦克部族一定会找出他们的，"魁伦说，"能与他们在阿拉盖沙拉克中并肩作战是我的荣幸，阿拉上没有比他们更厉害的追踪者。"

尽管训练官穿过大市集的时候总会浑身不自在，但阿邦已经不能再把他留在堡垒中训练新兵。他必须仰赖魁伦的地位和经验来保护自己。

他们进入阿邦的私人办公室，卡菲特打开写字桌上的一块秘密镶板，拿出一捆文件手稿交给魁伦。"我有一些计划要请你过目一下，然后在议会中提交。"

魁伦扬起一边眉毛。和大部分沙鲁姆不同，训练官识得字，因为管理沙拉吉的阅读名单和账目，还要了解计算建造防御工事承载力的方程式。但即使与阿邦最逊色的妻女相比，魁伦也只比训练有素的狗好一点。连最简单的记账事务，阿邦也绝不会交给他去做，他们两人都很清楚这一点。

这个意想不到的请求激起魁伦的好奇心，他把文件摊开在

桌面上，开始阅读内容。他摊开地图，细看账目，睁大双眼。

"这和我所想的一样吗？"他问。

"没错，你绝不能对任何人提起。"阿邦说。

"为什么会在你这里，而不是沙鲁姆卡那里？"魁伦问。

"因为沙鲁姆卡直到两周前都只是傀儡而已。"阿邦说，"但是别担心。要不了多久他就会认为这一切都是他自己的主意。"

🐉

第二天早上，阿邦乘轿前往宫殿。他手下最高强的卡沙鲁姆围在抬轿的青恩奴隶四周，在四面八方守护着他。他放下内镶在沉重轿帘中那层能挡下长矛攻击的金属网，独自坐在轿子里。

达玛佳向来令他紧张，虽然没有在她面前表现出来。她有办法让他放下心防，仿佛她能看穿他的内心伪装。

没有阿曼恩的支持和命令，她要怎么执行他的计划？

轰！

即使隔着沉重的轿帘，这声巨响依然震耳欲聋。轿子下坠导致阿邦整个人撞上光滑的轿顶。他听见手下大叫，轿子在颠簸中突然停了下来，他发现自己和一个摔进轿帘里的轿夫正面相对。他低声呻吟，目光呆滞。

阿邦不理会他，抓起拐杖，撑起瘸腿，奋力起身。

"主人！"其中一名守卫叫道，"你没事吧？"

"没事，没事！"阿邦说着自轿帘间探头出去。"扶我下轿……"

他突然住口，目瞪口呆。

沙利克霍拉在燃烧。

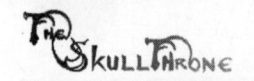

此地远离爆炸中心,但所有人还是被震倒在地。接近失火现场的街道上躺着许多鲜血淋漓的受难者,被原本是绿地最大艾弗伦神庙的墙壁和彩绘玻璃上的碎块所击伤。

魁伦立即恢复警觉,一边命令其他人起身,一边移动到阿邦身边。由于战斗经验丰富,训练官有办法控制情绪,有效指挥,但就连他看到燃烧的神庙时,眼中也不禁流露出惊恐的神情。

"什么东西能?——"他问,"就算十来头火恶魔都没有这等威力。"

"青恩的火药。"阿邦说。那又是另一个他尚未解开的秘密。"叫他们起来,我们必须尽快赶往宫殿。派观察兵去查探消息,马上回报。"

英内薇拉看着躺在她接待厅枕头上喝凉水的卡菲特。他脸色发白,沾满尘土,满身都是烟味。他其中一眼充血,衣衫破烂,沾有血迹。信差已经确认卡利克霍拉失火的消息。

"怎么回事?"她终于沉不住气问道。

"看来青恩比我想象中更大胆。"阿邦说,"烧毁沙拉吉只为了分散注意力,让我们把人力集中在偏远村落,他们就能趁机攻击心脏地带。"

"你刚好出现在那里目睹爆炸,也未免太巧了吧!"英内薇拉说,"特别你还是第一个得知青恩叛变的人。"

阿邦表情冷淡。"达玛佳认为我有能力编造如此复杂的谎言实在是高看我了,但我并不想做殉道士。我浑身无处不痛,还耳鸣失聪,脑子恍惚得很。"

最后那句话让英内薇拉不安。她需要阿邦,此刻比从前更

需要他。他的身体对她而言没有多少用处,但他的脑子……

她上前检视卡菲特的伤势时,他那副畏缩的神态简直把她当作地道蛇一样——他像女人般尖叫。

"不要动,听我指示。"她道,"我是达玛佳,但依然是个达玛丁。"

虽然除了阿曼恩外,英内薇拉很少治疗其他人,不过她的医疗技巧在离开达玛丁治疗帐几十年后没有丝毫退步。卡菲特瞳孔扩大。反应变慢、说话迟钝,这些都是脑部受创的迹象。

她伸手到霍拉袋里拿出她的治疗骨——一整套心灵恶魔的魔印手指骨,包覆一层凝聚力量、阻隔阳光的琥珀金。她熟练地以指尖排列魔印,摆出正确的组合,然后启动它们。

他眼里的充血消退、脸上的擦伤转眼复原。英内薇拉继续灌注医疗魔力,确保没有淤伤或是其他脑部创伤。

最后阿邦喘息着退开,眼中恢复往常的神采。

他哈哈大笑。"难怪沙鲁姆说魔法比库西酒更烈。我已经有二十年没有这么精力充沛过了。"

他好奇地打量自己的脚,然后站起身来,把拐杖留在枕头上。一时之间,他似乎站得很稳,但接着他弯曲膝盖,想要轻轻跃起,结果脚就撑不住了。幸好他早已熟练摔倒的技巧,于是向后摔到枕头堆里,而不是地板上。

英内薇拉微笑。"你拒绝让我治好你的腿,卡菲特。或许有一天我会再度提出同样的条件,但绝对不是无条件的。"

阿邦点头,笑着回应:"达玛佳如果在大市集坐诊,肯定如鱼得水。"

确实,英内薇拉从小在大市集中长大,但是她不希望阿邦或任何人知道这一点。想要她家人安全度日就不能泄露身份,而现在能知道这个秘密的人已经够多了。

"你认为我和某个卡菲特的女儿一样厉害算是恭维我吗？"她问。

阿邦鞠躬。"这已经是我这种身份地位所能想到最大的恭维了，达玛佳。"

她嘟哝一声，假装息怒。"别浪费时间了。把你印象中与攻击有关的事情通通告诉我。"

"爆炸造成十七人死亡，包括一名达玛。"阿邦说，"四十三人受伤，神庙有好几处结构遭到破坏。很多装饰庙墙的英雄骸骨都被摧毁了。"

"这怎么可能？"英内薇拉问，"爆炸在白天发生，霍拉魔法不起作用啊。"

"我推测青恩是用雷霆棒引爆的。"阿邦说。

"雷霆棒？"英内薇拉问。

"青恩的烟火。"阿邦说，"我们用的都是液态燃油，但是青恩有火药。大部分只会产生庆典用的强光和巨响，但是用纸包成棒状，就可以用在采矿和建造房子上。我曾见过黎莎·佩伯用雷霆棒对付阿拉盖，效果惊人。"

英内薇拉皱起眉头，一时之间有点不知说什么好。她很快就恢复，但卡菲特显然是刻意提起那个名字，借以观察她的反应。

"和我提起那个名字比不经传唤跑到我的枕厅还要危险，"她说，"不要以为我不知道就是你忙前跑后的，试图撮合我丈夫和那个北地妓女。"

阿邦耸肩，没有否认争辩。"此时此刻，黎莎·佩伯是达玛佳最不需要担心的事情。"

如果真是这样就好了，英内薇拉心想。"我要制作火焰武器的所有细节。"

阿邦长长吐了一大口气。"这是个问题，达玛佳。我那里有几根雷霆棒，是在解放者征服艾弗伦恩惠时，从矿坑那里没收来的。但我还不清楚制作方式。根据传统，青恩是由药草师将相关知识口头传授给学徒，并没有记录下来。"

"而你的妻子和间谍都还没人收买她们，交出配方？"英内薇拉问。"我很失望。"

阿邦耸肩。"懂得这种知识的人本来就不多，就连药草师也不是全都会，而所有药草师都说自己不懂。因为她们很清楚，我们会拿雷霆棒去对付他们。"

"我赋予你逮捕权。"英内薇拉说，"如果那些女人不肯接受贿赂，那就用刑。拿些雷霆棒的样本给我。这种武器太强大了，不能让青恩拿来对付我们。"

阿邦点头。"研究雷霆棒一定要非常小心，达玛佳。我有两个手下在移动一批放在仓库里太久的雷霆棒时被炸死了。"

"有任何嫌疑犯吗？"英内薇拉问。

阿邦摇头。"雷霆棒的引信很短，但是爆炸前没发现有人匆忙逃跑。死者中也有青恩。一定是其中之一点燃引信，牺牲自己。"

"看来青恩真是该死。"英内薇拉说，"这么有威力的武器可惜浪费在白昼战争里，而不是阿拉盖沙拉克。"

"达玛基不会坐视此事。"阿邦说，"艾弗伦恩惠将会血流成河。"

英内薇拉点头。"更多人会投入贾阳的阵营。我们无法阻止他的沙鲁姆控制全城。"

"为了保护艾弗伦恩惠？"阿邦说，灵气中的讽刺意味比语气更重。

"没错。"英内薇拉同意。

"又是一个送走他的理由。"阿邦说。

英内薇拉好奇地看着他。她当然很想送走他,但是要怎么……有了。她在他的灵气中看出来了。聪明的阿邦已经拟定计划——或者说他认为自己已拟好计划。

"说吧,卡菲特。"她道。

阿邦微笑。"雷克顿。"

这就是他的计划?或许英内薇拉太看得起卡菲特了。"阿曼恩失踪、宫殿墙外又出现叛乱事件,你不可能还把雷克顿当作当务之急。"

"那些都让我们更有理由攻打雷克顿。我一定要特别强调,如果阿拉盖继续攻击食物供给,或许我们只能寄希望于那批粮食足够多。进攻计划都已经准备好了。"

"你要我怎么说服沙鲁姆卡和达玛基在沙利克霍拉持续遭受攻击的情况下,派遣战士前往距离一周外的地方作战?"

"去。"阿邦指着英内薇拉的霍拉袋。"丢丢骨骰,告诉他们船务官就是这些攻击的幕后主使者。命令你的大儿子担任艾弗伦之锤,惩罚他们,夺取雷克顿。"

英内薇拉扬起一边眉毛。"你提议要我在达玛基议会里以骨骰名义下旨。"

阿邦微笑。"达玛佳,拜托。不要侮辱我们两个。"

英内薇拉忍不住笑出声来。尽管不愿意承认,但她开始喜欢这个卡菲特了。这个想法未必没有好处。

她左手伸入霍拉袋,右手拔出弯匕首。"举起手臂。"

卡菲特脸色发白,但不敢拒绝。霍拉染上他的血后,他神色惊恐地看着她摇晃骨骰,而骨骰在她手中开始发光。

"艾弗伦,天堂与湖边的造物主,光明与生命的赐予者,你的子民需要指引。我们应该要依照卡菲特的计划,进攻湖边

的城市吗？"

骨骰在她掷出时大放光芒，于魔法的影响下偏离自然的行进路线。英内薇拉看惯了这种景象，但是阿邦目瞪口呆地看着她解读骨骰上的标记。

若不给予战斗的目标，沙鲁姆将陷入内乱，自相残杀。

由于骨骰近期内都很隐晦，这个答案算十分明确，但仍不够直接。它们没有为这个行动作详细解释。

她再度摇骰。"艾弗伦，天堂与阿拉的造物主，光明与生命的赐予者，你的子民需要指引。攻击雷克顿会成功吗？"

湖边之城不会轻易沦陷，必须智取。

英内薇拉凝视那些标记。解放者的军队没有多少智慧。

"它们怎么说？"阿邦问。

英内薇拉不管他，收起骨骰。"这样做还是必须处理叛军的事情，而且贾阳有可能会带着更多荣耀返回，让更多人支持他夺取王座。"

阿邦的灵气仿佛松了口气。他相信她会支持他。"只要贾阳不在，你就比较容易铲除叛军。这也是巩固你本身权力的机会。"他微笑。"搞不好我们走运，他会被箭射伤。"

英内薇拉甩他一巴掌，指甲刮出血迹，胖卡菲特摔下枕头。他捂住疼痛的脸颊，眼中充满恐惧。

英内薇拉指着他，透过一枚戒指召唤一道绽放强光但没有伤人效果的魔印光。"不管我大儿子惹出多少麻烦，诅咒他的时候你最好小心一点，卡菲特。"

阿邦点头，痛苦地翻身跪倒，额头抵地。"我道歉，达玛佳。没有不敬的意思。"

"如果这个决定让我后悔的话，卡菲特，你会后悔一万倍。你现在给我出去。议会很快就会举行，我可不要让人看到你经常进出我的寝宫。"

卡菲特拿起他的拐杖，以瘸腿所允许的最快速度逃离。

关上门后，她再度拿起骰子。她已经超过一天没有询问丈夫的命运了，但还必须再等一等。发生了这场攻击，加上阿邦疯狂的计划，她差点忘了今天就是月亏第一天。如果这次月亏的情况与上次类似，她的族人要在没有阿曼恩的情况下存活下来就得碰运气了。

"艾弗伦，天堂与阿拉的造物主，光明与生命的赐予者。你的子民需要指引。今晚月亏会为艾弗伦恩惠带来什么情况，我们该如何准备应付？"

她摇骰掷骰，如同看书般轻易解读骨骰记号背后代表的意义。

阿拉盖卡和恶魔王子这次月亏不会前来艾弗伦恩惠。

有趣。她扫视剩下的记号，立即吃了一惊。几周来第一次，她一整天没有掷骰询问阿曼恩的命运，骨骰却让她瞥见端倪。

然后她的世界崩溃。

恶魔会去亵渎沙达玛卡的尸骨。

※

阿邦坐在骷髅王座阴影后的小写字桌旁，看着安德拉的核心顾问——阿桑、阿苏卡吉和贾阳。外围顾问，包括十二名达玛基，要等到英内薇拉躺上枕床，核心顾问讨论完毕后才会宣召进宫。阿邦已经可以听见他们在走廊上争吵的声音。

这两组人马都习惯忽视阿邦的存在，直到他开口说话为止，有时候甚至当他没说话。阿邦享受他们这么做，只有在有人问话时才会开口回答，而阿曼恩缺席期间，几乎没人会问他的意见。

英内薇拉在她的寝宫里待了很久。看在奈的深渊的分上，什么事情要搞这么久？街道上有人民暴动，达玛基都快要大打出手了。

"他们先在夜里攻击我们，"阿雷维拉克大叫，"现在又在月亏第一天袭击，玷污英雄的骸骨，还有艾弗伦的神庙！这实在罪大恶极！"

"一切都是艾弗伦的旨意。"由于如今被迫要和阿桑分开站的关系，达玛基阿苏卡吉的手都盖在长袍的衣袖里，握着另一手的手肘。身为克拉西亚第一部族的领袖，脸上柔顺的皮肤透露出他还是个十八岁男孩的事实。"我们不能忽略这个征兆。造物主生气了。"

"这就是懦弱的青恩攻击沙拉吉后不采取强硬手段的后果！"贾阳说，"我们不予反击等于在纵使他们采取更激烈的手段。"

"难得一次，我同意哥哥的意见。"阿桑说，"攻击沙利克霍拉之事决不能善罢甘休。艾弗伦要求血债血偿。"

艾弗伦呀，阿邦一边记录他们的话，一边祈祷。现在能在我面前变出一杯库西酒，让我把一个妻子送给达玛丁我也决不犹豫。

但是一如往常，造物主不听阿邦祷告。这些人——贾阳、阿桑、阿苏卡吉——只是一群孩子，被迫扮演超越能力范围的角色。他们应该继续接受阿曼恩指导数十年。但现在全世界的命运有可能落在他们的手中。

这个想法令他不寒而栗。"我们会献给艾弗伦一座血湖。"没人注意到达玛佳已经走出她的私人寝宫。就连阿邦也没注意到，虽然她就站在他身边几尺外。阿邦只看了她一眼，不过足以察觉她补了新妆，但却没能掩饰红肿的双眼。

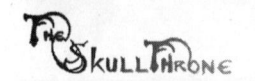

达玛佳刚刚哭过。

艾弗伦的胡子啊！他心想。天堂、阿拉和奈的深渊里究竟有什么东西能让那个女人哭红眼？如果她地位没有那么崇高的话，他可能已经上前安慰她，但他太敬畏达玛佳了，于是专注于文件，没敢分心。

其他人都没有发现，也就没有必要假装。"你终于找到叛军了吗，母亲？"贾阳问。

阿邦没有阿曼恩那种看穿人心的能力，但是他根本不需要那种能力就能看出年轻沙鲁姆卡眼中渴望的目光。今天贾阳打算赢得三场胜利。一场是在他所有敌人都错的时候看起来像是对的，一场是平息叛乱时所能争取到的荣誉，还有一场就是满足他残暴的天性，而那已经透过折磨青恩加以宣泄。

"叛军都是傀儡。"英内薇拉若有深意地滚动着手中骨骰。"是我们真正敌人安插在领土的害虫。"

"真正的敌人是谁，母亲？"贾阳无法掩饰急迫的语气。"谁在幕后主使这懦弱的攻击行动？"

英内薇拉召唤骨骰的魔力，让它们绽放魔光。骨骰在她脸上照出一股不祥的色调，为她的回答增添艾弗伦的意志。"雷克顿。"

"那些渔夫？"阿山惊呼，"他们胆敢找死，前来攻击我们？"

"黎莎·佩伯给他们报信，"英内薇拉无法掩饰提到这个名字时的愤恨。"说我们最快会在春天出兵攻击。显然船务官认为制造骚乱可以打乱我们的进攻计划。"

这种说法非常合理，不过明显是谎言——至少对阿邦而言是如此。他忍着脸上的笑容，其他人则毫不怀疑地倾听她的指控。

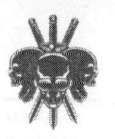

"我一定要击败他们！"贾阳握紧拳头，"我要杀光他们的男人、女人还有小孩！我要烧掉——"

英内薇拉于指尖调整骨骰，柔光转为强烈，打断贾阳的话，让他和其他人偏头眨眼。

"沙拉克卡即将到来，我儿，"英内薇拉说，"在沙拉克卡结束前，我们需要所有能够举矛作战的人，还要有食物喂饱他们。我们不能为了雷克顿那些愚蠢王族的行动惩罚所有居民。你必须依照解放者的计划行事。"

贾阳双臂交抱。"什么计划？父亲告诉我们他打算一个月后出兵，但是还没讨论过计划。"

英内薇拉朝阿邦点头。"告诉他们，卡菲特。"

贾阳和其他人难以置信地望向阿邦。

"卡菲特？"贾阳大声问道，"我是沙鲁姆卡！这个卡菲特知道什么我不知道的作战机密？父亲应该听我的建议，而不是那个卡菲特。"

"因为父亲直接与艾弗伦对话，"阿桑猜测，"不需要你的'建议'。"他转向阿邦。"他只需要账目。"

阿桑目光中的冷酷判断比贾阳的强势态度更让阿邦害怕。他撑着拐杖起身，然后把拐杖靠在桌旁。当他凭借双脚的力量站立时，这些男人会比较把他的话当一回事。他清清喉咙，换上一副逢迎的表情，让这些"比他高等的人"感觉好过一些。

"尊贵的沙鲁姆卡，"阿邦说，"上个月亏损失的存粮远比解放者估计的更为严重。如果不另行补充粮食，明年春天之前，艾弗伦恩惠就会陷入饥荒。"

这话吸引了所有人的注意。就连阿山也全神贯注地听。"十六天后就是雷克顿人庆祝青恩圣日'第一场雪'的时候——那代表冬天的开始。"

"那又怎样？"贾阳问。

"同时也是青恩把收成的税收粮食献给雷克顿船务官的日子。"阿邦说，"那批粮食至少足够我们的部队吃到夏天。解放者拟定了大胆的计划，不但夺走粮食，顺道占领青恩的领土。"

阿邦暂停片刻，以为有人会在此时插嘴，但是核心顾问全都等着听后续的建议，就连贾阳都没有吱声。

阿邦指示魁伦拿出阿邦的妻子依照青恩位于东方的地图仔细绣出来的大毯子，他放在地上用脚一脚踢开毯子。阿邦一拐一拐走去，其他人则围在旁边。

"沙达玛卡打算派遣沙鲁姆卡和解放者长矛队，加上两千名戴尔沙鲁姆，秘密前往雷克顿。"他以拐杖末端沿着旷野指出一条行军路线，避开信使大道和青恩村落。"在第一场雪当天清晨夺下这座码头镇。"他以拐杖敲着地图上湖畔的大镇。

贾阳皱起眉头。"占领一座城镇怎么能让我们攻下湖心的城市？"

"这不是座普通城镇。"阿邦说，"由于最接近雷克顿城的缘故，雷克顿有百分之七十的码头都在码头镇里，而所有码头都会停满船只，只等记账师算完税粮就等着把粮食装船。在第一场雪的时候攻下码头镇，就可以夺下粮食、舰队以及最接近雷克顿的陆地。在缺乏粮食，又没有船只可以取得更多粮食的情况下，那些渔夫会主动献上公爵外加船务官员的头颅，为自己换取一片面包。"

贾阳兴奋得握紧拳头，不过他还不满意。"两千名沙鲁姆足以攻下任何青恩村落，但是不够封锁湖畔一整个冬季。我们会被人数多出好几倍的敌人围困。"

阿邦点头。"这就是为什么英明睿智的解放者计划一周后派遣五千名戴尔沙鲁姆大军沿着大路——征服雷克顿村落、召

集他们参加沙拉克卡的原因。他们会充当矛头，为四十名达玛及其学徒、一万名卡沙鲁姆、两万名青沙鲁姆开路，沿路驻守，然后接应家人，帮助当地达鲁执行《伊弗佳》。大雪真正降临前，你就会指挥七千名最顶尖的沙鲁姆。"

"足以除掉任何蠢到胆敢反抗我们的人。"贾阳信心满满地低声吼道。

阿苏卡吉的手掌滑出衣袖，开始和阿桑以他们的私人手势交谈。正常情况下，就算瞪大眼睛看着他们的人也不会注意到这些细微的动作，但此刻他们有太多问题需要商议，时间又紧迫。幸运的是，王座厅里其他人都在操心别的事情。

阿邦没办法看懂那些手语，但他可以轻易猜测它们的意思。他们在讨论贾阳离开艾弗伦恩惠，长时间进行沙拉克桑的好处和坏处，还有他们有没有办法阻止此事。

他们必定认定没有办法，因为这两个最可能反对此事的人没有吭声。

阿雷维拉克转向阿山。"安德拉对这个计划有什么看法？在反抗势力与日俱增的情况下派遣部队进攻雷克顿是否明智？"

阿山的目光飘向英内薇拉。他们之间也有无声的交流方式，不过当阿邦看见她的嘴唇在动时，立刻知道她也给了阿山一枚霍拉耳环。

"骨骸已经指示了，达玛基。"阿山说，"船务官幕后资助叛军攻击，借以打乱我们的计划，必须让他们知道这种策略无效。"

"另外，月亏又到了。"英内薇拉说，"阿拉盖卡及其王子今晚会降临阿拉。就连青恩也知道那是什么意思。将青恩列入宵禁，带所有战士迎战，包括沙鲁姆丁。骨骸告诉我，第一恶魔本次月亏会去攻击其他目标，但我们决不能因此而松懈。就

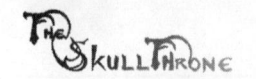

连最差劲的恶魔王子都有办法把无脑恶魔转化为协同作战的部队。"

即使命令他带领女人上战场，贾阳鞠躬时还是没有流露往常那种自大的态度。当一切都比想象中更为顺利时，他懂得保持沉默。"当然，母亲。我会处理。"

"如果需要所有战士，我想也该允许达玛参战。"阿苏卡吉说。

"我同意。"阿桑立刻应和，阿邦仿佛能亲眼见到他们排队。

"太荒谬了！"阿雷维拉克说。

"绝对不行。"阿山说。

"所以在我们迫切需要战士的时候，你们宁愿让女人作战也不要在沙利克霍拉受训过的达玛？"阿桑大声问道。

"解放者禁止达玛作战。"阿山说，"达玛太重要了，不能冒险。"

"我父亲上次月亏时禁止达玛作战。"阿桑纠正他。"只有禁止那一次月亏而已。当时他也禁止沙鲁姆丁作战，但今晚她们可以回应沙拉克之号的召唤。达玛为什么不行？"

"不是所有达玛都与你和我儿子一样年轻健壮，外甥。"阿山说。

"我们不是强迫别人作战。"阿苏卡吉更改说辞。"但我们不该拒绝想要作战的人在夜晚为艾弗伦争取荣耀。沙拉克卡即将到来。"

"或许，"阿山说。这一次，他没有偷看英内薇拉。"但沙拉克卡还没开始。达玛都要待在魔印之后。"

阿桑双唇紧闭，再一次，阿邦想起他有多年轻。贾阳得意洋洋地朝着他笑，阿桑弓起背脊，尽量维持尊严，假装没有

看见。

"那就决定了。"英内薇拉说,"月亏结束后的第一个黎明,贾阳及其战士将以艾弗伦之名出发,狠狠打击敌人。"

贾阳再度鞠躬。"敌人尚未察觉之前,码头镇就会变成我们的,雷克顿也将注定被征服。"

英内薇拉点头。"我毫不怀疑。不过我们要严格控管部队的开销,还要算清楚取得的粮食。"

"呃?"贾阳问。"你当我是卡菲特?竟然要我在手下冲锋陷阵时把时间浪费在账本和填空格上?"

"当然不是,"英内薇拉说,"这就是阿邦要与你同去的原因。"

"呃?"阿邦惊问道,肠子都悔青了。

第十一章 码头镇

333 AR 冬

"达玛佳,这其中一定有什么误会,"阿邦解释道,"我在这里的工作——"

"可以等。"英内薇拉传入他耳中的声音打断他的话。从她拒绝见他,只愿意屈尊俯就透过霍拉耳环交谈这点来看,这个决定已经没有商量余地了。

"你提出的计划太棒了,卡菲特,"达玛佳继续。"我们需要雷克顿的税粮才能维持部队战力,而我们都知道贾阳很可能把雷克顿的税粮一把火烧掉,也不愿意把它们运回艾弗伦恩惠。你必须负责监督此事。"

"达玛佳,你儿子看我不顺眼。"阿邦说,"一旦到你管不到的地方……"

"就有可能是你无端中箭,永远回不来?"英内薇拉问。"对,有这个可能。你必须小心,但只要你帮他出一些主意,贾阳就会看出让你活着的价值。"

"那他的保镖哈席克呢,被我手下阉掉的那家伙?"阿邦问。

"那个怪物是你一手打造出来的,卡菲特。"英内薇拉回道,"你得自己想办法解决。哈席克死了,也没人会为他伤心哭泣填满泪瓶。"

阿邦叹气。只要魁伦和无耳随时待在身边，哈席克就不太可能有机会报仇，而他至少能让自己有用以至让贾阳接受一小段时间。毫无疑问，他可以在雷克顿大捞一笔。对眼光好的人来说，可以大捞很多笔。

"那我可以和税粮一起回来？"他继续问道。他当然可以撑上几周。

"你要等到雷克顿挂上克拉西亚旗帜后才能回来，早一刻都不行。"英内薇拉说，"骨骰说雷克顿必须智取，但我儿子的手下都是一帮蠢货。你必须引导他们。"

"我？"阿邦惊呼。"拟定战略，对解放者之子下达命令？我没资格做这些事情，达玛佳。"

英内薇拉大笑。"卡菲特，拜托。不要侮辱你我的智慧。"

正如英内薇拉骨骰所料，阿拉盖没有在月亏期间进行任何不寻常的攻击，不过就连青恩叛军也不敢在新月之前削弱防守的战力。月亏第三夜的黎明很快就来临了。

"等通路安全后，我要你每天汇报一切事务。"阿邦对詹莫瑞说。

詹莫瑞两眼一翻。"你已经说七次了，舅舅。"

"达玛应该知道七是神圣数字。"阿邦说，"更神圣的数字是七乘以七十，而我打算对你说这么多次，如果你那颗厚脑袋要听这么多次才听得进去的话。"

世界上只有少数几个达玛愿意忍受卡菲特用这种语气和他说话——不打算踏上孤独之道的卡菲特——但詹莫瑞是阿邦的外甥。自从晋升到白袍后，他开始变得妄自尊大，不过如果他不够聪明，阿邦根本不会找他入伙。他聪明得知道想过好日子就要让舅舅开心。他会把所有生意上的事情交给家族中的女人——阿邦的妹妹和妻子——处理，然后充当门面，在阿邦远行期间签署文件、威胁任何胆敢侵犯阿邦地盘之人。

"我对艾弗伦还有所有神圣之物发誓，我会每天汇报一切事务。"詹莫瑞信心十足地鞠躬应承。

"艾弗伦的睾丸呀，孩子，"阿邦轻笑，"我一点也不相信这个承诺！"

他拥抱这个除了亲生儿子外最像自己儿子的男孩，亲吻他的脸颊。

"别像那些黎明时哭满泪瓶的妇人一样。"魁伦说，"你的新围墙很坚固，阿邦，但如果沙鲁姆卡打定主意对付你的话，围墙就非得接受考验不可。"

训练官坐在一匹绿地巨马背上。他看起来一点也不像几个月前躺在自己尿里的那个酒鬼。魁伦右脚的马镫特别为他的金属假肢打造，而他驾驭马匹的技巧纯熟，丝毫不受其影响。

"每天。"他在詹莫瑞的耳边最后一次低语。

詹莫瑞大笑。"去吧，舅舅。"他把阿邦轻轻推向他的骆驼，以本身的体重拉稳可恶的绳梯，让阿邦吃力地爬上去。"我该叫人拿副绞盘来吗？"詹莫瑞问。

阿邦用拐杖抵在年轻祭司的手上，轻轻借力，爬上一级绳梯。詹莫瑞惊呼一声，在他提起拐杖时抽走手掌，不过还是一边甩手一边微笑。

阿邦终于爬到骆驼背上，用绳子固定身子。阿邦和魁伦不同，只要骑马一段时间就会痛到无法忍受。躺在他喜爱的骆驼背上有遮棚的座位里比较舒服。这头骆驼很顽固，咬人和吐口水的时候与听话的时候差不多，不过在鞭打下可以跑得和克拉西亚冲锋马一样快，而在开阔地行军时，速度就是关键。

队伍穿越大门前,他的目光一直维持在前方,接着停止前进,回头看他厚重的堡垒围墙最后一眼。这是阿曼恩带领族人离开沙漠之矛后,第一个让他有安全感的地方。围墙上的混凝土才刚干没多久,守卫才刚习惯日常作息,他就不得不离开这座安全的城堡了。

"没有达玛基的宫殿华丽,"魁伦在他身边说,"但却是座沙漠之矛一样牢不可破的堡垒。"

"带我活着回来,训练官。"阿邦承诺道,"我就让你比达玛基更有钱。"

"我要钱做什么?"魁伦问,"我有我的荣誉、我的矛和沙拉克。战士不需要其他东西。"

看到阿邦神色忧虑,训练官哈哈大笑。"不要怕,卡菲特!我已经宣示为你服务,不管未来如何。在荣誉的要求下,我一定会带你安然归来,或是奋战而死。"

阿邦微笑。"可以的话,请带我安然归来,训练官。之后,再有必要时再奋战至死。"

魁伦点头,踢马率领队伍前进。跟在他们身后的有阿邦的百人队,魁伦亲自挑选训练的卡沙鲁姆。解放者下令赐他一百名战士,只有一百名,但是阿邦挑了一百二十名,以免有人在训练中被刷掉或是残废。

到目前为止,所有人都表现不错,不过训练才刚开始。除非骷髅王座下令,不然阿邦绝不会归还这些士兵。他希望可以把他们通通带去雷克顿,包括五百名青沙鲁姆,但是詹莫瑞和阿邦的女人需要男人守护他的堡垒,而且他也不希望在贾阳的人马面前展现所有实力——他们至少有几个人可以数到一百以上。

沙鲁姆卡正对从训练场上找来的弟弟霍许卡敏下达最后的

指示。贾阳要求安德拉宣布刚刚才取得黑袍的霍许卡敏在贾阳远行期间坐上长矛王座时,议会成员全都惊讶得下巴都掉下来。

这是很大胆的做法,也显示贾阳清楚自己的王座可能导致的危险。霍许卡敏经验不足,无法当真领导战士,但是就与詹莫瑞一样,解放者的三子和十一个弟弟都是用来起吓唬作用的代理人。

贾阳还是有可能坐上骷髅王座,阿邦心想,我最好趁有机会的时候多讨好他。

"我说骑马,卡菲特,"贾阳突然说道,神色不屑地看着阿邦的骆驼。"一里外的青恩都能听见那头畜生的叫声!"

其他战士大笑,除了哈席克外,他神色怨毒地瞪着阿邦。据说那家伙被阿邦阉掉之后就变得更加残暴。在无法透过强暴女人来宣泄暴戾之气的情况下,他开始变得……很怪癖。听说贾阳鼓励他发展这种特质。

"部队里有卡菲特乃是不祥之兆,沙鲁姆卡。"凯维特说,"特别是这个卡菲特。"凯维特达玛抬头挺胸、一脸严肃地坐在他的冲锋白马上。这个家伙讨厌阿邦的时间几乎与哈席克一样久,但是祭司老成世故,喜怒不形于色。凯维特还没六十岁,依然老当益壮,曾在沙拉吉里训练过阿曼恩和阿邦。他现在是全克拉西亚最受人敬重的达玛,安德拉之父、卡吉达玛基的祖父。或许是唯一有资格管束贾阳的人。

或许。

凯维特身边另一匹体型较小,但同样洁白无瑕的冲锋马上坐的是达玛丁阿莎薇。其他达玛丁都会坐补给部队的马车,但是英内薇拉不希望这个任务出任何差错。看到有女人——即使是达玛丁——像男人一样骑在马上,肯定会让沙鲁姆卡紧张不安,不过她是艾弗伦之妻,没人敢阻止。

阿莎薇的目光比凯维特还难解读。她的眼神完全没有透露他们曾经见过面的迹象。阿邦很高兴英内薇拉另外派人来,但他还没有蠢到以为如果他得罪了贾阳的话,她会有办法保护他。

"我没办法骑马,沙鲁姆卡。"阿邦说,"当然,我会在你征服城镇的时候待在后方。我吵闹的骆驼和我会等到你取得胜利,需要计算战利品时才进入码头镇。"

"他会拖慢我们穿越青恩土地的行军速度,沙鲁姆卡。"哈席克报告道。他微笑,露出四分之一世纪前在沙拉克被魁伦打掉牙齿后换上的金牙,该次事件让他得到"漏风者"这个绰号。"这已经不是阿邦第一次拖慢行军速度了。干脆让我现在就宰了他,一了百了。"

魁伦策马上前。曾经训练过解放者本人的训练官,就连贾阳也敬重他。"你必须先过我这一关,哈席克。"他微笑。"没人比我这个教你格斗的人更熟练你的弱点。"

哈席克瞪大双眼,不过惊讶的神情很快就转为怒容。"我已经不是你的学生了,老头,而且我的手脚都还健在。"

魁伦嗤之以鼻。"我听说的不是这样!来呀,漏风者,这次我不会只打掉你几颗牙齿。"

"漏风者!"贾阳笑道,化解紧张的局面。"我得记住这个绰号!退下,哈席克。"

哈席克闭嘴,一时之间阿邦以为那是暴风雨前的宁静。魁伦看似放松警觉,不过阿邦知道他可以在哈席克动手的瞬间及时反应。

但哈席克还没有蠢到违背沙鲁姆卡的命令。自从阿邦为了被强暴的女儿把他阉了之后,他的地位一落千丈,只有贾阳让他混口饭吃。

"我们的恩怨迟早都要了结,卡菲特。"他吼道,在高大的马斯谭马背上松懈下来。

贾阳转向阿邦。"不过他说的没错，你会拖慢我们，卡菲特。"

阿邦以鞍具允许范围内最恭敬的模样鞠躬。"没必要让我拖慢你的战士，沙鲁姆卡。我和我的百人队和补给军队会和你们保持一天的距离。进攻前一天我们会在营地与你们会合，然后于第一场雪当天正午进入码头镇。"

贾阳摇头。"太快了。我们可能会交战一整天。你们最好等第二天早上再来。"

意思就是你和你的手下需要一天好好洗劫码头镇，阿邦心想。

他再度鞠躬。"请原谅，沙鲁姆卡，但是任务要成功就不能交战这么久，一定不能。正如你对议会所说，你必须在他们发现前攻下码头镇，夺下税粮。迅速猛攻，以免他们乘船逃走或是放火烧粮。"

他在年轻的沙鲁姆卡脸色越来越阴沉时压低声音只让贾阳听见。"当然我计算税粮时的首要任务就是确保沙鲁姆卡分到应得的战利品，然后才将剩下的运往艾弗伦恩惠。骷髅王座赋予我权利分你百分之十，不过……这种事情总有弹性。我可以调整到百分之十五……"

贾阳露出贪婪的神情。"二十，不然我就把你当猪宰了。"

啊，沙鲁姆，阿邦心想，压抑嘴角的笑意。全都一样，完全不懂怎么讨价还价。

他吐一口气，装作担忧的模样——不过那些数字当然毫无意义，他有办法弄出一份贾阳绝对看不懂的战利品清单，也不会发现账本上少了一整个仓库的粮草或上千亩田地的收成。阿邦可以让沙鲁姆卡以为他得到百分之五十，实际上却连百分之

五都不满。

最后他鞠躬。"谨遵沙鲁姆卡的旨意。"

或许情况没有想象中糟糕。

※

阿邦躺在小山丘的椅子上，舒舒服服地透过望远镜观察进攻码头镇的情况。魁伦、无耳及阿莎薇宁愿站着，但他并不觉得有何不妥。战士和圣徒都有自身的律条。

他选择这座山丘是因为这里可以将码头镇和码头尽收眼底，而且开打后难民也不太可能朝这个方向逃亡。天气十分晴朗，阿邦用肉眼就能看见远在地平线上湖心之城的模糊轮廓。用望远镜看比较清楚，不过他也只能看清码头和船只而已。从这个距离看来，雷克顿比他想象中要大多了。

目光转回码头镇，调整镜片，阿邦可以清楚看到码头上的工人。他们轻松自在，完全不知灾难即将来临。

即使在这种距离下，阿邦还是能听见克拉西亚人冲锋的声音。第一个察觉有异，抬起头来的镇民被冲锋战士投掷的轻矛穿身而过，当场死亡。戴尔沙鲁姆都是没受过教育的杀人狂。

他们入镇后兵分几路，有些骑士上街道制造骚乱，制伏码头镇民，其他人分兵左右围攻码头镇，然后加快速度，在水手都还搞不清楚状况前从两翼杀向码头。

接着惨叫声迭起，受害者的叫声迅速哑掉，侥幸未死的人呼天抢地。阿邦不喜欢听这种声音，不过他没有任何愧疚。这并非毫无意义的屠杀。迅速攻下此镇所能带来的利润远远超过长时间围城。让沙鲁姆尽情发泄，只要他们能夺下码头、船舰还有税粮。

战士为了攻向目标而在镇上四处放火，制造困扰与混乱。

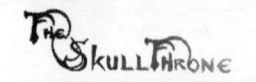

阿邦向来讨厌把火当做战争的工具。火焰不会挑选攻击目标，还会造成昂贵损失——因为肯定会摧毁贵重物品；相比之下，沙鲁姆的性命倒是不那么珍贵了。

镇上传来号角声，紧跟着又是码头的钟声。阿邦看着水手丢下手上的货物，冲向船只。

码头附近杀机四起，梅寒丁弓箭手开始放箭，沙鲁姆也抛出投掷矛，杀死第一批冲上甲板上的水手——他们手忙脚乱地拉绳扬帆——接着瞄准四下逃窜的工人。

阿邦微笑，将望远镜转回湖面。几艘正靠岸的船只掉头就走，不过其中一艘看准一座没有敌人的码头，迅速靠岸，放下木板，让女人和小孩逃命。

木板在兵荒马乱之际塌陷，许多难民落水。男人也加入逃亡的行列拼命推挤，直到落水的人比上船的人还多。没人去救助落水之人，所有人一心只想上船。

最后那艘船达到承重上限，吃水明显过深。船长拿着号角发号施令，但是逃命的镇民还是拼命爬上去。水手在他们压沉整艘船前踢落木板，然后掉转船帆，顺风驶离漂满绝望尖叫的难民的湖面。

阿邦叹气。他并不同情，但也不喜欢看人遭罪。他将望远镜转回镇上，只见沙鲁姆似乎已取得控制。他希望他们尽快救火，镇上已经有太多浓烟……

阿邦大吃一惊，迅速将望远镜移回码头。

"艾弗伦的睾丸，不要再放火了。"他说。他转向魁伦。"招呼大家准备出发。"

"离正午还有几个小时。"魁伦说，"沙鲁姆卡——"

"如果不赶紧控制那些操骆驼的战士，会功亏一篑的。"阿邦愤愤道。

"他们要放火烧船。"

❡

"有什么差别?"贾阳大声问道,"你说夺下税粮,你说不要放船离开,我们两样都做到了,而你竟然还跑来指责我?"

阿邦深吸一口气。和贾阳一样暴躁,是件很危险的事情。他可以用把阿曼恩当做笨蛋的语气对阿曼恩说话,但他儿子绝没有这种胸襟。

他鞠躬。"没有不敬的意思,沙鲁姆卡,如果没有船,我们要怎么把你的战士送到湖中城市?"

"我们自己造就好了。能有多难……"贾阳越说越小声,看着眼前巨大的货船、船上复杂的索具。

"救火!"他叫道,"伊察!沙鲁!立刻控制火势。把剩下的船撑远一点。"

但是沙鲁姆当然不知道要如何移船,而那些艾弗伦诅咒的东西似乎和油一样一点就着。阿邦神色惊恐地看着一支由将近四十艘大船和数百艘小船组成的舰队——外加大部分的码头——被烧到剩下十艘焦黑的大船和零星的小船。

❡

贾阳神色不善,仿佛挑衅阿邦数落他的火烧舰船,但阿邦十分明智地不发一语。船舰是春天才要担心的问题,而冬天才刚开始。他们夺下了税粮——既然损失船只,就表示雷克顿也失去了与陆地联络的管道。

"恭喜你打了一场漂亮的胜仗,沙鲁姆卡。"阿邦边说边准备他的手下在将战利品分类后持续汇报的账目。大部分谷物都会运回艾弗伦恩惠,不过镇上还有难以计数的烈酒可供阿邦私

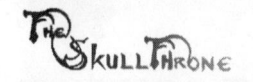

藏、转为利润，还有其他宝贵的物品和财产。"这次，达玛佳一定会对你大加赞赏。"

"你很快就会知道，卡菲特。"贾阳说，"我母亲永远不会奖赏我。永远不会为我感到骄傲。"

阿邦耸肩。"战果十分丰硕。你可以雇用一千个母亲一天到晚跟在你后面歌功颂德。"

贾阳斜眼看他。"多丰硕？"

"足够给你手下所有最信任的军官每人一些土地、房产、外加一万卓奇。"阿邦说。这对大部分沙鲁姆而言算是一整年的薪资。尽管数字听来庞大，不过只发给十几个人也算不了什么。

"不要这么着急把我的钱撒出去，卡菲特。"贾阳吼道。

"你的钱？"阿邦一脸受伤。"我不会这么自以为是。这些都由我离开前呈报给安德拉批示过的战争预期花费中支出。你的钱包已经满到足够偿还积欠建筑工会的庞大债务。如果你愿意的话，我可以直接帮你安排支付事宜。"

就像大部分男人一样，贾阳会在火气上蹿时付诸身体语言。他拳头上指节啪啪直响，阿邦知道自己说过火了。

贾阳的弱点就是他的宫殿。他打定主意要建立一座无人能及的宫殿，符合骷髅王座真正继承人身份的宫殿。这个愿望加上缺乏精打细算的能力，导致他库房空虚，每天都在累计超过他支付能力的利息。他不止一次为了打发债主而跑到骷髅王座前索要"战争经费"。沙鲁姆卡宫殿营建工程做到一半就停工了，这是贾阳走到哪里都无法摆脱的尴尬问题。

如果这个小鬼想要变得老成世故，就必须处理这个问题。

"我为什么要付钱给那些老狗？"贾阳问，"他们一直从我这里捞好处！为了什么？我宫殿的圆顶看起来像裂开的蛋壳！

不,现在打了这场胜仗,他们必须重新开工,不然我就杀光他们。"

阿邦点头。"那是你的权利,当然,沙鲁姆卡。但杀光了他们,到时候你就没有技巧高超的工匠可用,剩下的人又没有建材可用。还是你要把采石工人也杀光?排水管工匠?光靠威胁能够养活这些没钱吃饭的畜生吗?"

贾阳沉默了一段时间,阿邦让他好好想想。

"老实说,沙鲁姆卡,"阿邦说,"如果你想要杀人,也该先杀那些利息高到不像话的放债人。"

贾阳紧握拳头。众所周知,他已经和克拉西亚所有放债人都借到借贷上限了。他张开嘴巴,打算来一段很可能以下达血腥又愚蠢的命令收尾的激动演说。

阿邦及时清清喉咙。"如果你容许我代表你出面协商,沙鲁姆卡,我相信我能帮你解决大部分债务,并且在正常情况下开始支付工资,让营造宫殿的工程继续进行下去。"

他压低声音,只让贾阳听见。"拥有欠债还钱的名声只会增加你的权利和影响力,沙鲁姆卡。就像你父亲一样。"

"别相信这个卡菲特,沙鲁姆卡。"哈席克警告道,"他会往你的耳朵里灌毒药。"

"相信我,"阿邦说着朝哈席克扬起下巴,"你也会有钱帮你的狗弄根黄金阳具来搭配他的金牙。"

贾阳哈哈大笑,他的手下也跟着哄堂大笑。哈席克被气得满脸通红,伸手去拔长矛。

贾阳两只手指塞在嘴前,吹了声口哨。"漏风者!过来!"

哈席克难以置信地转向他,但是年轻沙鲁姆卡那副冷酷的表情明白表示他知道该如何处置这个傲慢的卡菲特。哈席克垂头丧气,走到贾阳身边。

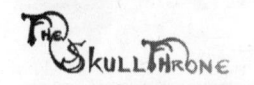

"你做得很好，卡菲特。"贾阳说，"或许我得留着你。"

✦

阿邦努力保持冷静的神情和轻松的姿势，眼睁睁看着包围仓库的战士，不过嘴巴抿得很紧。他哀求贾阳让他的百人队去执行这个需要细心谨慎的工作，不要派沙鲁姆，但是贾阳随手止住了他。因为这个任务可以获得太多荣耀了。

巨大的码头仓库有三面大窗面对如同三叉戟般深入湖面的三条长堤。据说当地的商人王子，船务官伊沙，和他的守卫躲在里面顽抗。

根据阿邦的情报，船务官是雷克顿中真正掌权之人。而理查德公爵是势力最庞大的船务官，但除非票数相等，不然他那一票不会比其他船务官的票更有影响力。

"你派给他的任务实在太羞辱他了。"魁伦说。

阿邦转身面对走近的训练官，他朝无耳点点头。阿邦百人队剩下的人都分散在镇上各地，搜集情报，准备报告。

"无耳是我见过最高强的近身格斗战士。"魁伦继续，因为他知道战士听不见他说话。"他应该在外面对抗阿拉盖，而不是帮怕晒太阳的卡菲特胖子撑伞。"

老实讲。他是哑巴，所以不能抗议，虽然阿邦也不会在乎。他以为在克拉西亚沙漠生活一辈子就不会怕阳光了，但是湖面的反射又能让温度继续攀升到让人难受的地步。

"我付了很多钱给我的卡沙鲁姆，训练官。"阿邦说，"如果我要他们换上女人的彩袍跳枕边舞蹈，他们也得给我笑着跳。"

阿邦转回头去看着沙鲁姆踢开大门，闯入仓库。二楼和三楼窗户有人射箭。大部分都被魔印圆盾挡了下来，不过不时还

是有战士惨叫倒地。

尽管如此,战士还是前仆后继,塞在门口。上方有人倒了一桶油下来,跟着又是一根火把,十几个人当场着火。其中有一半够聪明,冲向长堤,跳入水中,不过剩下的人在惨叫声中跌跌撞撞,让其他人起火燃烧。他们的战士兄弟被迫将矛头指向他们。

"如果无耳够聪明的话,"阿邦说,"帮我打伞更安全些。"

这是贾阳的手下第一次遇上有组织的抵抗,死伤在这里的战士比镇上其他地方加起来还多。但是仓库外有数百名沙鲁姆,而伊沙只有十几个守卫。他们很快就被制伏,大火也被扑灭,没有烧毁贾阳已经宣告充当他在码头镇宫殿的大建筑。

"艾弗伦呀,"阿邦说,"如果你曾经听见我的祷告,就让他们把船务官活着带出来。"

"我在进攻前对战士交代过,"魁伦说,"他们是解放者长矛队。他们不会因为几个人被送去孤独之道就违背自己的职责。他们都是英勇战死,很快就会站在艾弗伦面前接受审判。"

"训练最精良的狗也会在压力下主动咬人。"阿邦说。

魁伦嘟哝一声,这是他无声抗议的征兆。阿邦摇头,沙鲁姆总是爱说一些和荣誉有关的鬼话,但他们都过于冲动,不顾后果。他们分辨得出船务官和守卫的不同吗?

威胁解除的讯号传来,阿邦、魁伦和无耳在俘房被带出来时走过去与沙鲁姆卡会合。

先出来的是一群女人。大部分都穿着绿地风格的长裙和上好服饰。用克拉西亚的审美水准来看很淫荡,但就绿地的角度来看还算保守。阿邦可以从他们的发型和首饰看出这些都是透过血缘与婚姻拥有良好家世背景的女人,过惯了奢华的生活。她们大部分都没有受伤,不过战士也没有善待她们。贾阳会先

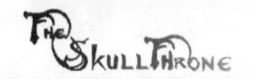

挑选其中最年轻貌美的女人，剩下的就让他的军官分享。

有些女人和男人一样穿裤子。她们鼻青脸肿，不过衣衫完整。

接下来走出来的青恩守卫就没那么体面了。他们都被剥个精光，双手反着绑在横着的长矛上。戴尔沙鲁姆又踢又推又鞭打，把他们赶出仓库。

所幸他们暂时还活着。阿邦心中欣慰，或许这一次沙鲁姆勉强考虑了他的期待。

有些女人神色恐惧地看着眼前的场景，不过大部分都偏过头去，低声啜泣。其中有一个中年壮妇目光冰冷地看着敌人。她身穿男人的服饰，不过做工和质料都很好。其他女人都唯她马首是瞻。

贾阳进来时，战士踢倒青恩的膝盖，以鞋底踩着他们裸露的背部，把他们的头压倒在地。

"船务官在哪里？"贾阳的提沙语口音很重，不过还听得懂。

哈席克下跪道："我们整座仓库都搜过了，沙鲁姆卡。没有看到船务官。他一定乔装打扮，混在守卫里。"

"或是逃走了。"阿邦说。哈席克瞪他，但无法否认这个可能。

贾阳随便挑选一人，一脚踢得他仰躺在地。他不住扭动，赤身裸体、无计可施，但是当贾阳以矛尖抵上胸口时，他还是摆出一副不屈不挠的表情。

"船务官在哪里？"他问。

守卫朝青恩吐口水，不过吐的角度不对，口水落在他自己的肚子上。"吸你的老二吧，沙漠老鼠。"

贾阳朝哈席克点头，他兴高采烈地朝男人胯下一阵猛踢，一直踢到鲜血染红凉鞋。

"船务官在哪里?"贾阳等他的惨叫声渐歇后再问。

"你们统统去死吧!"男人再次尖声咒道。

贾阳叹气,出矛刺穿了男人胸口。他转向下一个俘虏,哈席克朝对方背部踢了一脚。贾阳站到那个男人面前,他已经哭得泣不成声。"船务官在哪里?"

男人低声哀号,泪流满面。他身边的木板顿时湿了一大片。贾阳露出恶心神情,迅速跳开。"可悲的狗!"他大吼一声,举起长矛就要刺落。

"够了!"

所有目光转向说话之人。身穿上好男性服饰的女人推开众人,上前一步。"我是你要找的伊沙杜尔船务官。"

"女士,不——"其中一个被绑的守卫大声叫道。他奋力挣扎起身,不过被人一脚踢倒在地。

伊沙杜尔?阿邦心想。

贾阳大笑。"你?!女人?"他大步向前,伸手一把卡住对方的脖子。"告诉我船务官在哪里,不然我就掐死你。"

女人丝毫不惧,面对他野蛮的目光。"我说过了,我就是船务官,你这个可恶的野蛮人。"

贾阳吼叫一声,开始用力勒紧。女人继续瞪了他一会儿,接着满脸涨红,无力地拉扯贾阳的手臂。

"沙鲁姆卡!"阿邦叫道。

所有人转头看阿邦,但是贾阳没有松手,在她双脚瘫软时用手支撑她的重量。凯维特和哈席克紧盯着他,只要贾阳神色不悦,立刻就要动手攻击阿邦。

阿邦并不在乎必要的时候向人下跪,于是他迅速跪下,双手和双眼都贴在木板上。"绿地人的文化很奇特,尊贵的沙鲁

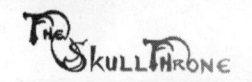

姆卡。我听说船务官的名字叫做伊沙。这个女人，伊沙杜尔，或许说的是实话。"

他没有说出之前私下对这个男孩大力灌输的观念：活着的船务官比死掉的船务官值钱很多。

贾阳仔细打量那个女人，然后放开她。她脸色发青地摔在木板道上，不停咳嗽喘气。他以矛尖指着她。

"你是船务官伊沙？"他问，"如果你敢骗我，我会把这个青恩城镇的男女老幼通通杀光。"

"伊沙是我父亲。"女人说，"六年前去世。我是伊沙杜尔，在他的殉葬船火化后继承他的职位。"

贾阳凝视着她，琢磨着她的话，不过一直在观察其他俘虏的阿邦已经深信不疑。

"沙鲁姆卡，"阿邦继续道，"你已经为骷髅王座夺下码头镇。现在不是应该升起旗帜了吗？"

贾阳转向他。这是他们详细讨论过的计划。"对。"他终于说道。

号角响起，沙鲁姆将俘虏的青恩用矛尖赶往码头，见证他们将伊沙杜尔赶到旗杆下，强迫她降下雷克顿旗帜——蓝底上绣着一艘大型三桅帆船——然后升起克拉西亚的制式旗帜，落日照着两把交叉的长矛。

这完全是象征性的行动，但却非常重要。现在贾阳可以在不甘示弱的情况下饶过她的随从，并且册封她为青恩公主。

"一个女人。"贾阳又念叨一次。"这改变了一切。"

"改变了一切，也什么都没变，沙鲁姆卡。"阿邦说，"不管是男是女，船务官都掌握了情报和人脉，我们对待她的手段将影响湖中城市掌权的那些人。让那些家伙以为他们可以保有他们的头衔和财产，他们就会俯首投降。"

"如果要让青恩保有这座城市，征服它又有什么意义？"贾阳问。

"税收。"凯维特说。

阿邦鞠躬赞同。"让青恩保有他们的称号，弯腰操作渔网。但是当他们靠岸时，十条鱼里有三条必须上呈给你。"

贾阳摇头。"这个女船务官可以保有她的称号，但是鱼是我的。我要娶她为吉娃森。"

"沙鲁姆卡，这些都是异族人！"凯维特大叫，"你当然不会真的想要用青恩体内的骆驼尿玷污你神圣的血液。"

贾阳耸肩。"我有卡吉部族的儿子和吉娃卡来继承我的血脉。我父亲知道要如何驯服青恩，就像他驯服克拉西亚部族一样，成为他们的一员。他的错误是在黎莎女士尚未接受婚事前就让她保有头衔，导致她可以自由拒绝婚事。我才不会那么蠢。"

阿邦紧张地咳嗽几声。"沙鲁姆卡，我必须同意伟大的凯维特达玛，全克拉西亚人都知道他英明睿智。你父亲赐给黎莎女士头衔，让她拥有拒绝的自由，因为如此营造的合法性才能让黎莎的子嗣继承她的权位。如果她只拥有你赐给她的头衔，那她就没有其他头衔让你宣告了。"

贾阳两眼一翻。"说完就担心，担心完又继续说。你们这些老头专门操心这些事情。打赢沙拉克卡需要的是行动。"

阿邦在凯维特接下去说话时转开目光。

"不管怎么看，她都太老了。"凯维特说得她好像老态龙钟一样。"起码比你大一轮，不然我就是马甲部族的人。"

贾阳耸肩。"我看过比她年纪大的女人怀孕。"他目光转向阿莎薇。"办得到。对吧，达玛丁？"

阿邦目光飘向阿莎薇，等待达玛丁打消他的念头。

结果阿莎薇点头。"当然。沙鲁姆卡很睿智,血缘是最强大的力量,让女船务官生下你的子嗣就能让这座城镇世世代代归你所有。"

阿邦忍住惊呼的冲动。这馊主意,至少能让攻击雷克顿的计划暂时搁置几个月。达玛丁这是要干什么?难道她刻意拖贾阳后腿?阿邦不是反对她如此说,看在艾弗伦的分上,他甚至愿意做顺水人情,但总得先分清时候。他更喜欢出主意,不是被玩。

"至少让我们可以协商,不需要延迟。"贾阳说,"她所有财产都将归我所有。今天我们就会签约,不然她和她的手下都别想看到明天的太阳。"

"这样做会触怒青恩。"阿邦说。

贾阳大笑。"那又怎样?他们是青恩,阿邦。他们没胆反抗。"

"我愿意。"伊沙杜尔船务官哭诉道。

阿邦的间谍施展浑身手段,在婚礼之前搜集那个女人相关的情报。她丈夫已经刚战死。阿邦将此事告诉贾阳,只希望那个蠢男孩至少会依照《伊弗佳》传统给她七天哀悼期。

但沙鲁姆卡完全不予理睬。他看那个女人的模样就像野狼打量羊群中最老的那只,打定主意今晚就要上这个女人,绝不接受任何人劝说。当他认为没人看他的时候,他偷偷伸手搓揉大腿。

啊,十九岁的少年,一想到女人就浑身上火,阿邦哀叹。我甚至忘了那种感觉。

伊沙杜尔也有小孩。两个儿子,两个都是船长,在贾阳攻

击时已经出海前往雷克顿。他们会努力从克拉西亚人手中保住这条血脉。贾阳会杀了他们，为了保住自己孩子的继承权——如果他们有办法在阿莎薇的魔法帮助下让这个中年女人怀孕的话。

两人走向那份勉强算得上婚约的合约。克拉西亚婚约基本上都会填满一张长长的卷轴。而阿邦的女儿签订的婚约往往长达好几张卷轴，每一页都有签署见证。

贾阳和伊沙杜尔的婚约只有一句话。正如他所承诺，贾阳完全没有协商，抢走一切，只提供伊沙杜尔一个头衔，还有仅存的镇民的性命。

伊沙杜尔弯腰蘸墨，贾阳侧头欣赏她背部的曲线。他又拉了拉长袍，所有人，包括凯维特，全都低下头去，假装没有看到。

就在这个时候，伊沙杜尔动手了。她转身时，将墨汁倒向贾阳，将锐利的羽毛笔插入他眼中时，墨汁如同阿拉盖浓汁般洒过婚约。

"不要动，如果你还想看见东西的话。"阿莎薇说。很少有人胆敢以这种语气对沙鲁姆卡说话，但贾阳母亲在他心里种下对达玛丁的极度恐惧，而且阿莎薇是他没有血缘关系的阿姨。

贾阳点头，咬紧牙关，让阿莎薇用细致的银镊子夹出他眼中最后几丝羽毛。

沙鲁姆卡的鲜血染红了战袍，不过大部分都不是他的。当贾阳终于转离圣坛，像头野兽般喘气吼叫时，插在他眼里的羽毛笔并没有造成多少失血。

伊沙杜尔船务官就没有那么幸运了。阿邦一直认为人体里

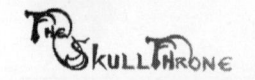

面竟然能容纳那么多血是件很神奇的事情。凯维特的奈沙鲁姆仆役要花好几天的时间才能把这里清理到能充当艾弗伦神庙，开始接受青恩叩头。

"如果让我失去这只眼睛，我就要挖出一千个青恩的眼睛。"贾阳发誓道。他在阿莎薇挖羽毛时连连嘶吼。"就算我保住这只眼睛。我也不会让任何渔夫保有两只眼睛。"

他用没有受伤的眼睛瞪视阿邦、魁伦，还有凯维特，挑衅他们出言抗议，想激他们说一些世故的建议。他就像条想发泄的疯狗，房内所有人都很清楚这一点。他们全都低着头一言不发，等待阿莎薇治疗他。

这是你成长的教训，沙鲁姆卡，阿邦心想。你有可能变理性，也有可能彻底丧失人性。

猜测此事的结果无须费心。如果有人蠢到和他打赌，阿邦会拿所有财产押春天来临时湖面将会一片血红。

"如果你愿意喝点安眠水的话，治疗起来会容易很多。"阿莎薇说。

"无须！"贾阳大叫，不过在阿莎薇的目光下神色畏缩。"无须，"他语气比较冷静，恢复了一点理智。"我要拥抱痛苦，永远记在心里。"

阿莎薇面露怀疑地看着他。大部分达玛丁的病患在接受霍拉魔法治疗时都得喝安眠水，好让他们放松，便于施治。

但贾阳是在霍拉魔法随处可见的宫殿里长大的，众所周知他父亲会拒绝在疗伤的时候接受麻醉。

"如你所愿。"阿莎薇说，"但是天就快亮了。如果我们不在天亮前为法术灌注魔力，就无力回天了。"

羽毛移除完毕，阿莎薇小心清理伤口。贾阳手脚紧绷，但是稳住呼吸，没有乱动。阿莎薇拿把剃刀放到他眉毛上，清出

一块绘印的空间。

"黎明时把那个青恩妓女的残骸吊到旗杆下。"贾阳在达玛丁转身准备刷笔和墨漆时说。

魁伦鞠躬。贾阳让他父亲的老师成为顾问之一，因为这样可以让自己在战士眼中取得更多正统性。"我会处理，沙鲁姆卡。"他在阿莎薇开始绘印时住嘴片刻。"我这就下去安排沙鲁姆，以免青恩鼓起勇气叛变。"这是训练官的老把戏，透过顺着指示下达命令来指导经验不足的凯沙鲁姆。

"有什么好准备的？"贾阳大声道，"我们大老远就会看见他们的帆船，码头和浅滩都会染红。"

阿莎薇捏住贾阳的脸颊。"你每开口多说一个字，都会减弱魔印的功效，而我可没时间重新绘印。"

魁伦保持鞠躬姿势。"谨遵沙鲁姆卡指示。我会派遣信差去找路上的弟兄，要求他们派人支援。"

"我的弟兄一个月内就会赶来。"贾阳说，"我已经得知青恩的实力。如果没办法坚守这座小镇一个月的话，我就直接去深渊。"

"至少可以让我在码头上安装巨蝎吧？"魁伦问。

"好，随时让巨蝎砸碎他们的船。"贾阳点头。

"奈的黑心呀！"阿莎薇在他点头弄花魔印时吼道，"眼睛没坏的人通通给我出去！"

魁伦鞠躬得更深，然后利用脚上的钢铁弹回来。阿邦和凯维特已经朝门口移动，魁伦及时赶到门口，帮他们开门。

贾阳不肯睡觉，于众顾问紧张兮兮的目光下在黎明时的巨窗前来回踱步。就连祖林和哈席克都和他保持距离。

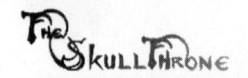

沙鲁姆卡的眼睛一片白浊。他可以看见模糊的轮廓，就像隔着一面脏兮兮的窗户一样，不过稍微清楚一点。

二十艘雷克顿船的船长此刻肯定透过望远镜在观察他们，看着船务官的残骸包覆在她商人家族的服饰中，吊在交叉长矛的克拉西亚旗帜下。号角响起，他们朝镇上航行而来。魁伦派出的梅寒丁沙鲁姆正在码头上匆忙架设巨蝎。

"终于来了。"贾阳握起拳头，奔向他的矛。

"你不该出战。"阿莎薇说，"独眼会让你误判距离。你必须先休息，直到度过这段时期。"

"如果你有好好治疗，就没问题。"贾阳尖酸刻薄地说。

阿莎薇深吸口气，面纱飘动，不过她心平气和地接受指责。"如果你肯接受麻醉，现在眼睛就会完好如初。暂时而言，我救回了你的眼睛。或许达玛佳可以进一步治疗。"

再一次，阿邦怀疑她的动机。她真没办法治疗他吗？还是说这又是英内薇拉另一个控制冲动儿子的做法？

贾阳反感地朝她挥了挥手，走出门外，手持长矛。他的保镖，解放者长矛队，在他走过两旁房间时一个个跟了上去。

正如沙鲁姆卡所料，在敌舰有机会靠岸前，他们有很多时间召集训练有素的沙鲁姆在码头和城镇外围的沙滩集结。他们摆开紧密阵型，保护巨蝎抵抗敌舰抵达码头放下士兵前肯定会进行的弓箭攻击。较小的船只将会直接靠岸。

阿邦以望远镜观察湖面的情况，计算船只数量，比较它们与掳获船舰的船舱空间相对的大小。计算结果不大妙。

"如果那些船上装满了人，"他说，"雷克顿部队的总数可能破万。我们的沙鲁姆必须以一敌五。"

魁伦啐道："他们是青恩，卡菲特。不是沙鲁姆，不是战士。一万个软弱的男人挤在狭长的码头上或是跋涉浅滩而过，

我们会击溃他们。他们每夺下一块木板就会死一打人。"

"那就希望他们的斗志在突破防线前早些崩溃。"阿邦说，"我们最好派人去搬救兵。"

"沙鲁姆卡不会让我们求援。"魁伦说，"你过度担心了，主人。这些都是克拉西亚最精锐的战士。就算在辽阔的战场上，我都很肯定一个戴尔沙鲁姆能够击毙十个渔夫。"

"你当然肯定。"阿邦说，"沙鲁姆只有学过在手指和脚趾的数目后面加零的算术。"

魁伦愠怒地瞪着他，阿邦也瞪回去。"不要因为沙鲁姆卡宠信你，你就忘了谁是主人，魁伦。我从一摊库西尿里把你解放出来，如果我没拿宝贵的水把你清理干净的话，你现在还蜷缩在那狗窝里。"

魁伦深呼吸，然后鞠躬。"我没忘记对你发下的誓言，卡菲特。"

"我们为了税粮攻击码头镇。"阿邦一副解释给小孩子听的模样。"其他的一切都是次要目标。少了税粮，族人今年冬天将会挨饿。而我们才刚开始清点账册，更别提要把它们运往势力范围内。那个小白痴打乱我们的所有计划，所以请你原谅我没心情听那些沙鲁姆的自吹自擂。贾阳在完全没必要的情况下，挑衅数量远超过我们的敌军，而本来我们只要利用时间优势，等待那些渔夫度过冬天就好了。"

魁伦叹气。"他想要大获全胜，好让他有资格夺取父亲的王座。"

"全克拉西亚人都希望他能大获全胜，"阿邦说，"但所有人都对贾阳的实力质疑，不然他早就已经坐上骷髅王座了。"

"这并不能成为他莽撞的借口。"魁伦眨眼道，"我没有派人求援，不过我曾送信给贾阳同父异母的弟弟，让他们知道我

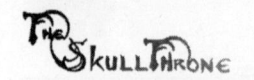

们即将和敌人交战。解放者之子全都渴望荣耀。他们会来的，就算没有接获直接命令。"

阿邦想起小时候魁伦随手殴打他的模样，试图把他塞到一个沙鲁姆的模具里。当时阿邦痛恨魁伦，也很惧怕他。他从未想过有朝一日凌驾于这个男人之上，更别说会喜欢他。

他转回窗口，看着船只进入巨蝎的攻击范围。贾阳下达命令，操控武器的梅寒丁队伍高喊口号，调整张力，瞄准天际，接着二十根巨弩，比沙鲁姆长矛更大更重，像箭一样激射而出。它们窜入天际，黑暗、不祥地抵达顶点，然后开始下坠。阿邦调整望远镜，观察攻击结果。

结果有些失望。

梅寒丁巨蝎能把于四百码外冲锋而来的沙恶魔插死在地上，这个距离远远超过弓箭手射程的两倍。巨弩队伍动作很快，第二波巨弩准备好时，第一波巨弩还没射中目标。

或是还没有错过目标。

六支巨弩直接落入水中。一支擦过一艘船的栏杆，一支射中敌舰的船帆，划破一个小洞，不过丝毫没有减缓船速。两支插在敌舰的厚壳上，没有造成任何伤害。

巨弩队调整角度，再度射击，结果却差不多。

"那些笨蛋是怎么回事？"阿邦问，"他们整个部族就只擅长一种技能！不会瞄准的梅寒丁比我鞋底的大便都还不如。"

魁伦眯起双眼，细看码头上队伍的手势。"因为这个天杀的天气。天气在沙漠之中从来不是问题，我们发现巨蝎的张力弹簧不喜欢湿冷的气候。"

阿邦看着他。"你是在开玩笑吧？"魁伦神色阴沉地摇头。

雷克顿船舰在梅寒丁巨弩队手忙脚乱时持续逼近岸边。观察兵在他们进入弓箭射程范围时吹响号角，沙鲁姆立刻恢复阵

型，举起盾牌，宛如蛇鳞般扣在一起。

弓箭像雨一样洒在盾牌上，大部分都折断或弹开，但有些钉在盾牌上摇晃。不时会有中箭战士发出痛苦的叫声。

他们手里握着长矛。再过一阵子，小船就会接近码头。他们会等到箭雨暂歇时压低盾牌，在敌人下船时击溃他们。

但是敌人的箭一阵接一阵纷纷飞来，越来越多箭射穿盾牌或是盾牌间的缝隙，击中战士。

阿邦抬头看到大船停止前进，待在可以远程攻击码头镇的位置。

"懦夫！"魁伦啐道，"他们根本不敢像男人一样登岸作战。"

"这表示他们比我们聪明。"阿邦说，"如果想要撑到沙鲁姆卡的弟弟带援兵赶来，我们就必须适应他们的作战方式。"

雷克顿船舰甲板上的长臂投石器开始安装弹药。一声号角令下，所有投石器同时发射，朝被盾牌阵型遮蔽视线的沙鲁姆抛出小桶子。

桶子撞击粉碎，在盾鳞上洒下一种黏稠液体。在敌人第二波射击并抛出一颗大火球时，阿邦感到腹部一阵绞痛。

火球只射中一群沙鲁姆，但是当液态恶魔火——另一个绿地药草师的秘密——绽放白热火光时，火焰像在码头上跳跃般，只要一点火星就能点燃沾上这种地狱黏液的盾牌。战士在火焰渗入缝隙，像酸液般滴在他们身上时放声惨叫。他们阵型大乱，着火的人在冲向湖面时推挤——或说点燃他们的同伴。

接着刚好赶上敌船发射另一波弓箭。在盾牌阵型大乱的情况下，数百名沙鲁姆当场中箭。

"这场战争很快就会变成贾阳的灾难，而非胜利。"阿邦说。魁伦点头，阿邦则开始计算如果码头镇失守的话，他们可

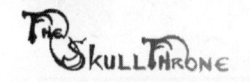

以带多少税粮返回。

许多战士倒地，更多恶魔火桶飞来，火势迅速蔓延，仿佛整条木栈道都陷入火海，甚至朝他们所在的制高点烧过来。

一支箭射穿玻璃，差点击中阿邦。他一把收起望远镜。"该撤了。指示百人队尽量多带粮车。我们沿着信使大道返回，尽早和援军会合。"

魁伦举盾保护阿邦。"沙鲁姆卡绝对会咬牙切齿的。"

"沙鲁姆卡本来就把卡菲特当作懦夫。"阿邦说着以拐杖所能办到的最快速度朝门口移动。"这根本改变不了他的看法。"

魁伦脸上浮现出痛苦的表情。训练官努力要把百人队训练成能和任何沙鲁姆匹敌的精英战士，而他们也确实越来越强，这么做将会影响他们的荣誉感，但活着离开此地才是当务之急。阿邦宁愿眼看一千名沙鲁姆战死，也不要让他的百人队任何一人参与没有意义的战斗。

当他们抵达街道时，到处都是浓烟和大火，不过贾阳没有战败。数百名码头镇民在矛尖下被推向码头，恐惧地挤在一起。

"至少那个小鬼没有白痴到底。"阿邦说，"如果敌人看得到……"

看来他们看得到，因为即使梅寒丁弓箭手开始反击，对方也不再施放箭雨。巨弩队还在挣扎，不过准头有进步了，他们开始用投石器朝敌舰的船帆抛掷火球，沙鲁姆弓箭手也射伤不少敌人。

"想逃了，卡菲特？"贾阳带着他的军官和保镖迎上来。

"我没想到会在这里看到你，沙鲁姆卡，"阿邦说，"我以为你会站在码头上，准备击退入侵者。"

"等那些懦夫下船之后，我会杀掉一百个。"贾阳说，"在那之前，交给梅寒丁处理就好了。"

阿邦看向雷克顿船舰，不过他们似乎只打算待在弓箭射程边缘。投石器持续朝码头空旷处发射火球。

"船舰！"阿邦叫道，拿起望远镜，转向他们掳获的那些船只停泊的码头。看来他们似乎还有时间。雷克顿人还没开始攻击他们宝贵的船舰，码头上有人来回奔走。

"动作快！"他对魁伦说，"我们要弄湿船，别让……"

但接着他的望远镜对焦，发现在码头上的不是拿水桶浇水的队伍，而是雷克顿水手，大部分都没穿上衣，浑身湿透，迅速操作索具，放下船帆。

码头上还有弓箭手，当沙鲁姆发现他们时，他们就开始攻击，为在割断锚索的伙伴争取宝贵的时间。

第一艘被开走的船是所有船里最大最好的一艘。它的三角旗上画着一个女人瞭望远方的轮廓，身后还有个手里拿花、神色羞愧的男人。

码头镇民里传来一阵欢呼。"黛莉雅船长夺回'绅士的叹息号'了！"一个男人喊道。"我就知道她不会把它留在沙漠老鼠手中！"他手指放到嘴前，吹出响亮的口哨。"好，船长！出航吧！"

贾阳亲手刺死那个男人，他的保镖则用矛柄殴打任何胆敢欢呼的人，但是伤害已经造成了。又有两艘大型船舰驶离码头，水手一边大呼小叫，一边对沙鲁姆露出屁股。

战士跳上剩下的船舰，确保没有更多损失。水手完全没有动手打斗，只是打烂油桶，放火烧船，然后跳船，游向等在附近的小船。沙鲁姆全都不会游泳，于是朝他们投掷长矛，只是徒劳无功。远方的雷克顿船舰停止射击，在欢呼声中掉转船头。其中六艘停在半路，下锚，剩下的船则驶回湖中城市。

贾阳环顾四周，看着损失的船只、受伤的沙鲁姆、烧毁的

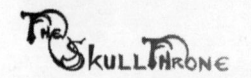

码头。阿邦迅速溜走，没兴趣看沙鲁姆卡找出气筒。

"这是一场灾难。"魁伦说。

"税粮还在。"阿邦说，"暂时就够了，接下来我们得想办法让沙鲁姆卡长点智慧。"

"叫手下去找间安全的仓库当做基地。"他补充道，"我们将在这里坚守。"

第十二章　填满空虚

333 AR　秋

"我应该是出门打猎,"汪妲吼道,"而不是每天晚上回答同样的问题、压秤杆,像你那些想要恢复体力的病人一样。"

"不这样做就不能得到精准的结果,亲爱的,"黎莎说着在账本里标注。"再调加一个砝码,麻烦了。"

黎莎透过魔印眼镜观察,只见她年轻的保镖浑身绽放魔光,如同其他女人推开一扇沉重的门般在秤上添加五百磅的压力。黎莎在汪妲皮肤上绘制黑柄魔印、记录结果至今已经将近一周了。

亚伦逼她发誓绝不在自己皮肤上绘魔印,结果却给瑞娜·谭娜绘。如果这样做,如他宣称的那般危险,他会对自己的妻子这么做吗?

她本来打算绘魔印前先去找他吵一架,但亚伦失踪了一个月,还不告诉她真正的计划。就连瑞娜都当着她的面撒谎。当他们两个人都没在月亏之夜归来时,她就决定自己动手了。

你们都是解放者,亚伦曾对洼地人说,但他是真心的吗?当真?他说要全人类齐心合作,但却死死保守魔力的秘密。

于是黎莎花了一周的时间测试汪妲,建立她新陈代谢、力量、速度、精准度和耐力的基线数据,以及她每天平均睡多久、吃多少食物等所有可以记录的数据。

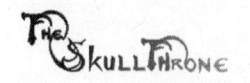

然后她开始绘印。一开始只绘一点,在掌心绘制压力魔印、指甲上绘制冲击魔印。天气变冷了,汪妲白天可以轻易用手套遮住那些魔印。

晚上她们就独自狩猎、跟踪、隔离落单恶魔,慢慢测试魔印效果。一开始汪妲还是以惯用的右手拿匕首作战,偶尔以左手出掌或出拳,实验魔印的功用。

没过多久,汪妲就自信满满地徒手格斗,每天晚上都越来越强壮、迅捷。今晚她将尝试最危险的做法,用手掌压碎木恶魔的头颅。

汪妲慢慢松开秤柄,让大秤的篮子着地,然后小心翼翼走到叠在一起的钢铁砝码前。每个砝码都刚好五十磅,但是汪妲一手提起两个砝码,就像端茶碟一样轻松。

"一次一个,亲爱的。"黎莎说。

"我一次可以举起好几个,"汪妲听起来显然有些反感。"为什么要浪费时间一次只举一个?我现在就应该在外面杀恶魔。"

黎莎又记了一笔。这是汪妲过去一小时内第十一次提起杀恶魔。她可以短时间内吸收一整个伐木工巡逻队猎杀一整晚所吸收的魔力,但不会因此满足——或是难受,就像黎莎猜测的那样——她只是迫切地想要吸收更多魔力。

亚伦曾经确实如此警告。魔法的快感是会上瘾的——这点在伐木工身上已经获得证实。那些战士透过魔印武器吸收魔力。这些魔力把他们重塑为完美版本的自己,治疗伤口,甚至短时间提供非人的力量和速度。

但是在皮肤上绘印的效果截然不同。汪妲的身体直接吸收魔印,不会造成损耗。这让她成为一群家猫中的狮子,不过上瘾的征兆强烈得可怕。

"你今晚杀得已经够多了，汪妲。"她说。

"还没到午夜！"汪妲说，"我可以去救人。那难道不比在本子上记录数据更重要吗？我觉得你根本不在乎……"

"汪妲！"黎莎拍掌的力道强到把年轻女孩吓了一跳。

汪妲目光低垂，后退一步。她双手颤抖。"女士，我非常非常——"她哽咽一声，说不下去。

黎莎走向她，伸出双手做拥抱状。

汪妲浑身紧绷，后退一步。"拜托，女士。我控制不了自己。你也听到我说了什么。我着魔了，可能会动手杀你。"

"你绝不会伤害我的，汪妲·卡特。"黎莎说着捏捏汪妲手臂。黑夜呀，这个女孩抖得像只胆怯的兔子。"这就是我只找你来实验这种力量的原因。"

汪妲还是浑身僵硬，神色怀疑地看着黎莎的手。"我生气了，非常生气，我都不知道为什么。"她目光惊恐地看着黎莎，尽管身材高壮、力量强大、英勇非凡，她毕竟只有十六岁。

"我就算过一百年也不会打你，黎莎女士。"她说，"但是我可能会……不知道，咬你或什么的。现在的我连自己有多少力气都说不准，或许不经意间会扯下你的手臂。"

"我会在那之前吸光你的魔力，汪妲。"黎莎说。

汪妲神色惊讶。"你办得到？"

"当然。"黎莎说。她认为自己办得到，在任何情况下。她早就准备好了毒针和盲目药粉。"但是我们必须靠你确保我永远不必这么做。魔法会试图影响你，但你必须控制它，像是在狂风的夜里射箭。你做得到吗？"

这个比喻似乎让汪妲开朗了点。"可以，女士，就像我瞄准弓箭一样。"

"我从未怀疑过。"黎莎说着回到账本前。"请在秤上再加

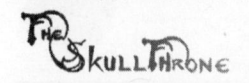

一块砝码。"

汪妲低头,在发现自己还是一手拿着两块五十磅砝码时神情有点讶异。她在秤上放了一块砝码,把其他的放回原位,然后走回秤柄。

黎莎想要拿回她的笔,不过手指紧绷得僵硬。她用力紧握拳头,让指节嘎啦作响,然后松开,继续蘸墨。她脑侧的血管抽动,心知头痛又来了。

喔,亚伦,她心想。你独自经历这些究竟是什么感觉?

之前在她的小屋里互相学习魔印和恶魔知识的那些夜里,他曾对她提过一些。休息的时候,他们会像爱人一样分享希望和故事,但是从来没有做出牵手之类的举动。亚伦坐他自己的沙发,她坐另一张,中间总是谨慎地隔着一张桌子。

但她每晚都会送他到门口拥别。有时候——只是有时候——他会把鼻子埋到她头发中轻轻呼吸。每当有这种情况,她就知道他会接受一下轻吻,享受片刻,然后后退,以免两人又有进一步的亲密行为。

他离开后,她就会躺在床上,感受他的唇贴在自己唇上,幻想着他留在她身边的模样。但是他不能留下。亚伦和汪妲一样心怀恐惧、喜怒不定,生怕自己会伤害她,或是让她怀上遭受魔法玷污的孩子。她说可以喝庞姆茶,但并没有说服他。

但一切就像在皮肤上绘印般,在瑞娜·谭娜出现后改变了。她几乎和他一样强壮,有能力承受亚伦生怕会在激情下对黎莎造成的伤害。全镇的人都听过那两人在小楼上房间里做爱时发出的激烈声响。

造物主呀,亚伦,你到底去哪里了?她心想。她想要得到一些答案,只有他或瑞娜才能提供的答案。

我不在乎有没有机会亲吻你,只求你快点回来。

"看看这个。"汤姆士说。他没穿上衣,黎莎片刻过后才发现他手里拿着一枚硬币。他把硬币抛向床铺,她一把接下。

那是一枚亮面的木卡拉,安吉尔斯通用的货币。但是硬币上没有藤蔓王的印记,而是盖了一个标准的防护魔印圈,线条十分清楚。

"太棒了!"黎莎说,"口袋里每一枚硬币上都有魔印的话,晚上就不会有人没带魔印出门了。"

汤姆士点头。"原始模具是你父亲做的。我已经有五十万枚硬币可以发放,压模机正不分日夜地开工。"

黎莎翻过硬币,然后哈哈大笑。硬币反面印着汤姆士的画像,看起来颇有严父的架势。"看起来像是有洼地人看到你时忘记鞠躬的样子。"

汤姆士把他的脸放到手上。"这是我母亲的主意。"

"我以为她会要求放公爵的头像。"黎莎说。

汤姆士摇头。"我们制造得太快了。商业工会担心如果把这个当做洼地正式货币的话,公爵的卡拉会迅速贬值。"

"所以这些硬币在安吉尔斯不能用?"黎莎说。

汤姆士耸肩。"暂时不能,但我打算让它们和克拉西亚金币平起平坐。"

"说到那个,"黎莎说,"史密特今天又会找你抱怨玛莎娃抢他生意的事情。"

汤姆士坐回床头,伸手搂住黎莎,把她揽近。"他坚持要亚瑟把这件事情列入议题。我不能说他没有道理。和克拉西亚人交易会有风险。"

"不和他们交易也有风险。"黎莎说,"想和克拉西亚人展

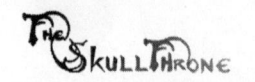

开文化交流、在艾弗伦恩惠安插联络人并不一定要与他们上床，只要透过买卖就可以了。"

汤姆士以刺探性的眼神看着她，她很后悔自己的用字遣词，上床。干吗不像她妈一样直接甩他一巴掌？

"再说，"她立刻补充，"史密特的动机并不单纯。他只是想要挤走竞争对手，根本不考虑政治和安全问题。"

卧室门上传来敲门声。刚开始和伯爵展开这段关系时，仆役敲门都会吓到黎莎，特别是当她没穿衣服的时候。但是她已经开始习惯汤姆士的手下在他们附近来来去去了。他大部分私人仆役都在他家里服侍许久，绝不需要怀疑他们的忠诚。

"让我来应付他们。"黎莎穿上袜子和连身裙，然后摇铃。汤姆士的男仆亚瑟阁下与一个老女仆一声不吭地走进来。塔丽莎打从汤姆士出生就担任他的保姆。汤姆士是世界上最有权势的男人之一，但他还是会在塔丽莎弹指要他坐直时立刻照办。

"伯爵大人，女士。"亚瑟低头走过房间，完全不敢在塔丽莎过去帮忙系带时偷看黎莎裸露的美背。

"女士今天早上感觉如何？"女人问。她的声音很温柔，不管对于未婚女子出现在伯爵寝室里作何感想，至少在脸上没有一丝迹象。当然，根据汤姆士的名声，她很可能见过更糟糕的状况。

"很好，塔丽莎，你呢？"黎莎问。

"如果你让我帮你整理一下你的头发，我会觉得好过很多。"老女人说着拿梳子梳理黎莎的黑发。"打从伯爵大人学会数到十以上和自己擦屁股后，我的生活就变得枯燥乏味了。"

"保姆，拜托。"汤姆士哀号道，把脸埋在双掌中。亚瑟假装没注意到，黎莎则哈哈大笑。

"没错，保姆，拜托继续说。"她说，"想怎么梳都可以，

要是你把伯爵大人厕所练习的所有细节通通交代清楚就好了。"

她透过镜子打量老女人的脸。她的笑纹在开始迅速梳开、夹起黎莎的头发后变得清晰可见。塔丽莎最喜欢讲伯爵大人小时候的故事了。

"我都叫他小小救火战士。"塔丽莎说,"因为他会像救火士兵一样尿在……"

塔丽莎有很多故事可讲,不过保姆灵巧的手指在讲话时可没有闲着。黎莎的头发造型精美,脸上扑粉,嘴唇上膏。这个女人甚至说服她换上一套新衣,汤姆士送给她的众多礼物之一。

她以前很讨厌为了出入宫廷而打扮得花枝招展,但是待在追逐时髦的汤姆士身边让她慢慢也感染了。她是个领导人物,子民以她为榜样,以最美丽的姿态出现在众人面前没有什么不妥的。

黎莎走出汤姆士的寝宫时,汪妲已恭候在外面了,一言不发地跟在她身后。女孩看起来冷静多了——黎莎叫她趁自己来找伯爵的时候去太阳下走走,蒸发掉一些过剩的魔力。汪妲一点也不怀疑她和汤姆士在一起时的生活,不过就像亚瑟和塔丽莎,她从不多问,也从不多嘴。

汤姆士还在里面,挑选服装、梳理胡子,不过黎莎知道这不光是为了要接见已经等他一段时间的顾问,同时也是让她有时间秘密离开,然后再以适当的方式进入宫廷。

黎莎从一扇侧门离开,来到她在伯爵住所中的私人草药园。身为皇家药草师,关注伯爵大人的健康是她的差事,所以从她的花园前往大门是再正常不过的事情。

对如此公开的秘密而言,这样遮遮掩掩反倒没必要,但她

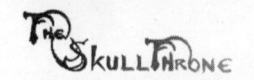

没想到会是汤姆士坚持要做做样子,就算只是为了避免他母亲借题发挥也好。阿瑞安似乎认同他们的关系,而且——根据黎莎对那个老妇人的了解——多半不介意与他上床发生关系,不过在宫廷中还是不要太随意。

黎莎的手放到肚子上。不久后,肚子就会变大,让问题变得明显。所有人都会以为那是伯爵的孩子,各方都会出现要求他们结婚的声浪。到时候,她就必须在两样坏事之间作出选择。

汤姆士是个绅士,不太精明,够强壮,重荣誉。他高傲自负,要求子民顺从,不过他愿意在夜晚舍命保护他的子民。黎莎发现自己现在最想做的事情就是一辈子和他分享床铺和王座,一起领导洼地。但等到阿曼恩的血脉带着沙漠人的皮肤出生,一切就会变得糟糕。黎莎早已习惯成为伐木洼地的绯闻主角,但这次……他们会唾弃她。

然而另一个选择,当孩子未出生前,公开其父亲会更危险。或许英内薇拉和阿瑞安都会想要除掉这个孩子,同时很乐意连黎莎一并解决。

黎莎感到大脑丝丝抽痛。晨间干呕的现象已经消退了,但是头痛的情况却比从前更严重,只要一点点烦恼就会引发头痛。

"黎莎女士!"妲西在宫廷大门附近的柱子旁等候。高壮的女人一边笨拙行礼,一边翻着手中的文件。伯爵刚刚抵达洼地时,黎莎本来想叫她和其他药草师免除这些不必须要的繁文缛节,但是汤姆士习惯皇宫里的生活,期待底下的人行礼,而这是个很难戒除的习惯。如今黎莎走到哪都会有人向她鞠躬行礼。

"我刚刚去药草园里找过,"妲西说,"看来我错过你了。"

黎莎深吸口气,笑容温暖而真诚。"早安,妲西。你有好好照料我的诊所吗?"

"尽力而为,女士。"妲西说, "但是需要你决定一打

事情。"

她们开始边走边看文件，还没开始往议事厅走，一打事情就已经变成两打。黎莎研究病历、批准换班和资源分配、签署信函还有所有妲西可以推给她做的事情。

"希望薇卡能尽快从安吉尔斯赶来。"妲西埋怨道，"她已经去好几个月了！我不太擅长处理这些事情。我接骨和处理学徒间的纷争还凑合，而不是规划轮班表、找人自愿捐血和照顾伤患。"

"不会的。"黎莎说，"这里最擅长接骨的人就是你，这是真的，不过如果你觉得自己只有那点价值的话就太看轻自己了。要不是你，我去年根本撑不下来，妲西。你是唯一胆敢对我直言不讳的人。"

妲西咳嗽一声，脸色涨红。黎莎假装没注意到，让她有时间恢复。这个反应让黎莎知道自己太少赞扬她了。妲西常常会惹恼她，但她说的都是肺腑之言，而妲西应该亲耳听到。

抵达议事厅时，她再度转向妲西。"药草师会议的事情说定了？"

妲西点头。"所有诊所都会让学徒负责。几乎每个药草师都打算与会。"

黎莎微笑。"进去可别提此事。"

妲西点头。"药草师的家务事。"

她们开门时，其他议会成员都已经出席。亚瑟领主在前领路，所有男人则起身鞠躬，等待黎莎就座后才坐下。如此正式的礼节在伐木洼地难以被接受，但汤姆士绝不允许议会成员失礼，而亚瑟一再训示让最固执的人都接受这些礼节。

据说在安吉尔斯，客人可以从主人安排的座位看出自己的地位。大会议桌四周有十二张座椅。罗杰、亚瑟领主、盖蒙队

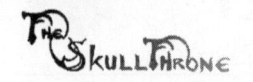

长、哈利·滚球者、史密特、妲西和厄尼都坐在没有扶手的椅子上，椅脚和椅背都是上好金木，其上刻有安吉尔斯皇室家族的藤蔓雕花。羽毛座垫都是在绿丝上加绣棕色和金色图案。

海斯裁判官和加尔德男爵面对面坐在会议桌中央，两人都是坐在凸显他们地位的高背扶手椅上。牧师优雅地坐在他的绒布座垫上。法兰克辅祭坐在他旁边一张没有椅背的板凳上，坐姿标准。加尔德块头大，看起来像坐在小孩王座上的大人一样。他的脚伸入桌底，两只大手仿佛稍有不慎，随时都有可能把椅子挤破。

黎莎位于桌尾的椅子称不上王座，不过远比正常皇家药草师的座位来得华丽。那张椅子比男爵和裁判官的椅子加在一起还宽，放有软软的坐垫、宽敞的扶手垫，如果她想要，还可以把脚也放上去，整个人坐上去。

不过，如果黎莎觉得自己的座位很豪华的话，只要往会议桌主位、汤姆士那张如同加尔德耸立在其他男人之前般耸立在其他椅子前的黄金王座看一眼就行了。即使此刻王座里没有坐人，还是能提醒其他人它至高无上的权力。

片刻过后，一个男孩走进来向亚瑟领主打个招呼，他立刻抢先立正站好。其他人跟着起身，所有人都在伯爵进来时鞠躬。黎莎笑嘻嘻地朝他屈膝行礼。

"不好意思让各位久等了。"汤姆士说，虽然他一点也不会不好意思。他显然在房间里踱步，在侍从告知所有议会成员都已就座后还数到一千才出来。"亚瑟，第一件议题是什么？"

亚瑟故意研究了一下写字板，他当然很清楚第一件议题是什么。他们挑衣服的时候就排练过了。

"和之前一样，伯爵大人。选举、土地和应得的权利。"亚瑟已经学会掩饰自己对于最后那个字的厌恶，但他依然噘起嘴

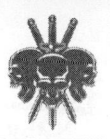

唇,仿佛那个字弄酸了他的舌头。"黎莎女士邀请雷克顿人前来避难,导致洼地郡的人口暴增。"

应得的权利。黎莎也很讨厌这个字眼,不过理由与亚瑟不同。这是个冷酷的字眼,是让吃饱饭的人抱怨要喂没吃饱的人吃东西而生的字眼。

黎莎微笑。"洼地之所以强大,阁下,不光是因为领袖或魔法。赋予我们力量的是人民,而我们必须摊开双臂欢迎所有愿意加入的人。伐木洼地和另外三位男爵领地已经脱离了这个议程,开始为洼地郡提供可观的税收。"

"够了,"汤姆士说,"我来此的任务是要壮大洼地郡,饥饿的人民无法完成这个工作。"

"人民也不该挨饿。"黎莎说,"妲西和我今年夏天准备的肥料与种植技巧已经让产量增加三倍。春天之前我们就会让所有男爵领地采取同样的方式务农。"她暗自感谢她的老师布鲁娜留下那些古世界科学书让这一切成为可能。

她看向史密特。"兔子繁殖得如何?"

史密特大笑。"和你猜的一样。蜜蜂和小鸡也是。我们可以准时送货。所有男爵领地都有蜂巢、兔穴和孵化场。就连只有几个帐篷的领地也一样。"

汤姆士望向加尔德。"男爵,伐木工的新大魔印进展如何?"

"本周应该会完成另一座。"加尔德说,"土地大部分都清空了,只要挖地基、修树篱就好了。""修树篱"是伐木工的用语,指的是把树木修剪为魔印师指定的树形。他侧头望向洼地魔印师工会的会长厄尼。

这两个男人间的区别是他们座椅间的区别十倍不止。黎莎的父亲看起来像是蹲在狼身边的老鼠。

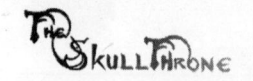

再一次,黎莎的心思跳回她抓到加尔德和自己母亲之间的事情的那天晚上。她用力摇头,清除掉那个画面。没有其他人注意到,不过汤姆士朝她扬起一边眉毛。她挤出一丝微笑,眨了眨眼。

"大魔印应该可以在明天或后天启动。"厄尼说,"不过那个区域巡逻严密。如今新月已经过去,人民可以开始盖房子了。我们要等到房屋、墙壁和围栏强化大魔印后才能确保该区安全。"

亚瑟交给汤姆士一张清单。"这些是建议的男爵领地名称,还有经由选举产生的新男爵或女爵名单,请您批准。他们全都愿意臣服于您,发誓向您与藤蔓王座效忠。"

汤姆士嘟哝一声,瞟了那份清单一眼。他对难民选自己的领袖很反感,但是伯爵和来到洼地的林木士兵都是战士,不是官僚。最好还是尽量让他们自行管理,只要相安无事,尽力为洼地郡作贡献就好。

"招募士兵的事情呢?"汤姆士问。

"每个男爵领地都有人负责招募,让大家知道我们提供训练,只要加入伐木工军团就可以保护他们自己人。每天都有新鲜血液加入,每晚都有新人出战。"

汤姆士望向史密特。"新人的武器装备如何?短缺情况有改善吗?"

"造箭匠正努力填补需求,伯爵大人,不过我们的矛倒是很多。"史密特瞄向厄尼。"期待及时绘制魔印。"

厄尼尽管怕老婆,但在议会还是能神色镇定地面对所有人的目光。"就是我让伯爵大人决定的那件事情比较花时间,是削根棍子,还是在上面刻魔印。魔印师已经尽快赶工,但人力就是无法满足需求。"

汤姆士也不让步。"那就多训练几个。"

"正在加紧训练。"厄尼说,"有好几百人在学,但是学魔印不是一夜之间可以完成的。你愿意拿初学魔印师绘画的魔印去赌命吗?"

史密特咳嗽,打破紧张的局面,把注意力拉回自己身上。"这种事情需要时间,当然。另外,我们还会有更多马匹。"

这话让汤姆士坐直了起来。六周前的新月,他失去了他的爱马和手下大部分骑兵。后来他买了一匹和加尔德的巨马'坍方'很像的安吉尔斯马斯谭马,不时就把它挂在嘴边,弄到黎莎都笑话他对那匹母马的感情就像恋人一样。

加尔德点头。"琼·史达林恩雇用了一群洼地人去他的马场。如今那座马场已经发展到像座小镇了,每天都有好几百人出门抓马、驯马。他说等到春天,你就可以补回林木军团损失的马匹,而且还有多余的,只是花费比较贵一点……"

亚瑟两眼一翻。"当然。"

"照价付账。"汤姆士说,"我迫切需要骑兵,亚瑟,咱们没时间讨价还价。"

亚瑟的嘴抿成一条直线,在座位上微微鞠躬。"当然,伯爵大人。"

"妲西可以向大家报告一下伤病恢复的状况?"黎莎说。除了骑兵损失惨重外,上次月亏之役中还有数千名洼地人受伤。黎莎用霍拉魔法治疗一些伤势严重或位居要职的人,但是大部分的人还是得在药草师治疗过后慢慢复原。很多人的断骨才刚恢复到一小半的程度,需要相当时间的治疗才能完全康复。

妲西做了个很笨拙的动作,黎莎心想那大概是坐式屈膝礼。"我让本地药草师在整个郡内轮流照料病患。不少人自愿在镇中广场扶着伤者走路、拉伸肢体。"她朝罗杰和哈利扬起下巴。

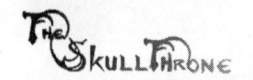

"吟游诗人一直在巡回演出，提振人民的士气。"

罗杰点头。"不光是演出。我们还开堂授课。镇中广场不只是伤患的心理治疗所。小孩子只要到了能握弓拨弦的年纪，我们就开始教他们音乐。"

"我们请安吉尔斯派遣乐器匠过来。"罗杰试探性地说着，从他的皮箱中拿出一张文件。"开支……"

"请交给我，半掌大师。"亚瑟说着伸手去接。上一次信使来访时，安吉尔斯吟游诗人工会已经将罗杰晋升为大师，但这个头衔在黎莎耳中听来还是十分新鲜。亚瑟很快看了看账单，皱起眉头传阅下去。

就连汤姆士也在看到价钱后长叹一声。"你把吟游诗人都召集起来，半掌大师，直到需要钱才来找我。如果你愿意重新考虑担任皇家信使，帮你申请经费就方便多了。"

罗杰噘起嘴唇。数个月前，他在伯爵首度提出这个职务时拒绝了，不过黎莎知道在自己越来越有可能成为伯爵夫人的情况下，他拒绝的念头也越来越淡。不过罗杰十分固执，也不喜欢听命于任何人。汤姆士如此相逼只会让他更加厌恶。

"没有不敬的意思，伯爵大人，我们请款不是为了混饭吃。"罗杰说，"那些乐器能救的人命不比你的马或矛少。"

汤姆士深呼吸，黎莎侧脑的抽痛也一样。她怀疑罗杰在任何情况下都不可能担任称职的皇家信使。他总是说错话。

"你的吟游诗人有多少人在月亏之役中牺牲，半掌大师？"汤姆士冷冷问道。他们都很清楚答案，一个都没有。这种比较并不公平，但是汤姆士并不是喜欢公平比较的人。

哈利清清喉咙。"我们现在都拿手头上现有的乐器凑合用着，伯爵大人。所有人都能发声，大部分都能哼出曲调。目前还不是每个男爵领地都有圣堂，不过都有唱诗班。每个第七日，

你都可以从数英里之外听见罗杰大师和他的，啊，两个妻子演奏的《月亏之歌》。威力足以抵挡一群木恶魔。"

"罗杰大师甚至还创作了摇篮曲的版本，"哈利继续说。"可以让父母在安抚哭闹的小孩时保护自己。"汤姆士看起来不太相信，不过对这个话题的兴趣很淡。

"阿曼娃和希克娃也在开课讲授沙鲁沙克。"罗杰补充道。"简单的沙鲁沙金有加速肌肉治疗、伤口愈合的功效。"洼地人或许还是不太能接受克拉西亚人待在镇上，不过他们全都学沙鲁沙克。本来亚伦也传授伐木工，不过现在沙鲁沙克已经成为席卷洼地郡的风潮。

"在圣堂里高唱克拉西亚歌谣，"海斯裁判官埋怨道，"在镇中广场教授克拉西亚杀人技。让异教祭司教造物主的唱诗班唱歌已经够糟了，这下还要进一步腐化我们的人民，教他们沙漠老鼠的杀人之道？"

"对！"加尔德说，"要不是罗杰的音乐和克拉西亚战斗招式，很多伐木工早就死了。我和你一样痛恨沙漠老鼠，但是对能在夜里壮大我们的东西不屑一顾，就等于忘记真正的敌人是谁。"

黎莎眨眼——来自男爵的智慧——奇迹真是一波接着一波。

"不止那样，"海斯继续道，"沙玛娃卖的那些薄纱怎么说？女人穿得像妓女一样走来走去，有失端庄，撩拨男人心里的罪恶。"

"不好意思，"黎莎插嘴，扬起上周购买的一条丝质手帕。阿邦的第一妻室沙玛娃和她一起来到洼地，在镇上开了一家座无虚席的克拉西亚餐厅。她在餐厅外弄了大帐篷，用非常低廉的价钱贩售南方商品，之后艾弗伦恩惠就开始持续运送他们迫切需要的物资过来。

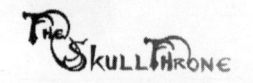

"如果女人穿件薄纱就能让男人心里滋生罪恶，"黎莎说，"或许问题在于你的布道内容，裁判官，而不是克拉西亚人。"

"但他说得还是有理。"史密特插嘴，"沙玛娃削价竞争，抢我生意，但是她背地里又透过在工人面前晃金币，却支付他们克拉西亚金币等方式把钱都赚回去。她用我们不需要的商品或是可以直接在洼地制造的东西让我们的人依赖敌人的货源。"

"看来一直充当镇上的专卖商店，让你变得贪婪，史密特·音恩。"黎莎说。洼地镇长在安吉尔斯的商业工会有很多人脉，去年所有人都在过苦日子的时候，他还能稳定累积财富。"我曾见过饥饿的镇民为了你的一片面包付出的代价。生意上有点竞争对你有好处的。"

"够了。"汤姆士插嘴，"我们现在没有立场拒绝和克拉西亚人交易，不过从今天开始，需要对来自克拉西亚领地的货物征收进口税。"

史密特和海斯脸上都浮现笑容，不过伯爵伸出一根手指止住他们。"但是你们两个都要开始习惯镇上的薄纱和竞争。别老用这些微不足道的小事情来浪费我的时间。"

黎莎微笑着看着笑容从两人嘴角慢慢僵化。

"我想新大圣堂不算微不足道的小事？"海斯不开心地说。

"一点也不，裁判官。"汤姆士说，"事实上，亚瑟整理账目的时候都被大圣堂搞得焦头烂额。你才刚刚动工，但从各方面暂时花费看都超过你的年度预算还有所有能动用的资金。"

"洼地人是全提沙境内最英勇的战士，伯爵大人，但他们都是伐木工。"海斯说，几乎完全掩饰住了那股嘲讽的语气。"《卡农经》——智慧——要求传道一定要有石造圣堂。在石匠比较多的安吉尔斯，成本只有三分之一。"

史密斯咳嗽。他是裁判官的众多债主之一。

"你有什么想补充的吗,镇长?"汤姆士问。

"请伯爵大人见谅,我对裁判官完全没有不敬的意思,"史密特说,"但那种说法并不确实。新月时恶魔已经帮我们做好大部分采石工作了。在洼地石材很便宜,劳力也不高。要把大圣堂做成史上第一座采用天杀的大魔印形状的建筑可不是我们的主意。"

"整个男爵领地不就是个大魔印吗?"加尔德问。

"就连男爵也认为这是多此一举。"史密特说。

加尔德满脸紧绷,一副有人说了他听不懂的话的模样。"什么?"

法拉克辅祭不理会他,瞪着史密特。"你胆敢质疑裁判官?洼地大圣堂会是地心魔物攻占洼地郡时的最后避难所,就像上次新月时的情况一样。"

"但是那要几十年才有可能兴建完成。"厄尼说,"还要建造出不规则的房间、浪费很多空间。采用基本的魔印墙壁既省钱又高效率。"

"恶魔可以一路攻入洼地中央,"加尔德说,"墙壁或魔印都无法阻挡他们。最好把圣堂用来祈祷解放者回归。"

"贝尔斯先生本人一直否认解放者一说。"海斯提醒道,"不止一次亲口否认。我们必须继续依赖造物主的救赎。"

这话让加尔德气得直抡拳头。他最忌讳否定数万提沙人的信仰——亚伦·贝尔斯就是解放者,是造物主派来世上率领人类对抗地心魔物的英雄。

裁判官乃是由安吉尔斯的造物主牧师派来洼地调查此事,并预先计划把亚伦当作骗子。但是裁判官也不是傻子,与亚伦公然对立等于是与整个洼地郡的人为敌。

"没有不敬的意思,裁判官,"黎莎说,"亚伦·贝尔斯没

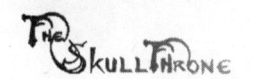

有这么说过。他否认自己是解放者，没错，但是他激励我们精诚团结。"

加尔德一拳重重捶在桌上，震得酒杯摔倒，文件飞舞。议事厅里所有人都望向他阴沉的双眼。"他是解放者。我不懂为什么到现在还有人污蔑他。"

海斯裁判官摇头。"根本没证据……"

"证据？"加尔德大吼。"他在我们最绝望的时候拯救我们。帮人类找回能够自救的力量。没有人可以否认这个。你们全都看到他化作空气飘在空中，徒手释放的雷电，而你们还要更多天杀的什么证据？上次月亏没有心灵恶魔出现算不算？"

他看向伯爵。"他在决斗时说的话你也听到了。'除掉你是我直捣地心魔域之前必须完成的最后一件事。'他是这样对贾迪尔说的。"

"恶魔还是每天晚上出没，男爵。"汤姆士说，"家园燃烧、战士流血，无辜之人丧命。我不否认贝尔斯先生的成就，但我完全没有'被解放'的感觉。"

加尔德耸肩。"或许他负责处理最困难的部分，剩下的要靠我们自己。或许情势还会再度变得艰难，他只是为我们争取时间持续壮大。我不是牧师，不会假装知道造物主的全盘计划。但我知道他一部分计划，就像太阳会升起一样肯定。造物主派亚伦·贝尔斯将战斗魔印带回人间，并教我们如何战斗。"

他回头看向裁判官。"结果如何，等决战开始后就知道了。或许我们有资格赢回黑夜，或许我们罪孽深重，还会面对更大的失败。"

海斯无言以对。黎莎可以看见他内心在想辩词，努力想在亚伦的"神迹"和教会持续掌权之间取得平衡点。

"所以，难道我们应该臣服在亚伦·贝尔斯脚下？"汤姆士

大声说出所有人心里的想法。"所有牧师和牧者——我和我哥哥还有密尔恩公爵？我们全都该主动俯首，由他领导？"

"什么？"加尔德问，"当然不是。你见过他了。贝尔斯先生不在乎什么王座和书面授权书。除了在夜里守护我们安全之外，我不认为解放者有什么私心。所以认同他的成就有什么坏处，特别是他在为了我们前往地心魔域作战时？"

"那也只是他片面之词而已，男爵。"法兰克辅祭说。

加尔德冷冷地瞪他。"你的意思，他是骗子？"

辅祭退缩，清清喉咙。"当然不是，我，啊……"

海斯伸手放在他的头上。"辅祭不要说话。"法兰克立刻松了口气般，他低下头去，不再争辩。

"我不认为争辩这些能够代表什么。"黎莎插嘴道。加尔德也瞪她，不过她冷冷面对他的目光。"如果亚伦想要我们叫他解放者，他就不会随时都否认这一点。不管他是不是解放者，他都认为人们需要自己站起来作战，而不是等待被拯救。"

裁判官点头，或许点得太激动了点。接着黎莎转向他。"至于你的宏大计划，裁判官，恐怕我必须同意我父亲、史密特镇长，还有男爵的说法。它们既不切实际又铺张浪费。"

"那轮不到你来决定，药草师。"海斯大声反对道。

"是轮不到，但要怎么付账就是由我决定了。"汤姆士的语气透露出他的耐心已经到了底限，大家应该专心听他讲话。

所有目光转向伯爵。"如果你坚持你的大圣堂设计，裁判官，欢迎教会扛下费用。除非你更改为比较合理的设计，不然别再妄想申请皇家资金。"

海斯冷冷地凝视汤姆士，不过还是微微鞠躬。"如你所愿，伯爵大人。"

"至于亚伦·贝尔斯的事情，"伯爵说，"我向你保证，男

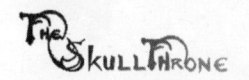

爵大人，你可以在公爵宫廷里提出这个话题。你将会有机会亲自与比瑟牧者和公爵讨论此事。"

加尔德脸上那种狂热的表情荡然无存。"我又不是镇长，伯爵大人。有很多人比我更适合讨论此事。约拿牧师……"

"已经回答过很多关于此事的问题了，"汤姆士说，"但我哥哥还是不肯相信。你曾亲眼见证他的崛起。如果你真的相信亚伦·贝尔斯就是解放者，你就代表他发言；如果你没有勇气，那就拿出比你的言语更有利的证据。"

加尔德咬紧牙关，不过还是点点头。"解放者告诉过我，人生并非总是公平。如果此事非我不可，那我愿意扛起这个责任。"

※

会议继续进行一段时间，每个议员都轮流提出一两个计划向伯爵要钱。黎莎只是不停揉脑袋，听着每个议员提出的金额，计算着实际上的数目。即使她不同意汤姆士的决定，她还是很庆幸自己不是要作这些决定的人。她希望自己坐在桌子另一端，他的身边，以便在他耳边低声提出建议。

她很惊讶地发现这个画面在她内心产生多大的共鸣。越是去想它，她就越想当伯爵夫人。

会议结束，其他议员纷纷离席时，她慢慢地整理文件。她想要多和汤姆士相处一段时间再去诊所，但是裁判官走向伯爵，没有看她的举动。

黎莎走过他们身边，慢慢离开会议厅。

"我会让你母亲和哥哥得知此事。"裁判官警告道。

"我会亲自告诉他们。"汤姆士回嘴。"还要让他们知道你是个天杀的蠢货。"

"你大胆，小鬼。"裁判官低声吼道。

汤姆士扬起一根手指。"你的拐杖已经管不到我了，牧师。再想拿拐杖来打我，我就一膝盖撞断它，然后安排下一辆前往安吉尔斯的马车送你回去。"

黎莎紧握文件，满意地笑着离开了。

史密特待在外面，与他妻子史黛夫妮和他们最小的儿子基特讲话。镇长看到她，鞠躬说："如果我刚刚冒犯你，请原谅我，女士。"

"会议厅本来就是用来讨论事情的，"黎莎说，"我希望你知道，你愿意在如此艰难的时期出任镇长，全洼地的人都欠你一份情。"

史密特点头，在基特肩膀上甩了一掌。"我正叫这小子看看我们能不能压低面包的价钱，就像你要求的一样。如果可以，他会想出办法的。他很擅长算账，就和他老爸一样。"

史黛夫妮在他看不到的位置对黎莎两眼一翻。他们两个都知道基特其实不是史密特的儿子，而是洼地前任牧师米歇尔的种。

黎莎和布鲁娜都会利用这个秘密去威胁史黛夫妮，但如今自己的肚子里也怀了私生子，黎莎也知道这么做是不对的。

"私下说句话。"她在两个男人走开后对史黛夫妮说。

"是？"女人问。她们向来交情不深，但她们都曾为了受伤的洼地镇民而对抗地心魔物，彼此间也存在一定的敬意。

"我该向你道歉。"黎莎说，"我以前拿基特的事情威胁你，但我要你知道，我从来不打算揭露真相，不管是对史密特，还是基特。"

"布鲁娜也一样，不管那个老巫婆怎么说。"史黛夫妮点头道，"我或许不认同你所做的每一件事，女孩，但你没有违背过药草师的誓言，所以不必向我道歉。"

她朝史密特和男孩侧头道："就算你说了，史密特也不会相信。"她摇头。"小孩有个特点，就是人们会在他们身上看见想看到的特质。"

※

看到阿曼娃的马车等在汤姆士堡垒的庭院里时，罗杰忍不住面露微笑。公主的马车上有强大的魔印，并以霍拉提供魔印，与洼地中任何建筑一样安全。

这辆马车由四匹配以金色缰绳的白马拉车，马身本身的配色也很一致。白色和金色乃是克拉西亚工匠会采用的基本色调，但是以吟游诗人的马车标准看起来像是彩虹的呕吐物，在每个信使都有自己专属颜色的北地，洁白的马车看起来比汤姆士的皇家马车更为抢眼。

车里简直就是吟游诗人的天堂，几乎所有表面都有五颜六色的丝绸或绒布。罗杰称之为七彩马车，他喜欢这样。

驾驶是克里弗，贾迪尔派来护送黎莎车队返回洼地的克雷瓦克观察兵。这家伙是个手段高超的冷血杀手，就和其他沙鲁姆一样，本来就把罗杰视为随时可以踩扁的小虫。

但是他们在新月的时候并肩作战，而那似乎改变了一切。他们不是朋友——观察兵沉默寡言到了极点——但现在罗杰遇上这个战士时，他会向他点头致敬，而这就是很大的改变了。

"她们在里面？"他问。

观察兵摇头。"在阿拉盖坟场教授沙鲁沙克。"他语气平淡，不过罗杰听得出来他有点紧张。自从阿曼娃的保镖安奇度战死，克里弗就自认起这个角色，从来不离开阿曼娃身边，除非她直接命令他回避。罗杰认为这家伙从来不需要睡觉或尿尿。

或许他在那件宽松的裤子里挂了个羊皮尿袋。罗杰维持吟游诗人的面具,没有透露任何想法。"我们去找他们。"

他感觉克里弗松了口气。罗杰还没开门,他已经挥鞭催马。他在马车突然前进时摔到枕头上。他吸了一口两个妻子的香水气味,随即轻叹一声。他已经开始想念她们了。

如果是去其他地方的话,至少希克娃会穿七彩薄纱在马车里等他。但是某种克拉西亚人的荣誉让她们总是与伯爵堡垒保持一里的距离,除非有正式邀请——而这种情况很少发生,阿曼娃对此十分满意,毕竟她们是沙达玛卡的子嗣。

马车在地心魔物坟场停下,他看到她们都在音贝棚里,领头做着动作缓慢但是难度极高的沙鲁沙克。广场上有将近千名女人、男人和小孩与她们一起练习。

她们施展蝎尾式,就连罗杰这种职业杂耍员都很难做到的招式。罗杰看到很多人四肢颤抖地苦撑这个姿势——或是他们想象中最接近这招的姿势——但表情都很宁静,呼吸都很平稳。他们会尽量撑下去,每天都会比前一天更强。

越来越多人撑不住了。首先是男人,接着是小孩。很快就连女人也放弃了。然后就只剩下少数几个人,包括罗杰最宠爱的学徒坎黛尔在内。等到所有人都放弃后,阿曼娃和希克娃还是毫无困难地保持蝎尾式,宛如大理石雕像。

罗杰称她们为吉娃卡和吉娃森,他很喜欢这种称呼。艾利克教罗杰要像惧怕瘟疫般远离婚姻,但是他们的三人生活远远超越他的预期。

当他想要独处时,希克娃似乎可以感觉出来,然后主动消失,接着又在他需要某样东西时好像魔法一样突然出现。那种感觉很神奇、很了不起。她温柔婉约、楚楚动人,抚慰他、服从他的命令、满足他的需求——当然包括他七彩裤下的欲望,

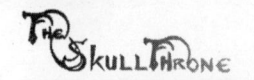

她会施展浑身解数取悦他。他会和她躺在枕头上，倾吐内心的想法，心知她会将一切汇报给阿曼娃。

希克娃是他们这个小家庭的心脏，而阿曼娃，当然，就是头脑。她总是那么严肃、那么自制，就算在做爱的时候也一样。而且罗杰发现她的想法通常都是对的。阿曼娃要求他交代一切，而罗杰只好照做。

除非是和小提琴有关的事情，打从他们第一次用音乐猎杀恶魔的那天晚上起，他的妻子就明白这方面得听他的。阿曼娃是头脑，希克娃是心脏，但罗杰乃是艺术，而艺术需要自由。

她们以背部着地的休息姿势做收尾，然后翻身而起。她们的学生继续躺在地上喘息呻吟，罗杰则走向音贝棚，拥吻走下舞台的两位妻子。她们显得很平静。

坎黛尔是第一个爬起来的洼地人，起身后立刻朝他们走过来。阿曼娃和希克娃对待其他学徒都像仆人一样，不过却接纳了坎黛尔。她是最优秀的学徒，能让他们的三重奏变成四重奏，而且肢体柔软到将来有可能学会最困难的沙鲁沙克招式。她的呼吸节奏有点急促、有点吃力。

"你今天表现不错，坎黛尔·安洼地。"阿曼娃以克拉西亚语表扬道，严肃地点了点头。对他的吉娃卡而言，这个罕见的动作所代表的意义远超过高声赞美。她们让坎黛尔与罗杰一起学克拉西亚语，这样对他帮助很大，因为他就有个水平一致的陪练。

坎黛尔笑容满面，拉起宽松的七彩裤，行了个屈膝礼。"谢谢你，公主。"

她起身时练习袍有点下垂，罗杰目光一沉之际，瞟到了她身上的那一大片伤疤。

坎黛尔发现他在看自己时，自然地面露微笑，接着发现他

是在看伤疤而非乳沟时当场笑不出来。女孩突然面红耳赤，拉起长袍遮蔽自己的胸口。罗杰立刻自觉地挪开目光。她脸上那种受伤的神情让他伤心欲绝。

阿曼娃立刻察觉气氛尴尬。她微微侧头看向坎黛尔，希克娃立刻握住女孩的手臂。

"你可以学更高一级的沙鲁金，"希克娃说，"如果你能练好蝎尾式的话。"

"我以为我已经练好了。"坎黛尔说。

"或许比其他青恩好，"希克娃说，"但是想要学习高一级的招式，你就必须达到更高的标准，来吧。"

坎黛尔看了一眼罗杰，不过还是跟着希克娃到一段距离外去练习。阿曼娃看着她们走开，等他们走到听不见说话的距离外后转身面对罗杰。"丈夫，解释。你常常不满意别人看到你的阿拉盖伤疤时表现出来的反应，但是你对自己学徒也是这个样子。"

罗杰吞咽口水。阿曼娃看问题总能把握住关键，有时候他真的很怕她。

"是我的错让她受了伤。"他说，"我想让她在大家面前勉强演示一下以小提琴迷惑恶魔。在她还没准备好时就逼她独奏，然后又没有待在身边保护她。她犯了个错，而我没能力及时拯救她。"

泪水模糊了他的视线。"加尔德救了她，扛着她闯过一大群恶魔。黎莎治疗时，她差点死了。我输血输到自己都快昏倒，但还是觉得不足以弥补我的过错。"

阿曼娃神情一变。"你输了血给她？"

这个语气如同一桶冰水般吓得罗杰一个激灵。克拉西亚人有上千条法令和习俗都和血有关，但是罗杰一直都只知道个大

281

概。输血给坎黛尔或许会让她变成他的妹妹，又或许代表她和希克娃必须拿匕首来打一架。只有造物主知道这意味着什么。

阿曼娃朝希克娃扬起一根手指。她和坎黛尔根本还没开始练习多久，不过希克娃立刻称赞坎黛尔持续进步中。片刻过后，她们又回到罗杰和阿曼娃身边。坎黛尔一脸困惑地看着师父，和罗杰一样，在克拉西亚师父开始出现奇怪的举动时，最好的反应就是配合。

"你要与我们共进午餐。"阿曼娃的语气既像邀请又像命令，这是无法轻易拒绝的荣耀。

坎黛尔再次屈膝行礼。"那是我的荣幸，公主。"

他们全都爬进七彩马车，前往沙玛娃的餐厅。伯爵禁止克拉西亚人拥有房产，不过当沙玛娃看见这栋距离城镇中心不远的牧场建筑时，这道命令并没有让她放慢手脚。阿邦第一妻室的口袋很宽裕，而她只和屋主议价一轮就让对方签下在北地任何地方法庭都有效力的百年租约。工匠日以继夜地工作，增建外观和楼层，现在一改曾经那栋朴素小楼的影子了。

首先完工的是克拉西亚贵族造访时的奢华客房。他的妻子无法接受史密特旅舍的房间，立刻就把行礼都搬过去。她们没问罗杰意见，不过罗杰也没什么好抱怨的。沙玛娃在罗杰的豪宅建造期间殷勤接待他们。

豪宅——他摇头甩开这个想法——他从来没有自己的家，自从艾利克过世后，他就只住旅馆客房。很快他家就能收留一整个乐团的人，而且还住不满。

一大群人在人满为患的沙玛娃餐馆外候位。很多洼地人都爱上了克拉西亚的辣味菜肴，只要有人一抬屁股离开板凳，立

刻就会有人抢着坐下去。

但阿曼娃是克拉西亚皇族,沙玛娃每次都会亲自接待她——还有罗杰。"老座位,公主殿下?"

"英内薇拉。"阿曼娃说。这话的意思是"如果这是艾弗伦的旨意",不过包括坎黛尔在内的所有人都知道这根本就是命令。"但首先,我要去澡堂冲一冲,洗去沙鲁沙克的汗水。"

罗杰没看到也没闻到她俩流汗的痕迹,也没闻到气味,不过他只是耸耸肩。这两个女人洗澡的次数超过安吉尔斯所有贵族。他可以趁她们洗澡的时候浏览一下公文。

他护送两个女人前往大澡堂,沙玛娃的手下已经抬来热腾腾的水桶帮水加热。"我就在——"

"——和我们一起洗。"阿曼娃说,语气愉快轻松,仿佛难以想象他会拒绝一样。

罗杰和坎黛尔脸色尴尬地交换一个眼神。"我今天早上才洗过……"

"干净的身体是艾弗伦的神庙。"阿曼娃说,她手掌如钢钳般握住他的手臂,领着他进入蒸汽弥漫的木板房间。希克娃也抓着坎黛尔进去。他们两个都在对方开始脱他们衣服时出力反抗。

阿曼娃啧啧说道:"我搞不懂你们绿地人。你们会穿能让枕边妻子脸红心跳的裸露服饰上街,但是在澡堂里相见却会害羞?"

"我们认为男人在婚前不该看见女人裸体。"坎黛尔说。

阿曼娃不屑地挥挥手。"你又没有婚约,坎黛尔·安洼地。如果男人不能先验货,你要怎么找丈夫?"

希克娃开始解开坎黛尔的内衣。"达玛丁会确保你的荣耀无损,妹妹。"

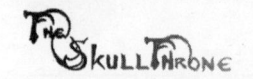

坎黛尔尽量放松，任由对方帮她宽衣解带，但是罗杰在阿曼娃脱他衣服时感到一阵恐慌。她压低音量，语带斥责。"你能和你学徒分享亲密的音乐，但却不愿意和她分享热水？"

"她想怎么洗就怎么洗，"罗杰低声回应，"我不需要看到她光溜溜的身子。"

"你怕的不是她的屁股。"阿曼娃说，"而我不允许这种事情。你必须面对她的伤疤，想办法原谅自己，杰桑之子，不然看在艾弗伦的分上，我会——"

"好啦，好啦，"罗杰说。他甚至不想听完这个威胁会如何收尾。"我懂了。"他让她脱光自己的衣服，然后下水洗澡。

罗杰的妻子总会在洗澡时服侍他，通常都服侍得让他完全勃起——我可不想让她以为我想……

永远不要和你的学徒乱来，艾利克老师这么说过。绝对不会有好事的。

幸运的是，罗杰太紧张了，一直没有勃起。但接着坎黛尔转头打量他，他突然又更加紧张了。

"女人可以原谅一切，但是不能原谅萎靡不振。"艾利克教过他。罗杰转身捂住自己的胯下，然后迅速缩进水里。他的妻子跟着下水，坎黛尔最后入池。

罗杰大部分的时候都尽量不看学徒，可以到根本从未真正看清她。她很年轻，没错，但也不是他想象中的小女孩。

而她的疤……

"它们很美。"罗杰本来不打算大声说出口的。

坎黛尔垂下目光。罗杰发现她又不确定自己在看哪里了。他故作姿态将目光下移片刻，接着又抬起头来，笑着看她。"它们也很漂亮，但我是指你的疤。"

"那为什么从我受伤以来，你就不肯正眼看我？"坎黛尔

问。"你突然在我们之间加了一条河流。"

罗杰低头。"我为让你受伤而心里愧疚。"

坎黛尔难以置信地看着他。"犯错的人是我。我一心只想让你刮目相看，没把心思放在琴弦上。"

"我根本不该逼你独奏的。"罗杰说。

"我根本不该在还没准备好的时候假装准备好了。"坎黛尔辩解道。

阿曼娃喷了一声。"等你们解释完，水都凉了。谁的错究竟有什么差别？一切都是英内薇拉。"

希克娃点头。"阿拉盖是奈派来的，丈夫，不是你。坎黛尔活下来了，它们却见了阳光。"

罗杰扬起他仅存三指的手掌，这残疾让他得到"半掌"的绰号。"我妻子的族人了解伤疤之美，坎黛尔。我手掌短缺的部分代表母亲为我牺牲生命。我就像珍惜拇指一样珍惜它们。"

他朝坎黛尔胸口被恶魔爪抓出来的疤痕，还有肩膀上被咬出来的半月形齿印点点头。"我们见过很多人死在地心魔物手下，坎黛尔。成百上千，见过活下来传颂故事的人，还有没能活下来的。但我很少看到有人受到这么严重的伤还能存活的。它们是你生存的意志和力量所描绘的画像，我从未见过如此美丽的事物。"

坎黛尔嘴唇颤抖。她脸上都是水珠，并非所有都来自澡堂的蒸汽。希克娃过去扶她。"他说得对，妹妹。你应该感到自豪才对。"

"妹妹？"坎黛尔问。

"你得到这些伤疤那天晚上，我们丈夫输血给你。"阿曼娃手指沿着坎黛尔的伤疤抚摸。"我们是一家人。如果你愿意，我会接纳你为希克娃的吉娃森。"

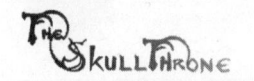

"是呀——啊——什么?!"罗杰本来已经轻松地躺在水里,这下顿时上身坐得僵直,激起一片水花。

希克娃向坎黛尔鞠躬,她的双乳浸在水里。"我很荣幸接纳你,坎黛尔·安洼地,成为我的妹妻。"

"你们,先等等。"罗杰说。

坎黛尔不安地哼了声。"我担心不会有牧师愿意,代表造物主帮我们证婚。"

"海斯裁判官,连希克娃的婚约他都拒绝出席主持。"罗杰说。

阿曼娃耸肩,目光一直保持在坎黛尔身上。"不必理会那个异教徒。我是艾弗伦之妻、解放者之女。只要你在我面前发下婚誓,我就能帮你证婚。"

你们简直当我不存在似的,罗杰在三个洗澡的女人讨论他的第三次婚姻时纳闷道。他知道应该继续抗议,但却不知说什么管用。他只有在完全必要的情况下才肯踏足圣堂,而且从来不把牧师的话放在心上。造物主知道他和他的老师曾经让很多女人违背婚誓。至少违背几个小时。

但是那种事情总会惹上麻烦。造物主或许不在乎,不过牧师的教条还是有点道理。

"好吧,"坎黛尔说,低头看着水面,罗杰感到一阵快感袭来。她扬起目光,面对阿曼娃。"好,可以。我愿意。我会的。"

阿曼娃点头微笑,但坎黛尔扬起一手。"但我不要在澡堂里发婚誓。我要先弄清楚吉娃森是怎么回事,还要跟我母亲讲清楚。"

"当然,"阿曼娃说,"你母亲当然会想讨论你的聘礼,并寻求家族族长的祝福。"

这话让罗杰放松了一些，坎黛尔似乎也已经平静了点。

"我家没有族长。"坎黛尔说，"地心魔物杀了所有人，只剩下我妈。"

"现在你订婚了，日后她也有个女婿可以依靠。"阿曼娃承诺道，"我们丈夫的新宅中将会增建你们两人的房间。"

"喔喔，等等，"罗杰说，"难道我没有发言权吗？突然之间我就被订婚了，还得和我的新岳母同住？"

"我妈有什么问题？"坎黛尔问。

"没问题。"罗杰忙解释道，"一点也没错。"

"等小孩出生后，老人能帮很多忙，丈夫。"阿曼娃说。

"那我渴望自己的需求怎么办？"罗杰问。这话听起来像是老鼠吱吱叫，所有女人，包括坎黛尔在内，都哈哈大笑。

"我可以坦诚一件事吗，妹妹？"希克娃问。

"当然。"坎黛尔说。

希克娃端庄的笑容微微扩大。"我结婚前就和丈夫一起在澡堂里共浴了。"

罗杰以为坎黛尔会羞得满脸通红，但结果她也神色淘气地转头看他。"是吗？当真？"

黎莎看向水罐，惊讶地发现已经快要黄昏了。她已经工作好几个小时，但感觉好像才来地窖实验室里几分钟。致力于霍拉魔法和战士用魔印武器对抗地心魔物有同样的效果。尽管在工作台前弯腰工作了好几个小时，她依然感觉精力充沛，活力十足。

过去一年内，她在地窖里几乎都在制作火药和解剖恶魔，但打从她自艾弗伦恩惠返回以来，这里就变成了魔印室。她在那段旅途中学到了很多东西，但最大的收获就是霍拉魔法的秘密。过去，她一直都在阳光下绘印，只有需要灌注魔力时才需要黑暗和恶魔。现在，感谢亚伦和英内薇拉，她学到了很多。

她在自家土地上盖了一间黑暗但却通风良好的小棚屋，离居处够远，以免充满魔力、缓缓脱水的恶魔尸体臭味飘过来。她以特制的不透明玻璃瓶保存浓汁，借以提供法术所需魔力，而磨光的骨头和风干的尸体则加以绘印，然后包覆在金银里，提供武器或其他物品可重复充能的魔力来源。有些物品甚至能在白昼使用。

这是难以想象的成就，甚至可能改变恶魔战争的战果。黎莎可以治好从前无法修复的伤口，并且在不费一兵一卒的情况下，远距离炸烂地心魔物。她围裙上的口袋已经装不下日益增加的绘印工具。洼地人都称她为"魔印女巫"，不过都是背后叫。

尽管这些发现带来强大的力量，光靠她一个人还是无法在魔印和霍拉魔法方面作出多重大的改变。她需要搭档，需要更多魔印女巫帮忙制作这些物品，并且传授给他人，确保相关知识永远不会再度流失。

她上楼，小心翼翼地放下厚重的帘幕，然后打开通往小屋的暗门。窗外还有一点微亮，但汪姐已经点燃油灯。

黎莎清洗干净，换上干净的衣服，接着参加药草师集会的女人就陆续抵达。那几分钟内她的肌腱紧绷到和止血带一样。第一辆马车驶上魔印道路时，她觉得自己的身体差点折断。

但接着汪姐打开马车门，黎莎看到吉赛儿女士走了出来。她是个五十来岁、身材魁梧的女人，头发花白，脸上带有深刻的笑纹。

"吉赛儿！"黎莎叫道，"你一直没回信，我还以为……"

"以为我胆小如鼠,即使在亲人召唤时也不敢在野外度过几个晚上?"吉赛儿大声问道。她一把紧紧按住黎莎,抱得她喘不过气来,同时又让她产生安全且受到保护的感觉。"我爱你就像爱自己的女儿,黎莎·佩伯。我知道你如果不是真正需要的话,绝对不会召唤我们过来。"

黎莎点头,但她没有放开手,头继续埋在吉赛儿温暖的胸口一段时间。她突然一抖,忍不住哭出声来。

"我好害怕,吉赛儿。"她低声道。

"好了,孩子。"吉赛儿拍拍她的背。"我知道,最近全世界的重担都落在你的肩膀上,但我这辈子没见过更坚强的肩膀。如果你扛不动,别人更不行。"

她抱得更紧。"我与女孩们一定会自始至终支持你的。"

吉赛儿放开手,退后一步,伸手从胸口口袋里拿出一条毛巾,眨了眨眼。"擦干眼泪,和你这些新的老学徒打声招呼。"

黎莎冷静地深吸口气,擦干眼泪。吉赛儿站在她身边,给她一点时间调节,然后再度打开马车门。朗妮和凯蒂,去年黎莎返回洼地前一直指导的学徒,直接从马车里跳到她怀抱里。她们情绪激动,黎莎开怀大笑。

"我们看到大魔印启动的魔光,女士!"凯蒂尖声道,"实在太神奇了!"

"没有我们看到的那些男人惊人。"朗妮说,"洼地人全都这么高吗,女士?"

"黑夜呀,朗妮,"凯蒂两眼一翻。"我们连夜晚都得冒险赶路,而你居然满脑子惦记着男孩。"

"是男人。"朗妮纠正她,就连黎莎也轻声窃笑。

"够了,两个喋喋不休的家伙。"黎莎说着轻易换回严肃老师的语调。"我们可以晚点再聊魔印和男孩的事情。今晚,我

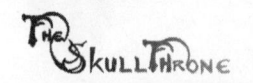

们有正事要办。"她指向最近才在庭院另一边建好的手术室。"去帮待会赶来的药草师找位子。"两个女孩点头跑去。

"新的老学徒?"黎莎问。

"只要你不嫌他们烦你。"吉赛儿说,"他们在洼地能学的一定比安吉尔斯多多了。"

黎莎点头。"这里对医疗服务的需求也比较大。我们往往没有干净的诊所可以工作,吉赛儿。要不了多久,为了把倒地的战士活着带回诊所,她们得开始在外就缝合伤口。"

"整个世界都要开战了,没人可以逃避。药草师不能继续妄想躲在高墙后。"吉赛儿伸手搭着黎莎的肩膀。"但如果一定要有人教导她们这些事情,我希望是你。为你骄傲,孩子。"

"谢谢。"黎莎说。

"你上次月经是几周前的事情了。"吉赛儿问。

黎莎心跳停止。她浑身僵硬、瞪大双眼,声音卡在喉咙里。

吉赛儿神色挖苦:"不要大惊小怪。我也曾师从布鲁娜女士。"

❦

所有住在洼地郡范围内的药草师全都踏上了魔印道路。有些从一英里外地心魔物坟场的诊所徒步赶来;其他则乘坐黎莎派去接送的马车,从最外围的男爵领地和这两者之间的所有地方赶来。少数几个人甚至来自尚未被纳入到洼地郡势力范围内的小村落。

"强盗。"汪妲在同几个凶神恶煞般的女人打过招呼后说道。

"别再说那种话了,汪妲·卡特。"黎莎说,"这是药草师集会。这里每个女人都曾发誓拯救人命,你要对所有人足够尊

敬，清楚了吗？"

汪妲双眼眨动，泪光闪烁，黎莎心想，自己是不是太严厉了。但接着女孩吞了一大口口水，点头说道："是，女士。我没有不敬的意思。"

"我知道你没有不敬的意思，汪妲。"黎莎说，"但你绝不能忘记真正的敌人来自地心魔域。它们这次新月时的攻势只比佯攻猛烈一点，而上次即使有亚伦和瑞娜都在洼地，我们还是濒临覆灭。"

汪妲握紧拳头。"他会回来的，女士。"

"我们谁也说不准。"黎莎说，"如果他回来，他也会亲口告诉你，我们需要所有同盟。"

"是，女士。"汪妲说，"但我还是认为你该让我把财物通通藏起来。"

黎莎摇头，计算已经进入手术教室和还在路上的药草师。如今停在路旁的马车已经远到视线范围外了，所有药草师都要走一段路过来。

最后抵达的是阿曼娃和希克娃。她们把罗杰与其他男人留在庭院里，跟着黎莎和吉赛儿走进教室。在看到克拉西亚人跟在黎莎身后出现在门口时，这群女人叽叽喳喳的音量突然转大。

黎莎深吸一口气。吉赛儿在她肩膀上轻轻一捏，加以安抚，她随即走到手术室中央。嘈杂的交谈声慢慢平息下来。

黎莎原地转了一整圈，试图和所有与会者眼神交会，就算只有短暂的交会也好。将近两百个女人凑上前去，一脸期待地等着这位"魔印女巫"上课。

这样根本不够。根据记账师估计，洼地郡及其附属领地已经并吞了将近五万个居民。在时局变得更艰难之前，药草师的数量就已经不多，如今更有许多药草师在逃离克拉西亚入侵部

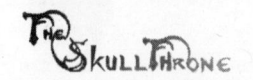

队的追捕时遭擒或被杀，或死于上次新月。

这些女人中只有不到一半是真正的药草师。黎莎透过相互通信和抵达洼地时的面谈认识了大部分的药草师。其中只有少数人学过真正古世界的技巧与知识，其他都充其量只是临时的接生婆，有办法从母体中拉出婴儿并且会煮一些简单药水的老祖母。没有几人识字，懂魔印的几乎没有，包括吉赛儿。

剩下的就是学徒了。有些受训的少女，其他则是诊所里人满为患时跑来诊所帮忙的年长义工，懂得的医疗技巧就只有煮开水和拿干净纱布。

你们现在全都加入药草师队伍了，黎莎心想。

"感谢各位前来，"黎莎大声说道，语调强而有力。"很多人都大老远赶来，我再次热诚欢迎各位。据说上次在洼地举行这种药草师集会的时候，还是我的老师布鲁娜女士年轻时的事儿。"

在座的纷纷点头。她们全都听说过布鲁娜的名号，享年超过一百二十岁，最后死于流感的传奇药草师。

"从前药草师经常举行集会。"黎莎说，"大回归后，药草师集会就是凝聚所有古世界秘密、试图弥补恶魔焚烧大图书馆时所造成的损失的唯一方法。"

"我们必须再度这么做。我们人数太少，需要分享的知识太多，如果想要在接下来的几次新月中生存下来的话，必须像伐木工一样招收新血，也像他们一样集体学习提高。我的学徒一直都在抄写我的化学和医疗书籍——每个人回家时都会得到一份副本以供研究。从今天开始，我会在这间教室持续开班授课，课程从医疗、绘印，一直到恶魔解剖学。甚至还有一些火焰的秘密。有些课程我会亲自教授，其他课程，"她转向吉赛儿和阿曼娃。"我也会当学生。"

"喂,你不可能期望我们向克拉西亚女巫学习吧!"一个老女人大声吼道,很多人发出附和的声音,太多人了。

黎莎转向阿曼娃,尽管她知道年轻的公主自视甚高,她的表情还是保持冷静,拒绝接受挑衅。黎莎拍掌,她的学徒立刻抬了一张躺着伐木工伤患的担架进来。他喝了安眠药,女孩们吃力地抬起沉重的壮汉,放到手术桌上。

"这位是马康·欧查德,来自新来森男爵领地。"黎莎说着拉开盖到他腰部的白布,露出横跨他腹部一道缝合伤口附近的黑紫色瘀青。"他三天之前在为一处新大魔印清理场地时受伤。我花了八个小时缝合他的伤口。这里有人见证此事吗?"

六名药草师和一群学徒举手。尽管如此,黎莎还是指向刚刚大叫的那个老女人。"阿尔莎药草师,对吗?"

"是。"老女人面带怀疑地说。她是逃难而来的药草师,来自逃离克拉西亚入侵部队的偏远村落。确实,许多迁徙的难民沦为强盗,但是他们会铤而走险不是没有理由的。

"你愿意上前来检视伤口吗,麻烦了?"

药草师嘟哝一声,拄着拐杖站起身来。朗妮走过去扶她,阿尔莎朝她甩手,于是女孩聪明地跟在一旁,任由老女人慢慢走到教室中央。

尽管行为举止有点粗俗,阿尔莎药草师看来还是经验老到,以稳定而温柔的手掌检视马康的伤势。她捏起缝线,用拇指和食指摩擦鼻孔下,然后闻了闻。

"你手艺不错,女孩,"阿尔莎终于说道,"这孩子能活下来算他命大。但我看不出来这与我们和沙漠老鼠分享秘密有什么关联。"她粗鲁地用拐杖去指阿曼娃。年轻的达玛丁看着拐杖,依然显得很冷静。

"算他命大。"黎莎重复道。"即便如此,马康还是要过几个月才能走路,或是在不痛也不见血的状况下排泄。他接下来几周要吃液态食物,可能永远没办法作战或干体力活。"

她朝阿曼娃比比。阿曼娃上前一步,与阿尔莎保持距离。她拿出一支弯曲的银匕首。

"喂,你在干嘛?"阿尔莎边问边迎上前来,准备挥杖。黎莎伸手阻止她。

"请你有点耐心,女士。"她说。

阿尔莎难以置信地看着她,不过没有动手,任由阿曼娃技巧纯熟地割断黎莎绵密的缝线,扯出伤口,丢到一旁。她伸出一手,希克娃递出一把马毛刷,外加一个沾墨的瓷碗。

马康的胸口和腹部最近才刮过毛,露出干净光滑的皮肤供阿曼娃绘印。她沾了点墨,甩开多余的墨水,然后在伤口四周绘制精确的魔印。她动作迅速,手法自信,不过还是画了好几分钟。终于画完后,伤口缝线痕外多了两道半圆形的同心圆魔印。

接着她伸手到霍拉袋里,拿出一块看起来像煤炭的恶魔骨。她缓缓将恶魔骨压在伤口上,魔印立刻开始发光。一开始很柔和,然后逐渐明亮。两圈半圆魔印似乎分别朝着相反方向绕圈,魔印越来越刺眼,附近的人都必须伸手遮掩双眼。

片刻过后,魔光消逝,阿曼娃拍拍双手,抹去恶魔骨的灰烬。希克娃再度上前,这一次拿了一碗热水和一块布。阿曼娃接过布,擦掉干血块和魔印,然后后退。

惊呼声此起彼伏。所有人都看到马康的肤色由黑紫转为粉红,而且伤口完全消失。

阿尔莎推开黎莎,走过去仔细检查战士,伸手触摸没有疤痕的皮肤,压一压、捏一捏、掐一掐。最后她抬头看向阿曼娃:"这怎么可能!"

"在艾弗伦的福佑下，没有不可能的事，女士。"阿曼娃转身对所有药草师说话。

"我是阿曼娃，罗杰·阿苏·杰桑·安音恩·安洼地的第一妻室。我们是克拉西亚人，没错，不过我的妹妻和我如今都隶属洼地部族。你们的战士就是我们的战士，再说，救助所有起身对抗黑夜的人都是达玛丁的责任。透过霍拉魔法，很多本来必死无疑的人都能救活，很多本来会残废的人都可以改日再战。明天晚上，马康·安欧查德就会再度举起长矛，和他的兄弟一起为了保护洼地而战。"

她转身，直视阿尔莎药草师双眼。"如果想学，我教你。"

罗杰等在庭院中，听不清楚手术教室里正讨论的事情，不过他训练有素的双耳还是能听见人声和语调，大部分都是黎莎的声音。他花了好几个小时训练她像游吟诗人般利用这间教室的音场。黎莎学得很快，特别是在伯爵那种大师级表现可供研究时。汤姆士可以在不被偷听的情况下用正常语调和身边的人说话，也可以把轻声细语清楚传到会议厅的另一角落。打从出生起就接受统治训练的安吉尔斯堡皇室成员之一的他能让整个表演团相形失色。在假设对方会服从命令的情况下，他们可以维持亲切的语调，直到受到威胁后才会转为威严。

罗杰曾亲耳听过那种和蔼可亲的声音突然变得严厉。只要稍加变化，他们就可以在保持礼貌、完全不冒犯对方的情况下表达自己的不悦，让附近所有人都了解他们的领袖希望他们有什么表现。

如今黎莎的声音以同样的气势回荡在教室里，彬彬有礼，令人起敬，掌控全场。

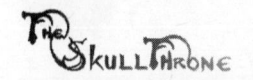

等到她和汤姆士不再偷偷摸摸，公开宣布两人的婚事后，她就会成为称职的伯爵夫人，他希望这一天尽快到来。如果世界上有人应该得到一些快乐的话，那肯定就是黎莎·佩伯了。黑夜呀，就连亚伦也找了个老婆，而他俩做爱时比疯狂的马斯谭马还要有过之。

当阿曼娃表演所产生的魔光传来时，整间教室变得寂静无声。表演结束后，他的吉娃卡主导了药草师集会，她的声音透过强力魔法充满整间教室。

阿曼娃不需要罗杰的训练。就连普通克拉西亚人也可以表现出能与安吉尔斯皇室一较高下的戏剧效果，汤姆士是一个公爵领地的王子，而他的第一妻室则是"全世界的公主"。她以斩钉截铁的语气收尾，听得罗杰还以为那些女人要开始排队离开，但是药草师集会又在演讲、辩论、争吵，黎莎的新药草师公会在应该采用什么形式中持续了好几个小时。没有人对于黎莎出任公会会长有任何异议，不过大家对于其他细节都有很多看法。

罗杰不介意久等。他一边随手弹奏新的曲调，一边想着坎黛尔——她的香气、天赋、美貌，她的吻。

那才是几个小时前的事情，就像是做了一场春梦。

但那不是梦。他想，事情真的发生过，明天阿曼娃会去拜访坎黛尔的母亲，然后事情将会……

他情绪紧绷，于是拉了一段母亲哄他睡觉的摇篮曲，直到其冷静下来为止。

他们不会把你赶出镇上，他对自己说。你是魔印人的小提琴巫师，洼地需要你。

但他已经交出了《月亏之歌》，他们真的还需要他吗？

我必须找机会跟黎莎私下商量一下。他心想，她或许会知

道该怎么办——她处理丑闻可谓经验老到。

他在机会终于到来，女人开始离开时深吸口气。他的妻子立刻来到他身边，不顾其他女人的目光，动作端庄而又迅速地登上七彩马车。

"我们快点离开，"阿曼娃说，"我或许同意指导这些女人霍拉医疗术，但一点也不能忍受她们鄙视与仇恨的目光。好像她们愚蠢懦弱地在我父亲解放他们时四下逃窜是我的错一样。"

"那是一种偏见，"罗杰说，"我怀疑在被那天大火与屠杀赶出家园后，你的看法会和她们一样。"

"所有事情都得付出代价，丈夫。"阿曼娃说，"等我父亲率领他们赢得沙拉克卡后，他们就会了解。"

罗杰知道不要和她争辩此事。"讲这种话在这里是不受欢迎的。"

阿曼娃冷冷看他一眼。"我不是笨蛋，丈夫。"

罗杰微微领首。"原谅我，吉娃卡。我没有那个意思。"

他以为自己讽刺的语调会惹上麻烦，但是就像许多皇室成员一样，阿曼娃听惯了阿谀奉承的言语。"我原谅你了，丈夫。"她朝马车台阶侧了侧头。罗杰还站在车旁。"准备好回去了吗？"

"你们先走。"罗杰说，"我要和黎莎谈谈。"

阿曼娃点头。"找她讨论坎黛尔的事情，当然。"

罗杰眨眼。"……而你没意见？"

阿曼娃耸肩。"黎莎女士在安排我们的婚事上扮演你姐姐的家属角色，丈夫，而她说话诚实公正。如果你要和她讨论婚约的事情，那是你的权利。"

讨论婚约的事情，罗杰心想。就是说她可以协商聘礼，但是这场婚礼已没法反悔。

"如果她告诉我这场婚姻不会有好结果呢？"罗杰问。

"姐姐有权利提出这种疑虑。"阿曼娃冷冷看着罗杰。"但她最好有个好理由，而不是绿地人的假道学。"

罗杰吞咽口水，但点了点头。他关上车门，后退几步，阿曼娃摇动车铃，马车启动前往莎玛娃的餐馆。

药草师有些走向她们的马车，有些则成群结队走在路上，抱着黎莎分发的书本喋喋不休地离开。

"我已经老到不适合再当学徒了。"一个老太太走过身边时说道。她的气味闻起来像是焚香和茶叶，带点干干的腐味。

"没这回事。"黎莎说。

"我不像以前那么灵活了。"女士当黎莎没开口般继续说道，"我不可能每次都这么大老远跑来。"

"我会安排在你的男爵领地上课。"黎莎说，"我有学徒可以教你基本的魔印技巧，帮忙训练你的学徒。"

"我宁愿死也不要向内裤还没染红的小女孩学习，"女人大声道。"我已经十几年没收过学徒了。克拉西亚人入侵前我就已经退休了。"

黎莎眼神一沉。"所有人日子都不好过，药草师，你要上课，还要收学徒。洼地郡就不会有人因为你固执到不知变通而白白牺牲。"

女人双眼大睁，不过知道不要与她继续争辩。黎莎看到罗杰等在一旁，于是转身面对他，如同公爵老夫人一样技巧纯熟地支开她。

"不和你的公主妻子回去？"黎莎问。

"我有件事情找你商量一下。"罗杰说。他的嗓音也受过训练，而他的语气表示事情十分严重。

黎莎深吸一口气，吸完后轻轻一抖。"我也必须和你谈谈，

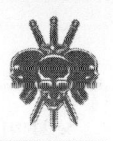

罗杰,我妈这人每次总让我头疼。"

　　罗杰微笑。"天呀,太稀奇了。那种事情只会发生在太阳没有出来的日子。"

　　黎莎笑得有点紧张,罗杰不知道是什么事情把她搞成这样。她指示妲西和汪妲帮忙发书和送客。她和罗杰走进她的小屋。

　　结果发现瑞娜·贝尔斯等在里面。

　　"也该是时候了。"瑞娜说,"我都开始以为你们要弄一整个晚上才会结束。"

　　黎莎双手叉腰。她现在很容易疲倦,和洼地所有固执的女人争辩耗尽了她的精力和耐心。唯一让她觉得没有耗尽的就是已经快要胀爆的膀胱。她没有心情应付瑞娜和那副讨债人一样的态度。

　　"如果你事先通知一声,你要来,而不是偷偷溜进我家,瑞娜·贝尔斯,我或许会提前迎接你。"她特别强调"或许"。

　　"我为不尊重你的魔印道歉,"瑞娜说,"我不想别人看到我。"

　　"为什么不?"黎莎问,"亚伦失踪期间,你就是他们唯一的希望,偏偏你也失踪了好几个礼拜。你究竟跑到哪里去了?"

　　瑞娜双手交抱胸前。"去忙重要事情。"

　　黎莎给她一点时间解释,但瑞娜只是看着她,挑衅她继续逼问。

　　"好吧。"罗杰说着站到两人之间。"你们两位的胸部都比我的大很多。可不可以别比了,坐下来谈?"他伸手到他的七彩惊奇袋里,拿出一个小陶瓶。"我有库西酒可以消除紧张。"

　　"黑夜呀,我们需要的就是那玩意儿。"黎莎曾在喝酒后做过这辈子最糟糕的决定。"麻烦请坐,我去烧茶。"

瑞娜已经接过酒瓶,喝了一大口。黎莎以为喝那么大一口会让她喷火,不过瑞娜只是轻咳一声,把酒瓶交给罗杰。"造物主呀,我才发现酒真是好东西。"

黎莎在煮开水、把茶杯和茶碟放在切菜的台子上时感到脑袋阵阵抽痛,不过和膀胱的压力比起来根本不算什么。她向厕所望了一眼,不过不愿意漏听只字片语。瑞娜和亚伦一样,往往会趁别人一个不注意就神秘消失了。

"很高兴你平安无事,"她回到客厅时正好听见罗杰说。"新月降临,而你又不见人影时,我们全都担心会发生最糟糕的情况。我们能在没有你的情况下活下来简直是奇迹。"

"心灵恶魔上次月亏之期没来洼地。"瑞娜说,"因为它们在忙别的事。"

"什么事?"黎莎问,"别再故弄玄虚了。你去哪儿了?亚伦呢?"

"今晚之后,不要期待还能见到我们。"瑞娜说,"洼地必须自立自强。我们就是心灵恶魔找上门来的原因。我们会吸引它们。"

黎莎呆望着她很长一段时间。这种说法当然可以解释亚伦消失的原因。如果是他把心灵恶魔引来洼地,他肯定会让自己离洼地越远越好。"为什么?"

"心灵恶魔和牧师一样十分看重有关'解放者'的传言。"瑞娜说。"它们非常害怕。统一者,它们这样称呼我们,力量强大到能够凝聚众人的人。它们会不眠不休地追杀,直到把我们通通解决掉为止。你们还没准备好面对那种级别的恶魔,壮大洼地需要时间。"

"所以亚伦杀了阿曼恩,然后到处躲藏逃命?"黎莎问,

"谁能阻止它们对付汤姆士?"

瑞娜不屑地挥挥手,黎莎却觉得她冒犯了自己的爱人。"除非他能从屁股里放出闪电,不然心灵恶魔才不会因为他是什么伯爵而来为难他。"

她若有深意地看着他们。"话说回来,你们两个就必须处处小心了。心灵恶魔知道你们是谁。攻击你们,它们就有机会取胜。"

黎莎觉得自己脸色发白。罗杰一副吓得站不直的模样。"你怎么知道?"

瑞娜张嘴欲言,但是罗杰帮她回答。"她说得对。我在新月的时候亲眼见过。一踏出魔印保护范围,战场上所有恶魔立刻转向我,感觉好像我胸口有个会喷火的标靶一样。"

黎莎透过心眼想象数百只地心魔物冰冷的目光射向她和体内那脆弱的小生命。此刻孩子只比她的小拇指卷起来大一点而已,但她敢发誓他踢她。她的膀胱大声要求解放,但她夹紧大腿,不去理会。

"所以你打算在恶魔的慈悲下离开洼地,然后去……怎么样,自由自在地度个蜜月?"

"恶魔毫无慈悲可言,药草师,"瑞娜说,"这点你应该最清楚。别说我不在乎,洼地人对我比世界上其他人都好。我身不在洼地并不表示我没有每晚都为他们而战。"

"那你回来干吗?"罗杰问,"只是要告诉我们你不会回来?"

"对。"瑞娜说,"我欠你们的。我得告诉你们,我不会来帮忙。"

"你大可留张字条就行了啊。"黎莎说。

"我是粗人,不识字。"瑞娜说,"不是每个人都有有钱的

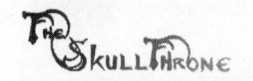

老爸,也不是每个人都有空学写字。我想你们有问题要问,快点问吧。"

黎莎闭上双眼,做深呼吸。瑞娜任性的说话习惯轻而易举地打乱了她的思考。她可以直接问她亚伦是不是还活着,但这么问意义不大。如果他死了,她绝不相信这个女人还能这么冷静。

"我只要知道一件事。"黎莎说。

瑞娜双臂抱胸,等她提问。

"亚伦杀了阿曼恩吗?"黎莎问。她手盖在肚子上,仿佛不要让小孩听到这个答案一样。

"他也不会回来。"瑞娜只有这么说。"洼地人不是唯一必须自立自强的人民。"

"那可不是答案。"黎莎说。

"我只是叫你问。"瑞娜说,"没说我会回答。"

逻辑混乱的女人。黎莎看着她。"为什么你和亚伦白天可以保有力量,其他人不行?"

"呃?"瑞娜问。

"你在伯爵的王座厅打败安奇度。"黎莎说,"他的攻击理应让你瘫痪,但你却逼退他,还把他丢到另一头去。你这种体形的女人在没有魔力加持的情况下不可能办得到这种事,但当时是白天。怎么回事?不只是黑柄魔印这么简单,对吧?"

瑞娜一时不作声,想象着怎么回答。这阵迟疑等于回答了黎莎的第二个问题,虽然没有回答第一个。

正当女人开口回答时,前门突然打开。"黎莎女士!"汪姐在门外大声叫道。

黎莎目光才离开瑞娜一瞬间,但当她回头时,人已经不见了。

"造物主啊！"罗杰在发现对方在自己眼下消失时吓得跳起身来。

汪姐转眼冲入屋内。"黎莎女士！"她瞪大双眼，神色恐慌。"你要快点赶去！"

"怎么回事？"黎莎问。

"克拉西亚人，"汪姐说，"克拉西亚人正在猛攻雷克顿。伐木工在路上发现难民。他们尽可能带他们回到镇上，不过有人受伤了，或许还有很多人不得不在野地里过夜。"

"黑夜呀。"罗杰说。

"可恶。"黎莎低吼，"派信差去追药草师，叫她们去诊所和我们会合。伐木工会集结人马，我要有人自愿跟他们去。你和姐西去帮加尔德。"

汪姐点头，消失在门外。黎莎感到一阵微风，接着回头。地板上有一片雾气，本来还不明显，但渐渐开始集中，越来越大，凝聚实体。

接着瑞娜再度现身。黎莎理应为她和亚伦一样瓦解凝聚形体感到惊讶，不过基于某些理由，她一点也不惊讶。手头上有更重要的问题需要处理。

"你说洼地人必须自己自强，"她说，"包括雷克顿人在内吗？"

"我又不是怪物。"瑞娜说，"浪费时间讲话就会耽误我去救还在路上的难民。尽快派出伐木工。我会帮距离最远的人撑到援军抵达为止。"

黎莎点头。"愿造物主眷顾你。"

"你也是。"瑞娜说着在他们面前化烟再度消失。

罗杰和黎莎一言不发地站了一段时间，然后同时开口。

"我要上厕所。"

第十三章 坏掉的肉

333 AR 冬

一声巨响之后,瑞娜的视线扭曲,在她的眼珠化为数百亿颗小粒子时彻底粉碎。

在烟雾状态下,人类的感官没有多大意义。在这里,魔法,永无止境的魔法,就是唯一重要的感官。她可以感应到黎莎小屋的魔印,轻轻拉扯她的精神。她围裙口袋里的恶魔骨。他们不在洼地大魔印的影响范围内,不过她如同伸手触摸墙壁般感应到它的轮廓。大魔印就像一座烽火,它的吸力宛如旋风,试图把她吸进去,彻底吸干。

但是她释放力量,找寻通往地心魔域的通道。庭院中有好几条这种通道,全都交缠在魔印网中,就像提贝溪镇的佛德·米勒的水车。

黎莎的魔印网和她本身一样具有强大的吸引力,但是一旦弄清楚他们的力量强弱后就可以轻松对抗。瑞娜溜入一条通道,向下前进,来到地底深处。

她立刻听见地心魔域的召唤。在地面上时听起来很遥远,如同班妮敲锅叫在田里的他们回去午餐一样。但当她接触到通道时,地心魔域立刻以其美妙的歌声俘虏她,承诺她会得到无穷的力量与不朽的生命。

然而,尽管悦耳动听,瑞娜还是知道这首歌的内容不尽其实。恶魔在新月攻击洼地时，她曾引导魔法击退他们——而单单那么一点魔力就差点吞噬了她。地心魔域的力量强大到难以形容，乃是全世界所有魔法之源。她本身那股足以让她站在世界顶端的魔力和地心魔域相比就像试图与烈日争辉的烛光。她确实可以成为地心魔域的一分子，不过绝对不可能保有自我。就像一滴雨水落入大湖一样。

她心知，越往下走召唤就会越强烈，于是在来到够胆抵达的最深处后再度释放感知，感应回到地面的通道。四面八方都有通道，有些很宽敞，有些很狭窄，有些通往附近的地面，有些蜿蜒数里才会回到地上。

她并没有刻意在来时的通道中留下任何踪迹，不过她毕竟还是留下了踪迹了，就像她自己的体味一样熟悉。她沿着那条通道前进，转眼间抵达数里外。她在洼地南方凝聚成形，然后再度搜寻通道，透过同样的方式找出下一条回去的路径。

她在四次传送过程中穿越数百里地，片刻后出现在塔中。"喂，有人在吗？"

没人回答，她一咬牙，大步来到门口，踢开塔门。亚伦和贾迪尔在庭院里，检查囚禁囚犯的魔印。

"瑞娜？"亚伦问。他和贾迪尔都看到她的灵气，于是放下手头上的工作，把注意力转移到她身上。

"地心魔域之子又动手了！"瑞娜大叫。

"什么——"亚伦开口。

"克拉西亚人攻下了码头镇。"瑞娜插嘴道，气冲冲地朝贾迪尔挥手。"此时此刻正进攻偏远村落。杀戮、焚烧，逼迫村民在黑夜里四处逃难。"

"不是此时此刻的。"贾迪尔说，"我的族人不会在晚上进行沙拉克桑。"

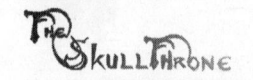

"好像这对那些被你们丢给恶魔吃的人而言有任何不同一样！"亚伦吼道，"你知道这件事吗？"

贾迪尔冷静点头。"几个月前我们就计划在第一场雪时进攻码头镇，不过想不到我没回去，他们还会按照计划行事。"

亚伦转眼拉近两人间的距离。贾迪尔伸手拔矛，但是亚伦一把将矛甩向远方，然后冲势不止，把贾迪尔撞到一棵金木树上。树干厚达五尺，但瑞娜还是在他们撞上去的时候听见一阵碎裂声。

亚伦举起拳头，吸收魔力，指节上的冲击魔印绽放魔光。"难道普通人命对你来说完全没有意义吗？"

贾迪尔看着拳头，丝毫不惧。"动手，帕尔青恩。挥拳，杀了我。摧毁你自己的计划。因为如果你不动手的话，就等于是承认我是对的。"

亚伦难以置信地看着他。"怎么说？"

贾迪尔双手抽动，挣脱束缚，一掌重重拍上亚伦胸口，打得他退后数尺才站稳身形。他以十分骇人的目光回应。

也该是亚伦教训地心魔物的时候了，瑞娜笑着想道。

贾迪尔似乎毫不在乎，拍拍身上的灰尘，拉直他的袍子。"你说得对，帕尔青恩。绿地人，当然还有少数沙鲁姆，此刻正在我的命令下丧命。但是如果你认为他们的性命对我毫无意义，那你就错了。每多死一个人就等于少一份参加沙克拉卡的战力，而我们的人数已经比恶魔少太多了。"

"而你还在做这些自相残杀的……"亚伦开口。

"并非自相残杀。"贾迪尔的声音依旧平静到让人发火。就连他的灵气都正气凛然。"绿地人太软弱了，帕尔青恩。你知道这是事实，既软弱又不团结，就和麦秆一样。沙拉克桑就是收割丰硕作物的镰刀。下一代的青恩将会成为长矛，在沙拉克

卡中奋战。如今损失的人命都是统一的代价，因为统一是拯救阿拉的力量。"

亚伦啐道："你这个自大的恶魔，你根本不知道那些经文的真实性。"

"而你也不知道我会不会成为你在地心魔域中战胜的关键。"贾迪尔擦掉他的口水，没有多说什么，不过显然他的耐心快被磨光了。"但你还是带我来此，治疗我的伤，不管我之前做过什么，不管我还打算做什么。因为你隐约知道有件事情比几条人命重要。就是人类的未来，我们必须掌握所有优势。"

"强暴、杀戮、纵火究竟能带来什么优势？"亚伦问，"强迫人民崇拜另一个造物主？那要怎么让我们强大？洼地人都和你的沙鲁姆一样强，而我根本无须摧毁他们的家园和亲人就让他们走到今天这个地步。"

"因为奈帮你摧毁了。"贾迪尔说，"我听说过你拯救洼地的事迹，刚好在阿拉盖永远摧毁洼地部族前抵达，就像我当初拯救沙拉奇部族一样。"

"伐木洼地之役只是个开始。"亚伦说，"后来又有数千人加入伐木工的阵营。"

"那都是被我驱赶去的难民。"贾迪尔说，"要不是被我戳破了安全的假象，你以为会有多少青恩拿起长矛？我们初次见面的时候，你曾告诉过我，你的族人大部分都不肯动手对抗阿拉盖，就连亲人的性命遭受威胁时也一样。"

他眯起双眼，解读亚伦的灵气。瑞娜看向他，但是没办法像他们一样读心。

"你的亲生父亲，"贾迪尔说，在察觉真相时点了点头。"令自己蒙羞，在阿拉盖攻击你和你母亲时却懦弱得袖手旁观。"

瑞娜或许无法理解灵气中的细微变化，但就连她也没有错过亚伦灵气中强烈涌现的羞辱和愤怒。

但是贾迪尔的灵气中也出现了变化。骄傲、尊敬。她的感知在夜里十分敏锐，她看见他在深入了解亚伦时喉结因为情绪转变而紧缩。"是你救了她。才刚到参加沙拉吉的年纪，你就像受过训练的沙鲁姆般投入战场。"

"那样不够，你还是失去她了。"

"我来不及。"亚伦道。

"你后悔为她起身对抗奈吗？"贾迪尔问。

"从来没有过。"亚伦说。

"这就是身为沙达玛卡所代表的意义。"贾迪尔说，"下达其他人无法下达的艰难决定。像你父亲那种弱者必须铲除，强者才有机会出头。"

"杰夫·贝尔斯不是弱者，"瑞娜说，两个男人向她看去。"那天晚上他也学到教训，虽然一直到十五年后才再度接受测试。当我浑身是血、被恶魔追赶到他家门外时，他抓到工具，挺身对抗它们，救了我一命。让他变坚强的人不是你，克拉西亚人。如今提贝溪镇挺身对抗恶魔了，他们并不是在你烧杀抢掠下才开始改变。"

"英内薇拉，"贾迪尔说，"人们怎么开始参与沙拉克卡并不重要，重要的是他们参与。"他看向亚伦。"帕尔青恩，是你说我们已经不该再去关心那些俗事的。进攻码头镇是阿邦的计划，到头来究竟他和贾阳与雷克顿的船务官谁能胜出，就要看艾弗伦的决定了。"

"我不该相信那个恶心的瘸腿骆驼。"亚伦大叫。

贾迪尔轻笑。"这些年来我经常对自己这么说。你唯一可以相信阿邦会做的事情就一定会做到。他完全相信自己的良知，不过一旦有利可图的时候，绝对会泯灭良知。"

"我要传送到码头镇去教训他和你儿子。"亚伦说。

贾迪尔脸色一沉。"如果这么做，帕尔青恩，我们的协议就作废了。如果这么做，我会回去坐我的骷髅王座，让你自己去地心魔域执行你那个疯狂的计划。"

亚伦的嘴唇抽动，两个人蓄势待发，随时都会再度开打。他们僵持片刻，接着亚伦摇头。"走着瞧。现在，瑞娜和我要去帮助被你丢入黑夜的难民。"

"那可不——"贾迪尔开口。

"闭嘴！"亚伦大吼，激动到贾迪尔都微微退缩。"现在是晚上，我决不会让我们的兄弟姐妹在黑夜成为恶魔的猎物。"

贾迪尔点头。"当然这么做毫无荣誉可言。我会叫山娃和山杰特过来，然后我们——"

"就给我待在这里，看守囚犯。"亚伦大声道。

"我们不是你的仆人，帕尔青恩。"贾迪尔说，"不是看守犯人的狱卒。"

"它可不是普通囚犯。"亚伦说，"你知道我们抓到的是谁。"

贾迪尔身体一僵。"阿拉盖卡。"

亚伦微微点头。"如果我回来发现你们少了一个人，我们的协议就真的作废了。"

贾迪尔鞠躬。"不要被人看到。趁夜拯救你的族人去吧，但白昼战争已经不关我们的事了。"

亚伦皱眉，不过还是点头，转身朝瑞娜伸出一手。她接过他的手掌，化作烟雾窜入一条通道，一起传送离开。

瑞娜传回塔内,不小心在离地数寸的空中凝聚形体。夜复一夜地吸收魔力和传送导致她头昏眼花、魔力耗尽。筋疲力竭,还因为过度传导魔力而浑身灼痛。

意外坠落扭伤了她的脚踝,导致她立足不稳,不过在她摔倒前有人及时扶住她。她神经紧绷,准备战斗。

"放松,姐姐,"山娃说,"是我。"

瑞娜摇头,站稳身形,然后推开女人。"我什么时候变你姐姐了?"

"自从我们在卡吉之墓中并肩作战后。"山娃说,"如今我们是长矛姐妹了。"

她的脚踝阵阵抽痛。瑞娜想要治疗扭伤,但却发现自己虚弱无力。她试图吸收更多魔力,但这么做让她浑身滚烫。还是让脚踝痛一下算了。

瑞娜看向地平线。天空微亮,不过日出还要一个小时。她必须在天亮前吃点恶魔肉,不然一整天都会毫无用处。"天亮后就不算朋友了,白天我们就会变回敌人?"

山娃耸肩。"如果沙达玛卡命令我对付你,我会奉命行事,瑞娜·娃·豪尔,不过不会是因为我想动手。我在你和帕尔青恩身上看见荣誉,而我认为艾弗伦对我们一定有所安排。"

"真希望事情有那么简单。"瑞娜说。

"是也不是。"山娃说,"阿拉上没有简单的事情,不然这里就成了天堂了。艾佛伦不会透露他的计划,但我们知道一定有安排。"

"是呀。"瑞娜同意,不过她也不算完全同意。这个女人在浪费她狩猎的时间,特别是在她脚踝受伤的情况下。她拔出匕

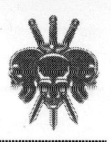

首。"我要去打猎。恢复一点体力。"

山娃点头。"我陪你去。"

"不准你陪。"瑞娜大声道。

"你很累了,姐姐。"山娃说,"多一个人安全点。"瑞娜摇头。"我不需要不会传送的人。你只会拖累我的速度。"

"但我们……"

山娃的灵气显示她心灵受创,这让瑞娜勃然大怒。"我们怎样?是长矛姐妹?当我过去一周都在想办法拯救被你们沙漠老鼠驱赶进入黑夜的难民时,你以为那对我而言代表着什么吗?"

她抓起她的内衣,露出大片血迹。"我身上染满无辜之人的鲜血,而这都是你的沙达玛卡一手造成的,山娃。在这里,天杀的黑夜里。所以原谅我不希望和你并肩作战。"

她突然转身,二话不说地消失在黑夜。

瑞娜一直到天快亮时才终于发现了猎物的踪迹。他们五个人已经把石塔附近的区域清理得差不多了,就在她越走越远的同时,许多地心魔物早已回到地心魔域的怀抱,躲避致命的阳光。

她追踪这头恶魔好几分钟,找到它时发现自己刚好赶上,田野恶魔已经躲到长长的野草所提供的掩护中,以免有人趁它瓦解形体的脆弱时刻偷袭。低等恶魔瓦解形体不像精英恶魔或是她本人那么快,而当它们处于瓦解形体过程中的出神状态时,反应就和睡着没什么两样。

她看到对方开始出神时肌肉放松的反应,立即跳到它背上,一手一脚勾住恶魔的躯体,翻身以背部着地。恶魔无助地挣扎,

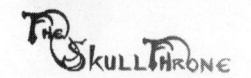

让她一刀插入胸口，向下划开，露出内脏。

地平线上射出阳光，地心魔物的肉开始嗞嗞作响。瑞娜心里着急，双手插入恶魔的伤口，挖出里面的肉块，在太阳烧光它们之前塞到嘴里。

瑞娜狼吞虎咽地吃了几口，接着就看到一点火花，流到下巴的浓汁起火燃烧。她惊慌大叫。

突然间唰的一声，一根闪亮的矛头如同镰刀般划破野草而来。山娃站在一旁，举矛欲挥。但接着她看到恶魔尸体，当场僵在原地。

她立刻向后跳开，深深鞠躬。"请原谅我没有遵照你的要求，姐姐，但是我担心你。你刚刚大叫，我还以为……"

她抬头。"不过当然不是。你是瑞娜·娃·豪尔，没有恶魔可以对抗……"

山娃的灵气消失在逐渐明亮的阳光中，但她的眼神表示得十分明白。她知道了。

"山娃，等等……"她开口，但是女人转身就跑。

瑞娜回来，所有人都聚集在庭院里，站在石塔的阴影下。山娃跪在地上，额头抵地。山杰特手持长矛。

她走近时，所有人都转头看她。山娃跳起身来，矛头指向瑞娜。"她是奈的仆人。"

"不可能。"贾迪尔说，"她和我们一起对抗阿拉盖卡。"

"她腐化了。"山娃说，"我在艾弗伦面前用我的荣耀和进入天堂的希望发誓，解放者。我亲眼看到她吃阿拉盖的肉。"

"不可能。"贾迪尔再说一次，指向东升的太阳。他和其他人还站在阴影下，不过瑞娜完全暴晒在阳光中。"奈的仆人怎

么可能站在艾弗伦的荣光中……"

但接着他突然转身，看向亚伦。他瞬间拉近距离，抓起亚伦的手，刺探他的灵气。

"是真的。"贾迪尔低声道，"艾弗伦保护我们，我相信你，而你从头到尾都是奈的仆人。"

"可恶，停止这种愚昧的行为！"亚伦吼道。

"不然你为什么要亵渎你的身体……"

亚伦大吼一声，用力推开贾迪尔，山杰特向旁闪开。所有人都蓄势待发，但亚伦站在原地，没有继续冲突的意思。"你还有胆子问我为什么？黑夜呀，你以为我喜欢？"

他气冲冲地指向贾迪尔。"这都是因为你，就和天杀的刺青一样。"

"这下是你在说傻话了，帕尔青恩。"贾迪尔说，"我可没有把恶魔肉宰成块塞到你嘴里。"

"没有，但你与山杰特和其他人把我丢在可恶的沙漠里等死，"亚伦说，"在你们殴打我、抢我的东西，还因为我胆敢打赢三千年来第一场阿拉盖沙拉克而把我丢给恶魔吃之后。"

山娃瞪大双眼看向山杰特。"父亲，这不可能是真的。"

山杰特压低矛头转向她。"是真的，女儿。我们当晚所做的事情令我们自己蒙羞，但是帕尔青恩偷走了卡吉之矛，我们决不能让他保有它。"

"你比大市集里的卡菲特还会玩弄文字游戏。"亚伦啐道，"三千年来从未有人见过卡吉之矛。它的力量属于全人类所有，而我诚意地带它去找贾迪尔，和你们分享。"

"沙鲁姆会保持安静！"贾迪尔冲山杰特下令，目光一直保持在亚伦身上。"你也在玩文字游戏。你说的话都不能解释你为什么要吃这种恶心的肉。"

"不能吗？"亚伦问，"你自己也说过，安纳克桑没有食物。那就是你的族人把圣城搞得比心灵恶魔还乱的原因。没时间保持敬意。你只想要洗劫那座城市。"

"我警告你，帕尔青恩……"贾迪尔开口。

"别否认。"亚伦说，"身为沙达玛卡表示要下达重大决定，是吧？那就为你的决定负责。"

"我会负责。"贾迪尔冷冷说道。

"我也会。"亚伦说，"我和你一样想要取得安纳克桑的秘密。当我撑到黎明绿洲，把魔印文上我的皮肤后，我就拥有足够的食物可以逃离沙漠……"

"或是回到安纳克桑。"贾迪尔把话说完。

亚伦点头。"我在那里待了很久，研究魔印。唯一能吃的东西就是恶魔。必须存活下去，我要把我所学到的知识散播出去。"

他扬起一根手指。"但我把所有东西都放回原位。我敢说你的族人根本没发现我去过。所以我们两个谁比较尊重艾弗伦，谁和奈作战表现得比较好？"

贾迪尔嗤之以鼻。"别向我提艾弗伦和奈，帕尔青恩不配。你自始至终怀疑他们。"

"而我在你的宗教里表现得还是比你好！"亚伦说着双手抱胸。

"你吃阿拉盖肉。"贾迪尔说，"你真的以为不会被肉腐化？"

亚伦大笑。"你真是天杀的假道学！你这一生、掌权的过程、征服的手段、你的一切都是依照阿拉盖霍拉的安排在走，而你还有脸和我谈腐化？你那扭曲的逻辑又怎么解释艾弗伦会透过恶魔骸骨和你沟通？"

贾迪尔噘嘴。"这个我也经常怀疑，但我又无法否认它们的力量。"

"当然不能。"亚伦说，"你可以看见天杀的魔法。"他指向卡吉之矛。"卡吉之矛内镶满恶魔骨核心。卡吉之冠也一样。"

"魔法并不邪恶，地心魔物也不是什么永恒之战里的士兵。"亚伦继续说道，"它们只是动物，和我们一样。在阿拉地底存活数百万年的动物，沐浴在地心的力量中。它们进化到懂得吸收那股力量，利用那股力量。而我们则学会以那股力量反制它们。事情就是这么简单。"

他扬起魔印拳头。"刺青带给我力量，但是并不比你的魔印伤疤强。我真正的力量源自恶魔肉。那就是我可以瓦解形体、凭空绘印的原因。可以做到你没有长矛和皇冠就无法做到的事情。如今我拥有自己的恶魔骨核心了。"

"如果它们如你所说只是动物，"贾迪尔说，"继续这样下去，你就可能蜕变成它们的一员。"

"我知道。"亚伦说，"我已经很多年没吃恶魔了，但力量没有消失。"

"但你却允许你的吉娃吃。"贾迪尔说。

亚伦再度大笑，而这一次并不是嘲弄他。他是真心大笑。"允许？你没见过瑞娜·贝尔斯吗？她就是她自己，没人可以允许或禁止她做任何事。"

"说的一点也没错。"瑞娜说着牵起他的手。

亚伦神色爱怜地看着她，不过继续对贾迪尔说话。"我叫她不要吃，她很清楚风险，但还是想要赶上我的进度。她认为我会丢下她不管，自己跑去地心魔域对付阿拉盖，而她不想要我这么做。"

"别说得好像这是什么疯狂的想法，"瑞娜说，"你自己也

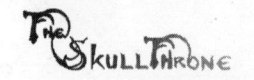

说过地心魔域在召唤你。现在我也会传送了,也听得到来自地心的召唤。但是单凭我们两个是打不赢这场仗的。"

她以为贾迪尔会对地心召唤的说法大惊小怪,但他点头。"奈的召唤很强烈,但是说真的,你必须对抗它。全阿拉的命运都掌握在我们手上,相信艾弗伦,他会让你更坚强。"

亚伦摇头。"我向来只相信自己和我所关心的人。"

贾迪尔慢慢伸出手指指向亚伦胸口。"艾弗伦在你心里,我的朋友。不管是我们创造了他,还是他创造我们,那都无关紧要。在黑暗中,他就是你体内的光明他是分辨善恶的声音,他是你在沙漠中吸取的力量。他是你在这个疯狂计划中所抱持的希望。"他微笑。"他就是你体内拒绝接受我所带来真相的冥顽不灵。"

亚伦微笑。"我承认你最后那句话,至少。"

"既然秘密揭露,或许我们就不需要囚犯了。"瑞娜说,"我们全都可以走捷径下去。"

亚伦摇头。"包括我在内,任何人都不该在太接近地心魔域的地方瓦解形体。那就像是把水桶丢到河里,然后期待它会待在上游。"

贾迪尔双臂抱胸。"不管是不是假道学,我的战士和我都不会用阿拉盖肉来亵渎我们的身体。"

山娃和山杰特立刻点头,瑞娜从他们的眼神中看出他们都松了一大口气。

"那我们就采用困难的方法。"亚伦同意。"但是要这么办,我们得先让那头恶魔的恶魔开口才行。"

第十四章　囚犯

333 AR　冬

　　恶魔缩在魔印力场中央，尽可能使最少的皮肤暴露在可恶的太阳下。

　　囚禁它的人面面俱到。锁链和锁头都是用真实金属打造，上头的魔印威力强大，灼烧它的皮肤，将它封锁在固体形态中。

　　它的囚室是圆形的，没有任何家具。地板上镶着有色石块，形成魔印的形状，就算它挣脱锁链也逃不出去。魔印具有强大的吸力，恶魔亲王必须把它的力量深深埋藏在体内，不然就会被吸干。

　　魔力一旦被吸走就没办法补回了，因为恶魔亲王的囚室远离地面，没有魔力通道可吸取魔力。囚室的魔力来源就是恶魔王子本身的魔力，而它打定主意尽可能提供最少量的魔力，小心翼翼地善用仅存的力量。

　　塔墙外还有魔印。不让外界的恶魔发现它的囚室的魔印。恶魔亲王试着联系它们，但是禁忌魔印的威力太强了。第一次，它的心灵和躯壳的基础本能和其他兄弟复杂美丽的思绪通通失联。心灵上的死寂令它疯狂。

　　但是比这种羞辱更糟糕的部分在于白昼之星。囚室的窗户用厚重的窗帘遮蔽，层层交叠，密不透风。室内漆黑到任何地表生物都和瞎了眼睛一样，但是对恶魔亲王而言，就连透过窗帘丝缝中渗透进来的微光都会造成痛苦,消耗它的力量,灼烧它的皮肤。恶魔唯一能做的就是紧闭双眼,缩成一团,熬到夜晚。

终于,太阳下山了,恶魔迅速在把它身体绑成一团的锁链中坐起身来。慢慢地,恶魔亲王撷取一点力量,治疗越来越厚的燃烧坏死组织下的伤势。

它再度撷取魔力,制造维生所需的养分。囚禁它的人够聪明,没有走到近处来喂它吃东西。

最后,它变形,将某个特定的锁头贴紧皮肤,让它把最后一点魔力灌注其中,一点一滴地侵蚀金属。如果灌注过量,锁链就会吸走魔力,但是一点点魔力可以产生水滴侵蚀石头般的效果。

如今恶魔已经研究它的锁链超过半个周期,对它们的构造了若指掌。只要废掉镣铐上的三处锁头,它就能恢复大部分行动能力。再弄断两个链接,它就可以摆脱锁链。

摆脱锁链后,它就必须解除有色石块的魔印,然后瓦解形体,逃离囚室。这个过程要不了多少时间,但是魔印显示在他成功之前就会被囚禁它的人发现。就算他们里面最弱的一员都能轻易扯下窗帘,然后太阳就会置它于死地。

恶魔亲王可以耐心等待。它或许要过好几个周期才能达到目的,而那段时间中情况很可能会出现变化。人类心灵想要留它活口,这是研究刺探他们弱点的好机会。

美妙的讽刺之处在于,他们用来把它封锁在固体形态的镣铐的同时也导致恶魔亲王无法重塑喉咙和嘴巴,让它发出地表牲畜赖以交谈的那种难听怪叫。它听得懂他们的问题,但却无法回答。

这让那些人类心灵心情沮丧,加深他们之间的嫌隙。他们

或许是统一者，但就和其他人类一样，他们很愚蠢、情绪化。不比化身魔聪明多少。

最重要的是，他们的寿命有限。他们迟早都会失去警觉的，到时候它就能够溜走。

第十五章　魔印之子

333 AR　冬

"打死我也不让你那双油腻腻的沙漠手碰我女儿！"

黎莎抬头，手里捧着一个男人的肠子，看见一个胳膊超粗的雷克顿男人和他的青少年儿子举起拳头站在娇小的阿曼娃面前。协助她的学徒全都吓僵了。吉赛儿也停下手边的手术，但是她和黎莎一样没办法阻止或介入此事。

阿曼娃毫不担心。"我不碰她，她就会死。"

"是呀，那是谁的错？"男孩吼道，"你们沙漠老鼠害死了我妈，把我们赶入黑夜！"

"不要把自己懦弱无能、没办法保护妹妹的错怪到我头上。"阿曼娃说，"让开。"

"死都不让。"男人说着抓起她的手臂。希克娃上前一步，但是男人的儿子侧步阻拦她。

阿曼娃低头，一副好像他在那件和黎莎一起于诊所中工作好几个小时依然一尘不染的白袍上抹大便的样子。接着她手臂窜起，绕过男人巨大的二头肌，击中他的腋窝。她舞蹈般后退转身，挪开男人的手臂，直到手肘卡住为止。她轻轻一扭，男人痛得大叫。

阿曼娃利用卡住的手臂像操纵傀儡般操纵男人，将他甩离手术台，撞向他儿子。男人的脚踢中男孩，让他摔向门口，而

阿曼娃又拉回尖叫不休的男人，朝他儿子走去，轻轻松松就把他们两个丢出房间。

她在房门撞开时放开男人的手臂，反脚踢中他的太阳神经丛。两人飞身而起，一个重重落在另一个身上。数十个正救治伤患的女人被震惊得抬起头来。

黎莎转向朗妮。"出去找几个身材最高大的伐木工来。叫他们在手术室门口站岗，如果让不是病患和施救的药草师的人进来，我就会把他们的头咬掉。"

"总得有人帮忙抬伤患进来。"朗妮说，"大部分伐木工都深入黑夜去救人了。"

"我这里忙完就去找人帮忙。"黎莎说，"去。"

朗妮点头，然后离开。阿曼娃已经开始救治那个女孩，她被田野恶魔咬得很惨。他们不是第一个看到阿曼娃的长袍和深色皮肤就失控的雷克顿人，但是必须忍气吞声——必要的话连牙齿也得咬碎吞下几颗。

即使洼地所有药草师都赶来帮忙，她们还是应接不暇。学徒可以接骨和缝合伤口，但是很少懂得隔开病患的技巧，更别提修补内脏。阿曼娃是黎莎见过最厉害的战地医师。她绝不能让她离开诊所。

下一波病患还没送来，她们终于可以喘口气。黎莎完成手上的工作，让凯蒂接手缝合。她伸个懒腰，走出手术室。肚子里多余的孩子让她弯腰在手术台前工作变得很痛苦。

诊所主病房一片混乱。打从难民开始出现至今已经超过一个星期，但伤患还是源源不绝地被伐木工与林木军团的巡逻队送回洼地。由于难民已经逃难数日，大部分都精疲力竭、风尘仆仆；许多人伤在入侵部队或路上的恶魔手里。

但是在经历过几波雷克顿难民和新月时的损失后，洼地人对于在混乱中建立秩序已经驾轻就熟。

旁边有两个雷克顿男人瘫在一张板凳上，双臂抱膝，凝视地板。黎莎迫切地需要休息，但是这个画面提醒她其他人的情况更糟。

黎莎了解难民看到阿曼娃时发怒的理由。她自己也很生气。他们进攻码头镇的时间拿捏精准，绝不是一时兴起。阿曼恩已经筹划多时，当初勾引她的时候就已经计划了。

她心里有一部分既愤怒又受伤，希望亚伦真的把他杀了。

她朝他们走去。那个父亲一直到她的脚直接出现在他们眼前后才抬起头来。儿子则继续呆呆地盯着地上。

"你女儿会没事的。"她说，"你们全都会没事。"

"我很感激你这么说，药草师。"那个父亲说，"但我不认为我们有可能会没事。我们已经失去了……一切。如果卡蒂死了，我不知道我会……"他说着声音哽咽起来。

黎莎一手搭上他的肩膀。"我知道那种感觉，我也曾陷入和你一样的处境。不止一次。洼地人全都是从苦难里熬过来的。"

"会好转的。"史黛拉·因恩推着送水车过来。她舀了两杯水，又拿出一条毯子。"天气转凉了。营地里有热魔印，不过要晚上才会生效。他们是否分配营地号码给你们？"

"啊……"男人说，"前面的男孩有说过什么……"

"七号。"他儿子说，依然盯着地板。"我们分配到七号营地。"

史黛拉点头。"波拉克的田地。你们叫什么名字？"

"马辛·皮特。"男人朝儿子偏了偏头。"杰克。"

史黛拉在笔记上做个注记。"你们上次吃东西是什么时候？"

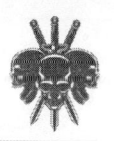

男人神色茫然地看着她,然后摇头。"口袋都空了。"

史黛拉微笑。"我会趁你等消息的时候通知加伦赶紧推面包车过来。"

"造物主保佑你,孩子。"男人说。

"看吧,"黎莎说,"已经开始好转了。"

"是呀,"男孩说,"妈死了,家被烧了,卡蒂即将死于恶魔感染。但是我们有毯子盖,所以一切都很美好!"

"唉,要懂得感恩!"马辛说着拍了他儿子的脑勺一把。

"除了毯子和面包,还有其他东西。"黎莎说,"像你们两个这么强壮的男人马上就能开始工作,砍树,在新大魔印里重建家园。"

"有给薪的工作,"史黛拉补充道,"一开始是食物券,然后你们会每天挣到五卡拉。"

尽管黎莎嘲笑过新钱币,但是镇民真的很需要这种东西,在难民之间迅速流通,供不应求。

马辛摇头。"今晚恶魔突破营地魔印圈时,我还以为我们都死定了。但我必须相信……解放者不会毫无理由地拯救我们。"

黎莎和史黛拉听到这话猛然抬头。"你见到解放者了?"史黛拉问。

男人点头。"对,不止我见到。"

"你只看到一阵魔印光。"杰克说。

"对,"马辛点头,"但是比我临时绘制出来的魔印强烈多了。异常炫目。我还看到一条手臂。"

"可能是任何其他东西。"杰克说。

"不是任何东西都能冻死咬到卡蒂的火恶魔。"马辛说,"或是点燃那头木恶魔,让我们有机会遇到路上的伐木工。"

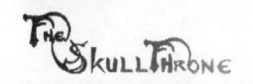

黎莎摇头。这不是她第一次听说瑞娜出手的传言，但是截至目前，大家都只看见模糊的身影或是匆匆一眼的魔印皮肤。

她是怎么办到的？黎莎怀疑。凭空绘印、瓦解形体、一次呼吸之间就能飞跃数里。光用黑柄魔印并不足以解释这些。汪姐晚上越来越强大，但还是难以与她相提并论，而且太阳出来之后，她的能力就会恢复正常。

"我对太阳发誓。"马辛说，"解放者救了我和我的儿女。"

"当然是他，"史黛拉说，"解放者在上天眷顾我们所有人。"

黎莎带着史黛拉走到他们的听力范围外。"不要公开承诺这种事情。你和大家都很清楚，就连亚伦·贝尔斯也不可能无所不在。人们必须想办法自救。"

史黛拉行屈膝礼。"是，女士，如果我是手臂像树干一样粗的伐木工，或是能把男人当娃娃甩的克拉西亚公主，要说自救当然轻松。但是像我这样的洼地女孩能怎么自救呢？"

的确，能做什么？黎莎心想。史黛拉身体健康，但是身材矮小，手臂很细。这个女孩已经尽量帮忙了，但她说的没错，她天生不适合战斗。

"如果可以的话，你愿意作战吗？"

"愿意，女士。"史黛拉说，"但就算祖父让我作战，我还是连曲柄弓都拉不开。"

"那个我们再研究。"黎莎说。

"女士？"史黛拉问。

"先专心做好工作。"黎莎说，"我们回头再讨论。"

诊所大门轰的一声被人踢开。汪姐·卡特大步走入，肩膀上扛着两个男人，手里还抱着一个。她卷起衣袖，黑柄魔印微微发光。

诊所里的人全都开始指指点点。汪妲看见黎莎的目光，歉疚地耸耸肩。

🐝

"没得选择，女士。"汪妲等她们独处后说。"我箭射光了，恶魔又直接扑向他们。我还能怎么办？看着他们死吗？"

"当然不是，亲爱的。"黎莎说，"你做得对。"

"现在全镇的人都在谈论此事了。"汪妲说，"说我是你的魔印之子。"

"事情发生就发生了。"黎莎说，"不必放在心上。我们不可能永远隐瞒下去，而且目前研究的成果已经可以扩大实验了。"

"喔？"汪妲问。

黎莎朝汪妲手臂上的魔印点头，魔印还在发光。"等你肾上腺素消退后，魔光就会消失。调节呼吸，直到魔光消失，然后下去找些志愿者。记得我说过的挑选条件吗？"

"记得，女士。"汪妲已经开始放慢呼吸的节奏。

"汪妲，"黎莎朝向她点头。"从史黛拉·因恩问起。"

🐝

太阳出来了，汪妲等待阳光照亮庭院，然后走下前廊，开始伸展四肢，进行每天例行的沙鲁金训练。今天早上很寒冷，但她只穿一件直筒内衣，尽量把魔印皮肤暴露在阳光下。

"你今天感觉如何？"黎莎问。

"早上一开始接触阳光时，魔印会发痒。"汪妲说。

"发痒？"黎莎问。

"刺刺的。"汪妲说，"像被荨麻枝撩到。"汪妲缓缓吐气，

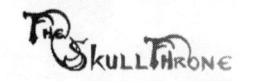

先接下一式动作。"但是不用担心,女士,这种感觉只持续一两分钟,我顶得住。"

"好,"黎莎说,"只从外表看不出来。"

"我不打算有点痛就来浪费你的时间,女士,"汪妲说,"我没见过你抱怨,而你承受的痛楚远大于我们。"

"你必须告诉我这种事情,汪妲。"黎莎说,"现在比之前更必要,你必须把一切细微的感觉通通告诉我。魔法正影响你,我们必须确保安全无虞,为了其他人着想。"

还有我,她心想。和我的孩子。

"你已经一个礼拜没休息了。"黎莎说。大部分伐木工都没睡。汪妲和加尔德还有最初的伐木工,在伐木洼地之役中和亚伦并肩作战的那些人一直在支援战况最激烈的地方。每到晚上,马蹄上的魔印让他们的马能够迅速奔驰,让他们追踪猎杀难民的恶魔,在它们展开攻击前摧毁它们。白天难民开始出现后,他们就帮忙指引逃难的雷克顿人前往沿着道路建造的魔印营地。

"你也一样,女士。"汪妲指出这一点。"别以为我不在这里就不知道。女孩们告诉我,你从难民开始出现后就没合过眼。魔法也正影响你。"

这话说得没错。

"确实。"黎莎语气稍微严肃一点。"我上周使用的霍拉魔法比上几个月加起来还多。我得到的魔力反馈不到你画黑柄魔印后的一半,不过还是足以体验你所经历的一切。我觉得……"

"像是可以直闯地心魔域,一脚踢中恶魔之母的屁股。"

黎莎大笑。"比我原先想说的要生动多了,不过没错。魔法会在你体内流窜,洗刷疲倦感。"

汪妲点头。"天亮时,你会觉得已经睡了一夜,还喝了一

壶咖啡，就像是拉满的弓弦，随时可以发射。"

"你随时都拉满弓弦吗？"黎莎问。

"当然不。"汪妲停下动作，看向黎莎。"那样会弄坏一把好弓的。"

"这么久不睡觉可不自然。"黎莎说，"我们或许不累，但我觉得体内有东西正流失。在没有梦境可以逃避的情况下——"

"——全世界都开始像是一场梦。"汪妲帮她说完。"对。"

"我会用潭普草加天花草帮你煮一剂药茶，"黎莎说，"应该能让你睡上八小时。"

"那你呢？"汪妲问。

"我今晚趁你带她们出去的时候再休息。"黎莎承诺，"我保证。"

汪妲嘟哝一声，继续回去练拳。黎莎心想亚伦和瑞娜是什么感觉。他们会不会几个月都没有好好睡上一觉？他们上次做梦是什么时候？

她害怕得到这个答案。或许那就是他们两个都像饿狼一样疯狂做爱的原因。

汪妲打完沙鲁金，两人一起进屋。汪妲从架子上取下她的木甲，装备她的护具。这套木甲是汤姆士的母亲赐给她的礼物，阿瑞安老公爵夫人；汪妲几乎像珍惜亚伦送的弓和箭一样珍惜它，每天早上她都会像母亲给婴儿洗澡一样爱怜地保养她的武器和护甲。

黎莎抽点时间煮了壶开水，拿到洗澡间。她一边吃小面包，一边拿毛巾擦澡，然后换上干净的衣服。

她深吸一口气。情况很快就会好转的，难民持续涌入，但是洼地人在路上持续推进，现在已经开始接到刚刚上路、还带有牲口和食物的难民。好几座尚未遭受攻击的村落在伐木工的指引下进行有组织的搬迁行动。

洼地还是必须吸收他们,但是吸收带着补给和财物、以移民姿态赶来的人,远比第一波那种精疲力竭、除了伤口没带任何东西的难民要容易多了。

今晚,黎莎可以抽空睡觉,或许。但是年轻的志愿者已经开始在她的庭院中集结,根据基本资料进行力量和反应的测试,然后由她的学徒加以分组。当黎莎和汪妲开门出来时,门外窃窃私语的洼地人瞬间陷入一片兴奋的沉默。

志愿者全都是二十岁左右的年轻人,都是曾自愿加入伐木工,但因种种不足而遭拒的人,其中一人呼吸有问题,另一个需要戴眼镜才看得清楚东西,其他人纯粹是因为身材瘦弱或是不够强壮。

一不小心,我们就会变成人数日渐众多的卡菲特阶级,黎莎心想。

"他们盯着我看。"汪妲说。

"对。"黎莎说,"偶尔感受一下这种感觉。对这些孩子而言,你就像魔印人一样。"

"别拿解放者开玩笑。"汪妲说。

"我们都是解放者。"黎莎说,"这是他说的。你的工作是要启发这些孩子,就像他启发你一样。这世界需要很多解放者。"

"那为什么不在伐木工和沙鲁姆身上绘印?"汪妲问,"为什么只挑这些当不成伐木工的人?"

"我们还在测试阶段。"黎莎说,"我们需要小队人马、可以控制的小队,测试整个过程,然后再用在金木树那种体型的战士身上。"

他们一共分成三组,史黛拉是其中之一,只比她大两岁的舅舅基特则分配在另一组。就战士的角度而言,这些人都不是伐木洼地中的首选。

第一组人,包括她朋友布利安娜的儿子加伦·卡特在内,会分配一支黎莎亲手刻印的特殊魔印矛——矛柄短,矛头长,专为强化吸收地心魔物魔力效果设计。

第二组人会得到和第一组差不多的武器,不过其中镶有霍拉碎片,包覆一层刻有魔印的银。这种矛白昼时也能像夜晚一样保持有限的魔力,用完后还能重新充能。

最后是史黛拉的小组,三组人中最渴望力量的人,会在皮肤上绘制黑柄魔印,并和汪姐一起练习沙鲁沙克。

这场测试需要持续好几个月,不过如果黎莎的假设正确,下次恶魔王子率队来袭时,洼地就会有一支解放者部队等着应战。

她的魔印之子。

❁

"好了,画完了。"黎莎在史黛拉皮肤上画完最后一个魔印时,天色已经暗下来了。其他人都和汪姐一起在庭院里等,神色赞叹地研究魔印武器和刺青。他们全都知道自己很快会进入黑夜——很多经验老到的战士奋战一生的战场。

大家的情绪越来越兴奋。他们可能会死,没错,但同时也有机会报仇,让洼地人知道他们也能尽一份心力。没有人能安静不动,大家都不断改变站姿或是来回踱步,等史黛拉好了之后就开始行动。

黎莎把史黛拉叫了过去,透过魔印眼镜看她。庭院中充满魔力,正常肉眼只能看见其中一小部分。有些魔印本身的用途就是发光，在庭院中提供照明，但其他魔印则充斥着需要魔印视觉才能看见的能量。

她看见魔力飘向史黛拉的脚踝，就像其他人的脚下已经凝聚不少魔力一样。魔力顺着黑柄魔印蹿上她的脚，受到环环相扣的魔印拉扯，缠绕她的身体，涌入她的双手和头部，仿佛推动身躯心脏工作的是魔力，而非血液。只是站在庭院中，魔印之子就能感受到魔力带来的刺痛。一开始像是口味比较重的茶，然后变成肾上腺素激增的感觉。要不了多久，感官就会扩张，闻到各式各样细微的气味，听见方圆一英里内所有声响。起初会难以承受，直到思绪也开始加速为止。

然后他们就会开始产生无所不能的幻觉。

"这个东西，"汪妲举起一根长钢管，末端有条套圈钢索。"是把叫作阿拉盖捕捉环的克拉西亚武器。"她将套圈套上庭院中的一根木桩上，一扭一拉就扯紧了套圈。"所有人上前拿一支。我在药草师树林里设置了地心魔物陷阱。我们要用这东西抓出恶魔，然后用来练习。"

"喔，就这样？"基特问。"我们不用先……我不知道，在庭院里练习一下，然后再深入黑夜吗？"其他人轻声表达认同。

黎莎压抑脸上的笑容。黑夜，确实，黎莎的地盘完全受到大魔印和魔印道路的保护。魔印之子或许觉得恶魔可以威胁他们，但事实上他们在整个过程中几乎都安全无事。

但他们必须尽快接触恶魔，而身处险境的感觉能让他们敬畏对手——这可不是游戏。

看着汪妲率领魔印之子离开感觉好像做梦一样。眼角的世界开始变得模糊，即使连续绘印十小时，她的目光焦点依然清晰。她脑侧抽痛，腹内翻滚，不过这些感觉几乎已经成为不会消失的老病，而她已经习惯了它们。

但是当最后一个魔印之子的背影离开魔印视觉范围,她脑中开始出现一幕幕的虚构画面。加伦·卡特在恶魔爪伤下持续失血,大声呼唤妈妈。布莉安娜从此恨她入骨。史密特也一样,如果史黛拉或基特出事的话。一个画面突然浮现,她看见木恶魔咬断史黛拉的脑袋,她的心脏会在尸体发现自己已死前继续跳动几下,血液高高喷入空中。

她摇头赶跑那些画面,揉揉眼睛。终于。她迫不及待地需要好好休息一下了,不然就要发疯了。就算亚伦、阿曼恩和汤姆士全都在这个时候来到她的院子,为了争夺她而大打出手,她也不愿多看一眼。

她步伐稳健地走向家门,但是她的内心已经换上睡袍,吹熄蜡烛。她的床铺十分温暖舒适。

"黎莎女士!"身后传来急迫的叫声。黎莎没认出那个声音,不过语调却表达得十分清楚。既然对方已经看到她了,就绝不会在把话说完之前离开。

她深吸一口气,数到五,让她的心灵披上外袍。她挂回公爵夫人般的笑容,转身面对身后的女人,随即认出她是个曾在诊所里陪伴女儿多时的母亲,露茜·杨包勒,坎黛尔的母亲。

杨包勒并非正式的姓,而是人们用来嘲笑没有学成出师的纺锤匠学徒的称谓。露茜是个善良但却毫无个性的女人,人们都不大相信她怎么生得出如此杰出的女儿。

"现在找我聊天有点晚了,露茜。"她说。

露茜行屈膝礼。"原谅我,女士,如果没有要紧的事,我也不会来烦你。"她哽咽一声。"我只是不知道还能去找谁。"

黎莎暗叹一声,走到女人身旁,握住她的双臂。"好了,孩子,"她说,虽然露茜比她大上几岁。"事情没有那么糟。到屋里来,我们煮点茶喝。"

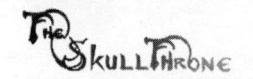

露茜在黎莎的客厅中不停地哭哭啼啼。黎莎坐在布鲁娜的摇椅上，裹着老女人的披肩。她不止一次撑不起沉重的眼帘，点头的时候才突然惊醒。

终于，黎莎加在女人茶里的微量镇定剂发生效用，她冷静了下来。

"好了，露茜，"她说，"很高兴你的来访，不过该谈正事了。"

露茜点头。"抱歉，女士，我只是不知道——"

"——该怎么做。对，你说过了。"黎莎即将失去耐心。"什么事？"

"还不是坎黛尔和那些克拉西亚女巫的事情！"露茜几近尖叫道。

黎莎神色好奇。"谁？阿曼娃和希克娃？"

"对，你知道她们干了什么？"露茜问。

"我很肯定我不知道。"黎莎说，虽然她心里有个底。"你何不再喝一口茶，放低音量，然后从头说起。"

露茜点头，咕噜喝了一大口茶，然后吐了一大口气。"她们今天下午来找我。说她们想和我购买坎黛尔，买她！像买头天杀的绵羊！"

"买她？"黎莎问，不过她这下已经非常清楚这个女人在讲什么了。

"让她成为那个地心之子罗杰的小老婆。"露茜说，"好像两个老婆还不够亵渎造物主一样。他还想把我心爱的坎黛尔买走。照她们的说法，就是打算把她当成母牛一样生产。"

"克拉西亚人在处理这种事情方面……是有些像买卖。"黎莎小心挑选用词遣词。"对他们而言，婚姻是种合约，但是等到协商完毕后，她们和我们一样看重婚誓。我肯定她们没有羞辱的意思。"

"我才不在乎她们是什么意思。"露茜说,"我是说,除非我死了,不然那个罗杰休想得到坎黛尔。"

这种话可不该乱说。黎莎不确定阿曼娃会不会真的动手让她死。

"那两个妓女拂袖离去,仿佛没礼貌的人是我一样。"露茜继续说,"然后不到二十分钟,坎黛尔跑到我面前大哭大叫,说她非罗杰不嫁,没得商量。我告诉她没有牧师愿意手持《卡农经》出面,为娶三个老婆的男人证婚,你知道她怎么说吗?"

"请告诉我。"黎莎叹道。

"她说她不在乎。说《卡农经》和牧师都可以去死。她说她会在《伊弗杰克》前发立婚誓——"

"《伊弗佳》。"黎莎纠正她。

"罪恶之书。"露茜回嘴,"虽然坎黛尔暗自喜欢罗杰,但是不能这样。那个女孩已经疯了!那些克拉西亚荡妇用巫术迷惑罗杰走上邪魔道路已经够荒唐了,我才不会让她们连我女儿一起抢走。"

"你或许没得选择。"黎莎说。

露茜抬头看她,神色震惊。"黑夜呀,女士,你不可能也认同这种事情吧。"

"我当然不认同。"黎莎已经开始计划要把罗杰抓来训一顿。"但是坎黛尔长大了,她有权利选择自己的道路。"

"等你女儿被人当做母鸡拍卖的时候,"露茜说,"我才不信你会这么冷静。"

黎莎扬起一边眉毛,露茜大惊失色,突然想起自己是在对未来的洼地公爵夫人讲话,一个也曾当过克拉西亚拍卖新娘的女人。她没办法面对黎莎的目光,于是低下头去,想把脸埋在

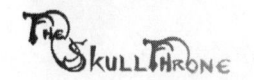

茶杯里。她喝得太急，呛得直咳嗽。"我没有不敬的意思，女士。你当然了解。"

"我是了解。"黎莎说，"我会尽快与罗杰还有阿曼娃谈谈，谈完之后再回复你。"

"谢谢你，女士。"露茜站起身来，笨拙地鞠躬，退出门外，转身，然后快步离开。

✤

"你是失心疯了吗？"黎莎已经披上布鲁娜的披肩，从来不是好兆头。

罗杰夸张地叹了口气，增加一点戏剧效果，慢慢把他的七彩隐形斗篷挂到门边。黎莎的表情十足火大，通常她处于这种状态时，最好的做法就是采取拖延战术。黎莎没有力气保持不可理喻的状态太久，至少对他不行。

他不知道自己之前为什么会那么怕她。在和阿曼娃相处过后，面对黎莎·佩伯就像是风和日丽的日子在镇中广场散步一样。

他把他的小提琴盒放在门旁，合上盒盖，不让阿曼娃偷听他们的谈话。少了斗篷和小提琴让他有种赤身裸体的感觉，但这也是他不时就该放下心里的面具，以免自己过度仰赖它们。

永远不要让自己深陷一种表演中，艾利克说过。不然你一辈子就只能演出那一种表演。我宁愿深入地心魔域也不要每天晚上都讲同样的天杀笑话，一直讲到我死为止。

他刻意忽略黎莎不怀好意的模样和语调走到客厅，在最喜欢的椅子上坐下。他把脚跷在小板凳上，静静等待。片刻过后，黎莎气冲冲地走了过来，坐在布鲁娜的摇椅上。她没有请他喝茶。

黑夜呀，她一定气炸了。罗杰心想。

"露茜来找你，是吧？"他假设这就是黎莎半夜说要立刻见他的原因。倒不是说他晚上能睡多久，现在很少有洼地人能睡个好觉。魔印光照亮街道和小径，所有人都不必担心地心魔物。人们利用这份新的自由对地心魔物展开报复，现在街道不分日夜都很繁忙。莎玛娃的市集和史密特的杂货商店通宵营业。

"她当然来过。"黎莎说，"总得有人对你讲讲道理。"

"这下你成了我妈？"罗杰问，"屁股脏了你就帮我擦，不听话了你就伸手打？"他站起身来，假装解开皮带。"你要我趴在你的膝盖上，然后打屁股吗？"

黎莎伸手遮眼，不过披肩掉下来了。"罗杰，你给我穿着裤子，不然我就赏你一把胡椒面！"

"这是我最好的裤子！"罗杰语气惊讶地说，"我听说你才剪了一根藤条，女士。树汁染到丝绸上可是洗不掉的。"

"我这辈子从来没有打过任何人！"黎莎努力憋笑。

"那怎么会是我的错？"罗杰搔头道，"我可以指点一些技巧，我想，但是教人如何打自己感觉有点奇怪。"

黎莎笑岔了气。"可恶，罗杰，我不是在开玩笑！"

"对，"罗杰同意。"但也不是什么新月的时候魔印失陷的情况。没人流血，没东西着火，所以没理由不能好好谈。你是大姐，黎莎，我不是你的子民。我和你一样为洼地尽心尽力。"

黎莎叹气。"你说得对，当然。我很抱歉，罗杰。"

"是呀。"罗杰眼睛瞪得像茶碟一样。"黎莎·佩伯刚刚承认她错了？"

黎莎嗤之以鼻，站起身来。"这是可以对你孙子说的故事。我去泡茶。"

罗杰跟着她前往厨房，在她煮开水的时候帮忙拿茶杯。他一直拿着自己的杯子。洁莎小姐——林白克公爵妓院的老鸨，罗杰小时候大部分时间都待在那里——教他永远不要相信药草师不会在茶里添加药物。

就连我也一样，罗杰，洁莎眨眼说道。黑夜呀，特别是我。

黎莎双手叉腰，等待壶里的水烧开。"不会有人认为你想娶坎黛尔当第三个老婆是好主意的。两个老婆还不够吗？黑夜呀，她才十六岁。"

罗杰两眼一翻。"比我小整整两岁。沙漠恶魔比你大多少，十二岁吗？至少坎黛尔并不打算奴役所有洼地以南的人。"

黎莎双手抱胸，这是罗杰开始惹毛她的征兆。"阿曼恩失踪了，罗杰。这场攻击和他无关。"

"睁开双眼，黎莎。"罗杰说，"他能让你全身爽到抽筋，并不表示他就是我们的解放者。"

"是呀，你还有脸说。"黎莎大声道，"不到三个月前，你那两个宝贝老婆还想下毒害我，罗杰。但是她们清空了你的精囊，所以你还是娶了她们，不管我怎么想。"

罗杰本能地想要回嘴，不过想与黎莎·佩伯针锋相对的话，她可是会和石恶魔一样固执。他以冷静的语调回应。"没错。我忽略你的建议，跟随我的感觉。你知道吗？我一点也不后悔。我娶坎黛尔也不要经过你的同意。"

"你总需要牧师同意。"黎莎说，"相比之下，在地心魔域找颗雪球还比较简单。"

"牧师的话对我毫无意义，黎莎。"罗杰说，"从来没有过。海斯也不肯承认希克娃。你以为我会因此睡不着觉，吃不下饭吗？"

"那露茜呢？"黎莎问，"你也打算忽略她吗？"

罗杰耸肩。"那是坎黛尔的问题，她成年了，不需要母亲

同意就可以决定要嫁给谁。露茜不同意也好，这样她就不用搬来和我们一起住了。"

"你打定主意要娶她了？"黎莎问，"你以前总说婚姻是愚人的游戏，如今我只要一转身你又要取个小老婆。"

罗杰轻松地笑道。"我本来要先和你商量的。药草师集会那天晚上，记得吗？结果瑞娜来了……"

"然后我们都有更重要的事情要做。"黎莎点头道。

"我一开始也有些疑惑。"罗杰说，"我从来对坎黛尔都只是单纯的师徒，说真的。"他看着自己的双手，以此表达他的无奈。他可以轻易以小提琴抒发情感，但是音符对他而言总是比言语方便。

"我这种天赋，"他以悲伤的语气开头。"这种……吸引恶魔的天赋，以音乐影响它们的方法，你和亚伦期待我能传授给其他人的能力——坎黛尔是唯一真正学会的人。吟游诗人，甚至包括阿曼娃和希克娃在内，都只能搭配我的曲调、模仿我的音符，但他们……无法像坎黛尔那样感受到音乐的魔力。当她和我合奏时，我们就像恋人一样亲密。我们四人合奏时，根本就是天杀的天使唱诗班。"

他微笑调侃道。"心灵的合奏完毕后，会想要亲亲也是很自然的反应。"

"那就亲呀！"黎莎说，"黑夜呀，随便你们怎么乱搞呀。除了你和你老婆外根本不关别人的事。但是要结婚……"

"说过了，我们不需要牧师祝福。"罗杰说，"坎黛尔是我的学徒，和我们住在一起也很自然。她很快就会取得吟游诗人执照，我们也会邀请露茜同住。我家肯定比她现在跟他人合租的小屋舒适。"

"你以为别人都看不出来？"黎莎问。

"他们当然会发现。"罗杰说,"会成为全镇的话题。罗杰的后宫。我会亲自宣布这个事。"

"为什么?"黎莎问,"为什么主动制造丑闻。"

"因为不管我想不想要,这个婚都结定了。"罗杰说,"阿曼娃和坎黛尔在我搞清楚状况前就达成协议,而只有笨蛋才会拒绝这种好事。所以就让大家去说三道四,然后习惯此事。我会让他们在这种情况继续爱我,等坎黛尔怀孕时,他们就能接受我把孩子登记为正式子嗣。"

"这些是你自己的想法,还是阿曼娃的旨意?"黎莎问。

罗杰双手一摊。"我哪分辨得出来。"

罗杰在接近午夜时分离开。黎莎看着他走出庭院,开始盘算下次见到露茜时该怎么说。

如果坎黛尔愿意,那你不管怎么做都无法阻止此事,她会说,然后沉默片刻,让对方接受这话所带来的震撼。你唯一能做到的就是设法拖延,希望她会恢复理智。同意谈判,但是提出些无理的要求……

她摇头。这件事情可以等到天亮再说。如果我现在上床,在汪妲带着魔印之子回来、人们开始在前廊聚集前还能睡上六个小时。

黎莎关上房门,直接走向卧室,一边走一边取下发夹,踢掉鞋子。进房的时候,她的连身裙落地,身上就只剩下睡袍和丝质内衣。她爬上床,跳过睡前的清洁事项。她的脸和牙齿可以再撑几个小时。

她觉得好像才刚闭上双眼就有人敲门。黎莎立刻坐起,不了解一个晚上怎么会这么快就过去了。

但接着她睁开双眼，发现天还没亮，屋内只有魔印的微光。

黎莎穿起外袍，走出房间，过程中敲门声始终没停过。今晚她刻意不使用霍拉，希望能够自然沉睡，这下感觉比亚伦婚礼那天晚上喝醉酒还要糟糕。每一下敲门声都像敲在她头上，疼痛欲裂。

门外最好有人快要失血至死，不然很快就会有了。黎莎开门时毫不掩饰不悦的神情，结果却发现她妈站在门廊上。

造物主纯粹在惩罚我啊，她心想。这是唯一的解释。

伊罗娜上下打量一脸倦容又显然有点恼怒地站在门后的她。"胖了一点，孩子。镇民已经在传言伯爵可能快要有后了。"

黎莎双臂交抱。"你不断加油添醋地传言。"

伊罗娜耸肩。"没有正式公开什么。你喝醉酒在伯爵的车夫眼前上他的时候就已经把筹码都放到桌上，现在说要撤回赌注已经太迟了。"

"我们才没有在车夫眼前……"黎莎开口，不过随即住口。她为什么要和她废话？她的床还在招呼她。"你大半夜的跑来有事吗，母亲？"

"去，现在才刚过午夜而已。"伊罗娜说，"你从什么时候起这么早就上床了？"

黎莎做深呼吸——这个问题问得有理——她不分昼夜都会接见访客，不过大部分都会提前知会一声。

伊罗娜懒得等她邀请进屋，自己推开黎莎进去。"去烧开水，这才是好孩子。晚上的气温和地心魔物的心脏一样寒冷。"

黎莎闭上双眼，默数到十，然后关上房门，重新在壶里装水。伊罗娜当然完全没有帮忙。她坐在客厅里等黎莎端茶盘出来。布鲁娜的摇椅坐起来绝不舒服，但伊罗娜还是坐在上面，只因为她知道黎莎喜欢那个位子。

黎莎保持尊严，在一张长沙发上坐下，抬头挺胸。"你来干吗，母亲？"

伊罗娜啜饮热茶，扮个鬼脸，然后优雅地加了三匙糖。"有消息。"

"好消息还是坏消息？"黎莎问，不过心里清楚答案。她不记得她妈有哪一次带来好消息过。

"就你的情况而言，好坏参半。"伊罗娜说，"我想你不是唯一有丑闻的人。"

"唯一？"黎莎问。

伊罗娜背部微弓，用另一手抚摸自己的肚子。"我可能也搞出了个丑闻，刚好可以帮你转移一些注意力。"

黎莎张口欲言，不过不知该说什么。她凝视着她妈一段时间。"你……"

"和猫一样恶心想吐，而且月经没来。"伊罗娜回答她的问题，"我不知道怎么会有这种事情，但是事实摆在眼前。"

"当然有可能。"黎莎说，"你才四十——"

"唉！"伊罗娜插嘴道，"不要在伤口撒盐！我不是指年纪。二十五年前老巫婆布鲁娜——你的老师——说过你就是我子宫的最后机会。那之后我就没有喝过庞姆茶或是叫男人射在外面过，而我再也没有怀孕。你的意思是，突然之间我又变成鲜花了？"

"什么都有可能，"黎莎说，"如果要我猜的话，我会说是大魔印的关系。"

"伐木洼地的人全都在能直接灌注魔力到土地中的魔印上生活将近一年了。"黎莎说，"即使没有作战的镇民都能得到魔力反馈，让他们变得更年轻、更强壮——"

"——还更能生？"伊罗娜猜道。她拿起一块小面包，接着一阵干呕，又放回茶碟上。"也不全算坏事，我想。你弟弟或妹妹可以和你的伯爵后裔睡在同一张婴儿床上，在花园里一起玩捉迷藏。"

黎莎试着琢磨着，不过发现自己承受不起。"母亲，我非问不可……"

"孩子父亲是谁？"伊罗娜问，"我知道就好了。过去几年加尔德经常和我在一起……"

"造物主啊，母亲！"黎莎叫道。

伊罗娜不理会她，继续说下去。"但是那个孩子崇拜魔印人后就变得信仰虔诚了。那次在路上被你抓到之后，他就没再找过我。"

她叹气。"很可能是你父亲的，我想，但厄尼已经不比从前了。你绝对无法想象我要费多大心才能让他像个男人……"

"恶心！"黎莎遮住耳朵。

"干吗？"伊罗娜问，"你不是镇上的药草师吗？听人说这种事情，帮大家解决问题不是你的工作吗？"

"这个，没错……"

"所以其他人的问题都可以听，你妈就不行？"伊罗娜问。

黎莎两眼一翻。"母亲，没有人跑来对我讲这种事情。那爸怎么办？他有权利得知孩子可能不是他的。"

"哈！"伊罗娜大笑。"如果这还不算黑夜嘲笑黑暗黑，我就不知道什么才算了。"

黎莎闭紧双唇——她妈说的是实话。

"不管怎么样，他都知道。"伊罗娜说。

黎莎眨眼。"他知道？"

"他当然知道！"伊罗娜大声道，"你爸有很多缺点，黎莎，但他不是傻子。他知道自己没办法满足我，于是在我搞男人的

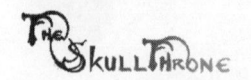

时候睁一只眼、闭一只眼。"

她眨眼。"我想我有几次抓到他在偷看。那时候他可不需要我帮忙就很有感觉。"

黎莎把脸埋在掌心里。"造物主啊,带我走吧。"

"重点在于,"伊罗娜说,"只要没人当面提起,厄尼都不会多说什么。"

"就像你每次一有机会就会当面提出来一样?"黎莎问。

"我才没有这样!"伊罗娜说,"我在你面前或许是这样,当你是心肝。我又不会在圣堂里那些一本正经的太太面前说你爸喜欢——"

"好啦!"黎莎宁愿让她妈获胜,也不要继续忍受这个话题。"所以我们不知道你孩子的父亲是谁。我们可以一起逃离镇上。"

"才不要。"伊罗娜说,"我们是佩伯母女。镇民唯一能做的就是惯坏我们。"

第十六章　恶魔子嗣

333 AR　冬

"请见谅，女士。"塔丽莎在三度系紧黎莎的礼服背后的系绳时说。"衣服似乎缩水了。或许你该挑件特别宽松的衣服穿，我拿去给裁缝师放松一点。"

缩水。塔丽莎，祝福她，说话非常谨慎，绝对不会告诉黎莎她胖了，但是她的身材在银镜子前根本无所遁形。镜子里的那张脸鼓鼓的，胸部也出现同样的改变，仿佛在两周之内涨大了一倍。汤姆士越来越爱玩它们，不过至今还没把这些迹象和怀孕联想在一起。然而塔丽莎的眼神倒是心照不宣，嘴角也带着一丝笑意。

"麻烦你了。"黎莎自更衣镜前退开，一边脱下礼服，一边伸手抚摸肚皮。肚皮还是平的，不过不会太久了。她妈说谣言几周前就开始流传了。没人胆敢在她面前提起，但是等她肚子逐渐变大，她就无法阻止镇上的好女人们说长论短，引发汤姆士绝对无法忽视的骚动。

她心生恐慌，双掌握拳。她心跳加剧，感觉胸口紧绷，无法张口呼吸。她奋力吸气，泪水涌出眼中，但她忍住不哭。她不能让塔丽莎看见自己这个样子。

她想找条手帕，但是到处都找不到。正要拿内衣的褶边来擦拭眼泪时，塔丽莎的手突然出现，从帘幕后递给她一块干净

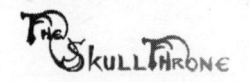

的布。

"眼泪来来去去,女士,"女人说,"总比借酒浇愁好多了。"

她发现了。不惊讶,不过证实这一点还是让黎莎恐慌。她的时间就快用完了。就某些方面而言,现在已经太迟了。

"泪和酒我都尝够了。"黎莎说,"请拿那件绿礼服给我。"那件礼服的系绳比较好调整。

今天议会没开会,汤姆士已经离开办公室。塔丽莎既然起了话头,就继续和她闲聊一些琐事。她让黎莎知道如果想谈的话可以找她谈,不过她也很安守本分,不会逼她多说什么不想说的话。她和其他仆役肯定会很开心,他们全都爱戴伯爵,也公开接纳黎莎。大家都想看到伯爵家有喜。

当他们发现这个孩子是沙漠恶魔的,而非他们敬仰的伯爵的子嗣后会怎么想?

黎莎以最快的速度离开宫殿,她必须远离那些仆役的目光。塔丽莎或许不会直接向黎莎提出她的疑问,但仆役寝室肯定已经谣言满天飞了。

诊所也没有安全到哪里去。那些女人或许没有像塔丽莎一样见过她脱光的模样,但她们的眼光经验老到。好的药草师就会怀疑所有女人都有可能怀孕,然后直觉地寻找怀孕征兆。黎莎迅速走过诊所大厅,前往她的办公室,关上房门。她坐在办公桌后,双手抱头。

造物主呀,我该怎么做?

有人敲门,黎莎暗骂一声。难道安静片刻都是奢望吗?

她挺直背脊,深呼吸,掩饰所有担忧。"进来。"

阿曼娃走进屋里,露茜·杨包勒跟着进来,目光怨毒地跟在年轻公主的身后。

黎莎唯一能做的就是强忍泪水——为什么开门进来的不能是头石恶魔呢？

幸运的是，这两个女人太沉迷在她们各自的问题，根本没注意到黎莎在故作镇定。她们两个都大步走向黎莎桌前的椅子，问也不问一声就坐了下来。露茜的嘴唇抿成一条线，愤怒使得脑侧青筋抽动。光是看到她们这个模样就让黎莎的头抽痛不已。

阿曼娃比较冷静，不过黎莎看得出来她也是装出来的。这女人一副想要扯下丝面纱吐口水的模样。"我们必须和你谈谈，女士。"

黎莎再次深呼吸。阿曼娃很有礼貌，不过无法掩饰这句话中的蛮横语气，仿佛只是知会她一声，不是提出请求。

"协商进行得不顺利？"她直接问，心里很清楚答案。

阿曼娃终于沉不住气了。"她想要一座宫殿，一整座宫殿！为了娶一个出身牧羊人家庭的青恩为第三妻室！"

"没错！"露茜叫道。

"不要过分去评判人的地位。"黎莎说。她证实是她在研究过克拉西亚婚姻法后建议露茜提出这种要求的。"难道卡吉不是出身在低贱的采果人家庭吗？他有好几打妻子都拥有自己的宫殿。"

"卡吉是解放者，感受过艾弗伦的圣恩。"阿曼娃说。

"你自己也说过罗杰也感受过艾弗伦的圣恩。"黎莎说。

阿曼娃无法辩驳。"这个……"

"另外你还说过，坎黛尔和他拥有相同的天赋。这难道不代表她也获得了艾弗伦恩宠吗？"

阿曼娃向后靠，防护性地双臂抱胸。"艾弗伦透过不同的形式赐福给所有人。不是每个人都能拥有宫殿。我有吗？希克娃有吗？我们是解放者的血脉。难道坎黛尔的地位还能比我们

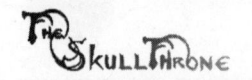

高吗？"

"对，没错。"露茜说，"或许她应该当第一妻室还是什么的。"

阿曼娃眉毛抽动，黎莎知道这话说得太过火了。

"够了，露茜。"她语气有点严厉，吓了女人一跳。"我知道你深爱女儿，希望她能得到幸福，但是你到底想要宫殿干吗？黑夜呀，你有没有见过宫殿？"

露茜一副快要哭了的模样。她并不是什么尖锐的矛头。"但是你说……"

黎莎没有时间安抚她，在她说溜嘴之前打断她的话。"我没有叫你侮辱人家。道歉，立刻。"

露茜神色惊恐，转向阿曼娃，笨手笨脚地坐在椅子上行屈膝礼。"对不起，你，呃……"

"公主殿下。"黎莎提醒道。

"公主殿下。"露茜跟着念道。

"我认为最好让大家都多些时间考虑此事，"黎莎说，"阿曼娃该提醒自己，坎黛尔不是让你讨价还价的驮驴，露茜则该想想《卡农经》里关于贪婪的经文。朗妮会安排我们重新协商的时间，或许等满月？"

满月对《伊弗佳》教徒而言是个受到祝福的日子，适合宣誓和结盟。这个日子同时也能把问题拖延将近一个月，到时候她就会和露茜再想其他借口拖延。

阿曼娃点头。"可以接受。"

露茜毫不浪费时间，立刻起身离座，她屈膝行礼，然后离开。阿曼娃待在座位上，在门关上时摇了摇头。

"艾弗伦的睾丸呀，我真不知道那个女人到底是大市集的还价大师还是大白痴？"

黎莎很震惊。"天啊，阿曼娃，我从没听你说过这样的粗话。"

"我是艾弗伦之妻，"阿曼娃说，"如果我不能提他的睾丸，谁能提？"

黎莎忍不住大笑——长久以来第一次真心大笑。阿曼娃和她一起笑，一时之间两人和平共处。

"你怀孕了。"阿曼娃说，"我要知道孩子的父亲是谁。"

就这样，和平共处的时刻过去了。黎莎的疲倦和沮丧也一并消失。肾上腺素激增，所有感官通通绷紧。如果阿曼娃胆敢威胁她的孩子……

"我不明白你在说什么……"

阿曼娃举起她的霍拉袋。"不要企图骗我，女士，骨骰已经确认过了。"

"但你无法确认父亲是谁？"黎莎问，"骨骰真是奇妙，似乎过于隐晦，不太靠得住啊。"

"关于你怀孕的事情，骨骰十分肯定。"阿曼娃说，"要知道更多，我就需要你的血。"

她若有深意地看着黎莎。"只要一两滴，我就能确认父亲的身份、小孩的性别，甚至未来。"

"就算我真的怀孕了，又和你有什么关系？"黎莎问。

阿曼娃罕见地鞠了个躬。"如果这孩子是我同父异母的弟妹，解放者的血脉，我就有责任保护他。没有人比我更清楚沙达玛卡的子嗣会吸引多少杀手。"

很诱人的提议。小孩的性别可能会影响克拉西亚人和洼地人开战的时间，而黎莎迫切想要知道该怎么做才能保护这个孩子。

但她想都不想就摇头。只要交给阿曼娃一滴血，就能让她得知黎莎所有弱点。没有达玛丁胆敢向另一个霍拉法师要血占卜。如此侮辱可能引发延绵数代的世仇。

黎莎语气严厉拒绝道。"你逾矩了，阿曼恩之女。如果不是这样，那就是你当我白痴。从我面前消失，立刻，别让我对你心烦。"

阿曼娃眨眼示好，但黎莎的目光锐利，语气坚定。这里是黎莎的地盘。阿曼娃如果胆敢对她动手，全洼地的人都会群起而攻。大部分洼地人都等着出一口恶气。

年轻公主保持尊严，缓缓起身。她快步走向门口，不过还不算惊慌失措。

门掩上时，黎莎又把头埋到双手里。

阿曼娃爬进七彩马车时表情很奇特。罗杰已经渐渐习惯她的神秘，能够透过眼神辨别，像应对地心魔物般轻松应对。

但是他没办法看透此刻阿曼娃在想些什么。她从来没有这样子过，毫无平常那般傲慢，看来似乎有点震惊。

罗杰去握她的手。"你还好吗，我的爱？"

阿曼娃回握他。"一切都很好，丈夫。我只是有点沮丧。"

罗杰点头，虽然他知道阿曼娃沮丧时是什么模样，而此刻她的反应不是沮丧。

"我妈还是坚决拒绝？"坎黛尔问。

"黎莎女士当然已经说服她了。"希克娃说。

"这我可不敢说。"罗杰说，"她或许不会公开反对，但是黎莎也不是非常赞成此事。"

"那个还看不出来。"阿曼娃说，"黎莎女士看起来愿意协调这门婚事，但我不认为她会公正处置。她或许会让聘礼高出

我们支付的能力。"

"我不在乎聘礼。"坎黛尔说,"让我去和她说……"

阿曼娃摇头。"绝对不行。你直接涉入这些事情不合规矩,妹妹。"

"喔,所有人都能过问我的婚事,我本人却不能表态了?"坎黛尔反问。

罗杰忍不住大笑。"你过问的已经比我多了。根本没人问我想不想要这门婚事。"坎黛尔瞪向他时,他立刻补充。"不过我当然想要,越快越好。"

"这就是你们两个都不能参与协商的原因。"阿曼娃说。"你们会在签约的时候看到婚约,但是在我们协商时听到双方赤裸裸地讨论你们的缺点有害无益。就像《伊弗佳》里所记载的,协商婚约的冷酷可以浇熄男女双方的热情。"

坎黛尔叹气。"我只是不想继续睡在我妈那里了。我不在乎一张纸。"

罗杰行走在黑夜之中,尽管气温寒冷,他还是敞开斗篷。他深吸口气,让肺部充满酷寒的咬噬。他已经在那袭斗篷里闷太久了。

罗杰和坎黛尔用小提琴演奏轻松的曲调,赶跑附近所有地心魔物,阿曼娃和希克娃则吟唱让恶魔察觉不到他们的歌曲。

他们一行共有五人。坎黛尔和希克娃殿后,如同爱人般参与他们的演奏。他和阿曼娃的音乐也环环相扣。他能感受到她的歌声在体内共鸣,比他们身体的融合得更加默契。四个人都演奏同一首曲子,但罗杰的小提琴引领阿曼娃的歌声,坎黛尔的小提琴引领希克娃。如此分组让他们可以在必要时分与合,

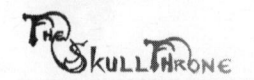

琴弦和歌声交融可以互相强化。走在最前面的是克里弗，手持矛和盾，神色警觉。

他们没有携带照明物品——而是借助魔法照亮整个世界。罗杰和坎黛尔戴着阿曼娃和希克娃做的七彩魔印面具，可以清晰地看见魔光。两个公主头戴精致的金纱，纱上垂着魔印硬币，提供相同的效果。阿曼娃在克里弗的头巾和面巾上绣了魔视魔印，让他能陪他们一起来。

他们一路走到最喜爱的练习地点，一座四面八方视野开阔的小山丘顶。克里弗转眼抵达山丘顶部，机敏地观察附近的情况。待他比画安全的手势之后，其他人才开始登上山顶。

就位后，罗杰放开琴弓，琴音和阿曼娃的歌声同时消失。

坎黛尔点了点头，一改驱赶恶魔的曲调，转为吸引恶魔前来猎杀容易得手的猎物的曲调。希克娃继续唱歌，她的歌声依然隐藏他们的身影。

首先赶到的是风恶魔，配合坎黛尔的音乐歌唱，恶魔浑浑噩噩地在空中转来转去，撞在一起，连咬带抓地一边对打一边摔落空中。它们重重落地，罗杰几乎可以听见空心骨头粉碎的声响。

他和阿曼娃鼓掌，坎黛尔和希克娃依照他教的姿势鞠躬答谢。

"西方有田野恶魔。"克里弗叫道。这群田野恶魔数量不多，只有五只，不过五只田野恶魔可以在几秒之间把他们撕成碎片。

两个女人冷静地转身打量接近而来的威胁。希克娃已经开始吟唱隐身之歌，如同魔印斗篷般在恶魔的感官前遮蔽山丘上的五条人影。

当田野恶魔在坎黛尔持续召唤下赶来时，她眉头微蹙，在曲子中增加另一重旋律，在恶魔身上添加痛苦。希克娃也增加了同样的旋律，一边维持众人隐形，一边增加坎黛尔的攻击力量。

罗杰在恶魔接近时紧握琴头，想起她因为他的缘故惨遭恶魔抓伤的那天晚上。

但之后坎黛尔已经在缺乏他陪伴的情况下深入黑夜多次，他已经没必要继续照顾她了。

"太简单了。"他在坎黛尔诱使地心魔物互相残杀时叫道。"随便哪个有我乐谱的吟游诗人都能让恶魔自相残杀。"这话其实并非事实，但是坎黛尔在和希克娃联手时还是表现得太拘谨了——她必须更大胆一些才行。

坎黛尔向他微笑。"是喔？让它们自相残杀怎么样？"

她流畅地转变曲调，田野恶魔开始用牙齿和利爪往自己身上招呼。一开始坎黛尔让它们挖瞎自己的眼睛，让它们目不视物，在痛苦与愤怒中跌跌撞撞。没多久她让它们平躺在地，疯狂撕咬自己，直到慢慢死去。火热恶臭的浓汁绽放魔力的强光，如同糖汁般洒在地上。

一段时间过后，就只剩下一头恶魔还在乱踢。这只恶魔外壳很厚，乃是这群田野恶魔的头头。坎黛尔停止演奏，恶魔立刻起身，伤口开始愈合。要不了几分钟，它就会痊愈，那抓伤的眼睛将会恢复视觉。

坎黛尔不给它复原的机会。她以音乐的力量引导恶魔，恶魔奋不顾身冲向山边一块裸露的巨岩。它反弹后退，尖声惨叫，但是坎黛尔仿佛用绳索支配着恶魔，驱使它发疯似的撞击岩石。一撞再撞，直到恶魔脑袋炸开在地为止。

罗杰兴奋得手舞足蹈，一边鼓掌，一边吹口哨。就连克里弗也以矛敲盾舞蹈起来，但接着他挥矛一指，"南边有火恶魔过来了，东方有木恶魔也冲这边赶来了。"

罗杰转头看见逼近的地心魔物，和他们还有一段距离。"放下小提琴，坎黛尔。轮到阿曼娃和希克娃展示了。"

阿曼娃走到希克娃身旁，歌声抑扬顿挫，融入希克娃的隐形之歌中，释放召唤之歌的力量。

坎黛尔带着幸福的笑容来到罗杰身边，直接贴在他身上。他感到脸红心跳。最近他的学徒举手投足间就能让他兴奋。她俨然与从前完全不同了。

"你很快就会和我一样强了。"罗杰真心诚意地祝贺。

坎黛尔亲他脸颊。"我的目标是比你更强。"

"你的话直达造物主的耳朵，"罗杰说，"你绝对能超越我。"

火恶魔迅速爬上山来，但在它们抵达山丘顶部前，他的两位妻子引诱了它们。罗杰想用其他词语来形容这种景象，但是诱惑就是最恰当的形容。地心魔物围着阿曼娃和希克娃绕圈，发出温柔规律的声音，听起来很像猫咪慵懒的喘息。

木恶魔群逐渐逼近，分散开来，包围山顶。克里弗矮身趴倒，罗杰和坎黛尔的乐器放到定位，随时准备出招。

在阿曼娃的带领下，两人同时降低音调。火恶魔弓起背脊，张牙舞爪，开始在山顶以逸待劳，在木恶魔逼近并进入攻击范围后立刻开始吐火。

接下来战况十分壮观，不过还是一面倒。木恶魔和火恶魔保持距离，不过只要看到就会格杀勿论。火恶魔有办法伤害它们，偶尔甚至能杀死一只，将隐形之歌的力量扩张到它们的新盟友身上。木恶魔疯狂攻击，但是灵巧的火恶魔避开凶猛的扑击，吐出大团大团的火焰唾液。唾液粘在木恶魔身上，化作罗杰眼前耀眼的烈焰。他抖动食指和中指都被火恶魔咬断的右手。

"看起来与去见阳光没什么差别。"坎黛尔鼓掌说道。

"是呀,"罗杰大声说,"不过就像我之前说过的,让恶魔自相残杀很容易。"当然,他妻子刚刚的手法绝对没有那么简单,但如同坎黛尔,她们是来这里测试能力极限的。

阿曼娃朝他微笑,罗杰知道自己可以信任她们。她轻触颈圈,音阶提高八度,片刻前让火恶魔大跳胜利舞蹈的歌曲转眼变成狠抽它们,让它们朝北狂奔的皮鞭。那个方向一里外有个冰凉的鱼塘。罗杰那借助魔印视觉强化的听觉,不断传来火恶魔投水自尽的声音。

它们头上绽放魔光,罗杰抬头看见一头风恶魔摔在数尺外的地面上,胸口插着克里弗的长矛。长矛没有摔断,恶魔从空中摔下来时死了。

观察兵深深鞠躬。"你们全都得到艾弗伦的恩宠,真的。但是如果警觉不够的话,光靠恩宠并不足以拯救你们。艾弗伦没时间理会不懂得尊重奈的人。"

罗杰以为阿曼娃会教训他那种傲慢的语调。但结果她却微微鞠躬。他从未见过她如此对待任何卑微的战士。"你的话很有智慧,观察兵,我们吸取教训。"

克里弗再度鞠躬。"我活着就是为了供你驱驰,神圣之女。"

黎莎闭门,阅读桌上那堆文件。汪妲在外面阻挡访客,就连吉赛儿和妲西都不接见。

汪妲轻敲房门,黎莎长叹一口气,不知道谁的事情迫切到非打扰她不可。"进来吧,亲爱的。"

汪妲探头进来。"抱歉,女士……"

黎莎没有抬头，继续拿笔在文件上画线、签名、备注。"除非有人快死了，汪姐，不然我没时间，叫他们先预约。"

"是呀，关于预约，"汪姐说，"你要我黄昏时叫你。今天晚上要测试魔印之子。"

"现在不可能已经黄昏了……"黎莎开口道，不过窗外的天色确实已经暗下来了，她发现汪姐说的没错。办公室的光线已经暗到让她在毫无知觉的情况下眯眼视物。

黎莎看着身旁那叠依然很高的文件，压下一股想哭的冲动。随着凛冬逼近，黄昏总是提前到来，她能处理事情的时间也似乎越来越少。黑夜是把不断挤压她的钳子。夏季的新月差点摧毁了他们。每一分钟都有洼地人死亡，整个洼地郡在期待黎明的庇佑以及重新强化防御的时间。一旦恶魔王子在夜晚更长、白昼更短的冬夜来袭怎么办？

"然后史黛拉和一头天杀的木恶魔近身肉搏！"汪姐在黎莎的马车行驶回家时说道。她和汪姐从前都会从家里走路前往诊所，但如今这么做的话会不安宁。会向她打招呼、找她请愿、自愿提供意见的人实在太多了。

"造物主哇，你该亲眼看看。"汪姐继续。"地心魔物拳打脚踢到差点把自己撕成两半，史黛拉一直待在它背上，像木头一般冷静，耐心地找寻下一个攻击点。找到之后立刻把它折成了两半。"

"呃？"黎莎摇头。"她做了什么？"

"刚才我跟你说了十分钟你都没听到，是不是？"汪姐问。

黎莎摇头。"对不起，亲爱的。"

汪姐眯起双眼看她。"你上次睡觉是什么时候，女士？"

黎莎耸肩。"昨晚睡了几个小时。"

"三个小时。"汪姐说,"我数了。睡不够。女士。你知道。特别在你……"

"在我怎样?"黎莎严肃地问道——没人听得到她们说话——黎莎为了隐私而在马车内绘制了隔音魔印。

汪姐脸色发白。"在你……我是说……"

"有话直说,汪姐,"黎莎大声道。

"快成家的时候。"汪姐终于说道。

黎莎叹气。"谁告诉你的?"

汪姐看着马车地板。"吉赛儿女士。她说你需要特别照顾,但却固执地死扛着。"

黎莎噘嘴。"她是这么说的,是吗?"

"她都是为你着想,还有小孩。"汪姐说,"我本来也不知道是怎么回事,但是打从我们离开南方后,你的身体就一直不好。是恶魔的子嗣,对不对?"

"汪姐·卡特!"黎莎气得大叫,吓得汪姐跳起来。"我不想听到你这样说我的孩子。"

"我不是……"

黎莎双手抱胸。"你就是过分。"

汪姐脸色很难看。"女士,我……"

"这一次,"黎莎趁她迟疑时抢话。"我原谅你,就这一次,因为我爱你。但下不为例。如果我要你或其他人得知我的私事,我会告诉你。在那之前,不要听信或散布我的隐私。"

汪姐点头,高大的女人身躯缩成符合她实际年龄的少女体态。"是,女士。"

回到黎莎小屋时,天色已经全黑,但是庭院里还是人来人往,到处都是学徒、药草师,还有集合在那里的魔印之子。手术教室里挤到只有站位，因为薇卡正在教授隐形斗篷的做法。黎莎希望冬天结束前洼地所有药草师和学徒都有一件。

薇卡坐在讲师台旁，在镜箱中描绘魔印。镜子和透镜把影像反射到白幕上，数百个女人将魔印抄到她们的魔印书里。

"魔印之子还在集合，"汪妲说，"朗妮和其他女人还得花点时间测量数据。何不先小睡片刻？等好了我就来叫你。"

黎莎看着她。"不管我怎么说，你都一定要扮演老妈子的角色，是不是？"

汪妲无力地笑了笑。"抱歉，女士。我又不能忘记已经知道的事情。"

黎莎后悔之前用那么严厉的语气责备她。汪妲或许才十六岁，但她所承受的责任却只有少数成人可以相提并论。有汪妲在旁守护，黎莎什么都不怕。

"很抱歉训斥了你，汪妲。"她说，"你都是为我好，我很感激你的心意。继续这样说，就算我……"

"和石恶魔一样顽固？"汪妲说。

黎莎忍不住大笑。"我直接上床了，妈。"

没人打扰黎莎走向小屋，而汪妲则朝魔印之子走去。他们敬畏地看着她，拳头在心口交叉，行沙鲁沙克的学生礼。许多魔印之子年纪都比汪妲大，但还是将她视为他们的教练。

黎莎加快脚步，每一步都让她更接近忙里偷闲的片刻宁静。她会煮一帖草茶让自己沉睡，等汪妲来叫她时再加一帖中和药性。她敢不敢奢望能睡四个小时？

"黎莎，"她身后传来一个声音。"很高兴我赶上了。"

黎莎转身，在脸上挂起和真诚的笑容一模一样的假笑。是吉赛儿，全提沙她此刻最不想见到的人。她宁愿来的是伊罗娜。

"你怎么不去听薇卡上课？"黎莎问。

"本来打算去听,不过想想薇卡是我的学徒,就算了。"吉赛儿挥挥手。"让那些年轻女孩去学魔印。我太老了,没办法换回学徒围裙了。"

"我不喜欢听你这种话。"黎莎大声说。

吉赛儿大惊。"呃?"

"你没听我那天讲吗?"黎莎继续。"还是说我也曾是你的学徒,所以你可以不听我的建议?"

吉赛儿脸色一沉。"我为你付出了那么多,而你竟然有胆子说这种话,女孩。我大可以在一个月前就返回安吉尔斯,但是打从我抵达洼地以来就一直不眠不休地工作。"

"确实如此。"黎莎同意道,"我不在的时候,其他女人都以你马首是瞻。这就是为什么你必须在课堂引导大家。如果你可以不接受我的指示,不去上魔印课,谁能阻止其他年过五十的药草师这么做?"

"不是所有人都需要学魔印,黎莎。"吉赛儿大声道,"你一下子对这些女人提出太多要求。把书本和规矩扔到她们面前,却连她们识不识字都不问一声。"

"不,"黎莎说,"是你要求太少了。我当年差点死在安吉尔斯返乡的路上,就因为我连最基本的守护魔印圈都画不出来。只要能力所及,我就不会让这种事情发生在任何药草师身上。所有女人的性命都值得我们多花几个小时去学习。"

"不是说,很快就有魔印之子可以保护我们了吗?"吉赛儿问。"传说那就是你的远大计划——每个药草师都能配一个魔印保镖。"

黎莎气得想要扯她的头发。"黑夜呀,只是一堂天杀的魔印课!别再跟我找理由了,赶紧去上课!"

吉赛儿双手叉腰。"藐视权威?我到底怎么藐视你的权威了?"

"你和我争辩可以救人的要求!"黎莎说,"你忽视我所设立的规矩。你表现得好像我还是你的学徒的样子。黑夜呀,你甚至在其他药草师面前叫我'女孩'!"

吉赛儿神色惊讶。"你知道我没有那个意思……"

"我知道,"黎莎说,"但是其他人不这么认为。你不能继续这样下去了。"

吉赛儿讽刺地屈膝行礼,语气明显受伤。"你还有什么指示下达吗,女士?"

黎莎不知道是否会影响两人的关系,但她早就知道逃避问题是不会有好结果的。"你告诉汪姐,我怀孕了?"

吉赛儿只想了一下就回答,"我以为她早就知道了——"

"恶魔屎。"黎莎嘶声道,"你是药草师,不是说三道四的愚妇,不应该说漏嘴的啊。你告诉她是因为你要照顾我。"

"唉,就算是又怎样?"吉赛儿叉腰的手掌握成拳头。黎莎或许已经长高了,但是这个女人还是比她高大。"你可以把自己的性命交给那个女孩,而你的孩子却不行?你在鞭策我们所有人,黎莎,但是逼得最紧的却是你自己。你是成年女人,没错,可以选择自己的生活,但是你现在是两个人,而汪姐和我都有必要提醒这一点。继续争论的话,我就去告诉妲西。"

黎莎面红耳赤。她把妲西当做姐姐看待,但那个女人把《卡农经》放在围裙的胸口口袋里,甚至不肯帮女人煮庞姆茶。这样……黎莎没理由认为妲西或其他多数药草师会站在她这边,如果大家知道她未婚怀孕的事情,更别说是阿曼恩·贾迪尔的子嗣。

想到这一点,吉赛儿的声音开始飙升,黎莎的眼神显得很暗淡。她觉得身体在坠落,然后是吉赛儿扶住她时的晃动感,

但那一切都离她很远。

"黎莎女士!"汪妲大叫,不过她也离她很远。

🐝

黎莎在自己床上醒来。她坐起身来,神色迷茫地环顾漆黑的房间。她觉得眼睑依然很重。

"汪妲?"她叫道。

"吉赛儿女士!"汪妲冲到她床边。"你把我们吓坏了,女士!"

吉赛儿端着蜡烛走来,把汪妲挤到一边。她温柔又坚定地撑开黎莎沉重的眼睑,将烛光拿到近处,检查瞳孔放大的情况。

"一切都正常,黎莎。"吉赛儿抚摸她的脸颊。"你继续睡吧。所有事情都能等到早上再说。"

黎莎在嘴里转动干燥的舌头。"你给我喝了潭普天花茶。"

吉赛儿点头。"睡觉,药草师的指示。"

黎莎微笑,把头塞回枕头里,让美妙的睡眠拥抱自己。

🐝

第二天早上醒来时,黎莎觉得自己比过去一个月里更强壮。她的思绪依然在安眠药茶的效力下模糊不清,不过只要再来一杯浓茶就能解决。

吉赛儿在外面等着她披上披肩,慢慢走出房间。她的老师在黎莎的厨房里忙进忙出,完全把这里当自己家。她把一个热气腾腾的茶杯塞到黎莎手里,茶色深黑,添加一团蜂蜜,就是从前无数早晨她们一起喝过的那种茶。"洗澡水是热的。去盥洗一下,然后来餐桌坐下。早餐很快就上桌了。"

黎莎点头,不过待在原地。"很抱歉我对你说话有点凶。"

吉赛儿挥手。"不必抱歉。你说的大部分都没错。不过一个月没好好休息的孕妇脾气本来就不好。现在去洗漱吧。"

洗好澡、喝完茶后，黎莎的思绪比较清晰了。她换上最喜欢的衣服，坐下来吃早餐。吉赛儿说到做到，帮她准备了一盘热腾腾的蛋和青菜。

"我趁你睡着时检查了一下。"吉赛儿说，"胎儿的心跳和伐木工的斧头一样强壮有力。"她用叉子指指黎莎。"但你已经开始显露怀孕的迹象。汤姆士老把脸埋在你的乳房里，或许还不会发现，但是所有镇民都很乐意指给他看，如果他们还没这么做的话。如果你想亲口告诉他，现在就该说了。"

黎莎的目光逗留在她的早餐上。吉赛儿和大部分洼地人一样，假设孩子是汤姆士的。"我会和他说，反正我今天要去照料皇家花园。"

吉赛儿大笑。"你这样叫它？也算个好名字。先确定花园都照料好了，再告诉他会有什么收成。"

马车直接把黎莎和汪妲送到皇家花园入口。伯爵的几个仆役走过来，但是汪妲在黎莎消失在花园中时上前阻拦他们。当汪妲看守门口时，除了黎莎没人可以进入花园。

穿越花园时，她感到心跳加速。溜进汤姆士的堡垒向来都很刺激。担心被人发现还有期待亲密的欲望就像库西酒一样烈。但今天例外。她可以像吉赛儿建议的那样再和他做一次，这样做对他们双方都有好处。

黎莎曾经把汤姆士当做娇生惯养的花花公子，只会动粗打架，可以轻易操控。但是汤姆士一而再、再而三地证明她错了。他没有什么创造力，只会按照规矩办事，但处事公正严明，镇

民都很清楚他的立场。在可以利用皇家优势时他绝对不会迟疑，不过在地心魔物面前他也会力争保护任何一个平民。

这次来找他很有可能以两人订婚收尾，而黎莎很惊讶地发现自己竟然这么想要得到圆满的答案。小孩还要半年才会出生。谁知道造物主会在这段期间内为他们安排什么样的命运？

黎莎转眼间穿过树篱迷宫，走暗门进入公爵的宅邸。塔丽莎等在里面，小心谨慎地护送她来到另一间设置有扇暗门的等候厅，直接通往汤姆士的寝宫。

伯爵煎熬已久，一看到她立刻拥她入怀，热情亲吻。"你还好吗，我的爱？我听说你昏倒了……"

黎莎又亲了他一下。"没事。"她手掌下移，拉扯他的皮带。"我们至少可以偷欢一个小时，然后亚瑟才有胆量敲门。如果你够猛的话，可以来两次。"

黎莎知道伯爵有能力连做两次。汤姆士几乎每天晚上都会和恶魔作战，而她在他护甲和长矛里都镶了霍拉。伯爵现在比他们初次见面时还高，而他那原本就已经强到不行的情欲如今更是增强了一倍。打从他们第一次亲密接触开始，从来没有任何因为担心表现不如意的情况。她已经感觉到他的身体开始硬了。

意外的是，汤姆士推开她，握着她双手手肘，同时将阳具移到她摸不到的地方。"没事？你在洼地半数药草师面前昏倒，居然还说没事？"

汤姆士等着她回应，沉默在两人间形成强大的压力。他轻捏她的肩膀，一指轻挑她的下巴，抬起她的头，直视她的双眼。"如果你有事情要告诉我，黎莎·佩伯，现在正是时候。"

他知道了。黎莎心想是不是塔丽莎告诉他的，但事实上，谁说的都无关紧要。"我怀孕了。"

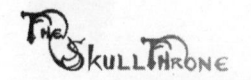

"我就知道!"汤姆士大叫一声,紧抱住她。一时之间,她还以为他要打她,但他只是紧抱了她一会儿,随即把她抬离地面,兴高采烈地抱着她转圈。

"汤姆士!"黎莎叫道。伯爵瞪大双眼。

他立刻放下她,神色担忧地看着她的肚子。"当然,孩子。我希望没有……"

"没问题。"黎莎说着松了一大口气。"我只是没想到你会这么在意。"

汤姆士大笑。"我当然在意!这下你非成为我的伯爵夫人不可。全民公决要我们结婚,我也不会考虑其他退路了。"

"你确定吗?"黎莎问。

汤姆士激动地点头。"少了你,我无法统治洼地,黎莎,你也一样。魔印人或许走了,但只要我们联手,就能打败地心恶魔,把洼地重建成世界上数一数二的大城市。"

黎莎无法否认他的话令人兴奋。当汤姆士半跪而下,牵起她的手时,她的心脏都跳到喉咙里。"黎莎·佩伯,我把自己……"

造物主呀,他真的在求婚。他根本不知道孩子不是他的。

她僵住了。这是她渴望的美满结局。就算是最糟糕的情况,她也能争取六个月的时间计划下一步。洼地里到处都是孤儿,或许能找到一个看起来像汤姆士的孤儿掉包,把阿曼恩的孩子送到其他地方。

又或许她根本不需要担心。她还记得上次会议后史黛夫妮说的话。

小孩有个特点,就是人们会在他们身上看见想看的特质。

汤姆士比黎莎黑,而且常晒黑。她苍白的皮肤会晒伤,不过绝对不会晒黑。小孩的肤色有可能像到足以让人忽视的地步,

特别是当黎莎尽快再生其他小孩的时候,汤姆士的真正继承人。

我会是个好妻子,她暗自承诺。好伯爵夫人。你不会后悔娶我为妻,就算有朝一日得知真相。

斗大的眼泪滚落她的鼻头。她甚至没发现自己在哭。

造物主呀,我想我恋爱了。

她张开嘴巴,一心只想把自己托付给这个男人,让他梦想成真。

但是那些话卡在喉咙里,说不出口。他看她眼神真挚诚恳、充满爱意,让她无法忍受自己背叛他的想法。

她缩回手掌,退后一步。"汤姆士,我……"

"怎么了,我的爱?你为什么不……"接着,突然之间,他想通了。即使没有魔印视觉辅助,她还是在他起身时看出他眼神的变化。

"黑夜呀,谣言是真的。"汤姆士说,"我上周为了此事鞭打了三个手下,但结果他们说的却是实话。沙漠恶魔、征服来森堡、杀害数千人、让全提沙境内充满几个世代都不会消失的游民,而你竟然以身相许。"

"根据谣言,你睡过安吉尔斯所有的女仆。"黎莎大声道,"我和他上床的时候并没有与你订婚,汤姆士。我们根本素不相识,我连你会来洼地都不知道。"

"我那些女仆不是杀人凶手。"汤姆士说,完全没有矢口否认。

"如果她们有杀,"黎莎问,"而你可以透过和她们上床拖慢她们的行动、探知她们的计划,你会有任何迟疑吗?"

"你是在卖春。"汤姆士说。

黎莎甩他一巴掌。汤姆士震惊地瞪大双眼,接着闭上眼睛。他神色狰狞,握紧斗大的拳头。

黎莎准备伸手到盲目药粉的药袋里，却听他大吼一声，离开她面前，像是受伤的夜狼般在房间里来回踱步。他又吼了一声，捶打他那张大床的金木床柱。

"啊！"他叫，捂住拳头。

黎莎跑到他身边，拉过他双手。"让我看看。"

"你做得还不够多吗？"汤姆士叫道，神色痛苦，面红耳赤，泪水直流。

黎莎冷静地看着他。"拜托。你可能会打碎骨头。坐着别动，让我看看。"

汤姆士无力地让她拉着自己来到床前，他们一起坐下，黎莎拉开他捂住伤口的手掌，检视他受伤的拳头。拳头红通通的，指节上皮开肉绽，不过不算太糟。

"骨头没碎，"她说。她从围裙口袋拿出止血药和布，清理包扎伤口。"放在冰碗里冰敷……"

"有没有一点点可能孩子是我的？"汤姆士神色哀求地问。

黎莎深吸口气，摇了摇头。她几乎感觉到自己心脏在心口扭曲撕裂。汤姆士依然怀抱希望，但是被她摧毁了。

"我爱你，"她低声道，"我发誓。如果可以回到过去，改变一切，我会去做。我知道是我引诱你，一开始是为了保护孩子才这么做，但那只是开始。"

"后来呢？"汤姆士问。

"后来是因为我想当你的伯爵夫人。"黎莎说，"超过一切，我想当伯爵夫人。"

汤姆士抽开手，站起身来，再度开始踱步。"如果你真的这么想，那就证明给我看。煮杂草师的打胎药，打掉那个孩子。重新开始，怀我的孩子。"

黎莎眨眼。当初她妈如此建议时，她并不感到惊讶，英内

薇拉和阿瑞安肯定也会想要这种结果。必要的时候，女人可以冷酷无情地处理这种事情。但她从未想过汤姆士能够提出这种谋杀无辜孩童的要求。

"不。"她说，"我已经喝过一次了，当时我根本不确定体内有没有胎儿——而那是我这辈子最后悔的决定。比和阿曼恩上床更后悔。我绝对不会再这么做了。"

"啊！"汤姆士大叫，拿起一个花瓶，砸向房间另一边。黎莎僵在原地。汤姆士晚上需要热身很久才能作战，在这里有理由不一样吗？她也站起身来，朝通往花园的密门走去。

朝汪姐走去。

但是汤姆士再度令她惊讶，他垂头丧气，满腔怒火都在叹气声中消失。他转向她，一脸挫败。"你知道全洼地郡的人、还有我母亲，都认为孩子是我的？"

黎莎点头啜泣。她双脚发软，瘫回床上，捂住脸庞，徒劳无功地掩饰哽咽的声响。她在床上坐了很长一段时间，楚楚可怜、浑身颤抖，接着床上出现其他人的体重，汤姆士伸手搂她。

黎莎靠在他怀里，不知道这会不会是最后一次。她紧抓着他的上衣，深深呼吸，留住他的体味。

"我很抱歉把你牵扯进来，"她说，"我没想到你会真心追求我，或者我会爱上你。我只想要保护我的孩子。"

"谁会伤害他？"汤姆士问，"洼地里没有人会伤害小孩。"

"如果被克拉西亚人发现的话，他们会直接冲到洼地来，从我肚子里挖走他。"黎莎说，"或是更有甚者，等到他出生后再夺走他，让他相信自己日后将会继承绿地。"

她看向汤姆士。"你母亲也可能把他当成人质？"

汤姆士低垂双目，点头道："她很可能认为这是个好法子。"

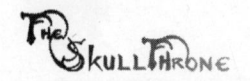

"你呢，汤姆士？"黎莎问。她逼得太急了，但她必须知道。"片刻之前，你没有我还不能活。你要眼睁睁看我成为你母亲的阶下囚吗？"

　　汤姆士一脸沮丧。"我该怎么做？林白克至今无子。我母亲以为你体内怀着藤蔓王座的下一任继承人。我要怎么告诉她？那是沙漠恶魔的孩子？"

　　"我不知道。"黎莎说，"没必要现在决定。我们还没有正式公布我怀孕的消息，可以表现得像往常一样，慢慢再想办法。"在肯定他没有把手抽走后，她轻捏他的手臂，然后凑上去想再亲他一次。

　　汤姆士仿佛被蜜蜂叮了般跳起身来。"不要。现在不要。或许永远不要。"

　　黎莎捂住啜泣声从暗门快步走出，匆匆离去。